KB110105

너를 보았지

너를 보았지

발행일	2023년 4월 24일		
지은이	임지원		
펴낸이	손형국		
펴낸곳	(주)북랩		
편집인	선일영	편집	정두철, 배진용, 윤용민, 김부경, 김다빈
디자인	이현수, 김민하, 김영주, 안유경, 신혜림	제작	박기성, 황동현, 구성우, 배상진
마케팅	김회란, 박진관		
출판등록	2004. 12. 1(제2012-000051호)		
주소	서울특별시 금천구 가산디지털 1로 168, 우림라이온스밸리 B동 B113~114호, C동 B101호		
홈페이지	www.book.co.kr		
전화번호	(02)2026-5777	팩스	(02)3159-9637
ISBN	979-11-6836-840-8　03810 (종이책)	979-11-6836-841-5　05810　(전자책)	

잘못된 책은 구입한 곳에서 교환해드립니다.
이 책은 저작권법에 따라 보호받는 저작물이므로 무단 전재와 복제를 금합니다.
이 책은 (주)북랩이 보유한 리코 장비로 인쇄되었습니다.

(주)북랩 성공출판의 파트너
북랩 홈페이지와 패밀리 사이트에서 다양한 출판 솔루션을 만나 보세요!
홈페이지 book.co.kr　•　**블로그** blog.naver.com/essaybook　•　**출판문의** book@book.co.kr

작가 연락처 문의 ▶ ask.book.co.kr
작가 연락처는 개인정보이므로 북랩에서 알려드릴 수 없습니다.

임지원 장편소설

너를 보았지

25년 만의 진실,
30년 만의 Atonement

북랩

작가의 말

오랫동안 가슴 속 깊은 곳에서 자라나던 이야기가 있었다. 머릿속에서만 썼다가 지우고 또 꺼내어 수정하고 저장하고 그렇게 나와 함께 나이 들어 온 이야기다.

그 이야기의 씨앗이 된 비비라는 여인을 만난 건 십여 년 전이다. 비비는 겹쌍둥이 넷을 키우는 싱글맘이다. 처음 만났을 때부터 비비는 자신의 처지를 숨기지 않았다. 십 년 넘게 지켜본 예쁘고 친절하고 성실한 그녀에게는 어딘지 슬픔이 베어 있었는데 그녀와 자주 만나 얘기를 나누다 보니 싱글맘으로 사는 사연에 대해서도 듣게 되었다. 그녀의 남편은 조현병자에게 대낮에 길거리에서 변을 당했지만 단돈 만 원의 보상금도 받지 못한 채 어린 자녀 넷을 홀로 키우고 있으니 열심히 살지 않으면 안 된다고 했다.

그녀로 인해 생긴 법이 바로 범죄피해자 보상법. 그러나, 그녀가 당한 사건으로 인해 생겼기에 정작 비비는 그 혜택을 받지 못했다.

나는 기사로 쏟아지는 사건 사고에 대한 내용을 읽는 습관이 있다. 날로 심각해지는 강력 사건에 오래전에 접했던 또 다른 사건들에 대한 기억이 오버랩되면서 내 가슴속에는 하나의 인물이 지어졌다.

그렇게 여러 사연들이 합해져서 태어난 인물이 학찬이다. 내가 기독교인이다보니 배경은 교회가 되었다. 신앙생활이 사회적 문제로 다가온 것도 무관하지는 않다. 과연 우리가 신앙생활에서 구하고 얻은 것은 무엇인가? 믿음이 깊어지고 신앙의 토대 위에 섰을 때 믿지 않은 사람들에 비해 다르다는 건 바로 양심의 가책이 아닐까?

이 책이 어딘가에 있을 비비와 같은 사연을 가진 분들과 명지원이라는 그 청년에게 위로가 되기를 바란다. 또 어딘가에 있을 일곱별 교회의 성도들이 하나되기를 원하고 어딘가에 있을 이학찬이 진심으로 뉘우쳐서 얼음보다 차가워진 심장에 뜨거운 피가 흐르게 되기를 바라본다.

우리는 양심의 소리를 들을 수 있어야 한다. 기도하는 사람이라면 더욱더 김동재 목사의 음성을 듣고 하나님께서 주시는 기회를 놓치지 말고 각자의 atonement의 시간을 갖게 되기를 바라는 마음이다.

이 책이 세상에 나올 수 있도록 애써 주신 북랩의 김회란 본부장님과 아주 많이 부족한 글을 정리해 주신 윤용민 편집자님께도 깊은 감사의 말씀을 전한다.

2023년 사순절에
저자 임지원

차례

제1부

그 겨울의
날벼락

따르릉…….

"여보세요."

"누나…….:"

"응. 왜 목소리에 힘이 없어? 어디 아파?"

"……어제 뉴스 봤어? 명재혁 씨 일."

"그래. 돌아가셨더라. 누가 또 그랬다니……. 세상이 점점 악해진다."

"그거……. 내가 그랬어 누나."

"뭐? 네가? 이게 무슨 소리야? 네가 왜? 네가 왜 그런 짓을 해?"

"휴우. 그냥 혼만 좀 내주려고 했는데 죽어 버렸네."

"그니까 네가 왜 그분을 혼내냐? 그분이 너랑 무슨 상관이 있는데?"

먹구름이 밀려오면서 벼락을 친다거나, 혹은 폭우에 섞여서 천둥 번개가 내려치면 아무리 그 소리가 요란할지라도 사람들은 으레 그러려니 할 것이다. 그리곤 혼잣말로 '얼마나 비를 퍼부으려고 천둥소리가 저리 요란한가'하고 주변을 살펴서 비 피해를 대비할 것이다. 예보된 비도 있다. 그러나 때론 예보를 넘어 소나기가 느닷없이 게릴라성 비로 바뀌어 긴 장마로 이어지기도 한다. 그리고는 세상을 덮어 버릴 듯한 새까만 구름을 몰고 와서는 지붕을 뚫을 듯한 빗줄기가 마치 지면을 쓸어 버리려는 듯한 분노의 폭우로 변하면 사람들은 또 생각해 낼 것이다.

'노아의 방주 때도 이런 비가 내렸을까?'

아무리 큰비가 내려도 그것이 예보된 비라면 또 사람들은 말할 것이다.

"일기예보가 잘 맞네."

그러나, 가끔은 쾌청한 하늘에서 치는 벼락도 있다. 맑은 날씨에, 마당에 빨래를 널고 나왔다거나 장독대의 간장 항아리의 뚜껑을 열어 놓았다거나, 창문을 활짝 열어 놓고 잠시 장을 보러 나올 때도 있고, 새로 산 원피스를 입고 한껏 멋을 부리고 도무지 비라곤 내릴 것 같지 않은 날씨에 우산도 없이 나왔다가 그만 비에 흠뻑 젖어 '으악'하는 비명이 절로 나오는 경우도 한 번쯤은 겪어봤을 것이다.

마른하늘에 날벼락. 생활 속에서 당하는 이런 날벼락도 결코 만나고 싶지 않은 게 사람의 마음 일진데 삶에서 맞은 날벼락이란 얼마나 고통스러운지, 그리고 그 날벼락의 흔적이 평생에 걸쳐 이어진다면 얼마나 괴로운지를 이제부터 그녀 희재의 이야기를 해 볼까 한다.

옥인동 한옥마을은 겉에서 보면 따뜻하고 정겨워 보이지만 생활하는 데는 여간 불편한 게 아니었다. 이십 평 남짓한 대지에 구조는 미음자 형태로 배치되어 있는데 안방과 거실이 있었고, 신발을 신고 마당에 내려서면 왼쪽으로는 재래식 부엌과 대문이, 오른쪽으로는 장식품 같은 두 평 정도 되는 방이 있고 정면에는 화상실과 창고 용도의 작은 공간이 있고 가운데는 여섯 평 남짓한 중정이 있었다.

말이 오밀조밀 이지 무엇 하나 제대로 된 공간도 없이 박스에 강제로 때려 넣은 것처럼 구색만을 위해 지어진 낡은 한옥이다.

남의 집 뒷채에서 셋방살이를 했던 그녀에게는 그래도 독립된 공간이라는 해방감과 첫 돌을 앞두고 있는 아들이 아장아장 거닐 안전한 마당이 있다는 기쁨이 있긴 했지만 이사 온 지 한 달이 지나자 불편한 게 이만저만이 아니었다.

아직 단풍이 남아 있는 11월의 늦가을임에도 한옥에는 겨울이 더 일찍 찾아왔다. 사방에서 스며드는 웃풍과 슬리퍼로 갈아 신고 두세 걸음만 떼면 있는 재래식 주방과 그 옆으로 다섯 걸음쯤 가면 있는 화장실이 긴 겨울을 나기에 만만치 않을 것 같은 두려움이 밀려와 잘못된 선택이었음을 깨닫자 '이 긴 겨울을 어떻게 난담…'하는 생각에 이제는 한숨이 나왔다.

또, 춥기는 얼마나 추운지. 가뜩이나 추위에 약한 그녀의 몸은 12월에 접어들자 웅크러들기 시작했다. 이 웅크림은 아마도 내년 5월이나 돼야 펴질 것이다.

그녀의 남편은 손재주가 없는 건지 지혜가 없는 건지 못 하나도 그녀의 맘에 들게 박아 주지 못했다. 못 하나 박는데도 한나절이 걸렸고 온몸은 땀으로 범벅되어 있어서 시종 그녀에게 못마땅함을 주곤 했다.

6남매. 3남 3녀 중 희재는 다섯째, 학찬은 여섯째로 둘은 다른 형제들보다 각별했다.

엄마는 학찬이 중학교에 진학한 해에 돌아가셨고 아버지도 3년 전에 돌아가서서 비록 나이 차이가 네 살이긴 해도 희재는 하나뿐인 남동생을 유독 안쓰러워했다.

그도 그럴 것이, 이미 2남 3녀의 자식을 뒀으면서도 부모님은 아들이 반드시 셋은 되어야 한다면서 학찬을 낳아 삼 형제라는 위업을 기어코 달성하셨다.

이유인즉슨 할아버지의 삼 남매 중 남자는 아버지가 유일해서 두 고모님 댁에 아들을 양자로 보내야 하는 소명이 있으셨단다. 큰오빠는 당연히 아버지의 장남이지만 작은 오빠와 학찬은 고모님 댁 양자로 입적되어 있다는 걸 언젠가 들었었다.

그렇다고 집이 넉넉했냐 하면 그건 절대로 아니었다.

더 어렸을 때는 기억이 가물가물하지만, 학찬이 태어나던 날 마당에서 놀고 있던 희재에게 엄마가 빨리 당숙모네에 가서 시간을 물어보고 오라고 시키셨던 기억만은 또렷하다.

"엄마 애기 났냐? 네시라고 해라."

희재가 다섯 살이던 가을에 학찬이가 태어났는데 이를테면 학찬이 태어나던 해에도 집에 시계 하나가 없을 만큼 지지리도 가난한 집이었다.

희재에게 형제간들이란, 바로 위 언니인 희연과 여섯째인 막내 학찬만이 가족의 일원이고 그 위의 언니와 오빠들은 희재의 기억 속에 명절에 찾아오는 손님이나 다름없었다.

팍팍한 살림살이에 언니와 오빠들은 초등학교를 마치자마자 서울로, 도심으로 각자의 삶을 찾아 떠났다. 나중에 커서 들은 바로는 공장과 가게 직원으로 각자도생하다가 명절에만 만날 수 있었던 피붙이들이었는데 지금 생각하면 이보다 더 슬픈 가족사가 있을까 싶다.

학찬은 태어나자마자 가난한 왕국의 황태자가 되었다. 늘 말이 없고 무뚝뚝했던 엄마는 친구 엄마들처럼 모성애가 뚝뚝 떨어지기도 하고 아기의 볼에 입도 맞추는 걸 희재는 생소하게 바라봤다. 물론 엄마의 그런 다정한 모습은 학찬만을 위한 것이었고 희연도 희재도 엄마로부터 그런 스킨십을 받아본 기억이란 없어서 그런 엄마를 낯설게 바라볼 수밖에 없었다.

보릿고개가 극성이던 시절, 희재는 지금도 고구마를 극도로 싫어하는데 긴 겨울을 날 때면 하루 한 끼는 밥 대신 고구마로 끼니를 떼워야만 했다. 희재네 집에는 부엌 한편에 큰 굴을 파서 월동 식량으로 고구마를 가득 채워 놓았는데 굴의 깊이는 엄마의 키보다도 훨씬 깊었던 걸로 봐서 아마도 2톤 정도는 족히 채워지지 않았나 싶다. 동네 친구들의 형편도 비슷비슷해서 집에서 점심으로 고구마를 먹고 친구네에 놀러 가면 친구네 역시 간식으로 고구마를 쪄서 내어 줬다. 다른 점이 있다면 곁들이는 반찬인데 어느 집은 김장 김치와 고구마를, 어느 집은 동치미나 잘 익은 알타리 김치를 곁들여 먹는다는 것뿐이다. 그러나 고구마를 신물 나 하면서도 투정이나 거부는 통하지 않았다. 싫지만 배가 고프니 먹어야만 했고 어린 시절의 궁핍은 고구마가 싫을 뿐 그다지 사무치지 않은 채 흘러갔다.

그렇지만 간식이 전혀 없었던 건 아니다. 엄마의 나이 마흔에 태어난 학찬이는 엄마에게는 늘 우상이었다. 학찬의 울음소리가 들리면 엄마는 언제든 달려오셨고 데리고 놀았던 언니나 희재는 괴롭히지 않았어도 학찬이 울었다는 것만으로 엄마에게 야단을 맞아야 했다.

학찬의 간식 역시 특별했다. 희재나 희연은 단 한 번도 먹어본 적 없는 연시나 곶감, 한과 등이 학찬에게만 제공되었는데 누구도 열지 못하도록 엄마의 광은 언제나 자물쇠로 채워져 있었다. 그래서 희재와 희연은 학찬이 간식을 먹을 때면 잔칫집에서 상 주변을 맴도는 개들처럼 학찬의 간식 접시만 바라보았다.

다행히도 학찬은 엄청 까탈스러워서 의외로 부스러기를 자주 남겼다.

어쩌면 그 부스러기도 감지덕지했는지도 모르겠다. 그 시절에 자라난 그녀들은 왜 학찬만 챙겨주는지 따지지도 못하고 마치 그래야만 하는 것처럼 저절로 이해하며 익숙해져 가야만 했다.

이렇듯 한적한 시골 마을의 가난한 왕국에 사는 그녀들은 엄마를 따라 자연스레 학찬을 숭배해야 했고, 마치 그것이 정해진 운명인 양 순응하며 길들여진 채 자라나게 된다.

학찬은 네 살쯤에 몹시 아픈 적이 있었다. 며칠 동안이나 고열에 시달리자 엄마는 나이 마흔에 낳은 아들이 잘 못 될 수도 있다는 두려움에 미신행위를 하신 적도 있었다.

훗날에는 교회를 다니셨지만, 당시에는 종교가 없었는데 그렇다고 미신에 빠지신 분도 아니었었다. 8살 정도였던 희재의 기억에 의하면 엄마가 학찬을 안고 마당의 리어카에 올라 앉으셨고 동네 어르신들이 삽과 곡괭이와 쇠스랑등 농기구들을 들고 주문 같을 것을 외우면서 리어카 주변을 돌았다. 희한하게도 그런 이상한 행위가 끝나자 그날 밤부터 학찬의 열이 내리더니 기사회생을 한 것이다. 그런데 학찬이 대여섯 살 정도 되었을 때는 자다가 가위에 눌려서 일어나는 이상 행동들을 했다. 저체중에 하얗게 버짐이 핀 얼굴에서도 가난이 묻어나던 학찬은 초저녁이면 이미 기진맥진해서 일찍 잠이 들었는데 자다가 갑자기 일어나서 밖으로 나가려 한다던가 앉아서 방바닥을 긁는다던가 소리를 지른다던가 무언가를 자꾸 밀어내며 버티는 행동을 하는 학찬의 눈에는 초점이 없었고 식은땀이 온몸을 적시고 있었다.

그럴 때면 부모님이나 누군가가 더러는 희재가 학찬을 붙잡고 큰소리를 지르며 잡고 흔든다거나 뺨을 때리기도 했다. 그렇게 몇 분간의 몸부림을 치고 나면 학찬의 정신이 돌아왔는데 그때서야 맞은 곳의 통증을 느끼는지 울다가 잠이 드는 일이 며칠에 한 번씩 상당 기간 지속되다가 고학년이 되면서 몸이 건강해지자 어느 순간 가위눌림 현상이 사라졌다.

그처럼 학찬은 귀한 늦둥이 아들이어서 가족의 사랑을 한몸에 받기도 했지만 잦은 병치레와 허약한 체질 때문에 늘 짠하고 가슴 아프고 장성한 후에도 어린 시절부터 익숙해진 때문인지 모성애를 자극하는 안쓰러움은 여전했다.

엄마가 56세라는 이른 나이에 식중독으로 갑자기 돌아가셨다. 병원과는 담을 쌓고 사신 건강했던 엄마의 갑작스런 죽음은 모두를 공황 속에 빠뜨렸는데 당시 오빠들은 가정을 이뤄 고향을 떠나 각자의 삶을 살고 있었다. 언니들도 서울에서 직장 생활을 하고 있었기에 희재는 당연하다는 듯 아버지와 학찬을 위해 집안 살림을 맡았다. 아버지와 셋만 남은 집에서 중학생이 된 학찬의 도시락을 싸 주고 교복을 다림질하고 운동화와 가방을 빨아 주며 마치 엄마가 그러셨던 것처럼 지극정성으로 동생을 대하는 것만이 엄마 없는 슬픔을 학찬이 조금이라도 느끼지 못하게 하고 싶었기 때문이다. 학찬이 중학교를 졸업할 무렵 큰오빠가 장남으로서 아버지를 모신다며 집으로 들어와 살림을 합쳤고 희재도 다시 서울로 상경해서 중단했던 의상 디자인 공부를 이어가게 된다.

"아니, 못이 왜 이리 엉성해? 내일쯤 빠질 것 같은데. 이 전깃줄들은 왜 또 이렇게 엉켜 있고?"

이사한 옥인동 집에 빨랫감을 한 가방 챙겨 온 학찬이 집을 둘러 보더니 매형의 볼품없는 솜씨가 우스워 하얀 덧니를 드러내며 어이없는 듯 웃는다.

"매형 솜씨가 그러니 어떡하겠니?"

"입구에 전파사가 있던데 잠시 다녀올게."

잠시 후, 전깃줄과 콘센트를 들고 나타난 학찬은 뚝딱하는 사이에 늘어졌던 전선과 마당에 쳐 놓은 빨랫줄이 마치 설비 아저씨께 돈 주고 공사한 것처럼 완벽한 설치를 마쳤다.

학찬의 눈짐작이 얼마나 매운지 집안의 모든 전기를 손본 후에 남은 전깃줄은 고작 한 뼘 정도에 불과했다.

"나중에 결혼하면 색시한테 된장찌개는 꼭 누나한테 배우라고 해야겠어. 어렴풋이 남아있긴 한데 누나가 끓여준 된장찌개에서는 엄마가 해 주셨던 맛이 느껴져."

고봉으로 담은 밥그릇에 수저로 밥을 꾹꾹 누르더니 듬뿍 떠서 입에 넣으며 참으로 맛나게 먹던 학찬이 잠시 식사를 중단하며 말한다.

"이 집은 꼭 장난감처럼 생겼어. 재밌긴 한데, 누나가 살기에는 많이 불편하겠다."

고등학교를 마친 학찬은 해병대 출신인 작은 오빠의 권유로 특전사에 입대했는데 극한 훈련을 받아야 하는 동생이 안쓰러워 희재는 학찬의 군 입대날 대성통곡을 했다.

휴가 때 집에 와서 잠든 동생의 주먹을 만져보면 그 곱던 주먹이 거칠고 단단해져 가는 걸 눈으로 확인할 수 있었는데 이렇게 되기까지 또 얼마나 힘들었을까 생각하며 잠든 동생의 손을 붙잡고 하염없이 눈물을 흘리기도 했다. 다행히 동생의 부대가 서울에 있어서 희재는 예배를 마치면 동생이 좋아하는 음식들을 챙겨서 거의 매주 동생 부대에 면회를 가는 게 일상이 되어 있었다.

중학생이 되면서 동네의 교회에 나가기 시작하더니 일꾼이 부족한 시골 교회에서 목사님을 도우며 교회의 잡일들도 앞장서서 도맡았던 학찬은 같은 부대의 상사에게 전도되어 서울의 한 대형교회로 나가기 시작했다.

직업군인이라는 안정된 직업을 갖게 되기를 바라는 마음에서 오빠는 학찬을 특전사에 입대시켰는데 군대가 체질에 맞았던 모양이다. 우수한 성적으로 표창도 많이 받고 부대 내에서 사랑도 많이 받으며 인기가 높았다. 늘 당당했고 성실했으며 정의감에 넘치는 멋진 청년으로 성장했다.

면회 가서 안면이 있는 선배들은 학찬의 부대 생활에 대한 이야기도 들려주었다. 당시에는 군인들이 더러 사창가를 가기도 했었나 보다. 한 선배가 말하기를 학찬이를 아가씨가 있는 방에 집어넣고 밖에서 문을 잠갔는데 아침까지 단정히 앉아 성경만 읽다 나오는 바람에 그 업소에서 선배를 출입금지 시켰다고 했다. 희재는 '역시 내 동생'이라며 짓궂은 선배를 타박하면서도 동생에 대한 믿음과 고마움은 더욱 두터워져 갔다.

학찬은 또 어찌나 근면하고 검소했는지 월급을 차곡차곡 저축하는 모습을 보며 부모님이 살아 계셔서 막둥이가 이렇게 든든한 청년이 된 모습을 보셨더라면 얼마나 좋아하셨을까 하고 생각하면 또 코끝이 찡해지고는 했다.

학찬은 장기 복무를 권하는 부대의 권유도 뿌리치고 전역을 택했다.

서울의 한 대형교회에서 직원으로 스카우트 제안을 받았다는 것이다. 못 미더워 하는 희재와 가족들에게 교회와 원로 목사님에 대해 장황하게 설명하면서 자신의 미래를 교회의 원로 목사님이 책임져 주시기로 했다며 오히려 가족들을 설득했다.

교회 직원이 된 학찬은 직원 숙소에서 생활하고 있었는데 워낙 깔끔한 성격이다 보니 속옷과 하얀 셔츠는 가끔씩 한 가방 챙겨와 빨랫감을 놓고 가면 그녀는 늘 그래왔듯이 동생의 속옷들을 삶고 셔츠는 다림질을 해서 반듯하게 개어 놓으며 누나로서 행복해했고, 하늘나라에 계시는 부모님에게도 이렇게 잘 지내고 있으니 아무 염려 마시라고 속으로 되뇌이곤 했다.

창밖에 찬 겨울바람이 윙윙거리며 요란하게 지나가는 2월 저녁, 식사 약속이 있다는 남편은 아직 귀가 전이고 설거지를 마친 후 동생의 빨래와 아들의 기저귀를 개기 위해 막 텔레비전 앞에 앉았는데 다급한 목소리가 뉴스 속보를 타고 흘러나온다.

'뉴스 속봅니다. 잡지사 '미래' 대표 명재혁 씨가 집 앞에서 테러를 당해 병원으로 옮겼지만 위독하다고 합니다.'

"에휴. 세상이 왜 이래. 누가 또 저런 일을 저질렀을까."

혼잣말처럼 얘기하며 옷가지를 들어 개키기 시작하는데 전화벨이 울렸다.

"여보세요."

전화기 너머는 야외인지 차들이 달리는 소음으로 시끄럽고 '이쪽으로 이쪽으로!'라고 외치는 누군가의 다급한 목소리도 들린다.

그녀는 다시금 "여보세요."라며 좀 더 큰 소리로 수화기에 대고 말했다.

"누나, 난데 앞으로 당분간 집에 못 갈지도 몰라. 나중에 얘기할 게 그냥 그렇게 알아."

빵빵대며 차들이 달리는 소리와 사람들의 목소리가 섞여 어수선한 수화기 너머로 동생은 빠른 말투로 일방적으로 얘기하더니 '왜'냐고 묻는 그녀의 말소리가 끝나기도 전에 전화는 끊어졌다.

"자주 오는 것도 아니면서 얼마나 더 안 오겠다는 거야?"

끊어져서 뚜뚜거리는 수화기를 들고 그녀는 혼잣말로 중얼거렸다.

다음 날 아침, 남편은 출근하고 막 일어난 아들을 품에 안을 때 전화벨이 울린다.

"여보세요."

"누나……."

"응. 왜 목소리에 힘이 없어? 어디 아파?"

늘 생기에 넘쳤던 동생이 평소와 다르게 차분히 가라앉은 목소리로 천천히 말을 이어간다.

"어제 뉴스 봤어? 명재혁 씨 일."

"그래. 누가 또 그랬다니……. 결국 돌아가셨더라. 세상이 점점 악해진다."

"그거……. 내가 그랬어 누나."

"뭐? 네가? 이게 무슨 소리야? 네가 왜? 네가 왜 그런 짓을 해?"

휴우하고 길게 한숨을 몰아 쉬던 학찬이 무거운 목소리로 대답했다.

"그냥 혼만 좀 내주려고 했는데 죽어 버렸네."

"그니까 네가 왜 그분을 혼내냐고? 그분이 너랑 무슨 상관이 있는데?"

절규하듯 소리치는 그녀에게 한숨 섞인 목소리로 학찬은 말을 이어갔다.

"우리 교회를 계속 괴롭혔어. 우리 목사님을. 이번에 그 사람이 내는 기사가 나가면 우리 교회는 시끄러워질 거야. 그런데 나 때문에 쑥대밭이 될 것 같아. 그게 더 걱정이야."

"어떡하니. 이 일을 어떡한다니. 아니야, 학찬아. 아직 범인을 못 잡왔대. 누군지도 모른대. 그니까 넌 잘 숨어 있어. 붙잡히지만 마."

"아니야 누나, 현장에 증거를 남겼어. 어차피 잡힐 거야. 이제 우리 교회는 끝장이야."

"어쩐지. 어젯밤 꿈에 네가 얼마나 아픈지 눈을 못 뜨고 혼수상태로 있어서 이게 무슨 꿈인가 했는데 이제 어떡한다니. 네가 어떻게 사람을 죽이니? 이제 어떡해야 하는 거니."

"누나, 나 장로님 만나러 가니까 다시 연락할게."

수화기 너머로 전화 끊김 알림음이 요란하게 울려 왔다.

어떻게 이런 일이 일어날 수가 있을까?

어떻게 내 동생 학찬이 사람을 죽일 수가 있을까?

얼마나 착하고 바르고 성실하고 정직하고 멋진 내 동생이었던가.

이건 꿈일 거야. 그럴 리가 없어.

엄마. 아버지. 이게 무슨 일이래요? 말씀 좀 해 보세요.

엄마 아버지가 그토록 아끼고 사랑했던 그 아들, 우리 집 막둥이가 사람을 죽였대요.

이제 어쩌면 좋아요. 이 일을 어떡하면 좋아요.

희재는 가슴에 못이 박힌 듯 허리를 펴지 못한 채 돌아가신 부모님을 향해 답을 들을 수 없는 질문들을 머릿속으로 해 보며 목에 걸린 토사물을 게워 내듯 꺽꺽거려 봤지만, 눈물은 한 방울도 나오지 않은 채 쉰 소리만 가느다랗게 신음처럼 귓가에서 흩어졌다.

TV를 켜 놓고 한쪽에는 라디오를 틀어 놓고 연일 속보로 전해지는 소식에 주파수를 맞춘 채 좁다란 거실을 서성이고 있었다.

한옥의 거실이라 봤자 겨우 세 평 남짓해서 서너 걸음을 떼면 다시 돌아서야 하는 넓이다 보니 마치 제자리에서 크게 도는 듯한 느낌이어서 그녀는 금세 어지러움을 느끼고 한편에 놓인 일 인용 둥근 소파에 엎드리고 만다.

아직 첫 돌이 지나지 않은 그녀의 아들이 기어와 엄마를 붙잡고 서더니 풀썩 주저앉는다.

아들을 품에 안아 얼굴을 보니 비로소 희재의 가슴 저 아래에서부터 화산이 분화하듯 눈물이 쏟아져 내렸다.

"삼촌을 어떡한다니. 그 불쌍한 녀석을 어떡하면 좋다니. 이제 삼촌은 여기에 못 온단다. 이제 삼촌은 여기에 영영 못 올지 모른단다."

엄마의 눈에서 눈물이 흐르는 걸 처음 본 아들이 당황하며 칭얼대던 소리를 뚝 그치고 놀란 눈으로 엄마의 얼굴을 빤히 쳐다본다.

아들에게 표정을 들키기 싫어 그녀는 서둘러 포대기를 둘러 아들을 업었다.

2월 20일. 아직 겨울이 한창이라 골목을 지나는 바람 소리가 윙윙거리며 들린다.

그녀의 마음에 냉기가 서리며 오싹한 소름이 돋는다.

그건 그녀와 동생 학찬과 어쩌면 모든 혈육들의 운명이 바뀌는 순간이었다.

잡지사 '미래' 대표인 명재혁 씨는 언론 매체를 통해 누군지는 그녀도 알고 있었다. 그녀의 언니는 그분을 무척 존경하는 분이라고 말한 적도 있었다. 동생의 손에 유명을 달리하신 그 가족들의 모습도 떠올랐다.

병원 영안실에서 그들은 목 놓아 소리치며 절규하고 있을 것이다.

희재는 엄마가 갑자기 돌아가셨던 그 순간이 떠올랐다.

그녀의 가족들도 갑작스런 엄마의 죽음 앞에서 몸부림치며 울부짖었던 적이 있었다.

그런데 그분은 다른 이의 손에 의해 그것도 그녀가 그토록 사랑하고 자랑스러워했던 자신의 동생에 의해 목숨을 잃으셨다.

세상의 모든 사람들이 분노한 얼굴로 자신을 에워싸는 듯한 공포가 그녀를 휘감고 다가온다.

그녀는 울 수도 없었고 누구에게 얘기할 수도 없는, 상상조차 안 되는 공포 속에 자신들을 둘러싼 사람들의 손에 이리저리 끌려다녀 만신창이가 되어 가는 자신과 동생의 모습만 그려졌다.

학찬은 어떻게 되는 걸까? 사람을 죽였으니 사형을 당하는 건 아닐까? 그럼 며칠 전 다녀간 게 마지막이 되는 걸까? 학찬이 사형을 당하게 되면 나는 어떻게 살아야 하나?

"악~~~~~!"

생각의 끝에 이르자 감당할 수 없는 공포에 희재는 비명을 질렀다.

어떻게 이런 일이 일어났을까? 어떻게……. 어떻게 그 착한 아이가 사람을 죽일 수 있단 말인가. 희재는 벽에 머리를 찧어 가며 머리를 감싸 쥐어뜯으며 울어 봤지만, 텔레비전에서는 다급한 아나운서의 음성만이 점점 현실임을 각인시켜 주고 있었다.

마당의 세숫대야에 담가 놓은 채 미처 세탁하지 못한 동생의 운동화가 한겨울 꽁꽁 언 얼음에 갇혀 박제되어 있었다. 그것은 마치 다가올 동생의 미래처럼 느껴졌다.

간밤에 희재는 꿈을 꾸었다. 친정집 학찬의 방이었는데, 학찬이 너무 아파 혼수상태에 빠져 있었다. 흔들어 깨웠지만 신음소리만 낼 뿐 의식이 없었다.

너무나 선명했고 유쾌하지 않은 꿈으로 인해 잠에서 깬 희재는 '얘가 어디가 아픈가?'하는 걱정이 앞섰지만 이른 아침이어서 오전 중에 전화해 보리라 생각했는데 학찬의 전화를 받은 것이다.

웃음 잃은 그녀의 얼굴은 태연한 척 했지만, 머릿속만은 수많은 생각들이 떠올랐다 형체 없이 스러져갔다.

지리산 같은 깊은 산속에 숨어서 화전민처럼 살아가면 가끔씩 그녀가 몰래 찾아가 얼굴 보며 평생을 살아도 좋겠다는 생각도 했다. 그러나, 곧바로 드라마에서 봤듯 교수형에 처해지는 동생 모습이 떠올라 숨이 막혀서 고개를 세차게 흔들며 더 이상의 상상은 할 수 없어서 생각을 멈추기도 했다.

감옥은 어떤 곳일까? 어떻게 자고 먹고 생활할까? 생각해 본 적도 없고 주변에서 감옥을 드나드는 사람도 없었기에 관심 밖의 장소였고 상상으로 이어질 수도 없었지만 학찬은 언제까지 그 안에서 살게 될까? 살아서 나올 수는 있을까? 온갖 생각들이 풀릴 길 없는 실타래처럼 뒤엉켜 다다른 곳이 없자 그녀는 양쪽 머리를 움켜쥐며 눈을 질끈 감아 버렸다.

텔레비전에서는 여전히 돌리는 채널마다 뉴스 속보가 요란하게 보도가 되고 있었지만, 범인이 누구인지 사건의 동기가 무슨 연유인지 여전히 방향을 잡지 못한 채 수많은 추측들만 들려주고 있었다.

제발 제발 잡히지는 말아라.

어떤 천벌을 받을지는 모르겠지만 우선은 잡히지 마라.

첩첩산중 동굴 속에서 평생을 짐승처럼 살지라도 학찬아 우선은 잡히지 마라. 제발 잡히지 말거라.

아, 모르겠다. 이럴 때 어떡해야 하나. 앞으로는 또 어떻게 해야 할까? 아아 모르겠다. 아무것도 모르겠다. 하나님 말씀 좀 해 보세요. 이제 학찬이는 어떻게 되는 걸까요?

무서웠다. 너무나 엄청난 현실 앞에 그녀는 너무나 두렵고 무서웠다.

동생은 사형을 당하는 걸까? 아니면 평생을 감옥에서 보내는 걸까?

연신 들리는 뉴스 속보에 입은 바짝바짝 말라가는 하루의 시간이 지나고 있었다.

해가 질 무렵, 동생으로부터 또 한 번의 전화가 걸려 왔다.

석동호 장로가 잠시 피해 있으라고 해서 속초에 왔고 바다를 보고 있다고 했다.

핸드폰이 막 보급되기 시작하던 당시였다. 동생도 누군가의 핸드폰을 가지고 있었는지 파도 소리가 가까이서 들렸다. 그 장로가 약간의 경비를 줘서 돈은 있다고 했는데 아마도 전화기도 제공했었나 보다.

희재는 행여 자신들의 통화를 누군가가 도청이라도 하는 것 같아 심장이 졸여 오는 마음에 작은 목소리로 말했다.

"아직 경찰이 아무런 방향을 못 잡고 있대. 어쩌면 괜찮을 것 같아. 그러니 잘 숨어 있어"

동생은 깊은 한숨을 내 쉬더니 천천히 말을 이어 갔다.

"증거를 남겨 버렸어. 교회 달력으로 쇠막대기를 말았는데 그걸 거기에 놓고 왔나 봐. 결국 난 잡히게 될 거야."

"어떡하니. 왜 그랬어. 네가 왜 그런 짓을 해."

결국 울음으로 변한 희재는 수화기에 대고 또 한 번 절규했다.

"바다에 빠져 죽으러 왔는데…"

"안돼. 죽으면 안돼. 학찬아."

절규하는 그녀의 울음을 듣는 둥 마는 둥 하던 학찬은 말을 이어갔다.

"내가 올라가야 할 것 같애. 교회가 나 때문에 더 곤란해지면 안되거든"

"자수하자. 그럼 넌 살 수 있을지도 몰라"

"아직 아무것도 모르겠어. 교회가 걱정이야. 쑥대밭이 될 텐데."

"집에 잠깐만 들렀다 가면 안돼? 너 좋아하는 된장찌개 끓여 줄게. 따듯한 밥 한 그릇만 먹고 가. 언제 이런 날이 올지 모르잖아."

"누나. 앞으로 형사들이 누나를 찾아갈지 몰라. 전화도 갈 거고. 누나는 아무것도 모른다고 해. 사실 누나는 아무것도 모르잖아"

희재는 벽에 몸을 기대고 앉아 머리를 하늘로 향해 들더니 서럽게 서럽게 울었다.

얼마나 가슴 아픈 동생이던가.

중학생이 되자마자 엄마가 돌아가셨고 아버지 모시고 서로를 의지하며 자라온 동생이었다. 엄마에게 동생이 특별했듯이 어느새 희재에게도 동생은 모든 걸 바쳐 보호해야 할 특별한 존재였다.

희재는 늘 엄마가 그래왔던 것처럼 최대한 엄마의 마음으로 학찬이를 대해 왔는데 어쩌면 하늘에 계신 엄마가 그런 그녀를 보고 안심하실지도 모른다는 생각이 들어서였고 그래야만 동생이 덜 슬프게 살아갈 수 있을 거라는 생각에서였다.

유복하지는 않았지만 온 가족들이 '우리 막둥이'라 부르며 어쩌나 지극정성으로 키웠던지 동네에서조차 동생은 '귀한 아들'로 여기며 남부럽지 않은 사랑을 받았었다.

모두가 가난했던 동네에서 그나마 무시당하지 않고 대접을 받았던 건 부모님이 쌓아 놓으신 인덕 때문이었다.

동네의 어지러운 소문들은 엄마에 이르면 그대로 사그라들었다. 더 이상 말을 옮기지 않으시는 엄마의 인품은 소문을 잠재우는 마침표가 되었다. 그녀의 아버지 또한 동네에서 어른 중에 어르신이었다. 가난한 살림에 대가족의 끼니에도 엄마는 허덕였지만 늘 체면을 중시하셨던 아버지는 좋은 가장보다는 존경받는 어른으로 사시는 길을 택하셨던 것 같다. 시골 동창회에 가면 친구들의 대접이 극진했는데 어린 시절 그녀의 아버지에게 과자 안 얻어먹고 큰 사람은 아무도 없다는 것이다. 실제로 그녀의 어머니가 돌아가셨을 때는 동네 초상이 났다고 할 만큼 온 동네가 슬픔에 잠겼고 아버지가 돌아가셨을 때는 조문객이 너무 많아서 5일 장을 치러야만 했었다.

동생 또한 반듯한 외모에 잘 웃고, 인사성 바르고, 운동도 잘하고, 샤프하고 민첩해서 그 나름 시골 동네를 밝히는 군계일학 같은 존재였었다.

그랬던 동생이 살인자가 되었다.

모든 방송, 모든 뉴스는 명재혁 씨 이름으로 시작되었다.

믿을 수 없는 현실에 뭘 어떻게 해야 하는지도 모른 채 다만 부모님 얼굴만 떠올리며 우는 것 외에는 그녀가 할 일이 없었다.

사실, 희재는 남편에게조차 이것을 알리지 않았다. 뉴스에서는 범인의 윤곽도 특정하지 못하고 있었다. 그녀가 악해서가 아니라 너무나 엄청난 현실 앞에서 어쩌면 완전범죄가 되어 영원히 잡히지 않을지도 모른다는 기대감 때문이었다.

아마도 이런 경우 혈육들이 가질 수 있는 생각일 것이다. 한 번도, 가정으로라도 생각해 보지 않은 일이 일어났을 때 사람들은 모두 이것이 제발 꿈이기를 기도할 것이다.

혀를 깨물어보고 다리를 꼬집어보고 머리를 벽에 찧어 봐도 어김없는 현실임을 깨닫고 나면, 이제는 그 현실을 받아들일 준비의 시간이 필요해서일 거라 생각된다.

요즘에도 그녀는 강력 사건이 일어나면 피해자와 가해자는 그렇다 손 쳐도 가해자의 가족에게로 먼저 마음이 간다.

'그 가족들은 또 무슨 죄인가.'

그건 날벼락을 먼저 맞아 본 그녀였기에 동병상련의 마음은 어느덧 피의자 가족들에게 향해지곤 하는 것이다.

동의한 적 없었고, 그렇게 키우지도 않았건만, 가족이라는 이유로 그렇게 소용돌이 속으로 함께 휘몰아쳐 들어가야만 하기 때문이다.

3일 후, 동생은 검거되었다.

그 또한 방송 3사가 대대적인 특종으로 보도하고 있었다.

형사들은 양쪽에서 동생의 팔을 잡고 있었고 구름 떼처럼 몰려든 기자들과 쉴 없이 터지는 플래시와 밝게 비춰는 방송국 카메라 앞에 베이지색 사파리 점퍼를 입고 고개를 숙인 스물일곱 살 풋풋한 청년의 모습이 드러났고 '이. 학. 찬'이라는 동생의 이름 석자도 텔레비전 화면에 선명하게 새겨졌다.

이름이 화면에 나타나지 않았다면 아마도 비슷한 사람이거나 그냥 누군가로 생각했을 것이다.

함께 저녁 뉴스를 보던 남편이 소리쳤다.

"뭐야? 왜 쟤가 저기 있어? 그럴 리가 없잖아."

그리고 울려대는 전화벨 소리 너머로 비명에 가까운 언니 오빠들의 사실 확인.

'너는 언제부터 알고 있었냐'며 다그치는 물음들이 아무 의미가 없다는 듯이 희재도 쓰러지고 말았다.

그로부터 꼬박 9개월 동안 동생의 얼굴은 9시 뉴스의 첫 화면을 장식했다.

학찬은 특전사 복무 때 부대 선배로부터 전도를 받아 지금 교회의 성도가 되었다.

유독 군대 문화를 좋아하는 그 교회 창업자이신 원로 목사님의 눈에 들어 경호 겸 운전기사 일이 맡겨졌다.

희재는 가 본 적 없었지만, 올 때마다 교회와 원로 목사님에 대해 이야기를 할 때는 동생의 엄청난 자부심과 목사님에 대한 존경과 사랑을 느낄 수 있었다.

원로 목사님께서 직원으로 거두어 주셔서 정식으로 교회 직원이 됐고 교회 내에 직원 숙소가 있어 또래의 젊은 청년들이 서로 불편함 없이 잘 지낸다고 했다. 교회 이야기를 할 때면 동생의 목소리는 늘 상기되어 있었다.

희재가 동생과 먹을 찬거리를 만들 때면 동생은 옆에서 조잘조잘 그곳의 이야기를 들려주곤 했는데 일주일 전에 왔던 동생은 여느 때와 다르게 웃음기 없는 목소리로 느리게 얘기했다.

어떤 잡지사를 운영하시는 분이 자꾸만 원로 목사님에 대한 악의적인 기사를 싣는 바람에 목사님이 아주 괴로워 하신다는 것이었다. 어쩌면 자기가 혼을 내줘야 할 것 같다고 했을 때 희재는 기겁해서 큰 소리로 야단을 쳤다.

"아서라. 아서. 너 아니어도 되니까 어른들 일에 나서지 말고 그딴 생각은 꿈도 꾸지 마."했는데 이런 일이 실제로 일어날지는, 더구나 그 일이 살인이 될지는 꿈에도 상상하지 못 한 일이었다.

동생이 체포되고 며칠 후, 한 통의 전화를 받았다.

동생이 잡혀 있는 경찰서에 근무하는 황 아무개인데 동생과 같은 교회를 다니고 있는 사람으로 궁금해하실 것 같아 우선 알려 준다며 어쩌면 수일 내로 경찰서에서 누나에게도 연락이 갈 터이니 준비하고 있으라고 했다. 그처럼 그 대형교회의 성도들은 각계각처에 널리 퍼져 있었다. 희재는 갑자기 교회 성도들이 사방에서 자신을 살피는 인공위성처럼 느껴져서 두려웠다.

그리고 며칠 후 동생이 보고 싶지 않냐는 경찰서로부터의 연락이 왔고 희재는 동생 면회를 위해 서울경찰청에 들어섰다.

태어나서 처음 가 보는 경찰서.

담당 형사의 눈에서 그녀를 향한 동정의 눈빛을 느낄 수 있었다.

이를테면 어쩌다 동생이 이런 나쁜 교회를 만나 신세를 망치게 됐는지 잘못된 길에 들어선 젊은 청년과 그의 가족에 대한 동정심으로 오히려 그녀를 위로하기까지 했다.

동생과의 면회 전 몇 가지 조사할 게 있다면서 동생과 통화한 내용을 물어 왔는데 그건 일종의 사실확인 조사였었나보다.

작은 방에 희재와 두 명의 형사가 마주 앉았다.

며칠, 몇 시, 몇 분에 전화가 와서 이런 이런 얘기를 나눴다 하면, 곧장 '잠시만요'하더니 나갔다 들어오곤 했는데 나중에야 바로 옆 방에 동생이 와 있었고 대화 한 구절 한 구절을 분, 초 단위로 내용과 시간과 동생의 말이 일치해야만 그다음 내용으로 넘어간다는 걸 알게 되었다.

담당 형사가 몇십 번을 드나들더니 사실 확인이 끝났는지 드디어 동생과 만나게 해 주었다.

너무나 무섭고 두렵고 믿어지지 않는 일들을 이제는 받아들여야만 하는 현실에 직면하게 된 것이다. 며칠 전까지만 해도 집에 와서 함께 밥상에 마주 앉았던 동생이 살인 피의자가 되어 구속되어있는 경찰서에서의 만남. 그녀 역시 반은 넋이 나가 있는 상태였다.

수갑과 포승줄에 묶여 있는 동생. 범죄자가 된 동생의 모습에 희재는 비명을 지르며 울었고 누나를 만난 동생은 두려움이 가득한 얼굴로 누나의 가슴에 얼굴을 묻고 슬피 울었다.

한참을 붙잡고 울던 남매의 눈물이 바닥이 났을 때 그녀는 조심스레 동생의 얼굴을 어루만졌다. 조사받으면서 가혹 행위를 당하지는 않았는지 누나로서 본능적으로 살피게 되는 것이다.

"누나. 내 인생은 왜 이럴까?"

구속되었으니 조사도 강도 높게 받았으리라. 지쳐보이고 어깨가 힘없이 늘어진 동생이 그녀에게 한 첫마디였다.

희재의 눈에는 사랑받던 막둥이요 소년으로만 느껴지는 그저 가엾고 안쓰러운 동생의 손에는 차가운 수갑이 채워져 있었고 몇 겹의 포승줄이 단단하게도 묶여 있었다.

이 기막힌 현실은 정녕 꿈이 아니란 말인가.

둘은 붙잡고 울고 또 울었다.

너를 어쩌면 좋으냐. 이제 네 인생은 어떻게 되는 거니. 과연 살아서 우리가 이렇게 손 붙잡고 있는 날들이 오기나 할까? 하는 수많은 물음을 삼키며 그래도 속초에서 죽지 않고 살아 돌아와 줘서 고맙다고 했다.

둘이서 붙잡고 울고 있는 사이 형사들이 잠시 자리를 비켜줘서 둘만 남게 되었을 때 희재는 동생의 귀에 대고 나지막이 속삭였다.

"누나에게만 말해. 너 혼자 한 거 아니지? 그때 전화했을 때 네 옆에 분명 서너 사람의 목소리가 들렸었어."

"아니야 누나. 나도 그랬으면 좋겠는데 내가 그랬어."

"아니야. 네가 다급한 목소리로 말할 때, 주변에서 '이쪽으로 이쪽으로'라고 외치며 쫓기면서 달리는 듯한 두세 명의 목소리가 들렸었어. 제발 사실을 말해. 그게 돌아가신 분에 대해서도 예의야."

동생은 고개를 저으며 말을 이어갔다.

"아니야, 누나가 잘못 들은 거야. 나 혼자 그랬어."

"네가 왜? 네가 그분과 무슨 상관이 있다고."

"그냥 조금 혼을 내주려고 했는데, 이렇게 돼 버렸어. 정말로 그럴 생각은 아니었어."

"그니까 네가 왜 그분을 혼내냐고. 너랑 무슨 상관이 있다고. 제발 아니라고 말해줘. 네가 아니고 진짜는 따로 있다고 말해줘 막둥아."

뉴스에서 접한, 그리고 훗날 교회 사람들에게 들은 사건의 요지는 이렇다.

잡지사를 운영하시는 그분은 원로 목사님의 금전적인 비리와 여집사들과의 비도덕적인 면을 포착하고 기사화를 하겠다는 통보를 해 왔다고 한다.

그분은 십 수년간 원로 목사님과 호형호제하며 돈독하게 지내며 목사님의 후원을 받아 왔는데 지원금이 끊어지면 그런 식으로 원로 목사님을 괴롭혔고 조만간 스캔들 급 기사를 낼 예정이어서 날짜가 다가오자 원로 목사님은 그로 인해 생이빨이 다 빠질 만큼 너무나 고통스러워하셨다. 지근거리에서 원로 목사님을 모셨던 학찬이 곁에서 보다가 젊은 혈기로 혼을 조금 내줘서 잡지의 이번 기사화를 막으려고 했는데 그만 돌아가시고 말았다는 것이다. 경찰에서도 피해자 측에서도 당연히 원로 목사님의 사주와 교회의 지원이 있었을 거라는 확신 아래 동생은 강도 높은 조사를 받았고 연일 뉴스에서는 새로운 수사 소식을 밝혀내느라 뜨겁게 취재 소식을 전해왔다.

가족들 역시 마찬가지였다. 집 안에서 사랑받고 건실했고 정직했고 모든 수식어를 다 갖다 붙여도 부족할 만큼 완전했던 막둥이가 그 교회에 적을 두면서 살인자가 됐다. 어떻게 교회와 목사님과 무관할 수가 있단 말인가.

누구의 사주 없이 스물일곱의 청년이 혼자서 계획하고 실행한 테러는 누구에게도 설명될 수 없었다. 동생은 사람 목숨을 그렇게 경시할 만한 행동도 평소에 내비친 적이 없었다. 어린 조카들에게 우상일만큼 모두가 삼촌을 좋아했고 시골집 마당의 진돗개도 학찬을 무척 좋아했었다. 어린애들이 좋아하고 동물을 사랑하는 사람치고 악한 사람이 없는 법인데 그런 학찬이 이런 강력 사건의 중심에 서게 된 이유가 분명 있다는 것이 가족들의 공통된 생각이다. 더구나 석동호 장로는 잠시 피해 있으라면서 약간의 도피 자금을 준 이유로, 오지훈 목사는 학찬이 현장에 흘린 쇠막대기를 둘둘 말아갔던 교회 달력의 전신을 소각해서 증거 인멸을 했다는 이유로 함께 구속되었다.

학찬은 범행을 위해 준비한 쇠막대기를 벽에 걸린 달력을 한 장 찢어서 둘둘 말아서 갔는데 그 달력의 뒷면에는 숙소 청소 순번을 적은 10명의 직원들의 이름이 적혀 있었던 터라 검거에 결정적인 역할을 했다.

쇠막대기를 말아간 달력을 현장에 흘린 걸 깨닫고는 평소에 친하게 지냈던 오지훈 목사에게 숙소의 달력을 없애달라고 연락했고 오지훈 목사는 교회의 달력들을 모아 쓰레기 소각장에서 태워버렸는데 달력이 태워지는 순간에 이미 형사들이 잠입해서 증거를 확보했다고 한다.

태운들, 교회 이름이 버젓이 적힌 달력의 존재를 어찌할 수가 있었을까?

그토록 정직했고 성실했으며 검소하고 바른 생활 사나이로 누나인 희재에게도 자부심을 느끼게 했던 그 동생이 어느 날 살인자가 되어 포승줄로 묶인 채 현장검증을 하는 사진은 신문의 전면을 가득 채워 장식했고 모든 신문의 일 면에 실린 학찬의 모습은 가판대 전체를 차지할 만큼 도시의 가판대 전체가 학찬의 사진이었다.

집을 나서면 모든 곳, 눈을 돌리는 곳 어디에도 검거된 동생의 고개 숙인 모습을 봐야 하는 희재의 가슴은 갈기갈기 찢어졌다. 그러다 문득 엄습하는 두려움은 저만치의 사람 중 누군가가 혹시 자신을 알아보는 사람이 있지는 않을까 하는 공포심도 들었다. 모든 뉴스의 첫 화면을 장식하며 대대적으로 보도되고 있는 현실을 보고 있어야 하는 그 심정을 어찌 무엇에 비교할 수가 있을까.

누구에게 하소연을 할 수도, 맘 놓고 슬퍼 울 수도 없는, 아무런 이유도 모른 채 범인의 가족이라는 이유로 나락의 소용돌이에 함께 휘몰아쳐지고 말았다.

그 청년, 명지원

현장검증이 끝나고 학찬이 검찰로 이첩되었다는 뉴스를 본 후의 어
느 날, 검찰로부터 참고인 조사가 있으니 내사하라는 연락을 받았다.
그 무렵에는 조용한 골목길에 발자국 소리만 크게 들려도 혹시 기자
나 형사가 찾아오는 건 아닐까 하는 두려움에 가슴이 쿵 하니 내려
앉았고, 대문을 나설 때에도 학찬의 누나인 걸 알아보는 사람이 있지
는 않을까 하는 공포가 일상을 옥죄어 오고는 했다. 그런데 검찰이라
니…….

피할 수는 없었다. 왜냐하면, 그동안 학찬은 바로 위 누나인 자신하고
만 왕래하며 지냈었고 사고 후에도 통화 한 유일한 혈육이기 때문이다.

워낙 큰 강력 사건이다 보니 낮에는 기자들이 포진해 있어서 학찬
의 누나인 걸 알면 그들의 질문 세례를 피할 수가 없을 터이니 좀 늦은
시각인 9시 이후에 방문해 달라는 검찰 나름의 배려를 해 주었다.

검찰청 복도에 들어서자 곧 건물이 무너져 내릴 것만 같은 공포에
사지가 부들부들 떨렸다.

검찰청의 긴 복도를 걸어가자니 유난히 발걸음 소리가 크게 들렸고
영원히 돌아서 나올 수 없을지도 모를 것 같은 생의 마지막을 향해 걷

는 듯한 처연함도 들었다.

숨도 제대로 쉬지 못한 채 알려 준 검사실로 들어서니 밤이 깊었음에도 환한 불빛에 네댓 사람의 남자들이 각자의 책상에 앉아 있는 걸 보자 그녀는 또다시 그 자리에 얼어붙고 말았다.

"이학찬 씨 누나인가요?"

정면에 앉아 있던 체격이 건장하고 눈이 부리부리한 남자가 물어 왔는데 그녀에게는 마치 그 말소리가 호랑이의 포효처럼 들렸다.

그녀는 호랑이 앞의 새끼 임팔라처럼 얼어붙은 채 목소리도 나오지 않아 가볍게 목례만 했다.

그는 동생 사건의 담당 부장 검사였는데 김한규라는 명패가 책상 위에 놓여 있었다.

몇 가지의 형식적인 문답의 시간이 지나고 검사가 우렁찬 목소리로 말을 이어갔다.

"피해자의 아드님이 여기 와 계신 데 만나 보시겠습니까?"

그녀는 두려움에 심장에서 쿵 소리가 났다. 무슨 면목으로 그분을 만난단 말인가.

무슨 말을 해야 할까? 어떤 말로 용서를 구해야 할까? 어떤 위로를 드려야 할까? 사랑하는 아버지를 잃은 그분 아드님의 얼굴을 내가 어떻게 마주할 수 있다는 말인가.

용서를 받고 안 받고의 문제가 아니라 피해자 측을 직접 마주한다는 것 자체가 두렵기만 했다.

고개를 떨구고 두려움에 떨고 있는 그녀에게 검사가 재차 물었다.

"다음에 만나시겠어요?"

오늘 아니면 다음이라고? 그렇다. 언젠가는 만나야 한다. 적어도 진심으로 사과라도 드리는 것이 그분들에 대한 예의일 것이다.

"지금 뵙겠습니다."

직원의 안내로 맞은편 방으로 가자 세상에! 그곳에 동생만큼이나 앳되고 때 묻지 않은 너무나도 반듯하게 생긴 청년이 들어섰다.

순간, 그녀의 눈에서 폭포수 같은 눈물이 흘러나왔다.

이 죄를 어찌하면 좋을까. 저 풋풋한 청년이 내 동생의 손에 아버지를 잃었다니…….

어찌 저 청년에게 '용서'라는 걸 구할 수 있단 말인가?

희재는 '용서'라는 말은 감히 할 수가 없었다.

아무 말도 못 하고 청년의 발아래 철퍼덕 주저앉아 그의 손을 잡고 숨이 차듯 꺽꺽거리며 울고 있는 그녀를 청년은 일으켜 세우며 침착하게 말했다.

"일어나세요. 누님이 무슨 잘못인가요. 누님도 저희와 같은 피해자일 뿐입니다."

"죄송합니다. 죄송합니다. 죄송…….""

그렇게 그분의 아드님을 만나고 오는 길은 더욱더 기가 막혀서 엉엉우는 것 말고는 할 수 있는 게 없었다.

청년이 너무나 반듯해서 슬펐고 동생과 또래여서 더 미치도록 괴롭고 미안했다. 도대체 왜, 왜, 내 동생은 그런 일을 저질렀단 말인가.

모든 정황은 원로 목사님 혹은 교회 측의 사주로 연결됐다. 그래야만 수사가 진행될 수 있는 길이 열리는 것이다. 그런 정황이 설명되지 않고서는 수사가 한 발짝도 뗄 수가 없었다. 이 세상에서 사람 목숨보다 더 소중한 것이 무엇이 있겠는가? 또한, 이 세상에서 사람 목숨을 빼앗는 것보다 더 큰 죄악이 무엇이 있겠는가?

이런 엄청난 사건을 27살 청년이 원로 목사님을 지근거리에서 모시다가 누구와 의논도 없이 혼자서 이 일을 저질렀다고? 단지 원로 목사님을 너무나 사랑해서 그분의 명예를 지켜드리기 위해서 자신의 청춘을 걸었다고? 검찰도, 피해자 측도, 학찬의 가족들도 도무지 이해할 수 없는 논리였다. 검찰의 정황 포착과 의지는 확고했지만 그러나 동생은 끝끝내 자신의 단독 범행이라고 주장했다.

동생이 '네'하고 한마디만 한다면 모든 퍼즐이 완벽하게 맞춰질 것이었다.

주임 검사는 형사계에서도 강골 검사로 소문난 분이셨다. 동생이 버틴다고, 부인한다고, 그대로 믿고 수사를 종료하기에는 피해자의 억울함이 너무나 크다고도 하셨다. 수사는 강도 높게 시작됐다가 시간이 흐를수록 지난하게 진행됐다. 조각 하나만 맞추면 완성될 거대한 퍼즐판이 그 한 조각을 찾기 위해 9개월 동안 여기저기를 뒤적이고 있는 셈이었다. 2월에 검거된 후 12월 말에 형이 확정될 때까지 공중파 텔레비전의 9시 뉴스를 진행하는 앵커의 첫 마디는 '명재혁 씨 살해 사건의 범인 이학찬 씨는'으로 시작되었고 어김없이 학찬의 얼굴이 TV 화면 전체에 떴다.

결과가 어떻든 간에 제발 학찬의 얼굴만이라도 텔레비전 화면에서 사라져 주기를 가족들은 바랄 뿐이었고 강직하기로 소문난 담당 검사가 제발 진범과 배후를 밝혀주기를 기대했었다.

검사 또한 동생을 구할 수 있는 유일한 방법은 누나인 희재가 동생을 설득해서 진실을 밝히는 것 외엔 사형 구형은 불가피하다고 했다.

생각해 보라. 학찬의 말이 사실이라고 생각하기엔 그동안 그가 보여준 일상의 모습들이 너무나 빈틈없이 모범적이고도 성실했었다.

검찰도 살해 배경을 밝히기 위해 부단히 노력했지만, 초지일관 자신의 단독 범행이었음을 주장하는 학찬 앞에 결국 원로 목사님에 대한 학찬의 왜곡된 사랑과 충성으로 저질러진 사건으로 결론지어졌다.

특수부대에서 요인 암살 훈련을 받은 바 있었던 동생은 재판장에 들어서는 모습을 촬영하는 방송국의 카메라를 포승줄에 묶인 채 돌려차기를 해서 카메라가 바닥에서 박살 나는 장면이 뉴스 시간에 여과 없이 보도되기도 했는데 운동신경이 뛰어났던 동생이지만 그런 면이 있는 줄은 희재도 몰랐었다. 특전사에 입대한 후 선했던 동생의 눈매가 예리하게 변하긴 했다.

"왜 눈을 그렇게 떠?"하고 희재가 물었을 때 그런 훈련을 받았다고는 했다. 일 분 동안 눈을 깜빡이지 않고 정면을 응시하고 있으면 눈물이 주르륵 흐르는데 그래야만 밥을 먹으러 갈 수 있다는 것이다. 적군을 만났을 때 시선에서 먼저 제압하는 훈련이라고 했는데 그런 훈련을 받았다는 건 알았지만 뉴스에서 보여준 모습은 희재도 생소한 동생의 모습이었다.

재판이 진행될수록 동생은 점점 더 의연해져서 희재도, 검사도, 원하는 답을 들을 수 없었다. 그녀도 동생과 통화할 당시 주변에 서너 사람의 쫓기는 듯한 목소리를 들었노라고 법정에서 증언했지만 누나가 잘못 들은 거라고 동생이 완강히 부인하는 바람에 사건 해결에 별 영향을 끼치지 못했다.

첫 공판에서 검찰은 사형을 구형했고 법원에서는 무기징역을 선고한다. 학찬도 검사도 항소했다.

다들 고만고만하게 사는 것도 문제였지만 다른 혈육들 또한 사건의 내막을 용납하지 못한 채 원망 가득한 시선으로 교회를 바라볼 뿐 완강히 단독 범행임을 주장하는 막냇동생의 말을 믿는다 해도 가족의 이름으로 피해자 가족에게 피해보상을 할 어떠한 마음도 형편이 안 되는 것도 현실이었다.

교회 또한 학찬의 과잉 충성으로 오히려 교회가 곤란에 빠지게 되었다는 입장이어서 희재의 가족들은 한편으로는 미안하기도 해서 교회에 도의적인 책임조차도 물을 수 없게 됐다.

동생은 살인을 했고, 어느 한 분은 고인이 되었으며 그분의 가족들은 사랑하는 가장을 잃고도 하다못해 손해배상마저도 청구할 대상이 없게 된 것이다.

학찬은 미성년자가 아니며, 그의 가족들은 능력이 안 되었고, 교회는 연루되는 걸 극도로 경계했다.

그럼에도 불구하고, 부끄럽게도 그리고 다행스럽게도 그 반듯했던 청년은 아무 조건 없이 '하나님의 사랑'으로 용서한다는 내용의 처벌 불원서를 법원에 제출해 줌으로써 그해 12월 학찬은 15년형으로 최종 확정되었다.

15년.

감이 잡히지 않아 희재는 15년 전의 나이를 역으로 되감아 봤다.

15년 전에 난 뭘 하고 있었을까? 그렇다. 15년 전의 자신은 중학생이 었는데 결혼해서 아들을 낳고 오늘에 이르렀던 세월을 동생의 옥바라지를 해야 한다.

그렇다면 15년 전의 학찬은 무얼하고 있었을까?

초등학교 4학년의 어린이가 군대까지 다녀와서 지금의 청년이 되기까지의 세월을 그는 갇혀 있는 영어의 몸이 되어 있어야 한다.

그녀는 다시 앞으로 15년을 걸어봤다. 그녀도 동생도 모두 불혹에 접어들어 있었다.

스물일곱의 펄펄한 청년이 42살 불혹이 되어야만 이 거리를 걸을 수 있게 된다.

또다시 코끝이 찡해 오더니 일그러진 얼굴 위에 뜨거운 눈물이 주르륵 흘러내린다.

그래도 사형을 면한 걸 다행이라고 해야 하나? 그래도 살아 있음에 감사해야 할까?

그러다 갑자기 나쁜 짓을 하다 누군가에게 들킨 것처럼 그녀는 눈물을 거두어야 했다.

동생의 손에 운명을 달리하신 그분을 생각하면 이마저도 파렴치하다는 생각이 들어서였다.

큰오빠는 동네에서 부끄러워서 고개를 들 수 없다며 이제는 동생이 아니라 남이라고 여기기로 했다고 하셨다. 지역사회에서 살아가면서 그것도 동네에서 존경받고 신망이 높았던 고지식한 성격을 생각하면 더욱 그럴 것이다. 얼마든지 큰오빠를 이해할 수 있었다. 시골 동네의 삶이란 더 불편할 수도 있다. 사람들과 마주치지 않고 싶다고 해서 피할 수 있는 환경이 아니다. 그 집에 재산이 얼마인지 빚이 얼마인지 하다 못 해 주방에 숟가락이 몇 개인지조차 노출되어 있는 것이 골목 하나를 두고 이어지는 지역사회의 삶이다. 사람들이 쉬쉬하며 수군대는 소리가 심히 불편하실 것이다. 작은오빠는 그나마 교회에 가서 담임 목사의 멱살을 잡고 폭언이라도 하신 모양이긴 했지만, 처자식을 거느린 가장의 삶이 녹록지 않았고 다른 언니들은 15년간의 면회 경비와 영치금이 부담스럽다며 희재 앞에 물건을 슬그머니 밀어 놓듯이 손을 털어 버렸다. 너와 가장 친했으니까 또 너는 같은 서울에 살고 있으니까 네가 면회를 다니는 것이 그 안에 있는 학찬이도 편할 거라는 게 언니들의 이유였다.

그런 건 아무래도 상관이 없었다. 다른 혈육들이 면회를 다닌다 해도 어차피 희재가 도맡아서 옥바라지를 하게 됐을 것이다. 엄마 돌아가시고 큰오빠가 본가로 들어올 때까지 자신의 손으로 동생의 생활을 담당했던 희재에게 학찬은 마땅히 자신이 돌봐야 할 동생이라는 모성애가 어느새 자리 잡고 있었다.

학찬의 오랜 수형 생활과 희재의 옥바라지라는 긴 여정이 시작되었다.

15년. 이제 그 긴 세월을 향해 출발선에 들어선 희재는 대체 무슨 일부터 해야 하나 하다가 퍼뜩 사건 후 동생과의 첫 통화가 스쳐 갔다.

분명히 그날, 동생은 혼자가 아니었다. 그건 희재의 확신이었다.

학찬이 전화를 했던 시간은 그분에게 사고를 낸 후 30분 이내의 시간이었다. 다급한 뉴스 속보의 여운이 채 가시기 전에 전화를 받았으니까 그건 분명할 것이다. 그녀의 머릿속에 그려지는 광경은 서너 명이 누군가에게 쫓기며 급히 달아나는 장면이었다. 차량 소리의 소음이 가까이서 들렸기에 동생은 달리는 차 안에서 휴대 전화로 전화를 했고, 다른 사람들은 뒤를 돌아보면서 상황을 살피며 방향을 지시하는 것 같은 장면이 더욱 선명히 그려졌다. 동생의 성격상 어쩌면 진실을 다 말하지 않고 혼자서 짊어지고 가는 듯한 느낌을 떨칠 수 없어서 분명 어떤 내막이 있을 거라는 확신이 자리 잡았다.

혹시 군대 친구들이 도왔을까? 공범이 있다 해도 군대라는 울타리에 숨어버리면, 그리고 학찬이 진술하지 않는 한 방법은 없을 것이다.

아무리 동생이 군에서 요인 암살 훈련을 받았다 해도 불과 2분 사이에 일어난 사건이다.

그녀는 집 가까이에 있는 교회에 다니고 있었는데 동생이 다닌 교회에 대해서는 몰랐었다.

그런 대형교회가 애초에 그녀에게 친근하지 않았고 아는 듯 모르는 듯 신앙생활을 하는 것이 희재가 했던 신앙생활이었다.

이제 동생을 위해 할 일 중 그 첫 번째가 동생이 다닌 교회에 대해 알아보기로 마음먹었다.

　동생이 자신의 모든 것을 바쳐서라도 사랑하고 존경하는 그분, 원로 목사님이 과연 어떤 분인지도 알고 싶어졌다.

　그곳도 명색이 교회이니 다니겠다고 나오는 성도를 막지는 않을 것이다. 비록 학찬의 누나라 할지라도.

　그녀도 나름 십 년이 넘는 신앙생활을 했기에 동생이 다녔던 교회에 문제가 있다면 그것을 분별할 수 있을 것이고 동생을 회유하기에 자신만 한 사람이 없다는 확신도 있었다. 아니, 동생을 잘못된 신앙에서 구해내야 할 유일한 사람이 자신이라는 사명감까지 들어 비장하고도 담담하게 그 교회의 마당을 밟았다.

　또 하나는 경제적인 문제였다. 외벌이 남편에게 자신의 동생까지 짐이 될 수는 없었다. 그리고 일, 이 년으로 끝날 일도 아니다. 의상 디자이너였던 희재는 출산 휴가 중이었는데 접견을 다니기 위해서는 아무래도 평일 휴무가 가능한 직업을 가져야 한다는 생각이 들었다. 형이 확정되자 그녀는 미용 학원에도 등록을 했다.

일곱별 교회

일곱별 교회. 교회는 실로 거대했다.

넓은 주차장과 교회를 둘러싸고 있는 7월의 울창한 숲.

공기 냄새도 다르게 느껴지는 풍경이 마치 대학교 캠퍼스 같기도 했고, 동생의 면회를 다녔던 군부대 같기도 했다. 서울 시내에 이런 교회가 있었다는 사실이 생경했다.

재판 때 만났던 분들과 구치소 면회에서 알게 된 몇몇 성도들의 환대를 받았는데 그들은 희재가 재판 때에 증인으로 선 자리에서 '안타깝긴 해도 동생의 의사를 존중한다'고 했던 증언이 그들이 보기에는 하나님께서 그녀에게 은혜를 입히셨기 때문으로 해석했고 희재의 증언에 '큰 은혜를 받았다'고 했다.

달리 말하면 하나님께서 그녀에게 '은혜를 입히셨기에' 희재가 그런 증언을 했다는 것이다.

그러나 그녀도 많이 고민은 했었다.

동생에게 사형을 구형했던 검사가 구형이 임박해서 그녀를 한 번 더 참고인으로 불렀었다.

동생의 목숨을 구할 수 있는 유일한 방법은 '목사의 사주가 없었다면 내 동생이 살인자가 될 리가 없다'는 누나의 증언이 있다면 사형만은 피할 수 있을 거라고 회유했지만 그릇됐다 할지라도 동생의 신념에 상처를 내고 싶지는 않았다.

어차피 동생은 그에 합당한 대가를 치를 것이다. 동생의 형량에 얼마나 영향을 미칠지는 몰라도 동생의 말이 사실이라면 자신의 추측성 발언으로 교회와 목사님은 이중으로 힘들어져야만 한다.

그래서 희재는 차선으로 택한 방법이 동생이 다녔던 교회를 다니는 것이다. 동생의 마음을 돌이킬 수 있는 어떤 점을 발견한다면 그것으로 동생을 회유시킬 것이고 늦게라도 동생이 마음을 바꾸면 그때라도 뒤집을 수 있지 않을까 하는 생각이 들었기 때문이다.

그녀도 노력하지 않았던 건 아니다. 구치소에 접견을 가서도 '돌아가신 분을 위해서라도 아직 말하지 못한 부분이 있다면 얘기를 하라'고 진지하게 물어보고 또 물어봤음에도 동생은 고개를 저었었고 희재도 동생이 진실로 답했다고 믿었기에 동생에게 불리하다 해도 그렇게밖에 증언할 수가 없었다.

어쨌거나 학찬의 말이 사실이라면 경솔한 동생 때문에 교회가 곤경에 처하게 된 지금은 교회에 미안함을 가져야 하지 않겠는가.

넓은 운동장을 지나 긴 계단을 오르자 유리로 된 거대한 대성전이 있었다. 성전 천장의 등도 동생이 달았고 7층 높이의 유리창도 특수요원처럼 동생이 거꾸로 매달려 닦았노라고 교회에서 만난 사람들은 각자와 얽힌 추억들을 들려줬다. 교회 구석구석에 동생의 손길이 머물러 있다는 걸 생각하니 또 한 번의 설움이 밀려왔다.

이렇게 정성스레 어루만지고 닦았던 성전은 여기 있는데 너는 왜 거기에 있는거니…. 언제쯤 이곳에 돌아와 예배를 드릴 수 있을까…. 아니, 그런 날이 오기는 할까?

동생의 일로 그녀는 평생 흘릴 눈물을 다 흘려버린 듯했다.

동생이 자신을 전부 바쳐 사랑하고 존경한다는 원로 목사님은 뵐 수가 없었다.

사고가 나던 날, 집회가 있어서 일본에 머물던 중이셨는데 사고 소식을 듣고는 미국으로 떠나서서 그곳에 체류 중이라고 했다. 대형교회이니만큼 미국 여러 주에 지교회가 있다고 했다.

교회에서는 새 신자들에게 먼저 기초 성경 공부를 하게 했다. 다른 교회를 몇 년을 다녔든 그건 상관없었다. 예배가 철저히 성경 중심이라 다른 교회를 다녔다 할지라도 이 교회에서 중요하게 여기는 핵심적인 내용의 성경 공부를 미리 해야만 설교 내용을 제대로 이해한다는 것이다. 타 교회의 장로였든 목사였든 그 또한 개의치 않았다. 모든 새 신자는 그 과정을 거쳐야 했고 '말씀의 기초'공부를 이수해야만 대예배실에 들어가서 예배를 드릴 수 있었다. 희재는 갑자기 긴장감이 밀려왔다.

그것은 마치 마법의 세계로 들어서는 모험처럼 느껴졌다.

정신을 바짝 차려야 할 텐데……

세뇌당하지 않아야 할 텐데……

어떠한 말에도 현혹되어서는 안 될 텐데……

자신도 이 세계에 깊이 빠져 영혼이 잘못되는 건 아닐까?

동생을 회유하기는커녕 자신도 수렁에 빠져 함께 헤어 나오지 못하게 되는 건 아닐까?

그토록 이성적이었던 학찬이 이렇게 변한 데에는 이유가 있을 거야. 그것을 알아내야 하는 사명감을 가지고 이곳에 왔는데 자신까지 길들여지면 어떻게 하지?

요즘 언어로 가스라이팅 당하게 될까 봐 희재는 긴장감과 비장함이 먼저 밀려왔다.

머릿속에서 바람 불고, 비 내리고, 천둥 치는 순간이 지나자 그녀는 두 주먹을 불끈 쥐고 성경 공부를 시작하게 된다.

공부는 교회 주변에 사시는 정 아무개 전도사님 댁에서 그녀를 비롯한 서너 분으로 시작됐다.

전도사님은 40대의 여성으로 서울대 국문과를 나와 고등학교 국어 선생님으로 재직 중이셨는데 아직 독신이셨다.

전도사님이 그녀에게 이사야 34장 16절을 소리 내어 읽어 보라고 하심으로 공부는 시작되었다.

"너희는 여호와의 책을 자세히 읽어 보라. 이것들이 하나도 빠진 것이 없고 하나도 그 짝이 없는 것이 없으리니……."

성경 말씀은 모든 말씀에 짝이 있다는 것이었다.

또한, 성경은 비유와 비사로 기록되어 있기에 표면과 이면의 뜻을 알아야만 이 교회의 예배를 이해할 거라고 했다.

그녀가 배운 말씀 기초 성경 공부는,

때.

구름.

율법과 은혜.

주일과 안식일.

성전.

삼 일 길.

초림.

장자와 차자.

아담.

멜기세덱.

이렇게 10단계였다.

기초 성경 공부를 마치자 훌쩍 6개월이 지나갔다.

성경 공부를 시작했다고 했더니 학찬이도 너무나 기뻐했고 길 가다 마주치는 교회 직원들과 교회 직분자들, 그리고 교역자들까지도 비로소 그녀를 자신들의 세계에 들어온 한가족으로 대해 주었다. 미국에 계시는 원로 목사님께서도 희재의 성경 공부 소식에 기뻐하셨다고 했다.

성경 공부가 끝나갈 무렵 희재를 공부시켰던 정 아무개 선생님은 전도사로 임명되셨는데 그분은 너무나 감격스러워하시며 미련 없이 교직에서 은퇴하셨다.

성경 기초 공부의 내용은 가히 경이로운 것이었다.

희재는 신앙생활 십여 년이 지나도록 4 복음서(마태복음, 마가복음, 누가복음, 요한복음)를 벗어난 적이 별로 없었다. 그녀가 못 벗어난 게 아니라 목사님들은 구약성경은 잘 설교하지 않으셨다. 그러니 성도들은 구약성경에 대해 알지 못했고 아예 접근도 못 해 본 내용이어서 그저 전설이나 신화처럼 여겼던 부분으로 뭐가 뭔지 그저 어렵기만 했었다.

이 6개월간의 공부를 통해 그녀는 처음으로 성경 66권 속을 걸어봤다.

공부의 내용은 창세기부터 요한계시록까지 하염없이 성경을 넘나들며 그 짝들을 찾아 맞췄고 공부가 끝날 즈음에는 구약 시대의 인물들에 대해 상상이 가능해지기도 했다.

이를테면 사막의 거대한 모래더미에 묻혀 있던 비밀스러운 형체가 한바탕 바람이 불어 지나면서 본 모습을 드러내는 듯했다. 또 한편으로는 신구약 성경 전체를 뒤져서 조각들을 찾아내어 퍼즐을 맞추는 것 같기도 했다. 성경의 짝들을 찾아 그 의미들을 한 줄로 꿰었을 때 풀리는 성경의 비밀은 그녀에게 새로운 세상을 열어주는 것이었다.

그녀는 성경의 비밀스러운 문이 열리는 듯한 경이로움을 느끼며 성경 속에 빠져들었다.

그러자 하나의 물음표가 그녀의 마음속에서 솟아났다.

학찬이는, 이런 성경 말씀을 공부해 놓고 왜 그런 일을 저질렀을까? 언제쯤 그 이유를 알게 될까? 혹시라도 성경 공부 내용이 교묘히 자신을 세뇌해서 동생의 살인을 이해해 버리거나 합리화해 버리게 되면 어쩌나? 감탄은 속으로 하되 절대로 동화되지는 않으리라. 그럴수록 더욱 차갑게 깨어서 동생이 실족한 틈을 찾아야 한다고 자신에게 다짐하고 또 다짐했다.

어느 날, 교회에서 조 아무개 권사와 마주쳤다. 그녀는 구치소 면회

때 석동호 장로 접견을 와서 인사를 나눈 적이 있는 분이다.

"공부가 끝났는데 뭘 느꼈어요?"

"성경에 이런 내용이 있는지 처음 알았어요. 성경이 너무 재밌어요."

"그래요. 너무 신기하고 재밌지요? 그거 말고 또 뭐 느낀 거 없었어요?"

"뭐가 또 있어요?"

"음……요한복음 1장 1절을 하루에 열 번씩 노트에 적어봐요. 그때 뭔가를 또 느낄 거예요."

요한복음 1장 1절,

'태초에 말씀이 계시니라. 이 말씀이 하나님과 함께 계셨으니 이 말씀은 곧 하나님이시니라.'

희재는 성경을 쓰는 대신 조 권사가 알려 준 성경 구절을 몇 번이고 소리 내어 읽어봤다.

그 전에도 알고 있었던 구절인데 이 구절의 이면에는 어떤 의미가 담겨 있을까? 아무리 읽어 봐도 느껴진 것은 없었다. 그녀는 스스로 '언제쯤 나는 성경에 통달한 사람이 될까?'하고 생각하니 그동안 했던 신앙생활이 그저 덧없이 느껴졌다.

그동안 교회 다니면서 뭘 배우고 뭘 느꼈단 말인가? 이제부터 비로소 신앙생활이 시작되는 듯한 기분이 들었다.

'그래, 내 신앙의 나이는 이제 한 살인 거야.'

그런데 이상하다? 말씀이 '있었다'가 아니라 '계셨다'네? '말씀'이 의인화 되어 있는 것이 무척 신기해서 그녀는 고개를 갸웃했다.

이걸 이제야 발견하다니……. 그래서 성경에도 성경을 자세히 읽어보라고 쓰여 있었구나.

성경은 알아가면 알아갈수록 그저 신기할 따름이었다.

희재가 고등학생 때 그녀가 다니던 교회 목사님께 질문을 한 적이 있었다.

"목사님. 성경에는 하나님께서 아담과 하와를 지으셨고 그 아담과 하와는 가인과 아벨을 낳았는데 가인이 아벨을 쳐 죽이잖아요. 그럼 세상에는 아담, 하와, 가인 세 사람뿐인데 창세기 4장 14절에 가인이 하나님께 쫓겨나면서 '무릇 나를 만나는 자가 나를 죽이겠나이다'하는 구절이 있던데 누가 가인을 죽이는 건가요? 세 사람 말고도 세상에 사람이 또 있다는 건가요?"

자신을 빤히 바라보던 그 목사님의 표정을 희재는 결코 잊을 수가 없었는데 잠시 후에 목사님이 얘기하셨다.

"믿어라. 성경에 그렇게 쓰여 있으니 그냥 무조건 믿으면 된다."

그 후부터 희재는 함부로 질문하지 않았고 구약성경은 목사님들에게도 어려운 내용이구나 하고 생각했었다. 그런데 이 교회분들은 성경에 막힘이 없었다. 오히려 질문할 만큼 희재가 아는 게 없다는 것이 옳을 것이다.

성경책을 들고 교회 문을 드나든 지가 십 년이 넘었건만 그야말로 희재의 신앙의 키는 십 년 전이나 변함 없었고 성경은 여전히 철옹성처럼 단단히 닫혀 있었다. 성경에는 그런 성도를 향해 '마당만 밟는 자'(이사야 1장 12절)라고 쓰여 있었다.

교회는 넓고 숲이 우거진 대자연 속에 자리 잡은 너무나 아름답고도 드넓은 곳이었지만 언제나 질서 정연했고 깨끗했으며 경건함이 넘치는 곳이었다.

희재가 다녔던 교회는 사찰 집사가 있어서 교회 청소일을 도맡아 했는데 일곱별 교회에는 사찰 집사가 아예 없이 전 교역자, 직원, 성도들이 그 일을 담당했다.

교회 직원들이나 교역자들은 하나같이 부지런했고 검소했고 겸손했다. 그 넓은 교회를 마치 자신의 집인 것처럼, 자신의 마당인 것처럼 모두가 팔을 걷어붙이고 살폈고 원로 목사님은 안 계셨지만 마치 저만치서 지켜보고 계신 것처럼 그들은 행동했다.

'저렇게 일을 하면 얼마나 힘들까?'하는 생각이 들 만큼 열심히 일하고 봉사하는 사람들의 표정은 늘 밝았고 건강함이 넘쳤으며 자신에게 그 일이 주어진 것에 대해 무한 감사하는 모습을 보며 동생 학찬이가 지낸 날들을 상상할 수 있었다.

저렇게 보냈겠구나. 저들처럼 학찬이도 행복해했겠지.

지난 십여 년간 교회의 마당만 밟는 성도였다가 비로소 마당을 지나 성전의 문을 여는 것 같은 자신을 발견하곤 동생으로 인해 이 교회가 받고 있는 세상의 지탄과 핍박이 오히려 미안하게까지 느껴졌다.

동생의 일은 그녀의 삶에도 엄청난 트라우마를 남겼는데, 그녀 생각에는 전 국민이 동생의 얼굴을 영원히 알아보리라 생각될 만큼 지난 일 년 동안 뉴스를 장식했었다. 어쩌면 지금까지도 개인의 사건으로는 그보다 더 크고 요란한 사건은 없을 것이다. 그녀의 고향 친구들도 고향 사람들도 앞에서는 그녀를 위로했지만, 소문은 고향의 반경을 넘어 그녀나 그녀 가족을 아는 이들은 물론이고 그녀를 모르는 사람들까지 입에 오르내리고 있었다.

희연 언니는 결혼과 동시에 고향의 이웃 동네에서 살고 있었다. 훗날 언니의 말에 의하면 학찬의 사고 후 몇 년이 지나 그곳의 연합예배에 참석해서 만난 어느 집사님도 희연의 동네를 알게 되자 그러한 사건이 있었다던데 그 범인과 아는 사이냐고 물었다 했다.

이처럼 동생의 일은 너무나도 유명해져서, 스치는 사람들도 그녀를 학찬의 누나로 알아볼 것만 같은 두려움도 있었다.

희재는 엄청난 대인기피증으로 그 누구도 만날 자신이 없었다. 오직 한 곳, 일곱별 교회에서만은 고개를 숙이지 않아도 되었다.

교회에서 사람들을 알아갈수록 이미 동생은 영웅이 되어 있다는 걸 알게 되었다.

얼마나 목사님을 사랑했으면 그 충성심이 뛰어난 청년이 너무도 순수한 마음에서 자신을 바쳐 그 일을 했겠느냐는 것이다. 자신마저 동생을 영웅화할 수는 없었지만 적어도 누가 알아볼까 봐 사람들을 기피하는 것은 하지 않아도 됐었다. 그렇다고 그녀의 머릿속에 '왜?'라는 물음표가 사라진 것은 아니다.

동생 학찬은 형이 확정되자 서울구치소를 떠나 경주교도소로 이감되었다. 한 달에 두 번 있는 기결수 면회는 희재가 한 번, 교회 측에서 한 번씩 가기로 정했는데 남편과 어린 아들과 함께 경주라는 먼 곳까지 매달 면회를 다니는 일이 쉽지만은 않았지만, 동생을 접견하는 일이 그녀에게는 가장 중요한 일이 돼 버렸고 사명인 양 자신에게 동생의 옥바라지를 맡겨주신 하나님께 감사하는 마음으로 최선을 다해 먼 길을 다녀오곤 했다.

세상에서는 극악무도한 죄인이었지만 그녀에게 동생은 여전히 사랑하는 소중한 존재였다.

옥인동 동네에서는 골목의 발자국 소리가 자신의 집으로 가까워질 때면 기자나 또 누군가가 동생 일로 자신을 찾아올지도 모른다는 불안감이 깊어 인왕산 꼭대기의 결혼 전에 살았던 동네로 이사를 했다. 그곳은 골목 곳곳에 동생과의 추억이 서려 있었다.

군에서 휴가라도 나올 때면 늘 누나에게로 왔던 동생은 때론 오빠 같고, 때론 친구처럼 다정했다. 오누이는 백화점에도 가고 손잡고 동네 산책도 즐겼는데 어쩌다 마주치는 어르신들은 두 사람이 너무 잘 어울린다며 부부나 연인처럼 보시기도 했다. 그러다 늦가을, 빈터에 서 있는 나무의 감이 익어갈 때는 민첩하고 날렵한 학찬이 나무에 올라가 감을 따 주기도 했고, 민들레 꺾어 홀씨를 불며 깔깔대던 동생의 모습이 생각나면 주체할 수 없이 눈물이 흐르곤 했는데 사람들이 볼까봐 그 자리에 멈춰 마치 길에서 자라고 있는 들꽃을 살피듯 쭈그려 앉아 '네가 왜 거기에 있니. 네가 왜…'하면서 또 한참을 울어야 했는데 이처럼 희재도 눈물 없이는 현실을 받아들이기가 너무나 고통스러웠다.

인왕산 꼭대기의 집은 공기 좋고 통창 가득 인왕산과 북한산을 품고 있어서 전망도 더할 나위 없었지만, 교회 분들과 함께 접견을 가야 하는 날에는 깜깜한 새벽에 언덕길을 홀로 걸어 내려와 외곽에 있는 교회까지 가서 그곳에서 교회 분들을 만나 출발해야 했기에 새벽 4시에 일어나는 건 다반사였다.

그날도 어린 아들을 남편에게 맡기고 홀로 새벽에 골목을 걸어 내려오는 그녀의 손에는 제법 두툼한 가방이 들려 있었는데 동생의 월동 준비물들이었다.

교도소 안이 많이 춥다며 따듯하고 두툼한 내의를 준비해 달래서 희재는 아예 캐시미어 실로 동생의 내의를 떠버렸다.

당시 금액으로 실값만 40만 원, 뜨개질하는 시간은 한 달이 걸렸지만 그건 중요하지 않았다.

생활비가 모자라면 밖에서는 조금 더 아껴 쓰고 미룰 수 있는 것은 미루면 된다. 동생의 겨울나기를 준비하는 것 자체가 그녀에게는 기쁨이고 감사였다.

다수의 재소자가 한 방에서 생활하다 보니 자신의 물건에 각각 볼펜으로 수번(수형번호)을 써서 표시를 하는데, 분실되기도 하고 번호가 지워지기도 하고 바뀌기도 해서 여간 불편한 게 아니라고 했다. 그녀는 이번에 넣어주는 캐시미어 내의와 양말, 속옷들에 동생의 수번을 몽땅 수놓아 버렸다.

접견을 마친 후 며칠 뒤에 받은 동생의 편지는 글에서조차 흥분과 상기되어 있음을 느낄 수 있었다. 누나가 넣어 준 수번이 수 놓인 영치품들을 보더니 같은 방의 재소자들이 일제히 탄성을 질렀다는 것이다. 재소자들이 '번호 패션'이라고 이름 지어 준 영치품으로 인해 동생은 자신이 다른 재소자들과 다름을 느끼게 해 줘서 고맙다고 했다. 사실 기결수 중 강력 사건으로 들어온 장기수들은 친인척들 간의 왕래가 끊어진 사람들이 다수라고 했다. 본인 역시 강력 사건의 피의자이고 장기수이지만 가족에게 버림받지 않고 매달 접견 오는 누나가 있다는 것도 자랑인데 옷이나 소품 하나하나에서 사랑이 느껴지고 정성껏 수까지 놓아 들여보내는 영치품은 두툼한 내의보다 더 따스함을 느끼게 하노라고 했다.

그 이후에도 희재는 동생에게 들여보내는 물품들은 최선을 다해 정성껏 준비했다. 늘 그녀의 형편에는 부담이 되는 최상의 물품들이었지만, 선택의 여지가 없는 그 안에서 그나마 작은 위로가 되기를 바라는 마음을 그렇게라도 전달하고 싶었다.

그렇게 새벽에 걸어 내려가 서너 시간 먼 거리를 달려 10분간 동생을 만나고 오는 접견 생활도 몇 해가 흘렀고, 학찬도 자신이 치러야 할 대가를 겸허히 받아들여 누구보다도 성실하고 충실히 수형 생활을 해내고 있었다. 그 안에서 배울 수 있는 것은 최대한 배우고 익히며 하루하루를 성실히 살아냈다.

출소 때까지 단 한 번의 문제를 일으키지 않았고 오히려 그 안에서 구심점이 되어 전도도하고 돕기도 하는 등 재소자들이나 교도관에게도 특별히 더 모범적이었다.

사실 학찬이는 어려서부터 주변 사람들이나 가족들을 실망시킨 적이 한 번도 없었다. 입이 짧아 아무거나 먹지는 않았지만 그렇다고 까탈을 부리거나 투정하지는 않았다. 그냥 조용히 먹지 않았을 뿐이다.

부모님 모두 돌아가시고 자신의 형편을 알고 나서는 분수에 넘치는 그 어떤 행동도 없었다. 늘 검소했고 부지런했으며 군 생활에서도 누구보다 성실했고 반듯한 성격으로 상관의 칭찬과 신망을 받았으며 동료들의 신뢰도 두터웠다.

사생활도 깨끗했고 맡은 바 일에 충실했으며 정도를 벗어난 일은 절대로 하지 않는 절제와 성실을 갖춘 이성적인 아이였다. 인정도 많았고 늘 밝게 웃었으며 외모까지 잘 생겨서 주변에는 늘 사람이 넘쳤다.

이환과 병채는 학찬의 깨복쟁이 친구들이다. 많은 동네 친구 중에서도 유독 친했던 건 이 둘 역시 학찬이처럼 반듯해서 동네의 기대주들이었다. 희재는 이 둘이 놀러 올 때면 맛있는 저녁을 지어 먹였고 주말에는 학찬의 방에서 셋이 함께 자고 가도록 했다.

그 친구들은 엄마가 안 계시는 상실감을 학찬이 견뎌낼 수 있도록 많은 도움이 됐다.

유행가 가사처럼 이 둘은 동네 아이들보다는 가깝고 혈육보다는 조금 먼 그렇게 특별한 사이로 성장했다.

학찬의 사고 소식 후 이환이는 이따금 희재에게 전화해서 '학찬이 잘 있던가요?'하고 묻고는 그저 펑펑 울다가 끊고는 했다. '접견 갈 때 같이 갈래?'하고 물었더니 자신은 도저히 그 안에 있는 학찬의 모습을 볼 자신이 없다면서 마주 볼 용기가 생길 때까지 소식만 듣겠다고 했다.

늘 보증수표와 같았던 동생이기에 희재를 비롯한 그를 아는 모든 사람들은 그 사건에 아연실색할 수밖에 없는 것이었다. 그렇기에 희재의 머릿속 물음표는 늘 따라다닐 수밖에 없었다.

그리고, 어느 봄.

학찬에게 도피 자금을 줬다는 이유로 6개월 동안 형을 살다 나온 석동호 장로가 인도네시아에 함께 다녀오자고 했다. 사건에 깊이 개입했을 거라는 의혹이 아직 철회되지 않은 상태여서 원로 목사님은 귀국을 할 수가 없는 상황이었고 또 언제쯤 그 의혹이 해소될지도 몰랐기에 그곳에 원로 목사님이 와 계시면 한국에서 성도 및 교역자들이 그곳으로 가서 뵙고 오곤 했는데 희재에게도 이쯤에서 한 번 뵙는 게 좋지 않겠냐는 것이다. 사실, 희재도 그분에 대해 무척이나 궁금했었다. 어떤 분일까? 대체 어떤 분이기에 동생 학찬이는 자신의 전부를 걸고 그토록 무서운 일을 저질렀을까? 한창 피가 끓는 청춘의 나이에 들어갔으면서 그 멀고도 먼 수형 생활을 한 번도 힘들다는 내색도 없이 저토록 성실히 해내고 있는 것일까? 그분을 뵈면 무슨 말을 먼저 해야 할까? 그분은 학찬의 누나인 자신에게 과연 무슨 말씀을 하실까?

몇 분의 목사님들과 장로님들 또 일반 성도들까지 열너댓 명이 인도네시아의 한 성도 집에 도착했을 때 그곳에는 평소에 안면이 두터운 권사님들이 먼저 도착해 있었다. 인도네시아의 자카르타에서도 베버리힐즈 타운이라 하는 그곳은 마치 국립공원을 연상케 할 만큼 실로 어마어마한 대저택이었다. 대문을 들어서면 양쪽에 바나나 숲이 끝없이 펼쳐져 있고 차가 한참을 달린 후에야 본채에 도착했다.

3만 평이라고 했던가. 그 저택의 안주인이 신실한 성도여서 그곳에 모여 집회도 하고 모임도 하면서 계시다가 다시 미국으로 떠나신다는 것이다.

집은 영화에서나 봤던 위대한 개츠비의 저택이 연상 될 만큼 너무나 화려하고 잘 가꿔진 아름다운 정원이 있었고 정원 끝 쪽에는 사슴과 공작새 등이 사육되고 있었다. 다이빙이 가능한 널따란 수영장이 두 개 있었고 넓은 정원의 둘레를 따라 형성된 작은 개울에서는 커다란 황금 잉어가 여유롭게 노닐고 있었다.

헬기 이착륙장까지 갖춰진 그 저택에서 먼저 도착해 있는 권사님과 미국에서 온 젊은 아가씨와 한 팀을 이룬 방을 배정받고 원로 목사님이 사용하시는 영빈관으로 안내되었다.

그녀는 무척 떨렸다. 원로 목사님은 동생으로 인해 본의 아니게 유랑생활을 하고 계신 셈이다. 희재는 너무나 착잡하고 긴장도 돼서 뵙고 드릴 첫인사 말씀을 미처 정하지 못했다. 그녀는 그냥 자연스런 흐름에 맡기기로 했다. 말이 안 나오면 안 나오는 대로 고개 숙여 인사만 드리리라 생각했는데 원로 목사님을 뵙자 자신도 모르게 '죄송합니다'라는 말이 먼저 나왔다.

그분의 카리스마는 실로 어마어마했다. 키는 작지만 다부진 체격, 그리고 작은 눈에는 위엄과 자상함과 다정함이 모두 섞인 온 세상을 이미 다 알고 계시는 듯한 엄격하면서도 조용한 카리스마 앞에 그녀는 몹시도 작은 자신을 발견했다. 그분은 그저 '잘 믿어'라는 말씀 외에는 희재에게 무신경하셨다.

곧 알게 된 사실은, 원로 목사님께서 반말로 대하시면 그 대상이 편안하다는 뜻이고 존댓말을 쓰시면 뭔가 많이 불편한 의미라고 했다. 처음 뵐 때 그녀에게 반말로 편하게 대해 주신 것은 동생으로 인해 곤란함을 겪고는 계시지만 동생의 진심은 알아주신다는 의미인지도 모른다고 희재는 스스로 해석했다.

그곳에 모인 일행들은 이런 생활이 너무나 익숙한 듯했고 모두가 마치 낙원에 있는 것처럼 평화로워 보였다. 그녀도 학찬의 누나만 아니었다면 저들처럼 평안했을지도 모른다.

삼십 명 정도가 머물렀는데 그들은 매우 일사불란하게 움직여서 마치 정예부대 같았다. 아침 6시에 희재가 눈을 떴을 때 모두가 화장을 끝내고 당장이라도 어느 분야의 사람을 만나도 예의에 벗어나지 않을 것 같은 정돈된 모습들이었다. 마치 모두 오와 열을 맞춰 행진하는데 혼자만 버벅대고 있는 것처럼 느껴져서 이틀이 지났을 때까지 희재는 괜히 왔다는 후회가 들 만큼 모든 것들이 불편했다.

그러나 그곳에서 희재는 원로 목사님의 예언의 말씀 선포를 직접 보게 된다. 삼 일째 되는 날은 한국에서 한 정치인의 비서진 두 분이 원로 목사님을 뵈러 왔는데 마침 대선을 앞두고 있는 시기여서 자신들이 속한 당의 대표가 대선에서 당선이 가능한지를 기도하시는 분께 여쭤보러 왔다고 한다.

대저택이다 보니 원로 목사님과 희재가 앉은 식탁은 십 미터 정도 떨어져 있었는데 갑자기 두 분의 비서가 식사하다 말고 바닥에 무릎을 꿇고 울음을 터뜨렸다. 원로 목사님께서 '이번에는 당선돼서 대통령 한번 해야지.' 하시자 그분들은 너무나 감격한 나머지 식사 도중에 바닥에 엎드리어 감사의 눈물을 흘린 것이다.

희재는 뭔가 불편하고 어린 아들도 걱정되어 일주일의 일정을 다 채우지 못하고 그 정치인들 일행과 나흘째 되는 날 함께 귀국하고 말았는데 놀랍게도 원로 목사님의 예언대로 그분들이 와서 여쭤봤던 정치인은 대선 때에 대통령에 당선되셨다.

교회 성도들과 친분이 쌓여갈수록 원로 목사님에 대한 미담이나 병 고치신 간증이나 예언들이 쏟아져 나왔다. 한 마디로 교회 성도들은 모두 원로 목사님께 심취해 있었다.

이 교회의 특징 중 하나는 장례문화였는데 직분자든 아니든 전 성도 모두, 심지어 갓난아기들까지도 화장을 하지 않고 매장을 한다는 것이다. 성경 공부를 해 보니 실로 성경에는 뼈에 대한 내용이 많이 있었는데 그만큼 뼈가 중요하다는 것이리라. 이스라엘 백성들이 출애굽할 당시에 40년 동안 그 무거운 요셉의 석관을 메고 광야를 지났던 비밀도 각 교회의 목사님들은 성도들에게 설명할 수 있어야 한다고 느껴졌다.

대표적인 뼈에 대한 내용이 있는 성경 구절은 에스겔서 37장이다.

'이 뼈, 저 뼈가 들어맞아 뼈들이 연결되고 그 뼈에 힘줄이 생기고 그 위에 가죽이 덮이는' 내용인데 이 교회에서 중요시하는 매장의 장례 의미는 부활을 위해서는 뼈는 보존되어야 하고 이스라엘 백성들이 출애굽 할 때 그 무거운 요셉의 석관을 메고 40년간 광야를 떠돌다가 결국은 가나안의 막벨라 굴에 장사하게 되는데 아브라함, 이삭, 야곱, 요셉 이 4대의 '뼈가 가나안에 묻힘'으로 하나님의 언약의 말씀이 완성

되기 때문이라고 했다.

또 예수님도 뼈가 꺾이지 아니하셨기에 온전한 몸으로 부활하셨듯이 이처럼 성경에서 뼈가 상징하는 의미가 크기 때문에 매장은 매우 중요하다고 하셨다 한다.

형편이 어려우신 성도가 평생 교회를 위해 충성 봉사하시다가 소천하신 경우에는 원로 목사님께서 자비로 그분들의 묘지를 사서 매장해 주실 만큼 성도들의 화장을 금지하셨다.

그다음은 결혼 문화이다.

희재는 결혼한 후에 이 교회를 출석하게 되어 원로 목사님의 중매를 받지 못했기에 경험을 하진 못했지만, 청년부의 장성한 성도들은 원로 목사님의 중매로 결혼하는 경우가 다반사고 본인들끼리 만나 결혼할 때도 원로 목사님을 찾아뵙고 결혼을 해도 될지 안 될지를 반드시 여쭤본 후에 결혼 승낙이 떨어지면 축복받는 혼인 예식을 치르게 된다.

아무개 권사 따님은 오랫동안 사귄 남자 친구와 결혼 문제를 여쭤봤더니 절대로 혼인을 시켜서는 안 된다고 하셨는데 양가 모두 고관대작이라 받아들이지 못하고 교회를 떠나면서까지 결혼을 강행했다가 결국 몇 년을 못 넘기고 신랑 되는 분이 교통사고를 당해 사망하게 되었다고 한다. 원로 목사님은 그들의 결혼을 위해 기도하시던 중 집에서 관이 나가는 꿈을 꾸셨기 때문에 결혼을 허락지 않으셨다는 것이다.

또 어떤 커플은 신부가 울고 있는 모습을 꿈에서 보셨기에 결혼을 반대하셨는데 역시나 남자가 결혼 후 사생활에 문제가 생겨 첫아기 낳고 가정이 깨졌다는데 그 체험적 신앙을 경험한 성도들이 교회로 다시 돌아와 상처를 극복하고 지금은 누구보다 신실한 믿음 생활을 하고 있었다. 이렇듯 원로 목사님의 기도는 결혼이라는 미지의 세계에 대한 보증수표나 다름이 없었기에 믿고 여쭙고 순종할 수밖에 없는 것이다.

막연히 전해오는 간증들이 아니라 세상에서 겪기 힘든 환난을 만났지만, 모두가 말씀으로 이겨내고 한 단계 더 성숙해져서 믿음의 훈장이 되어 있기에 과거의 상처를 숨기지도, 부끄러워하지도 않고 자신에 대한 하나님의 특별하신 사랑의 방법이라고 얘기했다.

그러면서 덧붙이기를 이 교회 성도치고 사연 없는 사람이 없으므로 눈물 없이 온 사람은 행운이라고도 했다.

희재는 자신을 돌아봤다. 맞는 말이다. 자신도 동생의 일이 아니었으면 지금 이 자리에 없을 것이다. 동생이 집에 왔을 때 수없이 재잘재잘 들려주던 교회와 목사님 이야기를 귀 기울여 들었던 적은 없었다. 그때 전도되어 이 교회 성도가 되었다면 동생의 사건을 막을 수가 있었을까? 정녕 그랬을까? 이토록 엄청난 사건을 겪고, 세상에서 가장 고통스러운 눈물을 흘리고 나서야 이 교회 성도가 된 자신이라고 보면 이 또한 자신을 부르신 하나님의 방법이셨을까?

이 방법 외에는 믿음이 들어올 수 없을 만큼 나는 강퍅한 사람이었었나?

생각이 거기에 이르자 희재는 하늘을 올려다보며 무너지듯 한숨을 몰아쉬었다. 이건 아니잖아요, 하나님. 저 하나 구원하시려고 어느 한 분은 목숨을 잃었고 제 동생은 청춘을 감옥에서 보내야 하며 두 가족들이 겪어야 하는 이 감당할 수 없는 아픔은 또 무엇인가요? 차라리

저 한 사람 포기해 버리시지……. 이렇게 무서운 주님이실 리는 없어요. 사랑의 하나님이 아니셨던가요? 너무나 너무나 가혹합니다.

숲으로 둘러 쌓인 교회에는 곳곳에 오솔길이 나 있었고 오솔길 중간중간에 벤치가 놓여 있었는데 희재는 한적한 벤치에 앉아 눈이 부어 떠지지 않을 때까지 울고 또 울었다. 늦가을 찬바람은 한 아름의 낙엽을 휘몰아와서 그녀의 발아래에 던져 놓았다. 그렇게 또 한해가 기울고 있었다. 동생이 감옥 안에서 맞는 세 번째 겨울이다.

사건이 일어나고 3년이 지난여름. 미국에 체류하셨던 원로 목사님이 교회로 돌아오셨다. 그 사이에 사건에 연루되었다는 의혹이 해소되었기 때문이다. 그녀가 동생을 이 집단에서 빼내리라고 벼르며 교회를 다녔지만 '그 무엇'을 발견한 것이 없었고, 동생 또한 초지일관 단독 범행을 주장했기에 검찰에서도 결국 원로 목사님의 혐의를 단념한 모양이다.

3년이 지난 어느 여름날, 3년 6개월 만에 원로 목사님을 맞이하는 교회는 축제 분위기 그 자체였다. 몇 주 전부터 교회의 구석구석을 청소하는 건 기본이고 각 지교회에서 상경한 성도들까지 만여 명이 넘는 성도들의 열화와 같은 환영을 받으며 입성하셨다.

음악 소리와 찬양하는 소리 등이 합쳐져서 그 넓은 교회가 들썩였다. 성도들은 3년 6개월 만에 원로 목사님을 맞이하는 감동에 웃었다가 더러는 울음으로 이어지기도 했다.

한편에서 환영회에 참석하고 있던 희재의 마음에는 원로 목사님에 대한 죄송함과 성도들에 대한 미안함이 이는 건 어쩔 수 없는 마음이다. 이토록 그리워했던 분을 또 이토록 환영받는 분을 동생의 경솔함으로 이산의 아픔을 겪게 했으니 절로 고개가 숙여지고, 스스로 죄인인 듯 작아지는 마음이었다.

원로 목사님의 귀환 환영 예배가 마쳐질 즈음 서쪽 하늘에는 두 개의 십자가가 노을을 받아 선명하게 빛나고 있었다. 어쩌면 비행운일지도 모르겠지만 그렇다 해도 그날, 그 시간에 그토록 선명한 두 개의 십자가는 성도들을 흥분시키기에 충분했었다.

원로 목사님의 귀환으로 교회는 초봄에 단비를 맞은 나무들처럼 생기있고 활력이 넘치게 되었다. 희재도 3년 만에 처음으로 목사님의 설교를 직접 들으며 성도로서 자리 잡아갔는데 목사님의 목회 철학은 가히 상상을 뛰어넘었다. 강대상에서 성도와 교역자들에 대한 선포되는 말씀은 누구도 대적할 수 없을 만큼 엄중하고도 권위가 넘쳤다. 설교 말씀 속에 들어있는 꾸짖음은 강대상과 예배실의 거리와는 상관없이 눈물을 쏙 빼게 했고 정신이 번쩍 들게 하기에 넉넉했다. 한 시간을 훌쩍 넘기는 예배 시간에도 성도들의 자세는 흐트러짐이 없었고 모두 성경책 넘기는 소리만 설교 중간중간에 바람 소리처럼 지나갈 뿐이었다.

그랬다. 이 교회의 설교 시간에는 창세기부터 요한계시록까지 성경 전체를 넘나들었다. 어느 한 복음서의 한 구절로 주일 설교를 하던 희재가 다녔던 교회와는 분명 다른 교회였다.

예배를 마치면 원로 목사님은 대예배실에서 내려오는 길목에 서 계셨는데 지나가는 성도들과 악수를 하고 인사를 나누며 더러는 다가와 상담하는 성도들에게 일일이 답을 주셨고 더러는 감사헌금 봉투를 드리며 각자의 소식을 보고드리고 기도를 부탁드리기도 했다.

원로 목사님 주변을 유치부나 초등부 아가들이 둘러싸며 저마다 예쁜 배꼽 인사를 드리면 목사님은 그 많은 아가들의 머리에 일일이 안수를 해 주시고는 하셨다.

근 한 시간 동안 성도와의 만남 시간이 지나서야 점심을 들기 위해 자리를 이동하셨는데 이런 광경은 비가 오나 눈이 오나 계속되었다. 이를테면 한 주간의 성도와의 교제의 시간이었던 것이다. 또, 평소에는 목사님이 숙소로 사용하시는 본관 건물 앞 의자에 나와 앉아 계시기도 했는데 그럴 때면 성도들이 다가가 인사를 드리고 개인적인 일들을 상의하기도 했다. 기쁜 소식일 때는 함께 기뻐하셨고 사업에 실패했거나 어떤 일에 문제가 있어 의논 차 찾아뵐 때는 불호령이 내려지기도 했고 속상해하시며 해결책을 알려 주시기도 했다. 이 교회 성도라면 원로 목사님께서 기도하시는 시간만 제외하면 언제든 목사님을 찾아뵙고 상의를 드릴 수 있었는데 칭찬을 듣기도 하고 야단을 맞기도 하는 그런 모습은 흡사 아버지를 중심으로 하나로 똘똘 뭉친 한 가정의 모습과도 같았다.

희재의 눈에 원로 목사님은 성도들의 아버지시고 정신적 지주셨고 지혜의 보고셨다. 그분께 의논드려 열리지 않은 길이 없을 만큼 일만 가지의 지혜가 있으셔서 세상의 모든 이치를 진두지휘하고 계시는 것 같았다. 그 많은 성도들을 어떻게 일일이 기억하시는지 경탄이 절로 나왔다. 아프신 분이 가서 아뢰면 먼저는 그 아프신 부위에 손을 얹고 간절히 기도를 하신 후에 그분만의 방법으로 민간요법을 알려 주었다. 예를 들면 어떤 분에게는 날마다 특별한 사우나를 해서 땀을 충분히 흘리면 노폐물이 땀과 함께 배출된다는 것을 알려 주시고 어떤 분께는 아픈 부위에 치자를 찧어 붙이라고도 하셨다. 그렇다고 병원을 가지 말라는 것은 절대 아니다. 병원을 가되, 가기 전에 하나님께 간절히 먼저 기도하고 가라는 것이다. 그러면 하나님께서 모든 절차와 특별히 더 훌륭하신 의사 선생님을 만나게 역사하신다는 것이다.

연세가 많으신 권사님 한 분은 원로 목사님이 아니셨다면 자신은 이미 땅속에 묻혀 있을 거라면서 목사님의 기도와 민간요법과 의료진의 수고로 지금까지 숨 쉬고 있노라는 믿음과 신뢰와 존경이 대단히 묻어나기도 했다.

그럴 만도 한 것이, 유방암 수술을 네 번이나 했는데 건강한 모습으로 성가대에 서 계신 걸 보면 기적이라 할 수밖에 없지 않겠는가.

한 해 두 해가 가고 있었지만, 희재는 별다른 특이점을 찾아내지 못하고 점점 성도들 속으로 스며 들어갔다. 동생 학찬은 성실히 수형 생활을 한 덕분에 모범수가 되었고 한자 1,800자를 마스터했으며 자동차 정비사 1급 자격증을 취득하는 등 잠시도 허투루 시간을 보내지 않았다. 그녀도 원로 목사님을 주일날마다 마주치거나 다른 일로 뵐 일이 있어도 원로 목사님이 동생에 대해 어떤 얘기도 없으셨고 그녀 또한 다만 성도로서 충실히 살아가고 있었다.

그러는 사이 그녀는 둘째 아들을 얻었는데 아들이 태어난 지 20일 만에 열이 40도에 육박해 입원을 하게 된다. 검사 결과는 방광 요관 역류.

아기는 태어나면서 모든 장기가 완전하지 않은 채 태어나는 경우가 많아서 자라면서 완성되는데 1에서 5까지의 단계 중 그녀의 아들은 정도가 심해서 수술이 불가피하다고 했다. 개복 수술을 해야 하는 만큼 지금은 아기가 너무 어리니까 일 년 동안은 매일 항생제를 복용하고 이유식을 시작하면 살이 좀 오르므로 첫 돌이 지나면 수술 날짜를 잡기로 했다.

아이의 백일에 그녀는 백일잔치 대신 감사헌금을 준비해서 원로 목사님을 뵈었다. 자초지종을 말씀드리고, 수술하지 않게 기도해 주시라는 말씀도 드렸다.

아들이 5월생이니 8월 중순이었나보다. 햇볕도 강렬한 8월의 한낮에 원로 목사님은 아들의 머리에 손을 얹으시고 한참을 기도하시더니 염려 말고 열심히 기도하면 된다고 위로해 주셨다.

아들이 첫 돌을 지나자 예정대로 CT를 촬영하고 결과를 보기 위해 담당 의사 선생님을 만나러 갔다. 간호사가 아들의 CT를 판에 걸자 대여섯 장의 사진에 보름달 같은 동그란 원이 일제히 나타났다.

의사는 간호사를 향해 '담이 CT 가져오라니까'하시자 간호사가 웃으며 '선생님, 담이 CT 맞아요'했다. 의사 선생님은 믿을 수 없다는 듯이 깜짝 놀라시며 '어머, 이건 기적이다'하시며 진심으로 축하한다고 하셨다. 그녀의 아들은 5단계 중 4단계에 해당되었는데 1, 2단계는 자라면서 완성될 수도 있지만 3단계부터는 수술이 불가피하다고 하셨었다. 그날로 아들은 항생제를 끊었고 병원을 다시 갈 일도 없어졌다. 희재가 신앙생활 하면서 처음으로 경험한 간증할 수 있는 치유의 체험이었다.

다음 해 초에는 그녀의 남편이 웃으며 얘기했다. 지난 일 년 동안 자신이 교회에 헌금한 금액이 육백만 원이었는데 연말정산에서 딱 그만큼 환급받았다며 신기해했다. 다음부터는 하나님께서 갑절로 주시도록 더 열심히 신앙생활 하자며 둘은 웃었다.

이렇게 신앙의 체험도 하게 되며 점점 교역자들과도 친분이 두터워졌는데 특히 민준호 목사님과 이은교 전도사와는 격의 없을 만큼 가까워졌다.

민준호 목사님은 우리나라 최고의 대학 경영학과를 졸업하신 수재인데 대학 재학 당시 친구에게 전도되어 교회에 놀러 온 첫날, 우연히 대학부에 들르신 원로 목사님께서 다짜고짜 민준호 학생에게 군대 다녀왔냐고 물으셨다고 한다. '아닙니다. 이제 갈 겁니다'했더니 목사님은 옆에 있던 긴 막대기를 들고 민준호 학생을 마구 때리시며 '이 공산당 빨갱이 자식'이라고 대노를 하셨단다.

난데없이 날벼락을 맞은 민준호는 운동권 학생으로 날마다 집회에 참석하다 보니 다른 학생들보다 봄볕에 새까맣게 탄 얼굴이었는데 그걸 이상하게 여기신 원로 목사님이 군에 다녀 왔냐고 물으셨고 아니라고 했더니 대모 말고는 얼굴이 새까맣게 탈 일이 없었기에 다짜고짜 몰매를 때리신 것이다.

더욱 기이한 것은 친구의 교회에 놀러 간 첫날 친구네 교회 목사님께 얻어맞았다면 기분이 나빠서라도 다시는 그 교회에 발붙이고 싶지 않은 것이 사람의 마음 일진데 그 학생은 졸업 후에 다시 교회를 찾았다. 이제는 운동권에서 발을 뺐다고 말씀드렸더니 신학대에 입학하라고 명령하셨고 지금은 교회의 중요한 목회자로 거듭나신 것이다.

학찬과는 서로 형 동생 하며 무척 돈독하게 지내셨기에 원로 목사님의 배려로 학찬의 접견에 종종 동행하시고는 했다.

또 한 분이신 이은교 전도사님은 서울의 여자 고등학교를 수석으로 졸업하신 재원으로 명문사학의 사회학과를 나오셨는데 어찌나 성경 공부를 간단명료하게 잘 가르치시는지 성도들은 이 두 분의 교역자님을 교회의 두 보물이라며 아꼈다. 실제로 전도사님이 성경 공부를 가르치실 때면 한 단원을 한 시간으로 볼 때 적어도 열흘에 걸쳐 공부를 가르치셨는데 이 열 시간 동안 단 한 번도 성경책을 넘겨서 찾으신 적이 없었다.

적어도 전도사님 머릿속에는 성경 한 권이 정확히 입력되어 있다는 뜻이다.

민준호 목사님 또한 공부를 가르치실 때 창세기부터 요한계시록까지의 연대가 한치의 오차도 없이 입력되어 있어서 중간에 자료를 들춰보는 적이 없이 강의를 해도 결코 연대가 틀렸던 적이 없을 만큼 정확하셨다. 민준호 목사님이 연대에 대해 강의를 하면 성도들은 저마다 핸드폰을 꺼내 들고 계산기를 두드려 계산을 맞춰 보면서 민 목사님의 실력을 테스트 했는데 단 한 번도 틀린 적이 없어서 혀를 내두르고는 했다. 민준호 목사는 주산이 10단이었다,

학찬이나 교회에서나 무작위의 성도들과 학찬이 접촉하는 걸 불편해하고 제한을 했는데 학찬은 그 안에 있는 모습을 보여주고 싶지 않아서일 거고, 교회 측에서는 무분별한 접촉으로 잡음이 날까 우려해

서 일 것이다.

실제로 학찬이가 만기출소 할 때까지 기다렸다가 결혼하겠다고 나서는 아가씨들도 있어서 교회 측에서는 화를 냈고 희재는 난감했던 경우도 있었다. 물론 몇 년 지나지 않아서 어떤 분과 결혼을 했는지 임신한 모습으로 마주쳐서 서로 웃어야 했지만.

이은교 전도사님은 동생과 동갑내기로 교회 내 또래 모임에서 함께 활동한 친구여서 격의 없이 지내기도 했지만, 학찬이 인정하고 앞으로 교회의 흐름이나 신앙에 대해 터놓고 대화할 수 있는 대상으로 지명을 했기 때문에 민준호 목사님, 이은교 전도사님 등 몇 분들과만 동행하며 희재와 함께 접견을 다녔다.

두세 명이 외부에서 만나다 보면 훨씬 더 빨리 가까워지고 마음을 여는 것도 수월해진다.

목사님은 사석에서는 희재에게 '누나'라 불렀고 전도사님은 '언니'라고 불렀다. 그렇다고 희재가 그분들을 편하게 대한 것은 아니다. 희재는 평신도답게 그분들에게 늘 깍듯한 예의를 갖추었다.

세월이 흐르고 있다는 사실일까? 학찬의 고향 친구인 이환은 어느 시기부터 전화 연락이 끊어졌다. 울 만큼 다 울어서일까? 아니면 울면서 생각하니 실망스러워서 마음에서도 멀어졌기 때문일까? 어쨌거나 그토록 슬프고 가슴 아팠던 현실이 이제는 세월의 침전물이 되어가고 있을 즈음 또 다른 친구인 병채로부터 연락이 왔다. 이제는 학찬이를 만나고 싶다고 했다.

차마 가슴 아파서 그 안의 학찬을 볼 수 없다던 이환의 연락이 끊어지자 이제는 아플 만큼 다 아팠던 걸까 담담한 마음으로 옛친구가 보고 싶다고 병채가 다가온 것이다.

학찬의 친구들은 희재에게도 동생이었고 학찬의 친구들에게 희재 또한 누나였다.

이제는 세 살 딸을 둔 아빠이기도 한 병채는 일찌감치 안산의 한 전자 회사에 취직했는데 산업재해를 당해 시력을 잃고 말았다. 그런 병채를 태우고 학찬이 있는 교도소에 도착했다. 접견실에 희재와 함께 병채가 들어섰다.

"학찬이 목소리구나. 학찬아, 오랜만이다. 이제서야 와서 미안하다."

"병채야, 여기서 만나게 돼서 미안하다."

병채가 초점없는 눈으로 접견실의 유리 가림막을 손으로 더듬었다. 안에서 의아한 듯 병채를 보고 있던 학찬이 소리쳤다.

"병채야, 왜 그래? 눈이 왜 그렇게 됐어?"

병채의 설명을 듣던 학찬과 병채는 온기가 전해지지 않는 유리 가림막에 서로의 손을 올려놓고는 한동안 서럽게 울었다. 그 둘을 보고 있던 희재의 눈에서도 눈물이 흘렀다.

눈물로 뿌연 희재의 눈앞에 학찬과 병채의 뒤섞인 목소리가 아련한 이십 년 전으로 그녀를 데려갔다.

양지바른 청기와 집의 커다란 창문 사이로 더벅머리 세 소년들, 학찬과 병채와 이환의 맑고도 탄력 있는 커다란 웃음소리가 높은 가을 하늘로 날아오르고 있을 때 희재의 어깨도 들썩이더니 이내 깊은 한숨이 되어 흘러나왔다.

이후, 학찬의 부탁으로 민준호 목사님과 이은교 전도사님을 모시고 병채의 집에 심방을 다녀왔고 얼마 지나지 않아 병채는 자신의 집 근처에 있는 교회에 열심히 나가서 학찬을 위해 기도하고 있다는 소식을 전해왔다.

원로 목사님께 인정받고 모든 성도들에게 사랑받는 두 에이스 교역자님들과의 친분은 희재의 교회 생활에 어느 정도 힘이 되었던 것은 사실이다.

그렇게 지내는 동안 어느덧 10년이라는 세월이 흘러 희재는 교회 내에서도 직책을 맡게 되었고 참여하는 경조사도 제법 빈번해졌는데 그만큼 성도들과의 친분이 넓어졌다는 의미다.

그럴 수밖에 없는 이유는, 이 교회는 참석해야 할 집회나 행사나 성경 공부 프로그램이 많았는데 그러다 보니 자연스럽게 외부의 인간관계는 소홀히 하게 되고 몇 년이 흐르면 관계가 소원해져서 자주 만나는 관계도 성도 위주로 좁혀질 수밖에 없는 것이다.

어떤 때는 성도들이야말로 진정한 가족이 아닌가 싶을 만큼 모든 삶이 연결되어 있었다.

또 하나는 나누는 대화나 관심사가 주로 성경 내용이다 보니 오랜만에 만난 외부의 친구와는 공감대에서 많이 비켜 가 있어서 무료하고 어색해서 간간이 안부만 묻고 지내게 되었다.

10년이란 세월이 흘렀어도 외부의 친구들은 만나면 재산증식이나 부동산 투자 남편과 아이들 자랑에 꽃을 피운다. 그런데 어느덧 희재에게는 그 모든 것들이 부질없이 느껴졌다.

그녀는 동생의 일로 인생에서 두 번은 겪을 수 없는 엄청난 일을 겪었다. 또 신앙생활 하면서 깨닫게 된 사실은 모든 일은 하나님의 섭리 가운데 이루어지기 때문에 자신의 의지대로는 되는 일이 없다는 것이다. 그렇다고 희재의 삶이 형편없는 것 또한 아니었다.

두 개의 물음표

동생의 옥바라지를 위해 배우기 시작한 미용은 10년이 지나자 제법 자리를 잡아 주변의 모든 사람이 부러워할 정도는 되어 있었다. 직원도 스무 명 남짓 되었고 고객층도 상위 그룹이 주를 이루어 잡지에도 실리는 등 교회에서도 밖에서도 기적이라 할 만큼 상승 가도를 달렸다.

주변에서도 희재 자신도 동생에 대한 극진한 옥바라지로 인해 하나님의 복을 받는다고 여겼다. 그렇다고 교회 성도들이 손님으로 와 준 건 아니다.

희재의 살롱은 최고급이어서 일반 동네 요금보다 몇 배는 고가였다. 성도들이나 교역자님들이 오면 50% 저렴하게 금액을 받았음에도 그분들께는 무리한 요금이었는지 비싸다는 말이 으레 따라붙었고 교회에서 마주치기라도 하면 여기는 이렇고 여기는 저렇다며 늘 컴플레인을 걸었다. 기분 좋은 일은 아니다. 일반 고객들은 단 한 사람도 거는 일이 없는 컴플레인이 왜 교회분들에게서만 유독 심할까? 또 전해 들은 바에 의하면 그분들 중 상당수가 희재의 살롱보다 훨씬 비싼 청담동 살롱을 다닌다는 걸 알았다.

생각보다 교회라는 곳은 말이 많은 곳이었다.

그분들은 대부분 원로 목사님의 최측근이라고 불리는 분들이었다.

어쨌거나 희재는 몇 분을 제외한 교회 분들의 출입이 끊어지자 더 편한 마음으로 일에 열중하게 되었다. 누구에게 도움을 받는 일은 생각보다 피곤한 일이었다.

그렇다고 매출에 지장이 있는 건 아니었다. 온전한 요금을 받는 고객들만으로도 즐겁고도 보람있게 일하는 것이 진정한 보람이고 행복이었다.

신앙의 선배들에 의하면 인간 관계에서 먼저는 가지치기를 하라는 것이었다. 나무도 가지치기를 잘 해줘야 곧게 자라고 풍성한 열매를 맺듯이 인간관계에서도 세상과 교회에 한 발씩 걸치고 있는 상태에서는 믿음이 자라지 않는다는 것이다. 나무도 가지치기를 하면 송진이 나와서 환부를 감싸는 것처럼 가지치기란 고통과 불편함을 동반하는데 그걸 잘 견뎌내야만 믿음도 자란다는 것이었다. 그녀도 맞는 말이라고 생각했다. 성경에도 있듯이 열매를 보아 나무를 안다고 했다. 원로 목사님도 성도들도 늘 그 구절을 생활의 신념으로 삼고 있었다.

목사님의 신앙지도는 참으로 엄격하셨는데 하염없이 강조하시는 것이 말씀과 공부였다.

로마서 10장 17절 말씀처럼 '믿음은 들음에서 들음은 그리스도의 말씀으로 말이암'이므로 듣고 알아야 믿음도 자란다는 말씀이셨다.

그런데 학찬이는 이런 훈련을 받았는데 왜 그런 길로 빠졌을까? 이 교회에 문제가 없다면 학찬의 잘못이 맞을 텐데 그녀가 아는 동생은 늘 바르고 완벽할 만큼 정직했었다. 그녀의 머릿속의 물음표는 십 년이 지났지만, 아무것도 찾아내지 못한 채 세월만 흐르고 있었다.

성도들은 공부하고, 공부하고 또 공부했다.

주일날은 11시 대 예배 전에 성경 공부가 있었다. 집이 멀어서 차가 막히기 전에 일찍 온다던가 학생부 아이들이 있는 가정은 아이들 예배 시간에 맞춰 오는 경우 어른들은 시간이 남게 된다. 그 시간을 위해 9시 성경 공부가 있어서 대개는 그 시간에 수업을 듣는다. 이 교회 성도들은 서울. 경기는 물론이고 위성도시를 벗어난 곳에서도 주일을 지키기 위해 오는 성도들이 많았다. 서울의 끝에서 끝은 명함도 내밀 수 없을 만큼 대단한 성도들이다.

11시 예배가 끝나면 2시 예배가 있는데, 그사이 틈을 이용해 또 성경 공부 프로그램이 있다. 물론 강사도 공부 내용도 다르기 때문에 2시 예배참석자들은 거의 그 수업을 듣는다. 다른 교회와 비교되는 또 한 가지는 매 예배가 설교 내용이 다르다는 것이다. 그러므로 공부는 해도, 해도 끝이 없고 예배 또한 드려도 드려도 다 다른 내용이어서 한 치도 소홀히 할 수가 없는 것이다.

원로 목사님께서 늘 말씀하시기를 성도가 일 년에 성경 일독을 못한다면 어디가서 교회 다닌다는 말을 하지 말라 하셨다. 그건 성도로서 부끄러운 일이라고…….

중·고생들은 물론 입시생들조차 한 해에 성경 일독은 기본이었다. 일 년에 성경 일독을 위해서는 하루에 3페이지를 읽어야 한다. 그녀의 경험에 의하면 3장의 성경을 읽기 위해서는 꼬박 30분이 필요했다. 더러는 삼독까지 하는 분들이 있었는데 그러기 위해서는 그분들은 하루

1시간 30분을 신앙생활을 위해 쓴다는 것이다.

희재도 이 교회에 출석하면서 처음으로 성경을 창세기부터 요한계시록까지 정독할 수 있었는데 일 년에 적어도 일독, 어느 해에는 2독도 해 봤으니 적어도 열 번 이상은 읽은 것이다.

목사님 말씀에 의하면 이건 자랑이 아니라 성도라면 지극히 당연한 것이고, 읽지 않은 것은 부끄러움이라고 강대상에서 수시로 말씀하시니 성경을 단지 옆에 끼고 다니면서는 죄책감에 고개를 들 수가 없어서 읽지 않을 수가 없는 것이다. 예배도 월요일은 구역장 예배, 수요일은 수요 예배, 목요일은 구국 예배, 금요일은 구역 예배, 주일은 대예배와 오후 예배가 있고 틈틈이 하는 공부와 의무적으로 읽어야 하는 성경까지 이 모든 걸 따라가려면 외부 사람들 만날 기회가 없는 건 당연하다. 이런 생활이 목사님의 목회 철학 가운데 하나인 '가지치기의 삶'이고 옛사람을 벗어 버리고 새사람이 되어 가는 과정인지도 모르겠다.

그렇다고 희재의 마음속에 있는 물음표 두 개가 사라진 것은 아니다.

학찬이 복역한 지 10년이 지났다.

그녀가 이 교회의 성도가 된 지 9년이 지났어도 그 물음표는 사라지지 않았고 그녀에게는 그 물음표를 마침표로 끝내야 하는 사명감에 혼자만의 번민도 깊어졌다.

학찬은 이제 15년 형 중의 3분의 2를 살았기에 조심스레 가석방을 기대할 수 있는 시기가 왔다. 교회에서는 학찬에게 도피 자금을 준 혐의로 처음에 함께 구속됐었던 석동호 장로가 학찬과의 옛정을 생각해서 뒤를 봐주고 계셨다.

말은 옛정이라고 하시지만 그분은 변함없이 원로 목사님의 비서로 측근 중의 최측근이다.

사고가 나기 전에 석 장로와 학찬은 함께 지근거리에서 목사님을 수행했던 멤버였다고 한다. 석 장로가 비서실장 격이고 학찬이는 석 장로의 참모쯤으로 서로 돈독하게 지냈던 모양이다. 희재로서는 그 또한 감사할 따름이었다. 대형교회의 힘인지는 몰라도 석 장로는 교화위원이 되어 교도소 내를 자유롭게 출입했고 교정관들과도 가깝게 지내면서 학찬이를 특별접견하기도 하며 가석방을 위해 부단히 노력하고 있다고 했다.

실제로 학찬이가 복역 중인 교도소의 최 모 계장 부부가 교회를 방문한 적도 있었고 유방암 수술을 한 최 계장의 부인을 위해 석 장로 부부가 함께 여행을 다녀온 적도 있었다.

그러나 신년이 지나고, 3.1절도 지나고, 부처님 오신 날도 지나고, 광복절이 지나도 학찬의 가석방 소식은 들려오지 않았다. 석 장로는 그럴 때마다 미안하다며 다음을 기다려보자고 했다.

학찬은 10년의 세월을 한 마디의 불평도 없이 잘 견뎌주었다.

앞의 자격증들에 이어, 어린시절부터 소질이 있던 그림을 다시 시작하더니 국선에서 입상도 했다. 영어 공부며 방송대를 입학해서 법학과 심리학을 전공하더니 우수한 성적으로 졸업도 했다. 희재는 학찬이 사 보내달라는 도서나 자료를 구해 넣어주며 그 모든 과정의 준비를 도왔기에 두 사람 모두 성취감을 나눌 수 있었다. 희재는 석 장로에게 물었다.

"학찬이는 왜 이렇게 나오기가 힘들답니까?"

"그러게나 말이다. 매번 가석방 명단에 포함시켜서 올리기는 하는데 워낙 큰 사건으로 분류가 돼 있어서 그런가 봐. 사람들의 눈이 있잖아."

그렇다. 워낙 큰 사건이긴 했다. 그러나 학찬은 누구보다도 모범수였고 명재혁 씨 측의 합의서도 있었다.

강력사건의 재소자들은 거의 대부분이 친족과도 연락이 끊기는데 한 달도 빠짐없이 10년 동안 전담해서 접견하고 출소 후에도 맞이할 누나인 희재도 있다.

또, 학찬은 자신의 영치금을 몽땅 털어서 가족들의 접견이 끊어진 장기 복역수들에게 나눠 줄 만큼 재소자들을 돌보는 일까지 자원해서 하고 있었다.

한 번은 함께 복역했던 성호라는 동생이 만기 출소하는데 교회에 전도하고 싶으니 누나가 맞이해서 교회에 등록을 시키라고 했다. 성호는 동거녀와 심하게 다투다가 그녀를 밀쳤는데 그만 벽에 부딪혀 뇌진탕으로 사망하고 말았다고 한다. 성호는 고아원 출신으로 양부모 밑에서 자랐는데 동거녀가 싸우면서 고아 출신이라고 비아냥거리며 아킬레스건을 자극하는 바람에 이성을 잃어 큰 싸움으로 번졌단다. 정상참작이 된 덕분에 살인이지만 비교적 짧은 8년을 복역하고 만기 출소하는데 면목이 없어 양부모께는 갈 수가 없다고 하니 누나가 교회에 데리고 가서 석 장로와 연결하면 사고 전 자신처럼 교회 직원으로 채용될 수 있을 거라고 했다.

석 장로와는 특별 접견 때 얘기가 되었다고 했다.

당시 희재는 둘째 아들을 출산하고 일 년이 되기 전이었다. 그녀는 난처했지만, 남편에게 상의한 후 석 장로와 약속이 잡히기까지 자신의 집에서 돌볼 수밖에 없었다. 주변에 원룸을 얻어서 지내게 할까 하는 생각도 했지만 넉넉하지 않은 살림살이도 이유가 됐고 어쩌면 하나님께서 지금까지의 신앙생활을 테스트하고 계실지도 모른다는 생각도 들었다.

어쨌거나 살인으로 복역한 전과자이고 나이도 그녀보다 다섯 살이 더 어릴 뿐 장성한 남자여서 '얘는 왜 이런 곤란한 부탁을 할까?'라는 난처한 마음도 들었지만 그래도 하나님이 보고 계시는 것 같아서 최선을 다해 성호를 맞이했다. 그녀의 집에서 먹고 자고 한 달여를 지냈을 때 석 장로로부터 연락이 왔다. 교회에 자리가 난 모양이었다.

성호는 교회에서 일 년 동안 지내다가 어느 날 말도 없이 떠나버렸다. 물론 그녀에게도 연락은 없었다. 원로 목사님은 무척 화를 내시며 배은망덕한 놈 찾지도 말고 다시 와도 받아주지도 말라고 하셨는데 2년여가 지나자 밝은 모습으로 다시 교회로 찾아왔다.

그사이에 결혼을 했고 복역하면서 취득한 일식 조리사 자격증이 있어서 양부모님이 계시는 청주에서 일식집도 개업해서 열심히 살고 있었다. 감사하게도 성호는 그사이에 청주의 지교회를 다니고 있었는데 교회에서 최고의 일꾼으로 활약하고 있었다.

야간에는 신학교 공부도 하고 있었고, 출석하는 교회가 지방의 작은 교회라 해도 교회에서 십일조 헌금도 가장 많이 바칠 정도로 교회의 기둥이 돼서 지교회 목사님께도 힘이 되어 드리는등 학찬의 열매가 되어 준 것이다.

성호도 이상하다고 했다. 학찬이 형 정도면 충분히 가석방 대상자가 되고도 남는데 번번이 누락되는 이유를 자신도 모르겠다는 것이다.

그래, 그 손에 생명을 잃으신 분도 있는데……. 또 한 번의 깊은 상심의 한숨을 내 쉰 희재는 아직은 학찬이가 하나님께도 세상에도 용서받을 회개의 분량이 덜 찼나보다 하고 생각할 수밖에 없었다.

이 교회에 출석한 지 10년, 그리고 목사님이 귀국하셔서 그녀가 목사님의 직접적인 설교 말씀으로 양육 받은 지도 6년이 되어 간다.

지난 10년이란 세월을 돌아보면 먼저는 작은아들이라는 가족이 늘었고 화려하게 살았던 삶이 정돈되어 가게, 집, 교회로 삶의 패턴이 고정되어 있었다.

교회의 인맥들도 원로 목사님 주변의 핵심 인사들과 절반 정도는 안면이 있게 되었다. 그녀는 학찬이 누나라는 프레임이 있어서 물론 전부는 아니지만 대부분 반색하며 그녀를 대해 주었고 교역자님들과는 특별히 각별했으며 일반 성도들은 그런 내막을 아는지 모르는지 부러운 눈으로 보기도 했었다.

가령 희재가 특별한 계층도 아니고 공인도 아니며 그렇다고 사회적으로 상류층이 아님에도 교회의 영향력 있는 분들이나 목사님의 주변 분들과 스스럼없이 지내는 모습은 일반 성도라면 부러움을 갖기에 충분했다.

교회라는 곳이 의외로 좁은 세상이기도 하기 때문이다.

희재도 10년의 세월을 보내다 보니 어느덧 그 분위기에 자연스럽게 젖어 있었다. 변하지 않은 것은 동생이 기결수가 된 후 매달 접견을 갔으며 매달 동생이 필요로 하는 물품을 구비해 소포로 보냈고, 일주일에 한 번은 반드시 편지를 쓰고 동생의 답장을 받는 생활이었다.

동생과 주고받은 편지도 그사이 상자 하나를 채워갔다.

그녀는 가슴 속에 품고 있는 두 개의 물음표를 버린 건 아니었지만 그렇다고 답을 찾은 것도 아닌 채 목사님의 설교로 점점 물들어지고 있었다. 그녀가 더 혼란스러웠던 것은 목사님에 대해 알아가면 알아갈수록 그분에게 빠져들지 않을 수가 없다는 것이다.

그분의 선행이나 목회 철학이나 설교 내용은 적어도 그녀가 생각하기에는 완전하신 분이셨다. 목사님은 늘 당당하셨고 늘 예리하셨으며 한 치의 틈도 흠도 없는 분이셨다.

또한, 가족들에 대한 관리도 어찌나 엄격하신지 교회의 본은 될지언정 어떠한 추문도 없었다. 가장 특이했던 건 목사님 사모님의 얼굴을 아는 성도가 많지 않다는 것이다. 그렇다고 교회를 다니지 않는 것은 아니다. 희재가 다른 교회를 다녔을 때는 교회 담임목사님의 사모님은 늘 고운 한복을 입으시고 맨 뒷자리에 앉아 예배를 드리셨고 예배가 끝나면 성도 관리의 선봉에 서서 성도들을 챙기셨었다. 교회 서열을 굳이 따지자면 목사님, 사모님, 교역자들 순 아니었을까? 뿐만 아니라, 다른 목사님 사모님들도 뵐 수가 없었다. 원로 목사님의 목회 철학은 목사 사모는 목사님을 잘 보필하는 게 사명이고 성도 관리는 여전도사님들이 하기 때문에 목사님이 목회에만 전념할 수 있도록 평소에 내조 잘하는 게 사모의 길이라는 것이다. 교회가 크기 때문에 목사님들이 수십 분이었지만 그분들의 사모님은 같은 구역 식구들 외에는 알지 못했다.

희재가 교회 내의 식당에서 봉사를 하던 때가 있었는데 함께 조를 이루어 설거지를 담당했던 집사님이 희재와도 친분이 있는 목사님 사모였다는 걸 그때서야 알게 된 때도 있었다. 이처럼 목사님들과 사모님들과 여전도사님들의 업무가 정확히 구분되어 있었는데 지금 생각해도 최고의 교회 운영이셨던 것 같다.

남자 목회자들은 결혼을 일찍 시키셨는데 그래야 안정된 생활을 하면서 목회에 충실 하신다는 이유셨다. 신학교를 졸업하고 전도사 교육이 끝나면 '결혼해야지. 내가 중매해 줄게'하신다. 결혼을 위해 기도하시며 마음의 준비를 하라는 뜻이다. 목사님께서 중매하시는 목회자나 성도들의 결혼은 대부분 교회 내에서 이루어졌다. 교회 내에서라고 해도 대형교회이고 지교회나 해외 지교회가 있어서 중매 범주는 굉장히 넓었다.

교회에서 결혼 에피소드의 전설이 된 어느 목사님은 그 말씀을 듣고 결혼을 위해 기도를 시작했는데 이분의 결혼에 대한 기도는 본교회와 지교회를 망라한 교회 청년회에 속한 그 많은 아가씨 중에서 딱 한 사람, 제발 그 아가씨만 아니게 해 달라고 몹시도 간절히 기도를 하셨었는데 선보는 자리에 그만 그 아가씨가 떡하니 등장하셨더란다. 눈앞이 깜깜하고 야속한 마음까지 들었지만 '아멘'으로 순종하고 결혼을 하셨는데 아들딸 낳고 너무나 잘 살고 계신다. 목사님이 자신의 결혼 이야기를 할 때면 성도들이 모두 박장대소하며 즐거워하는데 결혼에 대한 에피소드로 이보다 더 극적으로 재밌는 사연이 있을까 싶다.

또 원로 목사님께서 예배 중에 자주 이야기하시던 원로 목사님 아드님 중에서도 그런 분이 계셨는데 한 아가씨와 짝을 지워 결혼하라고 하시자, 이 아드님은 절대로 그 아가씨는 싫다고 하면서 제주도로 도망을 갔다고 한다.

결혼식 날짜가 다가와도 아드님의 마음이 변함이 없자 주변의 사람들 시켜서 붙잡아 온 뒤 기둥에 묶어 놓고 야구방망이로 마구 때리셨단다. 할 수 없이 한 결혼이지만 이분 역시 자녀를 셋이나 낳고 너무나 잘 살고 계신다.

또 한 커플은 학찬의 양어머니를 자청하셨던 현 권사님의 아들이자 희재와도 잘 알고 지내는 동생도 있다.

원로 목사님께서 중매하시고 결혼 날짜까지 잡아 주셔서 결혼은 무사히 치렀는데 거의 일 년 가까이 각방을 썼단다. 그러다 해외 주재원으로 발령이 나서 타국 생활에서 진정한 부부가 되어 임기 마치고 돌아올 때는 예쁜 딸을 안고 셋이서 돌아왔다. 얼마 지나지 않아 시아버지가 암으로 투병 생활을 하게 됐는데 이 며느리가 어찌나 헌신적으로 간병을 했던지 기적처럼 완치가 되어서 지금도 생존해 계실 정도로 건강을 회복하셨다고 한다. 물론 둘 사이도 너무나 돈독해서 아름답고 화목하고 모범적인 가정을 이루어 사회에서 인정받고 교회에서도 장로가 되어 충실한 신앙인으로서도 귀감이 되어 살고 있으니 이 또한 성공적인 중매가 아니겠는가.

한 치 앞도 모르는 게 사람의 일 일진데 가장 신중히 고민해야 할 결혼 앞에서 성도들은 원로 목사님께 기도를 부탁하고 그분의 허락이라면 우선은 마음에 내키지 않더라도 기도하시는 분께서 미리 미래를 내다보시고 짝지어 주신다고 믿고 기다리고 노력하며 원로 목사님의 예지의 능력을 믿고 인내하다 보면 존중과 신뢰와 사랑이 있는 가장 이상적인 가정을 이루게 되는 것인지도 모른다.

교회 밖의 사람들과 다른 점은 모두가 사랑해서 결혼을 하지만 살다보면 신뢰가 무너지고 존중은 상실해서 헤어지게 되는 경우가 있는데 목사님의 중매로 맺어진 교회 내의 가정들은 좋은 결과를 미리 보신 목사님의 기도의 능력을 믿기에 서로 노력하다 보면 신앙의 힘까지 플러스 알파가 되어 반석 위에 세운 가정이 완성되는 게 아닌가 싶다.

역시 목사님의 명령으로 결혼한 어떤 분은 누군가가 자신에게 '결혼이란?'이라는 질문을 던지면 '사명'이라고 대답하겠노라고 했었다. 살면서 부딪히지 않는 부부가 어디 있겠는가? 감정이 격해지면 사랑이고 뭐고 생각할 겨를이 없이 다투다가 갈라서는 부부도 많은데 목사님의 명령으로 맺어진 가정들은 인내도 존중도 좀 다르다는 생각도 들었다. 가끔은 목사님께 와서 일러바치는 커플도 있다는데 그럴 때면 또 아버지의 마음으로 어머니의 사랑으로 엄히 꾸짖으셔서 가정의 민원을 해결해 주시기도 했다.

어느 목사님도 원로 목사님의 중매로 결혼을 하셨는데 이분이 워낙 유능하셔서 목사님으로부터 많은 기대를 받고 계시다 보니 맡은 업무도 많은 데다 평소에 워커홀릭이다 보니 신혼임에도 일이 늦어지면 교회 내의 사무실에서 주무시곤 했었나 보다.

어느 날 사모가 목사님께 그 사실을 일러바쳤다. 원로 목사님은 새 신랑 목사를 불러 야단치시고 앞으로 교회 내 숙박을 금하시는 바람에 그때부터는 성실히 귀가를 하셨는데, 세 자녀를 낳고 화목하게 잘 살고 계신다고 한다.

이처럼 원로 목사님의 중매로 결혼한 사람들은 뜨겁게 사랑해서 한 결혼은 아니지만 십 년 이십 년이 지나서 보면 연애해서 결혼한 가정보다도 오히려 더 존중하고 신뢰하며 화목하게 잘살고 있다.

물론 더러는 헤어지는 커플들도 있지만 그럴 경우에는 다시 중매해 주시지는 않는다. 또 연애해서 혼전 임신을 한 상태에서 결혼식을 올리는 부부는 절대로 주례를 하지 않으셨는데 하나님 앞에서 신성하게 맺어지기 전에 이미 본인들끼리 신방을 차렸으므로 하나님이 나중이 되셨다는 이유에서였다. 아무리 세상이 개방적으로 변해가도 이 교회에서의 결혼 예식은 어디보다 신성하고 경건하고 순결함을 느낄 수 있었다.

원로 목사님에게는 아드님이 세 분 계셨는데 특이하게도 아무도 목회자가 되신 분이 없다. 원로 목사님께서 아드님들의 목회자의 길을 절대로 반대하셨는데, 목사 생활 3년이면 누구나 사기꾼이 되기 때문이란다. 이 말씀을 하셨을 때 원로 목사님의 명령으로 교역자가 되신 분들은 순간 시험에 들었다는 웃픈 소리도 있었다.

또 세 분의 아드님들을 모두 국내에서 추방해서 미국에서 살게 하셨는데 국내에 있게 되면 때때로 성도로부터 불법 청탁을 받아 교회 질서가 흔들릴 수 있기 때문이라고 하셨다. 세 아드님께 내린 사명은 모두 교회의 기둥인 장로가 되라고 하셨고 열심히 일해서 자신이 속한 교회에 봉사하고 담당 목회자를 잘 모시라는 엄명을 내리셨다고 한다. 실제로 그중 한 아드님은 10미터가 넘는 대형 트럭을 운전하시며 미국 대륙을 횡단하는 고된 직업을 가졌는데 성실히 돈도 많이 모아서 자신이 다니는 교회 목사님께 승용차를 사 드리는 등 모범적인 성도로 잘 살고 계시다고 한다.

막내 아드님은 희재의 헤어살롱이 있는 동네에 처가댁이 있어서 일 년에 서너 번씩 수년 동안 한국에 올 때마다 그녀의 미용실에서 머리를 다듬으셨는데 늘 예의 바르고 겸손했다. 한 번은 그녀에게 한국의 친환경 페인트에 대해 물으셨는데 물론 희재가 도움 되는 대답은 못 드렸지만 그 이유가 궁금해서 물었더니 자신이 미국 현지에서 헌 집을 사서 리모델링 후 되파는 일을 할까 하는데 직접 페인트 칠을 해야 한다고 해서 놀랐던 적이 있었다. 남에게 전해 들은 것이 아닌 자신이 직접 얘기를 나눠 본 분이기에 감동이 더 컸는지도 모르겠다.

교회를 다니면서 놀란 적이 많이 있는데 가장 놀랐던 건 목사님들의 노동이다.

교회가 크고 아름답다는 건 그만큼 쉼 없이 사람의 보수의 손길이 닿았기 때문일 것이다.

때마다 철마다 하루도 빠짐없이 교회 전반에 걸친 공사가 진행되었다. 자원봉사 하는 일반 성도들도 많이 섞여 있었지만, 목사님들과 직원들은 예외 없이 작업복을 입고 막노동의 주축이 되었다. 원로 목사님께서는 특히 교역자님들께 엄격하게 대하셨는데 한순간의 나태함도 용납하지 않으셨다. 말끔한 정장을 입고 강대상에 올라 설교를 하시다

보면 자신도 모르게 우쭐함에 교만해질 수가 있을 뿐만 아니라 성도들 역시 목회자를 선망의 눈으로 바라보다가 죄짓는 일이 생기면 결국 실족하는 일이 생길 것이고 그건 하나님께서 목회자와 성도, 즉 양쪽 자식을 잃는 일이 되므로 하염없이 성실과 겸손을 강조하신 방법의 하나이다.

노가다. 우리는 막노동을 흔히 이렇게 부른다.

'가다'는 일본어로 '어깨'라는 뜻으로 어깨에 잔뜩 힘이 들어간 자세는 섬김의 사명을 가진 목회자의 자세가 아니라고 하셨다. 그래서 작업복과 작업모에 먼지를 잔뜩 뒤집어쓴 목회자는 예배 시 경건하게 바라보던 목사님이 아니라 그냥 막노동꾼인 것이다. 'NO,GATA'이처럼 젊은 목사들에게서 어깨를 빼앗으심으로서 늘 겸손케 하신다는 뜻이 담겨 있기는 해도 성도들의 눈에 그보다 더 은혜스러울 수도 없었다. 희재가 전에 다녔던 외부 교회의 교역자들은 아니, 지금도 교회의 교역자들은 늘 성도들과 하나님에 대한 예의로 말끔하게 차려입고 예배와 기도만 인도하신다. 목회자들이 빗자루 들고 교회 마당을 쓴다거나 고무장갑 끼고 화장실 변기를 닦는 교회는 일곱별 교회를 제외하면 아마도 없지 않을까 싶다. 또 성도들은 그분들을 늘 주님 대하듯 최고의 예를 갖춘다. 어느 교회 교역자가 교회를 청소하고 삽질하고 설비 공사를 하겠는가? 그러나 이 교회의 목사님들은 타일 붙이는 일, 전기 공사, 시멘트 작업등 노동 기술력도 일류 기술자 못지않게 숙달된 전문 기술자들이기도 하다. 그만큼 오랜 시간을 작업복 입고 팔 걷어 붙이고 노동을 해 왔다는 의미다.

장로들도 예외는 아니다. 자신이 섬기는 하나님의 성전을 자신이 가꾸지 않으면 어떻게 애정을 가지겠냐며 사회에서 기업 회장, 사장, 위정자들 상관없이 교회에 나오면 팔을 걷어 붙여야 한다. 장로는 교회의 아버지요, 기둥이기에 성도들의 모범이 되어야 하는 의무가 있어서 교회 일에 앞장서야 하고 가정에서 가장이듯이 교회에서도 맨 앞에 서는 일꾼이 되어야 하는 것이다. 주일 오후가 되면 장로들은 가져온 작업복으로 갈아입고 정해진 구역으로 간다.

각 건물의 쓰레기를 수거하여 소각하는 일, 넓은 교회 마당과 구석구석을 청소하는 일등 교회 안에서는 하나님 자녀로서 모두는 평등하다는 것과 본이 되어야 함을 몸소 실천하게 하시는 것이다.

여집사나 권사들도 마찬가지다. 대기업의 회장님 사모도, 시장에서 생선을 팔던 집사님도, 텔레비전 속의 화려한 연예인도 각자 정해진 분야에서 앞치마를 두르고 장화를 신고 고무장갑을 낀 채 설거지를 해야 한다. 그러나 그 누구도 불만은 없다. 순번제로 하는데 성도들이 많다 보니 일 년에 돌아오는 기회는 고작 몇 번이고 고정적으로 봉사하는 분들도 어찌나 즐겁게 하시는지 공석이 없어 봉사자는 늘 대기 중이다.

분식인 떡볶이, 어묵, 김밥 등을 주로 파는 식당은 새벽 4시에 준비에 들어가기 때문에 봉사자들은 그 시간에는 교회에 도착을 해야 한다. 더러는 토요일 저녁에 오셔서 주무시는 분들도 계시다고 했다. 교회가 크고 성도도 많고 성경 공부도 시간대별로 있어서 카페도 분식 식당도 일반 식당과 고급 식당도 모두 교회 내에서 운영되고 있는데 그 어떤 성도도 공짜는 없다.

심지어 봉사자들도 각자 돈을 지불하고 식사를 해야 하는데 성도들의 목숨같은 돈으로 한 헌금이 단 한푼도 먹고 마시는 데 허투루 쓰여서는 안 된다는 원로 목사님의 목회 경영 때문이다. 각 식음료 파트에서는 재료비와 공과금을 뺀 나머지는 여선교회에 입금하는데 이익금도 꽤 높아서 수해를 당한 때나 사회의 취약계층에 성금으로 잘 쓰인다고 한다.

고급 레스토랑에 속한 식당에는 주로 재벌가 사모님들이 대를 이어 요리를 배우는 곳으로 유명한 우리나라 최고의 가정식 요리학원의 원장인 권사님이 이끌고 있다.

아무리 사회적으로 유명하고 재력이 넘쳐도 하나님 나라에서는 똑같은 하나님의 자녀라는 게 목사님의 지론이셨다.

들려오는 이야기에 의하면, 평신도인 어떤 장관이 따스한 봄날 목사님을 점심에 초대하셨다. 크고 넓은 새집으로 이사를 하셔서 입주 예배를 드리기 위함이었던 것 같다. 하필 그때가 식목이 한창인 3월이었는데 목사님을 모시러 온 장관은 예를 갖추느라 양복을 차려입으셨는지라 작업이 끝나기를 뒷짐 지고 서서 기다리셨는데 그게 문제였다. 팔 걷어붙이고 뭐라고 거들었어야 했는데 손님처럼 곁에 서서 구경만 하는 장관의 태도가 맘에 안 들었었는지 오전 작업이 끝났음에도 목사님은 오후에 더 중요한 작업이 있다면서 점심 초대에 응할 수 없어 미안하다고 하심으로 그 장관은 제대로 훈육을 받은 셈이다. 그렇다고 화를 내시거나 어떻게 이럴 수가 있냐고 따져 묻는다거나 인상을 쓸 수도 없다.

음식 준비와 예배 준비를 다 해 놓고 목사님을 모시러 왔다가 홀로 돌아가야 하는 장관에게 원로 목사님은 세상 선한 눈으로 씩 웃으시며 '교회 작업이 아직 안 끝나서'라며 한 말씀을 하시면 그 누구도 감히 토를 달지 못했다.

원로 목사님. 그분의 말씀에 대한 성도들의 대답은 늘 '예스'였다. 우선은 당황스럽고 어리둥절해도 시간이 지나고 나면 왜 그때 그러셨는지는 각자가 답을 찾게 된다.

군 장성들도 예외는 없다. 어떤 장로님은 군에 계신지 몇십 년 만에 처음으로 삽질을 해 봤노라고 은혜로운 간증도 하고 다니신다. 생각해 보라. 우리나라 장군이 직접 삽질할 일이 언제 있겠는가?

한 마디로 교회는 늘 활기에 넘쳤다. 한 시도 나태할 수 없는 시스템으로 교회는 돌아갔고 모두가 열심이니 누구나 열심일 수밖에 없어서 그러다 보면 일주일이 후딱 지나간다.

원로 목사님은, 몸과 마음이 평안한 상태에서 신성한 노동이 주어지는 곳이 바로 천국이라고 하셨다. 에덴동산의 아담도 동산을 지키는 청지기 역할이 직업이었지 않은가.

원로 목사님께서 극도로 싫어하셨던 몇 가지가 있다.

하나는, 교회 내에서 성도들끼리의 돈거래다. 돈이란 가장 친한 사람에게서만 인도적인 차원에서 빌릴 수 있는 것이지만, 고의든 아니든 약속한 날짜에 돌려주기란 또 기적처럼 힘든 것이 돈거래가 아닌가 싶다. 그렇게 되면 빌린 사람은 빚진 죄인이니 못 나오게 되는 것이고 빌려준 사람은 교회 안에서 사랑의 마음으로 빌려준 것인데 받을 기약이 없으니 시험에 들어서 못 나오게 되는 것이다. 그렇다면 교회 입장에서는 두 사람의 성도를 잃는 것이 되고, 하나님 입장에서는 천하보다 귀한 두 영혼의 실족을 가슴 아프게 지켜보셔야 하는 것이다.

또 하나는 성도들끼리의 계 모임이다. 이 또한 위의 돈거래와 이유가 유사하다.

돈이 있는 곳에는 늘 지켜지지 못한 약속이 있었고 교회를 이끌어 오시면서 적잖이 이런 분란이 있었던 것 같다. 원로 목사님께서는 설교 중에 누차 강조하시고 또 강조하셨다.

진심으로 도와주고 싶은 사람에게 못 받아도 될 각오가 서지 않으면 빌려주지 말라는 말씀인데 그러다 보니 교회 내에서 돈 이야기는 자연스레 금기어가 되어 있었다.

또 하나는 주식투자다. 원로 목사님께서는 스스로 땀 흘려서 번 돈만이 '내 돈'이고 하나님께서 기뻐하시는 돈이라면서 전 성도에게 주식투자 금지령을 내리신 것이다.

실제로 젊은 교회 직원 중 한 분이 살뜰히 모은 쌈짓돈으로 주식투자를 했었던가 보다. 처음에는 느낌이 좋았는지 글쎄 카드 대출까지 해서 제법 큰 금액을 주식에 투자해 놓고 보니 눈만 뜨면 장세를 알아보는 게 일과이고 설상가상으로 사 놓은 주식이 점점 떨어지니 피가말라 가는 고민을 하게 된 것이다.

성실했던 이 직원이 어느 날 가벼운 교통사고가 나서 병원에서 기본 검사를 받았는데 큰 병원으로 가 보라는 권유가 있어서 정밀 검사를 받아 보니 급성 백혈병이 발견되었다.

선하고 내성적이었던 그 직원은 누구에게 말도 못하고 혼자서 끙끙 앓다가 불치의 병을 얻었고 결국 발견 몇 달 만에 고인이 되고 만 것이다.

희재와도 안면이 있던 그 직원의 자녀들은 겨우 초등학생들이었다.

원로 목사님은 늘 1원과 첫 계단의 중요성을 강조하셨다. 아무리 큰 돈도 1원에서 시작되고 아무리 높은 건물도 첫 계단을 밟아야 올라갈 수 있으므로 작은 일에 충실하라는 말씀이셨다.

원로 목사님의 가르치심은 성실하고 정직하게 맡은 일에 충실하다 보면 어느새 높이 올라가 있는 자신을 발견하게 되고 거기에 하나님께서 축복하시면 천천만만의 복으로 채워 주신다는 것이다. 원로 목사님께서 가장 강조하셨던 것은 바로 '성실'이었다.

백만 원의 월급을 받는다면 백이십 만원 어치 일을 하라는 가르침은 직장에서도 가장 뛰어난 직원이 되게 하셨다.

그러다 보니 직업이 없는 사람을 극도로 싫어하셨다. 하버드나 서울대를 졸업한들 직업이 없으면 현장에서 일하는 사람보다 나은 게 없다고 늘 말씀하셨다. 그래서 성도들은 직업이 없이 지내는 것을 무척 부끄러워했고 아무리 집안에 돈이 많아 호의호식할 수 있는 형편이어도 놀고먹는 건 있을 수가 없는 일이었다. 희재가 신앙생활에 푹 젖어 일터, 가정, 교회, 그리고 동생을 보살피며 살아온 이곳이 그녀 생각에도 천국인 것 같았다.

교회는 참으로 다양한 사람들의 집합소이다. 창세기와 요한계시록에 나오는 에덴동산에는 각종 나무가 자라고 있다. 교회의 다양한 사람들도 에덴동산의 각종 나무와 같다고 하셨다.

'말씀' 아버지

다른 교회나 다른 종교 기관도 마찬가지겠지만 이처럼 하나의 집단에서 만나 서서히 알아가며 만나는 사람들은 더욱 다양했다.

원로 목사님의 가까이에서 늘 상주해 계시는 분들 또한 더욱 다양했다.

원로 목사님은 그런 분들에게는 사정없이 반말을 사용하셨고 더러는 욕설도 스스럼없이 하셨는데 하시는 분이나 듣는 분이나 전혀 개의치 않아 하셨다. 그건 목사님들이든 장로님이든, 권사든 집사든 구분이 없었다. 원로 목사님은 친근할수록 더 과격하고 심한 욕설을 하셨는데, 듣는 분들은 자신을 특별하고 친근히 여기신다 생각했고 오히려 자신으로 인해 역정을 내시게 했다는 데에 대한 죄송함과 자책감에 괴로워했다.

희재도 처음 반말로 대하셨을 때 움찔한 적이 있었는데 주변 분들이 웃으시며 축하를 해 주셨다. 이제는 원로 목사님께서 거리감 없이 친딸처럼 여기시는 거라고 했고 주변 분들 모두에게 '야!' 또는 '이년. 저년' 하시던 것을 워낙 많이 봐 와서인지 어느 순간 희재도 그게 더 편안하게 여겨졌다.

그러나 새 신자라든가 교회는 오래 다녔어도 열심을 내지 않는 사람들에게는 깍듯한 존대어를 쓰셨는데 주변 분들은 그것을 하나의 사인으로 알아들었다.

원로 목사님은 어느 때는 직계 가족보다 주변 분들과 더 각별하신 것 같았다. 하긴 직계 가족이야 천륜이지만 가까이에 계신 분들은 그야말로 신앙으로 맺어진 사이여서 더욱 격의 없는지도 모른다.

원로 목사님의 집무실 겸 침실이 있는 '본부'라 불리는 건물에 내 집 드나들 듯 자유롭게 드나드는 분은 몇 분의 전도사님과 유일하게 여자 목사인 박미희 목사, 그분의 여동생이자 교회 회계실의 총책임자인 박미순 권사, 학찬의 양어머니이신 현 권사님, 또 대중 가수인 서예나와 반주를 담당하는 지민주라는 젊은 아가씨도 있었다.

그들은 모두 한 가족처럼 보였고 실제로 그렇게 지냈다.

그들은 원로 목사님께서 국내든 해외든 어디를 가시든지 함께 동행하는 정예부대원 같은 사람들이다.

성도들 대부분은 그들을 선망의 눈길로 바라봤으며 자신은 언제쯤 그 부류에 속하게 될까 염원하기도 했고, 영원히 그럴 수 없을 거라는 현실에 그저 부러워할 뿐이었다.

성도들은 원로 목사님에 대한 소식을 듣기 위해 그들의 주변을 기웃거리기도 했는데 교회 또한 하나의 사회이다 보니 가장 핫한 소식을 먼저 알수록 최측근이라 여겼고 성도들의 소식 또한 가장 먼저 원로 목사님께 전해드리기 위해 주파수를 맞추고 정보를 수집한다.

특파원들의 활약이 어찌나 뛰어나던지 원로 목사님에 대한 소식은 함구령이 내려지면 국가기밀보다 더 철저히 봉쇄되지만 성도들의 소식은 슈퍼 울트라 프리미엄 속도로 원로 목사님께 보고가 되었다.

또한 그 정예부대원들은 교회 내의 레스토랑에서 일을 했는데, 그 곳은 성도 누구나 이용하기도 했지만 외부의 귀빈들이 방문 시에 의전 장소로 사용되기도 했다. 그러니 교회 소식의 가장 정통한 소식통들이 고 원로 목사님의 가장 가장 가까이에 밀접하게 있는 이들이었다.

학찬도 이곳에서 원로 목사님이 계시는 '본부'에도, 교회의 레스토랑 도 개의치 않고 드나드는 최측근 중에 한 사람이었으니 자긍심이 넘칠 만했겠다는 생각도 들었다.

교회는 하나의 세상이었고 이 성 안에서만큼은 학찬도 어깨에 힘이 가득 들어가서 어깨 좀 펴고 살았겠다는 걸 그들을 보니 짐작이 갔다.

그들이 원로 목사님을 부르는 호칭은 '아버지'였다.

그들은 원로 목사님을 재림하신 '하나님 아버지'로 여겼고 자신들은 예수님의 열두 제자쯤으로 여기고 있는 듯했다.

그 공간에서 그들은 아예 원로 목사님을 '아버지'라고 불렀다.

원로 목사님의 최측근들과 성도로써 깊은 말씀의 세계에 들어섰다 고 여기는 사람들이나 또는 나름 자신이 원로 목사님의 비밀스러운 정 체인 재림 주로 알고 있다는 암호 같은 것이기도 했다.

교회의 구성원들은 원로 목사님의 자손 및 혼사로 맺어진 로열 패밀 리 그룹. 원로 목사님의 숙소를 스스럼없이 드나드는 최측근 그룹, 교 역자와 교직원 그룹, 성도지만 사회적으로 영향력이 있는 위정자들과 일반 평신도 그룹으로 나뉘어져 있었다.

그렇지만 그 거대한 교회는 오로지 원로 목사님 한 분의 말씀으로 운영되었다.

한치의 숨김도 없이 모든 보고는 원로 목사님께 드려졌고 모든 결정은 원로 목사님 한 분이 하셨다. 아무리 위급한 상황이 일어나도 주변 사람들의 의견이나 지혜는 필요치 않았다. 원로 목사님 한 분으로 충분했다.

어차피 모든 사람들은 원로 목사님 말씀에 감히 토를 달 수가 없다. 그런 법칙이 있는 것은 아니지만 그분의 카리스마는 성도들의 입을 다물게 하신다. 그분은 말씀 자체셨기 때문이다. 말씀 자체란, 누가복음 1장 1절의 '말씀이 곧 하나님'이라는 의미이다.

그러나, 원로 목사님의 지시가 틀렸던 적 또한 한 번도 없었다. 당장은 이해가 안 되고 '이게 옳은 방법인가?'하고 의구심이 들 때도 있지만 시간이 지나고 세월이 지나 결과를 보면 언제나 그분의 지시는 옳았다. 그래서 성도들은 이런 '아버지'께 여쭤볼 수 있다는 걸 큰 복으로 여기고 있었다.

한 재벌가 외아들이 있었다. 창업주이신 회장님이 위독해지자 친척들이 후계자 자리를 놓고 암투가 시작되었다. 기업은 우리나라에서 위상이 높은 기업이었는데 당시에는 열 살 남짓한 딸만 하나 있었다. 원로 목사님은 그 외아들에게 교회 연수원에 들어가 있으라고 명령하시고 외부의 전화도 일절 받지 못하게 하셨다. 그렇게 한 달을 교회 연수원에 있으면서 그 외아들에게 성경 공부를 하라고 명령하셨다. 기업의 내막은 잘 모르겠지만 아무튼 후계 체제는 무난하게 이루어져 회장에 올랐다. 그리고 이듬해에 곧바로 아들을 연년생으로 둘을 낳았다.

10년 동안 닫혀 있던 태가 열린 것이다.

또 허허벌판이던 어느 섬에 대규모의 건축을 하라고 지시하셨다. 놀라운 것은, 재벌가의 새로운 회장님이 그대로 따랐다는 것이다. 어려움이 어찌 없었을까만 믿고 기도하며 순종할 때 하나님께서 역사하신다는 것을, 증거로 보여주신 분이고 원로 목사님의 지시는 이처럼 어긋남이 없이 늘 옳았다는 것을 증명해 보이신 것이기도 했다.

교회 장로가 되신 그 회장님의 사업처가 지금은 그 섬의 랜드마크가 되었다.

희재는 당연히 일반 평신도 그룹에 속했지만 그나마 동생으로 인해 상위 그룹들과 조금 더 가까이 갈 수 있는 경계쯤에 있었던 것 같다. 굳이 위치를 밝히는 건, 희재의 시선에 비친 교회의 모습들이 허구만은 아니라는 것을 말하고 싶기 때문이다.

희재도 측근의 경계쯤에 있었기 때문에 원로 목사님에 대한 호칭은 '아버지'였다.

동생으로 인해 의심 가득한 눈으로 교회에 와서 나름 열심히 살폈지만 특이한 부분을 알아낸 것도 아니었다.

희재의 신앙생활은 지극히 평안하고 행복했었다.

특별히 열심을 내지는 않았지만 다른 교회에 다닐 때와 비교도 안 될 만큼 성경의 지식을 익혔고 의심 없고 흔들림 없는 신앙생활을 했었다고 말 할 수 있다.

그렇지만 열심인 성도들과는 비교도 할 수 없었다. 희재가 보기에도 일부 권사님들의 신앙의 지식은 외부의 목사님들, 아니 신학자들보다 높았다. 원로 목사님께서 평소에도 우리 교회 성도 한 명을 타 교회 성도 삼천 명과 안 바꾼다고 말씀하셨는데 그건 맞는 말씀이다.

그만큼 훈련받고 체험적인 신앙생활을 하는 곳이 바로 이 일곱별 교회였다.

성도들 사이에는 원로 목사님의 호칭이 곧 그 사람의 신앙의 바로미터였다.

외부 손님들과 새 신자들은 원로 목사님을 김동재 목사님이라고 불렀다.

대체로 일반 성도들은 문자 그대로 '원로 목사님'이라고 불렀다.

어린 학생들은 '말씀 아버지'라고 했으며, 측근들이 사석에서 얘기를 나눌 때는 '어른', '어르신'이라고 했고, 교회 밖의 외부 사람들 앞에서 교회에 관한 이야기를 할 때는 '회장님'이라고도 했다. 그리고 신앙이 깊은 분들과 지근거리에 있는 분들은 '아버지'라고 한다.

학찬이 복역하고 있는 교도소의 최 모 교도관이 다시 교회를 왔다. 최 아무개 계장은 석 장로 부부와 꽤나 돈독해져서 최 계장 부인은 석 장로를 '오빠'라 부르고 있었다. 하긴 진작에 함께 여행을 다닌 사이이니 그럴 수도 있을 것이다. 다만, 이 모든 건 학찬을 위한 석 장로의 수고라고 희재는 생각했다.

석동호 장로가 교화위원이 되어서 교도소 출입이 자유로웠다. 석 장로 역시 희재에게 어른의 배려로 교도관을 잘 사귀어 놓은 건 학찬이를 돌보는 일이기도 하다고 얘기했다.

희재는 감사할 수밖에 없었다.

사실 얼마나 감사할 일인가. 학찬의 과잉 충성으로 원로 목사님과 교회가 그토록 큰 환난을 겪었음에도 이처럼 뒤까지 봐주신다고 하니 그저 면목 없고, 죄송하고, 감사할 따름이었다.

교회에 출석하는 연예인들을 동원해서 학찬이 복역 중인 교도소에서 재소자들을 위한 위문 공연도 했다고 한다.

학찬이 교도소 안에서 워낙 모범적으로 생활하니까 특별히 힘써서 도울 일은 없을 것이다. 희재가 한가지 기대하는 건, 복역한 지 십 년이 지났으니 가석방은 좀 도와줄까 싶었다.

그러나 일 년에 몇 번씩 있는 특별사면에 학찬의 이름은 좀처럼 오르지 못했다. 아니, 후보 명단에 오르긴 했지만 번번이 마지막에는 낙오가 되었다.

희재는 너무나 낙심해서 하나님께 하소연도 해 봤다. '하나님, 학찬의 죄는 아직도 용서받을 수 없는 것인가요?'

가석방은 안 되는 대신 학찬은 모범수로서의 혜택은 어느 정도 누릴 수 있었다. 준비해 간 음식을 함께 먹고 마시는 접견부터 교도소 내의 정해진 공간에서 하룻밤을 묵으며 맘껏 터놓고 얘기를 나눌 수 있는 특별 접견도 있었다. 그럴 때면 희재는 너무나 설레는 마음으로 일주일 전부터 갈비찜과 겉절이와 된장찌개와 킹크랩 등 동생이 좋아하는 음식을 준비하느라 여념이 없었다.

학찬이 결혼하면 색시에게 된장찌개는 꼭 누나에게 배우게 하겠다던 희재의 된장찌개를 십 년이 지나 먹일 수 있다는 게 그저 감격스러울 뿐이었다.

모범수 단체 접견에는 남편과 작은오빠가 동행해서 음식을 함께 했었고, 숙박 특별 접견에는 민준호 목사가 동행했다. 목사님이 자원했다기보다는 학찬이 그분을 원했기 때문이다.

만기출소가 임박해지니 교회 소식이 궁금했었나 보다.

그 후, 학찬은 귀휴도 다녀갔다. 만기출소가 다가오고 있었고 정말로 학찬이가 사회로 복귀하는 시기가 다가오고 가까워지고 있었던 것이다.

그때쯤 원로 목사님은 말씀하셨다.

사건을 저지를 당시 신학교에 재학 중이었던 학찬이 구속됨으로 중단되었는데, 출소하면 중단했던 신학 공부를 다시 시작하게 할 것이고 학찬은 세계적인 선교사가 될 것이라고……

앞에서도 얘기했지만, 원로 목사님의 말씀은 그냥 말씀이 아니다. 그분의 말씀은 성취 백 퍼센트의 약속의 말씀이셨다.

희재는 많은 분들에게 축하를 받았다. 세상에서는 살인을 한 전과자는 영원한 주홍글씨를 달고 살게 된다. 그런 학찬에게 다시 신학을 공부할 기회를 주시고 선교사로 키워주신다는 말씀에 '내 잔이 넘치나이다'라는 감사의 고백은 절로 나올 수밖에 없다. 희재가 원했던 것도 오직 한가지였다.

그토록 좋아하고 사랑했던 교회에 복직이 되어 사건 이전의 삶으로 돌아갈 수만 있다면 그보다 뭘 더 원하겠는가.

학찬이는 27살에 수형 생활을 시작해서 30대를 꼬박 그 안에서 보냈고 이제 불혹의 나이에 접어들었다. 세상의 가장 낮고도 험한 곳에서 십 년이 넘게 생활했고 그동안 희재와 주고받은 편지나 짧은 시간이지만 접견 시에 나눈 대화를 보더라도 많이 성장했다고 생각되었다. 하긴 그 안에서 받은 연단과 훈련을 어디에 비할 수 있단 말인가. 누구의 인생을 돌아본들 그보다 더 기막힌 연단이 어디 있을까.

그야말로 풀무 불 가운데를 지나는 연단을 겪었으니 깊이 있는 성품과 세상을 품을 듯한 온유한 마음과 겸손은 충분히 갖추었을 것이다.

어느 날, 교도소 측으로부터 전화가 왔다. 학찬이가 며칠 전부터 많이 아파서 외부에서 진료를 받아야 할 것 같다는 것이다. 오랜만에 희연 언니와 둘이서 달려갔는데 학찬의 병명은 요로결석이었다. 산고의 고통에 비유되는 극심한 고통에 일주일이나 시달렸다는 것이다.

학찬이가 시술을 받는 동안 수술실 밖에서 귀를 문에 대고 들어 보았다. 정말로 돌을 징으로 깨는 소리가 '팅팅'하고 선명히 들렸다. 잠깐 접견을 할 수가 있었는데 얼마나 앓았는지 얼굴이 노랗고 수척해 있었다.

며칠 뒤 건강 상태가 염려되어 접견을 갔더니 손목에 팔찌가 걸려 있었다. 링거 줄을 뜨거운 물에 담그면 늘어나는데 시술 후 소변을 통해 나온 돌 조각을 주워서 그 안에 넣어 만든 팔찌를 보며 그날의 고통을 잊지 말고 겸손 하자는 의미로 차고 있노라 했다.

불혹의 나이지만 희재의 눈에 학찬은 그저 안쓰럽고 가여운 동생일 뿐이었다.

가슴 속에는 하염없이 눈물이 흐르고……. 희재는 서울로 돌아오는 내내 하나님께 기도드렸다.

'밖에 있었다면 바로 달려갔을 병원을 일주일이나 통증에 몸부림치고 있었으니 얼마나 고통스러웠을까요. 하나님. 세상에서 내린 벌을 받은 기간이 다 채워져 갑니다. 이제는 학찬이를 용서해 주시옵소서. 아직도 하나님과 동생 사이에 해결되지 않은 문제가 있다면 깨닫게 해 주셔서 하나님께도 용서받게 해 주시옵소서.'

이 무렵부터 희재의 사업이 어려워지기 시작했다. 아니, 엄밀히 말하자면 그동안은 억지로 억지로 견뎌 온 형편이 한계에 다다른 것이다.

희재의 살롱에는 직원이 스무 명 정도 됐는데 적자가 시작되자 인건비에 대한 부담이 제일 컸다. 임대료야 건물주께 양해를 구한다 해도 당장 돌아오는 급여 날은 고통스럽기 그지없었다.

가게에 손님으로 오시는 교회분들은 몇 명 안됐지만 썰렁한 가게 풍경은 어느덧 교회에도 전해진 모양이다. 가깝게 지내는 분들과 마주칠 때면 염려해 주는 분들이 점차 많아졌다.

주일날이었다.

그날도 희재의 표정이 어두웠는지 교회에서 마주친 석동호 장로가 가게 형편을 물어왔다. 희재뿐만이 아니라 모든 성도들은 교회 내에서는 거짓말을 하지 않았다. 왜냐하면 '아버지'이신 원로 목사님은 이미 다 알고 계시기 때문에 에둘러댄다거나 과장된 설명을 하면 그 자체가 죄악으로 저주받을 것이라 믿기 때문이다.

"네 좀 그래요. 나이지겠지요 뭐."

희재는 어색하게 웃으며 대답했다.

"에휴. 학찬이 누나가 사업 때문에 어려움을 당하고 있다는 걸 어른께서 아시면 얼마나 가슴 아파 하시겠냐. 아버지께 한 번 도움을 받아 봐."

"말도 안돼요. 학찬이 때문에 그토록 힘든 시간을 보내셨는데 제가 감히 어떻게 아버지께 그런 부탁을 드려요. 그럴 수 없어요. 아버지께서 기도해 주시면 모든 게 잘 해결될 거예요. 기도해 주시라고 말씀 드려 주세요."

"아니라니까. 많은 사람들이 아버지께 도움을 받았어. 이제는 희재도 부탁드려 볼 때가 됐어. 아버지시잖냐."

"전 못 해요. 입이 안 떨어져서 말씀 못 드립니다. 감사합니다만 장로님도 절 위해 기도해 주세요."

"허허. 내가 될 것 같으니까 부탁을 드리자는 거지. 학찬이 누나라면 아버지가 분명히 도와 주실거라니까."

"그래도 전 못 합니다."

"대체 얼마나 어려운데?"

"이번 달 직원 월급이 힘들 것 같아요."

"얼마나 부족한데?"

"한 팔백만 원 정도요."

"그러면 이렇게 하자. 지금 나에게 했던 내용을 편지로 써라. 아무도 몰래 내가 아버지께 전해 드릴테니. 기도문이라 생각하고 편지로 써."

"고민해 볼게요. 아버지께서 기도해 주셔야만 해결될 것 같으면 편지 작성해서 다음 주일날 뵈러 갈게요."

"미룰 게 뭐 있냐. 지금 써 놓고 가. 저기 레스토랑에 있는 방에서 쓰면 되지."

석 장로는 희재의 팔을 끌고 레스토랑 안에 있는 방으로 밀어 넣었다.

레스토랑 안에는 봉사자들이 쉬기도 하고 탈의실로도 이용하는 작은 방 하나가 있었다. 물론 그곳은 봉사자들 외에는 출입할 수 있는 장소가 아니다.

석 장로는 잠시 희재가 그 방을 사용해야 한다며 레스토랑 봉사자들에게 방 출입을 자제해 달라는 양해까지 구해줬다.

교회 성도들은 갑작스레 만나게 되는 눈앞이 깜깜해지는 일, 예를 들면 건강 검진에서 암이 발견되어 수술을 받아야 한다든지, 사고를 냈거나 사고를 당했거나 사람의 이성으로 감당할 수 없을 때 모두들 원로 목사님 앞에 엎드리어 그분의 지혜를 구했다.

돌파구가 없을 때는 원로 목사님을 찾아뵙고, 그간의 사정과 자초지종을 말씀드리며 기도를 부탁드리는 것이 그동안 신앙생활의 관례처럼 되어 있었다.

이 불황이 계속되면 어차피 희재도 원로 목사님을 찾아뵙고 의논을 드려야 한다. 내용은 가게를 접을까요, 규모를 줄일까요, 이전을 해야 할까요 등등이 되었을 것이다

성도들 모두 원로 목사님께 의논드리지 않고 어떤 일을 결정할 수는 없다는 게 스스로의 규칙이었다. 그러면 원로 목사님께서는 삶의 방향을 정해 주시는데 그것이 틀렸던 적은 한 번도 없었다.

사실 희재는 피가 마르는 고통으로 웃음을 잃은 지 오래였다. 월급

날이 다가오는 게 무서웠고 그동안 애정을 듬뿍 쏟아부은 사업장을 접는 것도 살을 도려내는 아픔처럼 느껴져서 이러지도 저러지도 못하고 있는 상황이었다.

희재의 생각에 석 장로님으로 인해 아버지께 여쭙는 시간이 앞당겨지는 과정일 수도 있겠다 싶은 생각도 들었다.

그녀의 이 지옥 같은 현실을 어떤 방향으로든 정리해 주신다면, 심지어 사업을 모두 접고 전업주부가 되라고 하셔도 어쩔 수 없다는 비장한 각오를 품고 펜을 들고 적어 나가기 시작했다. 석 장로 얘기대로 팔백만 원을 도와주신다면 그건 사업을 계속 진행하라는 말씀일 것이다. 좌식 상에 앉아 간단히 기도를 마친 희재는 마치 원로 목사님께 아뢰듯 세세하고도 정확하게 그녀가 당한 현실을 적어 나갔다.

직원 월급은 총 얼마인데 월급날 이만큼은 마련이 될 것 같은데 도저히 팔백만 원은 마련할 방법이 없다는 내용이었다.

한 시간여에 걸쳐 기도문 같은 편지를 써서 석 장로님께 드리고, 그녀는 속으로 묵상 기도를 하면서 터벅터벅 교회를 걸어 나갔다.

'아버지, 제가 어떻게 아버지께 금전적인 도움을 받을 수가 있겠습니까. 아버지는 전능하시니 저에게 길을 열어주시옵소서. 손님을 보내주시고 돈이 마련되게 하시고 이 길이 아니면 멈추게 하시고 그것도 아니라면 돌아가게라도 해 주시옵소서.'

월요일이 지나고 화요일이 지나고, 희재가 할 수 있는 건 기도밖에 없어서 수요 저녁 예배에 참석하느라 교회 마당에 들어섰는데 평소에 허물없이 지내던 남희를 만났다. 그녀는 해맑게 웃으면서 희재의 앞에

서더니

"언니, 직원들 월급을 못 줄 만큼 그 정도로 힘들어? 세상에나 어쩌면 좋아."하고 놀랐다.

희재는 얼굴이 화끈 달아 올랐다.

"나 힘든 거 네가 어떻게 알아?"

"언니가 아버지께 쓴 편지 아침 경건회 시간에 내가 읽었어."

그녀는 작은 눈을 더 작게 감으며 생글생글 웃었다.

경건회는 매일 아침 7시 30분에 시작하는 일곱별 교회의 직원회의 격인 모임이다. 하루를 시작하는 출발 예배인데 전 직원이 참석해서 원로 목사님의 지시를 받고 보고도 하는데 그 시간에 편지를 읽었다는 것이다. 희재는 자신의 어려운 형편이 알려졌다는 사실에 당황하며 남희에게 물었다.

"누구누구 있었어?"

"전 직원이 다 있었지."

희재는 수치심에 그 자리에 주저앉았다. 숨 막혀 죽을 듯한 희재의 현실 앞에 별거 아닌 것처럼 여전히 해맑게 웃고 있는 그녀의 웃음은 충격 그 자체였다.

마치 지옥에 있는 그녀를 천국에서 내려다보며 구경하고 있는 느낌이랄까.

그녀의 웃음이 비웃음은 아니었지만 그래서 더 비참하고 수치스러웠다.

석 장로에게 전화를 했다. 원로 목사님께 쓴 편지가 전 직원 앞에서 낭독되었다는데 어찌된 일이냐고 물었더니 석 장로 역시 너무나 태연하게 대답했다.

"아 그게 말이지 좀 도와주실 줄 알았는데 이번에는 안 되겠다. 어른이 그렇게 하시는데 어쩌겠니."

희재는 이게 무슨 경우인지 알 수가 없었다. 편지를 쓰면서 무의식 중에라도 자신이 원로 목사님의 도움을 바랐었을까? 그래서 이런 벌을 내리시는 걸까?

그렇지만 분명한 것은, 그것이 허황된 꿈이라 할지라도 희재가 먼저 그런 꿈을 꾼 건 아니라는 거다.

시간이 흘러도, 교제하는 성도들의 수가 많아졌어도, 봉사하는 분야가 중요 직책이어도, 원로 목사님 주변 분들이 아무리 살뜰히 마음을 써 줘도 희재에게는 그녀만의 자격지심이 있었다.

자신은 학찬의 누나인 것이다. 학찬이는 자신의 과잉 충성으로 원로 목사님과 교회를 어려움에 빠뜨렸다. 다행히 학찬의 충정을 이해하고 너그러이 용서해 주셔서 성도로서 열심을 낼 기회를 주신 것이지 결코 다른 성도들처럼 마냥 평강을 누릴 수 없다는 것을 그녀는 늘 잊지 않았다.

측근들의 얘기에 의하면 주유소를 하는 어떤 장로님은 사업이 어려워서 부도날 지경이 되자 원로 목사님 앞에서 울고불고 하소연을 해서 원로 목사님께서 십 억이라는 돈을 빌려 주셨다고 했다. 또 어느 목사님은 카드값이 수천만 원이 나와서 원로 목사님 앞에서 카드를 가위로 자르고 다시는 사용하지 않는다는 조건으로 카드값을 모두 갚아 주셨다고도 했다.

이처럼 원로 목사님과 성도들은 육신의 부모 이상으로 끈끈하게 연결되어 있었다.

그러나 희재는 그들과 같을 수가 없었다. 학찬이로 인해 이미 큰 빚을 진 입장이기 때문이다.

이 표현이 맞을지 모르겠지만, 그들은 친자식이고 자신은 주워 온 자식쯤으로 그녀 스스로 느끼고 있었던 것이다.

언젠가 희재가 가게를 확장해서 이전했을 때, 당연히 원로 목사님께 보고를 드렸었다. 평소에 '아버지'라고 부르고 원로 목사님 또한 '이년 저년' 할 사이라면 으레 개업 예배에 오셔서 기도와 축도를 해 주셨을 것이다. 그러나 희재의 이전 개업식에는 오지 않으셨다.

석 장로는 '아버지'께서 개업 예배에 참석하실 거라고 미리 알려줬기 때문에 그녀는 더 많은 정성과 설렘으로 행사를 준비했었다. 그러나, 당일 아침이 되자 석 장로의 전화가 왔다.

마음은 가시고 싶으시나 학찬이 누나이기에 사람들 시선이 있어서 불가피하게 됐다는 것이다.

그녀는 실망하지 않았다. 다만, 십 년 넘게 그 제단에서 말씀 듣고 기도했건만 아직도 학찬이의 누나에서 벗어나 평범한 성도가 될 수 없다는 아득함에 마음이 아팠을 뿐이다.

의구심은 들었다. 그분은 '아버지'신데 왜 사람들 시선을 의식하시는지 그 부분은 이해가 되지 않았다.

전능하신 분인데 언제까지 학찬과 자신이 분리되지 않고 하나로 묶여 예배마저도 제한적이어야 하는지 실망스럽기도 했다.

희재는 예배 시에 수치스러움보다 회개의 기도를 올려야 했다. 왜냐하면 원로 목사님은 '아버지'이시기에 그분은 늘 옳으셨다. 자신을 그처럼 전 직원 앞에 웃음거리가 되게 하신 이유는 반드시 있으실 거다. 아마도 아니라고 하면서도 어쩌면 자신도 모르는 사이에 마음 저 아래에서 그런 기대를 했는지도 모르는 일이었다.

자신보다 자신을 더 잘 아시는 전능하신 '아버지'께서 그렇게 하셨다면 그분이 옳은 것일 테니까…….

물론 원로 목사님의 도움은 없었다. 그러나 그분께서 기도를 해 주셨는지 남편이 지은 집이 기적적으로 두 채가 동시에 팔려서 월급날은 무사히 지나갔다. 그리고 위기 속의 기회라 생각해서 목돈이 생긴 김에 아예 사업을 더 확장했다. 한 층을 비워서 헤어살롱과 레스토랑까지 영역을 넓혔다.

이것이 아버지의 은혜인지 뭔지를 몰라서 희재는 학찬에게 이러이러한 일이 있었다는 내용의 편지를 보냈고 고비를 넘었기에 한숨을 돌리며 동생에게 접견을 갔다. 접견장에 나온 학찬은 희재를 보자마자 불같이 화를 냈다.

누나가 석 장로가 내민 선악과를 따 먹었다는 것이다. 그것도 분별을 못하느냐고 지금까지 어떻게 신앙생활을 한 거냐며 타박을 했다.

선악과.

에덴동산에서 여자가 본 선악과는 '먹음직도 하고 보암직도 하고 지혜롭게 할 만큼 탐스럽기도'(창 3;6절) 했다.

희재는 너무나 억울하고 속상했다. 에덴동산의 여자는 그 나무를 바라봤지만, 자신은 절대로 바라본 적조차 없었다. 극구 사양했지만 석 장로는 거절할 수 없는 부담으로 그녀를 밀어붙였다. 아니, 어쩌면 원로 목사님의 도와주시는 은혜가 내려진다면 사업을 계속 이어가도 좋다는 하늘의 뜻으로 받아들였을 것이다. 그런 고통 가운데 있으면서도 원로 목사님께 아뢰지 않고 혼자서 해결하려 하는 것이 마치 믿음이 없거나 약한 사람이라고 석 장로는 지적하며 나무랐다.

그녀는 석 장로와 동생에게 실컷 두들겨 맞은 것처럼 정신이 혼미할 지경이었다. 도대체 어쩌란 말인가? 깨어 있는 것이 무엇이고 뜻을 알아가는 것은 또 무엇일까?

엉켜버린 머릿속에 억울함과 수치스러움만이 가득 차 있었다.

세월이 흘렀을 때, 그녀는 그때의 웃음거리가 됐던 것에 감사하지 않을 수가 없었다.

이전한 가게에 미국 지교회에 있던 친하게 지낸 동생 도원이가 놀러 왔었다. 그는 근사한 그녀의 가게를 돌아보더니 확신에 찬 목소리로 당당하게 물어 왔다.

"누나, 이거 아버지가 해 주셨어?"

그뿐만이 아니다. 훗날 희연 언니조차도 원로 목사님으로부터 상당한 지원을 받은 걸로 넘겨 짚고 있었다. 비록 교회의 전 직원들 앞에서 웃음거리가 되는 대망신은 샀지만, 아무리 희재가 부인한들 일절 도움이 없었음을 그보다 더 명확하게 설명할 수 있는 더 무엇이 있겠는가?

역시 아버지는 늘 옳으셨다. 방법이야 사람의 상상을 초월하는 것이었지만.

제2부

3.1절 특사

학찬은 꼬박 14년의 형을 살고 나서 3.1절 특사로 출소했다.

스물일곱의 풋풋했던 청년은 이제 마흔하나라는 불혹의 중년이 되어 있었다. 학찬으로 인해 돌아가신 분도 계시니까 이마저도 감사해야 할지 모르겠지만 기쁨은 잠시이고 이 기막힌 현실 앞에 통곡이 먼저 나왔다.

이 기구한 너의 삶을 어떡하면 좋으냐. 너의 젊은 날은 어디로 가 버렸니. 너의 청춘을 어디에서 찾는단 말이냐. 이십 대와 삼십 대를 오롯이 감옥 안에서 보낸 동생.

내 동생아. 불쌍한 내 동생 학찬아.

희재가 할 수 있는 일은 동생을 위해 편안하고 푹신한 이부자리와 따뜻한 밥상뿐이었다. 그녀의 집에 열댓 평 되는 다락방이 있었는데 우선은 그 방을 학찬의 방으로 꾸며 주었다. 인왕산과 북한산이 바로 코앞에 있는 희재의 집에서 전망이 가장 좋은 방이었다.

일하는 희재를 대신해서 집에는 아이들을 돌보는 아주머니가 계셔서 하루 세끼 모두 따뜻한 밥을 먹게 할 수 있었다.

교회의 지인들과 친구들이 하염없이 집을 드나들고 모처럼 북적이는 집과 집 안 가득 울려 퍼지는 웃음소리가 정말로 동생이 돌아왔음을 실감 나게 했다.

３월에 접어들자 봄은 빠르게 진행되었다. 학찬은 낮이면 마당의 검은 진돗개 '첼시'와 함께 뒷산인 인왕산에 올라 바깥세상의 공기를 마시고, 첼시와 함께 맘껏 달리고 단절되었던 세상의 리듬을 맞춰가기 위해 기지개를 켰다.

희재도 학찬도 생각은 같았다. 그동안 교회나 원로 목사님께서 해 주셨던 배려를 생각하면 이제는 그토록 사랑하는 교회에 출석해서 대예배실에서 예배도 드리고, 반가운 사람들과 예전처럼 인사를 나누며 신학교에서 다시 공부도 하고 그야말로 자유로운 생활로 복귀될 줄 알았다.

그러나 부활절이 지났어도 교회 예배에 출석해도 된다는 명령은 떨어지지 않았다. 심지어 원로 목사님께 인사도 드리지 못한 채 두 달이 되어가고 있었다.

교회의 성도들은 해외 출장이나 어떤 일로 장기간 교회 출석을 못했을 경우 그 일을 마치면 가장 먼저 원로 목사님을 찾아뵙고 자신의 부재에 대한 보고를 드리는 게 불문율이었다.

과잉 충성이라 해도 어쨌거나 학찬이는 원로 목사님을 지키기 위해 14년을 복역하고 출소했다. 그 14년 동안 수형 생활을 이겨낼 수 있었던 건 오직 하나, 원로 목사님께서 버리지 않고 용서해 주실 거라는 확고한 믿음이 있었기 때문일 것이다. 학찬이 출소한 후 가장 뵙고 싶었던 분은 원로 목사님일 거고 가장 가고 싶었던 곳은 일곱별 교회의 대예배실이 아니었을까? 그런데 출소한 지 두 달이 지났지만 교회 출석도 원로 목사님께 인사드리는 것도 기약이 없이 두 달이 지난 것이다.

첼시와 운동으로 동네를 달리는 일도 인왕산에 올라 좋은 공기를 마시고 서울 시내를 내려다보는 일도 즐거움에서 초조함과 답답함으로 변해갔다.

희재 또한 그런 동생을 바라보는 일이 편하지만은 않았다. 학찬의 얼굴에서 웃음이 사라지고 얼마 지나지 않은 5월에 석동호 장로로부터 연락이 왔다.

본 교회 출석은 아직 좀 그렇고 지방에 있는 연수원에서 지내라는 것이다. 교회 연수원은 워낙 광대해서 하염없이 새로운 공사와 보수 공사가 진행되고 있었다. 그곳에는 목회자들과 직원들 또 자원해서 봉사하는 일반 성도들도 늘 상주하는 곳이었다. 드디어 다시 교회 직원으로 복직이 되는가 싶었다.

그런데 교회에서 희재는 그전에는 없었던 달라진 시선을 느껴야 했다. 다른 사람들은 모르겠지만 오직 한 사람 박미희 목사는 희재와 마주칠 때마다 못마땅한 눈빛으로 훑어보는 게 느껴졌다. 희재는 고개를 흔들었다. 아마도 자신이 잘 못 본 것이라고 느끼고 싶었다.

원래 잘 웃지 않고 거만한 분이기에 그날따라 기분이 안 좋을 수도 있다고 믿고 싶었다. 그런데 그건 사실이 되고 말았다. 박미희 목사는 학찬이 출소 후 교회로 돌아온 것에 대해 노골적으로 불편함을 드러냈다. 하물며 이제는 그만 '아버지'를 놓아 주었으면 한다는 말도 공공연하게 하고 다닌다는 걸 알았다.

즉, 지난 14년간 돌봐준 것에 감사하고 이제는 원로 목사님 옆에서 부담 주지 말고 스스로 떠나 자립해서 살라는 의미였다. 그러니 희재를 바라보는 시선이 고울 수가 없었고 희재 또한 그 시선을 읽어 버리고 만 것이다. 아마도 누나인 희재까지도 그 교회에서 떠나 주기를 바랐는지도 모른다.

원로 목사님을 위해 자신의 젊음을 모두 바쳐 불미스러운 기사가 날 것을 막아 낸 학찬이다. 물론 또 다른 환난을 교회와 원로 목사님께서 겪긴 했지만, 어쨌거나 명재혁 씨가 돌아가셨기 때문에 원로 목사님에 대한 기사는 나지 않게 막을 수 있었다.

희재는 섭섭하고 야속한 마음도 들었지만, 학찬이가 버려진다 해도 어쩔 수 없는 일이라 생각했다. 다만, 그 말은 저렇게 측근을 통해 불평처럼 흘러나올 게 아니라 원로 목사님께서 직접 해 주시기를 바랐을 뿐이다.

얼마 후 학찬이 집에 다녀갔다. 자신은 연수원 건축 공사 현장에 배치되었고 숙소도 마련됐으니 이부자리를 준비해 가야 한다고 했다. 오랜 수형 생활에 속으로 골병이 들었는지 학찬은 추위를 몹시 탔고 연수원은 산속에 자리하고 있어서 희재는 가장 두꺼운 구스 다운 이불을 준비해줬다.

"원로 목사님 뵀어?"

희재가 물었다. 학찬은 고개를 끄덕이더니 이야기를 이어 갔다.

원로 목사님은 학찬이에게 에녹이라는 새 이름을 주시더니 그곳에 있는 모든 사람들에게 앞으로 학찬이라 하지 말고 에녹이라 부르라고 명령하셨다고 했다.

그렇게 학찬은 '에녹'이 되었다.

학찬은 손발 멀쩡히 출소했으니 감사한 마음으로 참회하며 살겠노라고 했는데 원로 목사님은 학찬의 남은 삶을 책임질 테니 '아버지'만 믿으라고 하셨다 한다.

그러면서 희재를 제외한 모든 혈육들 및 외부 사람들과의 교제를 금하셨는데 이유는 명재혁 씨 측에서 학찬에게 접촉하여 진실을 말하라느니 하면서 괴롭힐 수도 있으니 외부 활동을 철저히 금하라는 말씀이셨다.

학찬도 희재를 제외한 다른 혈육들에게 연락할 마음이 없었다. 하나는 자신으로 인해 겪었을 환난을 생각하면 면목이 없어서였고, 또 하나는 아무리 그래도 그렇지 십 사 년 동안 접견 한 번 오지 않은 혈육들에 대한 야속함도 있었기 때문이리라.

금의환향은 아닐지라도 학찬은 이미 교회 내에서는 원로 목사님을 가장 사랑하는 하나의 아이콘과 같은 존재로 되어 있었다. 그런 학찬을 거두어 주신 점에 대해 감사하지 않을 수가 없었다. 사실 전과자, 그것도 살인을 한 전과 기록을 가진 불혹의 나이에 든 사람에게 이 사회는 너무나 배타적인 것 또한 현실이었으니까.

학찬의 행동반경은 교회가 아닌 연수원으로 국한되었다. 그래도 지방이다 보니 교회 분들과 어울려 외부에 식사도 하러 나가고 영화도 보고 쇼핑도 하면서 제법 자유로운 생활을 하게 되었나 보다.

해마다 연수원에서는 여름에 수련회가 열린다. 이 교회의 수련회는 특별해서 전국 지교회 성도들과 해외 지교회 성도들까지 모두 수련회 참석을 위해 연수원에 집결했다. 4박 5일간 진행되는 수련회는 이 교회 성도들의 일 년 중 가장 큰 행사였다.

그런데 이 수련회 때에도 원로 목사님은 학찬을 성도들의 시선에서 숨기셨다. 수련회 준비가 본격적으로 시작되자 학찬은 희재의 집으로 다시 왔다. 그러면서 하는 말이 아마도 미국으로 갈 것 같다고 했다. 원로 목사님께서 미국 비자를 만들라고 하셨단다.

그렇게 오랜 시간 떨어져 지낸 동생이 골병든 몸이 회복되기도 전에 여행도 못 다녀보고 이역만리로 떠난다는 게 섭섭하기는 했지만, 동생을 알아보는 사람 없는 넓은 세상에 가서 자유롭게 사는 것도 멀리 보면 다행일 것 같기도 했다.

사람들은 세상의 사건 사고를 의외로 빨리 잊긴 하지만, 당사자들의 생각으로는 영원히 각인되어 모든 사람들이 알아볼 것만 같아 기피하고픈 마음이 있는 것도 사실이다.

꼬박 9개월 동안 하루도 빠짐없이 9시 뉴스의 첫 화면을 장식했던 동생의 얼굴이었다. 또 희재의 형편상 동생을 계속 돌 볼 처지도 아니었다.

사실은 출소하기 얼마 전부터 그녀의 사업은 기울기 시작했다. 그래도 희재는 학찬이 출소한 뒤여서 다행이라고 생각했다. 옥바라지를 못하게 됐다면 훨씬 더 고통스러웠을 것이다.

형편이 너무 어려워서 학찬이 출소할 때 입을 사복을 준비하는 것도 힘에 부쳤다. 희재의 형편을 곁에서 지켜본 이은교 전도사님이 민준호 목사님과 축하의 의미로 준비할 테니 언니는 전혀 신경 쓰지 말고 학찬에게도 알리지 말라고 하셨다.

이미 기울기 시작한 사업에 돌파구는 없었다. 어쩌면 집을 팔고 사업도 접어야 할지도 모를 위기 속에서 하루하루를 힘겹게 견디던 시기여서 원로 목사님의 지원이 있는 미국 진출이라면 다행이라는 생각까지 들었다.

낯선 미국 생활이지만 지교회가 있고 성도들이 있고 적어도 숙소와 직업은 있을 테니 안심이라는 생각도 들었다. 학찬은 미국에 가면 다시 신학을 시작할 거라고 했다.

언젠가 학찬이가 세계적인 선교사가 될 거라고 하셨던 원로 목사님께서 그 예언의 말씀이 이루어지도록 약속을 지키시는구나 싶어서 감사하기도 했다.

그래서 섭섭하기도 하지만 사실은 누나의 형편이 이래서 차라리 미국에서 새 삶이 시작되는 것도 좋겠다고 희재는 자신의 현 상황을 알렸다.

학찬은 많이 실망 했다. 학찬이 출소하고 난 후 교회 친구들이 집으로 찾아오곤 했는데 서울의 대표적인 부촌에 있는 누나의 반듯한 집과 욕실까지 딸린 제법 여유로운 자신의 침실이 조금은 자존심을 회복해 줬는지도 모르겠다. 계속 든든한 버팀목 같은 누나로 지낼 수 있으면야 좋겠지만 그렇다고 어려운 형편을 동생에게 숨길 일도 아니었다. 지난 14년간 그녀는 동생을 위해 최선을 다해 옥바라지를 했다고 생각했다. 자신이 자원한 일이었지만 동생을 홀로 두지 않고 곁에서 돌볼 수 있다는 것에 감사하며 진심으로 최선을 다해 동생으로 돌봤었다.

그녀는 동생에게 사실을 이야기하면 적어도 동생이 진심으로 마음

아파해줄 줄 알았다. 그리고 그동안 감사했다고도 할 줄 알았다. 그 힘 듦을 숨기고 표 내지 않고 자신을 맞이해줘서 고맙다고 할 줄 알았다.

그런데 학찬은 처음에는 실망하더니 희재의 형편이 정말로 심각하다는 걸 깨달았는지 그다음에는 화를 냈다. 도대체 어떻게 신앙생활을 했기에 이런 결과를 맞이했냐는 것이다.

결국 누나의 생활이 말씀과 동떨어져 있었고 아버지의 뜻과 맞지 않았기 때문에 이런 결과를 낳았다는 것이다.

가난해지길 원하는 사람도 있을까? 사업이 기울기 시작했어도 안에 있는 동생에게 걱정시키기 싫어서 내색하지 않고 출소 때까지 꾹 참아온 그녀였다.

위로는커녕 질타만 실컷 들은 그녀도 섭섭하긴 마찬가지였다. 잘 돼서 폼나게 동생을 맞이할 수 있으면 좋았겠지만, 그보다는 아직 고등학생이고 초등학생인 두 아들 키워나갈 생각에 눈앞이 깜깜한데 동생 체면 깎은 것에 신경 쓸 겨를은 없었다.

출소할 때 입었던 말끔한 옷 한 벌이 두 교역자님의 도움으로 준비된 거라는 걸 알고는 그 옷을 찢어버리고 싶다고도 했다.

희재는 어이가 없었다. 기울어져 가는 생활에 불편하고 숨 막히고 막막한 것은 자신인데 남편도 아닌 동생에게, 그것도 14년을 옥바라지한 동생에게 들을 질타인가 싶어 말문이 막히기도 했다. 그러나 이은교 전도사님에게 학찬의 옷을 준비하게 맡긴 건 잘못했다는 생각이 들었다. 학찬의 입장에서는 충분히 자존심이 상할 일이었다. 순수한 우정으로 진심에서 우러난 환영의 의미로 마련해 준 게 아니라 누나의 형편을 들켰다는 게 학찬에게는 자존심 상한 일일 수도 있다. 희재도 후회가 막심했다. 그때, 전도사님이 '언니 형편 어렵지 않나요?'했을 때 그 정도는 괜찮다고 말했어야 했었다. 평소에 흉금 없이 지내는 사이여서 '그러게요'라고 했던 게 잘못이었나보다.

희재는 자신이 사려 깊지 못했다는 게 미안했다. 그러나, 가뜩이나 힘든 자신을 몰아붙이는 동생도 야속한 건 어쩔 수 없었다.

이제는 더 이상 자랑거리가 될 수 없는 자신을 떠나 미국에서 삶이 시작되는 게 오히려 다행이라고 생각이 바뀌고 있었다.

그녀에게 열린 지옥문

이제 여름이 가고 가을로 접어들었다.

희재도 이제는 사업에 대해 결정을 내려야 할 시기가 다가왔다. 늦가을의 짙은 우수가 그녀의 가게가 있는 인왕산 계곡에 내릴 때 건물주와 희재는 그해 12월 말에 가게를 비워주기로 합의했다. 구곡산장같은 건물을 리모델링 해서 동네의 명소로 만들었지만 애초에 무리한 사업은 아이템 고갈로 한계를 넘을 수가 없어서 선택의 여지 없이 이제는 접어야 할 때가 되고 말았다.

얼마나 많은 눈물과 기도와 수고를 쏟아부었던 곳이었던가. 깊어진 가을만큼이나 아쉬움과 애정이 깊었지만 이미 보증금은 바닥이 났고 직원의 급여도 밀려 있는 상태였다.

그곳을 찾아오는 단골들에게 조심스레 폐업 소식을 알리기 시작했다. 그곳의 단골 중에는 공중파 방송국의 유명 피디도 있었다. 희재의 가게에서 드라마를 촬영한 인연을 계기로 고정 고객이 된 분이다. 방송국 팀은 희재의 가게를 무척 좋아해서 팀 미팅을 그곳에서 하기도 했고, 드라마 촬영과 기자간담회도 종종 열곤 했었다.

배 피디는 희재만큼이나 영업 종료 소식을 아쉬워하더니 며칠 후

진지한 얼굴로 다시 찾아왔다. 서로에게 도움이 될 만한 사람이 있으니 한 번 만나보라는 것이다.

해외에서 활동하다가 이제는 국내에서 활동할 계획인데 그가 원하는 동업자가 딱 그녀 같은 사람이라는 것이다.

"저는 다 망해서 문을 닫을 예정인데 왜 하필 저 같은 사람을 원한대요?"

"대표님이 전문성이 없어서 그렇지 장소야 우리나라에서 최고의 위치에 있으니까 전문인과 손 잡으면 충분히 승산이 있을 겁니다. 그도 순수한 사람이고 대표님도 욕심 없는 사람이니까 분명 무슨 길이 있을 겁니다."

그렇게 그녀를 기다리는 또 하나의 지옥의 문이 열리기 시작했다. 아니 그때는 '기사회생'의 길이라고 느껴져서 최고의 행운이라 믿을 수밖에 없었다.

대기업을 비롯한 모두가 욕심내고 함께 일하고 싶어하던 셰프가 스스로 희재를 향해 걸어왔다.

희재가 물었다. 그 많은 사람들 중에 왜 하필 아무것도 없는 자신을 선택하는 거냐고.

필립은 대답했다. 함께 일하자는 사람 중에 돈 많은 사람이야 많지만 그러면 자신은 소처럼 죽어라 일만 해야 하므로 대표님처럼 순수하고 아무것도 모르는 분과 일하고 싶었노라고.

그래도 그가 설명하는 사업 구상은 너무나 광범위해서 희재는 머리가 아프다 못해 빙글빙글 돌았다. 그녀의 그릇은 자영업 수준이지 결코 사업가는 아니었다.

주변에서는 보석의 원석을 주웠다며 부러워했고 희재는 그동안 자신의 눈물을 보신 하나님께서 드디어 천사를 보내시나보다고. 또, 한편으로는 그동안 동생을 보살핀 상급을 이렇게 주시는 것 같다고도 했다.

희재와 필립은 서로에게 너무나 소중한 존재가 되었다. 희재는 최대한 서로 양보하며 서로의 꿈이 이루어지게 하고 싶었다.

얼마나 이상적이고 멋지고 행복한 일인가?

꿈인지 생시인지 모르게 망상 같은 날들이 이어졌다. 그녀는 아니, 필립을 제외한 모든 사람들, 하물며 법인 설립의 자문을 맡은 변호사들까지도 정신이 하나도 없다며 사업 규모가 처음부터 너무 크다며 우려를 나타냈다.

가뜩이나 이미 바닥이 날 대로 난 재정 상태에서 필립과의 원대한 꿈을 펼쳐나가기란 부어도 부어도 차오를 기세가 없는 커다란 독에 컵으로 물을 떠다 붓는 격이었다.

남편도 함께 나서서 발 벗고 뛰었지만 한계는 금방 드러났다. 아니 애초에 그녀는 이렇게 사업을 키우고픈 생각도 없었다. 그저 하고 있던 가게나 원활하게 돌아간다면 더 이상 욕심도, 바랄 것도 없었다. 희재가 추구하는 삶은 적자에서 벗어나 가족들과 함께 저녁이 있는 삶이면 족했다.

그녀는 필립에게 또 제안했다. 자신은 팀에서 빠질 테니 그녀가 하고 있던 레스토랑만 그의 사업에 묶여 갈 수 있게 해 주면 그것으로

족하다고.

필립은 그럴수록 그녀를 더 설득했다. 어차피 함께하기로 하고 시작했으니 인내하며 끝까지 가자고.

이를테면 희재는 그녀가 경영했던 장소와 초기 자금을 대면 필립 자신의 명성으로 투자를 받아 얼마든지 드림팀으로 회사가 출범할 수 있다는 것이었다.

그러나 필립은 단 한 푼의 투자를 받아 오지 못했고, 이미 바닥을 드러냈던 그녀의 자금 동원 역시 한계를 넘어설 수 없었다.

희재가 필립과의 사업으로 동분서주하고 있는 사이 겨울이 지나 봄이 다가와 있었다.

누나의 동업 소식에 못내 마뜩잖아 하던 학찬도 연수원에서 돌아왔다. 이 사업에 대해 '아버지'께 여쭤 봤냐는 것이다.

희재는 당연히 여쭤봤다. 가게를 닫을 결심을 할 때도 여쭤봤고 필립이라는 사람이 도와주겠다며 함께 법인을 설립하자고 한다는 내용을 가지고도 찾아 뵙고 여쭤봤었다.

원로 목사님은 별 말씀을 하지 않으셨다. 희재는 그것을 무언의 허락이라 생각했다.

희재의 집에서 지내는 동안 학찬은 정신없이 돌아가는 누나를 지켜볼 뿐 한 달 내내 위층의 방에서 식사 때 외에는 아예 내려오지도 않았다.

사방에는 꽃들이 피어나고, 인왕산과 골목에도 신록이 우거져 갔다.

그날도 투자자를 만나고 녹초가 되어 돌아온 희재에게 드릴 말씀이 있다며 학찬이 2층에서 내려왔다. 오누이는 오랜만에 마주 앉았다. 학찬의 얼굴이 어두웠다.

그동안 살뜰히 살피지 못했음에 미안해하고 있는 그녀에게 학찬이 무겁게 입을 열었다.

"누나, 나 삼일 후에 미국으로 떠나요."

"그렇게 빨리? 왜 갑자기?"

"아니야. 사실은 한 달 전에 명령하셨는데 기도하면서 결정하느라 이제 누나에게 이야기하는 거예요. 나, 가면 바로 결혼해야 해요."

"결혼? 언제? 누구랑?"

학찬은 땅이 꺼져라 한숨을 쉬더니 띄엄띄엄 말을 이어 갔다.

"미국 지교회 성도인데……."

"내가 아는 사람이야?"

"누난 모를 거예요. 미국인이에요."

"그런데 왜 이제 얘기해? 사진 있어?"

학찬은 눈을 감고 벽에 머리를 기대더니 고통스러운 표정을 짓더니 힘겹게 입을 열었다.

"꼭 희숙이 누나처럼 생겼어. 그 여자랑 결혼 안 하면 아버지가 자기랑 상관없는 사이가 될 거니까 알아서 하래요. 그러니 어떡해요. 한 달의 시간을 주셨는데 도저히 하고 싶지 않은데 명령이니 순종해야지요."

결혼할 아가씨의 사진이 있는지 없는지 모르겠지만 결국 학찬은 희재에게 그녀의 사진을 보여주지 않았다.

그녀의 아버지는 미국 지교회의 목사님이고 어머니는 한국인이라 했다.

희숙 언니는 희재의 가족 중 가장 외모가 뒤쳐졌다. 키도 작고 날씬하지도 않았으며 생김새도 혼자만 다른 유전자를 타고난 것처럼, 한데 모여 있어도 한 가족 같지 않은 분위기였다. 가족들끼리 누군가를 희숙 언니에 비교한다면 그건 그 사람의 외모를 비하하는 방법이었다.

가족들끼리도 우스갯소리로 '희숙 언니 같다'고 하는 말은 최고로 놀리는 말이었다.

무거운 발걸음으로 터벅터벅 위층으로 올라가는 학찬을 바라보니 그녀도 원로 목사님에게 야속한 마음이 들었다.

그토록 힘든 세월을 보낸 동생인데 기왕이면 본인이 원하는 아가씨로 짝지어 주서서 왜 보란 듯이 살게 해 주시지 않는 걸까 하는 마음이었다.

사실 학찬에게는 본교회에 다니는 여자 친구가 있었다. 희재가 멀리에서 지켜본 '은비'라는 아가씨는 재미교포로 동시통역사인데 한눈에 봐도 미인이고 단아한 아름다운 여인이었다.

학찬은 그녀를 몹시 좋아 했는데 그 아가씨와 만나는 걸 알게 된 원로 목사님이 서둘러 제시카라는 아가씨와 혼인 명령을 내린 것이다.

결혼 준비는 원로 목사님이 명령하셔서 미국에서 하고 있다고 했다. 3일 후에 떠나 도착하는 다음 날이 결혼식 날이라고 했다.

희재는 서둘러 여권을 찾았다. 그래도 가족 대표로 참석을 해야 할 것 같아서였다. 그러나 정신없이 보내는 사이에 그녀의 여권은 이미 만료일이 지나 버렸고 여행사에서는 3일 후에나 여권 발급이 가능하다고 했다. 그날이면 이미 혼인 예식이 치러지고 있을 시간이다.

그렇게 학찬은 빈 몸으로, 홀로 결혼을 위해 미국행 비행기에 올랐다.

저 자식은 왜 이렇게 두고두고 가엾기만 하는지 희재는 학찬을 보내 놓고 그의 침대에 엎으려 또 한차례 엉엉 울었다.

쉽게 풀리지 않는 사업에 희재도 필립도 대기하고 있던 직원들도 지쳐가고 있었다. 어느 날 필립이 고향 선배로부터 청와대에 초대를 받았는데 함께 가자고 했다. '너네 고향 선배를 내가 왜 만나느냐'고 했더니 함께 사업하는 동업자를 보고 싶어 한다고 했다면서 가서 혹시 일이 잘 풀릴지도 모르니 함께 들어갔다 오자고 했다.

필립의 선배는 당시 꽤 높은 직책으로 청와대에 있었다. 희재는 한편으로는 마음이 설레었다.

청와대. 그녀가 살면서 평생 그곳엘 들어가 볼 일이 있을까? 갑자기 필립이 대단해 보였다. 그래서 학찬이 떠난 후 둘이서 청와대라는 곳엘 가게 된다.

서울에 살면서 그곳보다 가깝고도 먼 곳이 또 있을까? 차 타고 청와대 앞을 수천 번 지나다니긴 했지만, 자신이 그곳을 방문하게 될 줄은 꿈에도 몰랐다. 대한민국 사람치고 어느 누가 가슴이 설레지 않을 사람이 있겠는가?

늘 방송으로만 보던 그 아름다운 녹지원을 자신도 보게 되는가 싶었다. 사업 파트너인 필립 덕분에.

6월의 어느 한날에 희재와 필립은 청와대 민원실에 신분증을 맡기고 계단으로 올라갔다.

온통 유리로 된 사무실에 안경을 낀 그의 고향 선배라는 분이 있었다. 정장이 아닌 평상복 차림의 그분은 무척 무료해 보이는 모습으로 슬리퍼를 신었고 양말 한 짝을 벗어 책상 위에 올려놓고는 발바닥을 벅벅 긁고 있었다.

희재는 속으로 웃음이 났다. 청와대 근무인데 평상복이라 놀랐고 그분의 위치라면 청와대 권력 서열이 상위에 속한다는 것쯤은 정치에 관심이 없는 희재도 알만한 위치인데 너무나 동네 구멍가게 아저씨의 모습이어서 실망했다.

그녀는 속으로 생각했다. '별거 아니네.'

그는 희재와 필립을 데리고 복도를 지나 회의실 같은 곳으로 가 앉았다. 창문 너머로도 청와대의 푸른 잔디밭은 보이지 않았다. 잠시 후 안보실장이라는 분도 합석했다. 희재는 그분의 명함을 받아 들며 속으로 생각했다. '이런 직책도 있었나?'

그들은 서로 잘 아는 사이처럼 느껴졌다. 필립의 얘기에 의하면 그들은 고향 동문으로 사회적으로 성공한 사람들의 모임에서 알게 된 사이고 고향의 형님들로서 자신을 많이 챙겨주신다고 했다. 발바닥을 긁던 분이 안보실장을 소개하며 농담을 했다.

"별 할 일도 없는 사람이에요."

그러나 희재의 눈에 그분은 신사답고 사람 좋아 보였다.

명함 받고, 그들과 필립은 몇 가지 이야기를 주고받고, 차를 한 잔 마시고 그게 끝이었다.

초대라고 해서 갔는데 희재는 청와대를 배경으로 사진은커녕 마당도 못 밟아 보고 나와야 했다. 신분증을 찾고 나오면서 희재는 필립에게 투덜댔다.

"초대라더니 밥은커녕 사진 한 장도 안 찍고 이게 뭐야? 왜 초대 한 거야?"

"바빠 죽겠는데 밥은 무슨?"

"그니까 바쁜 사람을 왜 초대한 거냐고?"

며칠 후, 필립은 침통한 표정으로 희재를 향해 재정 상태를 물어 왔다. 작년 늦가을에 만난 후 웃지 않는 얼굴은 그날이 처음이었다.

그 청와대의 선배가 물었다 했다.

"너 그 여자 건드렸냐? 그 여자 책임져야 할 일 있어?"

그러더니 필립은 땅이 꺼져라 한숨을 쉬었고 곧 울음 섞인 목소리로 한탄을 했다. 대표님의 경제 사정이 안 좋은 건 짐작을 했는데 이 정도인 줄은 몰랐다고…. 고르고 골라 잡고 있는 게 썩은 동아줄이었다고.

희재도 반박했다. 내가 처음부터 동업은 안 하고 싶다고. 더군다나 이렇게 큰 사업도 싫다고.

자신은 다 망한 상태로 아무것도 없으니 다른 동업자를 찾으라고.

필립은 대답했다. 겸손해서 그런 줄 알았다고.

그렇게 그는 떠나가 버렸고 대표이사였던 희재는 모든 짐을 떠안아야 했다.

한 달이나 지났을까? 뒷정리를 위해 강남의 어느 호텔 커피숍에 둘은 마주 앉았다.

필립은 자필로 지금까지 들어간 자금을 적어 갔다.

그건 자신이 아는 금액이니 반드시 갚아 주겠다고 했다. 그러더니 변호사를 선임했고 그녀를 고소했다. 분노에 찬 희재가 화가 나서 보낸 이메일 내용에도 공포심을 느꼈다며 협박으로 고발을 했다. 또 필립의 열려 있는 이메일을 매니저가 출력해 가져다줬는데 놀랍게도 이미 다른 동업자를 찾아 구체적인 MOU까지 맺은 상태였고 그걸 따지는 희재에게 정보통신법 위반이라는 혐의도 씌워졌다.

필립은 청와대를 다녀온 후 급격히 돌변했고, 동업 중단과 함께 새로운 동업자를 찾아 떠나는 일, 희재를 고발하는 일이 동시다발적으로 이루어졌는데 무고 혐의는 3개나 됐다.

희재도 최선을 다해 싸웠지만, 어차피 계란으로 바위치기였다. 희재가 밤을 새워 작성해 간 한 아름의 자료를 국선변호사는 아예 희재의 손에서 받지도 않고 그녀를 설득했다.

"그냥 인정해 버리세요."

희재는 싸워봐야 소용없다는 말로 들렸다.

그렇다. 필립의 뒤에는 막강한 권력자 선배 형님이 바위처럼 서 있다.

발바닥을 긁고 있던 그 별거 아니던 아저씨의 위력을 희재는 그제서야 느끼게 되었다.

단돈 만 원도 돌려받지 못한 채 이후 희재와 아들들의 삶은 숨만 붙어 있을 뿐 죽음보다 못한 삶이 십 년이 넘게 이어졌다.

초등학생인 아들에게 운동화를 사 줄 돈이 없어 아들 발에는 티눈이 박혔고, 운동화 옆이 터져서 겨울에는 양말 위에 비닐을 신고 운동화를 신겼다.

홍제동 산 동네 곰팡이가 까맣게 핀 열 평의 집에서 몸이 약한 아들 담이는 겨울 내내 기침을 해 댔고 하루 생활비는 이천 원으로 살아야 했다.

그런데 그 집에 학찬이 왔다. 아직 미국에서 영주권을 받지 못해서 6개월에 한 번씩 출국 후 들어가야 한다고 했다.

희재는 이때만큼은 학찬이 고향 집에 가 있기를 바랐지만 희재 외에 다른 누구와도 접촉해서는 안 된다는 원로 목사님의 엄명이 있어 다른 곳에는 갈 수도 없었다.

열두 평 남짓한 집에는 손바닥만 한 방이 세 개가 있었는데, 하나는 희재의 사업 실패로 이미 사이가 나빠진 남편이 혼자 썼고 세 평 남짓한 방은 고등학생인 큰아들이, 또 하나의 방은 희재와 초등학생인 작은아들이 사용하고 있었다.

그 방, 킹사이즈의 매트리스이기는 해도 하나의 침대에서 아들을 사이에 두고 희재와 학찬 세 사람이 한 침대에서 자야 했다.

학찬은 누나의 믿을 수 없는 몰락에 깊은 한숨만 쉴 뿐 아무런 말을 하지 않았다. 희재는 동생에게 미안해서 주변의 아주머니에게 돈을 빌려 그래도 따뜻한 밥을 차려 줬다.

다행히도 학찬은 밥을 맛있게 먹어 줬다. 아마 타국 생활에서 그리웠던 음식이었을 테고 다행히도 희재의 음식들은 친정엄마를 닮아 친정 식구 모두 칭찬하는 솜씨였다.

얼마나 지냈는지 정확한 기억은 없지만, 학찬은 한국에서의 체류 기간을 보내고 무사히 다시 미국으로 돌아갔다.

그렇게 또다시 늦가을 속의 절망의 시간이 지나고 있었는데 이번에는 남편의 폭력이 문제였다. 건물 백 층 높이에서 떨어진 것보다 더 충격이 컸던 남편은 날마다 술 없이는 잠들 수 없었고 집에 오면 공포감으로 집안 분위기는 얼어붙었다.

남편의 짜증의 대상은 늘 아들들이었다.

희재가 재판에 참석하고 오느라 집을 비우면 남편은 아들에게 폭력을 행사했다. 폭력과 짜증과 폭언이 쌓여가던 어느 날 남편은 역시나 술 냄새를 그 좁은 집에 온통 채우고 잠들어 있는데 큰아들이 엄마의 손을 붙잡고 하염없이 울더니 자기가 아빠를 죽여야겠다고 했다.

아빠가 죽어야만 우리가 행복할 수 있겠다는 것이다. 이미 고등학생인 아들에게 날마다 이어지는 아빠의 폭력은 인내의 한계를 느끼게 한 것이다. 아들은 체격이 컸고 이미 아빠보다 힘이 더 셌다.

희재의 사업장 건물주 사모님은 희재의 몰락을 늘 안타까워하셨다. 능력도 있고 재능도 있는 사람이 어쩌다 이런 일을 당했다며 어떤 면으로든 도와주고 싶어 하셨다. 그 사모님께는 이천 평에 가까운 대저택이 있었는데 참으로 아름다운 정원이 있는 집이었다.

그 무렵, 가족들이 모두 출가해서 해외에 거주하다 보니 건물주 사모님은 대저택에서 홀로 살고 계셨는데 집이 너무 크고 적적한데다 희재의 음식 솜씨를 익히 아는지라 그 집에 들어와 살면서 재기를 해 보라 제안하셨다.

희재는 그곳에서 하우스 웨딩과 홈파티 사업을 해 보겠다고 했다.

말이 그렇지 사실은 저택의 집사도 겸해야 했다. 그래도 희재는 사모님과 하나님께 너무나 감사했다. 희재가 사용할 수 있는 별채는 넓은 정원과 방이 네 개나 됐으며 각 방마다 욕실이 딸린 드라마에서나 봤던 대재벌 집과 같은 저택이었다.

희재는 남편과도 잠시 떨어져 지내는 것이 좋을 것 같다는 생각도 했다.

아빠의 폭력에서 아들을 구해낼 수 있는 길, 다시 도약할 수 있는 길이 열린 것이다. 떨어져 있다 보면 남편도 아들들이 그리워져서 지금의 폭력성이 누그러질 수도 있을 것이다.

12월로 접어드니 다행히도 연말 파티 예약이 잡혔다.

남편을 설득해 건물주 사모님 댁으로 이사를 했고 며칠 후면 열릴 파티를 위해 아들과 아들 친구들의 도움을 받아 한쪽에서는 이삿짐을 풀고 한쪽에서는 파티 준비를 위해 분주히 움직이고 있을 때, 학찬으로부터 전화가 왔다.

"누나, 나 인천공항에 도착했어."

새로운 연단

　'아버지'의 명령으로 결혼한 학찬과 제시카는 당연히 혼인 신고를 했고 서류상으로도 정식 부부가 되었다. 미국인 여성과 결혼했으니 시민권도 나올 거고 시간이 지나면 영주권도 획득할 거라 생각했다. 그러나 그럴 수 없는 문제에 금방 부딪혔다.

　미국은 법치국가다. 그 법치국가에서는 전과자는 받아들이지 않는다는 사실을 제시카는 물론 교회 측의 누구도 모르고 있었다. 제시카는 당시 제약회사의 임원으로 재직 중이었는데 회사 측에서 배우자 background check up을 한다고 하자 '아버지'께서는 서둘러 이혼을 하라고 해서 둘은 서류상으로 이혼을 했고 학찬은 다시 불법체류자가 된 상태였다.

　또다시 미국에서 6개월이 찬 학찬은 다시 제3국에 나갔다 들어 와야 하는 상황이 되었다.

　희재의 형편이 자신을 받아 줄 상황이 아니어서 그랬는지 갑작스럽게 치른 결혼에 신혼여행도 못 간 처지라 그랬는지 이번에는 처가 식구들과 로마로 신혼여행 겸 여행을 떠났다 들어가는 길이었다. 그런데 미국 내 출입이 빈번함을 의심한 공항 경찰은 학찬에게 수갑을 채워 한국으로 강제로 출국시켜 버렸다는 것이다.

또다시 수갑을 찼으니 얼마나 무서웠을까? JFK공항에서 끌려 나올 때 또 얼마나 창피했을까? 하나님, 아직도 하나님과 학찬 사이에 어떤 해결되지 않은 문제가 남아 있길래 학찬의 환난이 이처럼 계속되는 걸까요? 깨닫게 해 주시고 해결해 주셔서 불쌍한 이 동생의 삶이 평탄한 삶으로 바뀌게 해 주시옵소서.

그래도 한가지, 다행스러운 점은 있었다.

학찬에게 그만의 방을 내어 줄 수 있다는 점이다. 비록 남의 집 더부살이라 해도 희재가 사용할 수 있는 방은 넉넉했기 때문이다.

서둘러 마중을 나가 학찬을 만나 데려온 희재는 동생과 붙잡고 한참을 울었다.

사건 이후에 본가와 연을 끊고 사는 학찬에게는 오로지 희재뿐이었다. 세상천지에 오로지 둘 뿐인 남매인데 누나는 철저히 망해버려 남의 집에 얹혀살고 있고 그 불쌍한 동생은 그래도 누나라고 자신을 찾아온 것이다.

희재의 처지를 알게 된 학찬은 그야말로 눈앞이 깜깜했을 것이다.

오로지 의지할 곳은 누나뿐인데 자신이나 누나나 별반 다를 게 없는 현실 앞에 얼마나 막막해할까? 희재는 자신의 처지가 동생에게 그저 미안할 뿐이었다.

이제 앞으로는 어떻게 될 것인가?

학찬은 밤마다 미국의 와이프와 통화하면서 서로를 위로했다. 제시카도 이런 날벼락 앞에 어찌 놀라지 않을 수가 있겠는가. 교회 측에서는 석 장로가 나서서 분주히 움직였다. 교회로서도 난감한 일이 아닐 수 없을 것이다. 원로 목사님을 믿고 내키지 않는 결혼을 했고 잘살아 보려고 노력하던 중에 강제 출국을 당했으니 이렇게 엉켜버린 문제가 과연 어떤 방향으로 풀려갈지 그저 원로 목사님의 말씀만 기다릴 뿐이었다.

국내에 체류한다지만 그렇다고 교회에 나가 맘껏 기도할 수 있는 처지도 아니다. 교회에서는 학찬이 본교회 예배에 출석하는 걸 금지한 상태였다.

희재가 거주하는 집은 아무리 대저택이어도 남의 집이다. 자신의 생활만이 아니라 건물주 사모님의 생활도 보살펴 드려야 하는 의무도 있었다.

이삿짐도 다 풀기 전에 학찬이 왔고 새로운 환경에서 짐 정리하랴 살림살이 익히랴 예약받은 파티 준비하랴 끼니 때면 음식 해서 건물주 사모님 식사 챙겨 드리고, 어쨌거나 이런 형편의 누나여도 피붙이라고 찾아온 동생에게 밥이라도 따뜻하게 먹이고 싶은 희재는 그야말로 몸이 열 개여도 모자랄 판이었다.

신앙생활에서는 어떤 상황에서도 낙심은 금물이다. 더군다나 재림 예수이신 '아버지'가 직접 관리하시는 학찬은 더욱더 시험에 들어서는 안 된다.

어떤 방법으로든 전능하신 아버지께서는 학찬의 길을 열어주실 것이다. 그렇게 믿어야 한다.

그래서인지 학찬은 희재의 음식을 맛있게 먹었고 틈틈이 집안일도 도왔다. 희재가 밖에 일이 있어 나갈 때면 아이들과 제법 음식도 만들어 먹는 등 평정심을 찾아갔다.

학찬에게 제시카와 미국 생활에 대해 들으면서 희재는 만난 적 없는 올케에 대해 알아가기 시작했다. 올케는 희재에게도 이틀에 한 번 꼴로 전화해서 긴 통화를 했는데 통화 내용이 길어지다 보니 학찬의 미국 생활에 대해서도 듣게 되었다.

학찬은 생각보다 미국에서 평안하지 못했던 것 같다.

올케에 의하면 학찬은 꽤 예민하고 까다롭고 신경질적이어서 올케를 적잖이 힘들게 하는 모양이었다. 학찬의 성격이 힘들어서 올케가 자주 운다고 했다. 희재는 아직은 깊은 정이 들지 못 한 동생에 대해서도 이해는 한다지만 빈 몸으로 장가들어 처가살이 하는 입장에서 시시때때로 올케와 장모와 부딪힌다면 얼마나 고달플까 싶어 학찬도 올케도 그저 안쓰러웠다.

제시카는 미국 여성이지만 한국말을 완벽하게 잘했다. 발음도 표현도 언어 구사도 막힘이 없을 만큼 완벽했다. 미국에서 원로 목사님의 집회가 있을 때면 동시통역을 한다고 했다.

원래 한국어를 이렇게 잘하지는 못했는데 십여 년 전에 한국어를 익혀서 동시통역하라는 원로 목사님의 명령이 있으셔서 노력한 결과라 했다.

성도들에게 원로 복사님은 그런 분이셨다. 불가능을 가능으로 바꾸게 하실 수 있는 분.

제시카는 잘 웃고 마음도 넉넉하며 이해심도 넓었다.

통화 끝에는 으레 '형님, 사랑해요'로 마무리를 했다.

학찬의 이상형은 아니었지만 까탈스러운 동생에게는 어쩌면 제시카 같은 성격이야말로 완전한 짝일지도 모른다는 생각이 들었다. '아버지'께서 오죽 완전한 결혼을 시키셨을까 하는 믿음이 있었기에 그저 그 시기를 기다리면 되는 것이었다.

희재도 학찬의 성격을 알고 있다. 학찬은 비굴하거나 약삭빠르지는 않지만, 고지식하고 타협이 안 되는 완고함이 있었다. 학찬이 보기에 희재가 완벽했는지 아니면 유일한 의지처여서인지는 모르겠지만 학찬이 고분고분한 상대는 희재가 유일했다. 그리고 지금까지 학찬은 희재에게 단 한 번도 예의를 벗어난 적이 없었다.

"에녹아. 너나 제시카나 사랑보다는 믿음으로 맺어진 부부 아니니? 노력은 서로가 해야지 어느 한쪽만 해서 될 일이 아니야. 제시카 쪽 입장도 생각해 봐라. 딸을 약대까지 졸업시켰으니 그 부모들도 맞이하고 싶은 사위가 있었을 거야. 아무리 아버지 명령이라지만 너를 사위로 맞이하는 데는 얼마나 큰 순종이 있으셨겠니? 그러니 네 맘에 안 들더라도 그분들도 너를 받아들이기까지는 많은 걸 양보하셨고 또 인내하고 계신다는 걸 잊지 마. 그렇게 험난한 세월을 보내 놓고 아직도 가슴 속에 화낼 일이 남아 있으면 안 되지. 너는 세상의 모든 것들을 다 품어야 해. 너는 세상에 빚진 사람이 아니니? 너는 지금의 모든 것에 감사해야 해. 앞으로는 제시카도 울려서는 안돼. 나이도 한참 아래고 능력도 너 보다 뛰어나잖니. 결혼에 대해서도 훨씬 많이 양보했고. 네가 그걸 몰라주면 제시카가 누굴 믿고 살겠니? 앞으로는 그러지 마."

학찬은 유명해진 자신의 본명 대신 에녹이라는 이름을 좋아해서 희재도 그렇게 불러주었다.

말은 그렇게 했지만, 시선을 창밖 산 중턱에 둔 채 묵묵히 듣고 있는 동생을 보자니 희재의 마음도 아파왔다. 세상에서 정한 죗값을 모두 치렀음에도 결혼마저도 자신의 이상대로 할 수 없는 현실을 또 얼마나 많은 노력을 해야 극복할 수 있는 것일까?

노력. 말이 쉽지, 마음이 가서 해 주고 싶어서 자발적으로 하는 행동에 우리는 얼마나 행복해하는가. 이런 사소한 것들마저 노력해야 한다면 매사가 얼마나 힘이 들어가고 고단할까?

아직도 하나님과 해결해야 할 어떤 문제가 남아있기에 미래에 대해 설렘의 꿈도 가져볼 자격이 안 되는 것일까?

출소 후의 학찬의 삶은 새로운 연단의 시작이었던 셈이다.

이상과 거리가 먼 결혼. 일 년이 지났어도 직원으로 복직하지 못한 불안정한 생활. 본교회에서는 원로 목사님에 대한 사랑으로 자신을 바친 충정만은 높이 사 영웅시되었지만, 미국 지교회의 젊은이들은 살인 전과자 이상도 이하도 아닌 냉정한 눈빛에 심한 모욕감도 느껴 크고 작은 마찰도 있었다고 했다. 아무리 원로 목사님의 보호 아래 있어도 동생이 지고 있어야 할 십자가는 본교회든 지교회든 피할 수 없는 현실인 것이다.

그래도 고마운 것은 동생이 희망을 버리지 않는다는 것이다. 학찬은 질긴 생명력으로 그 많은 문제들을 다 부딪쳐 잘 이겨낼 것이다.

지금 미국을 향한 재입국과 애정 없는 제시카와의 결혼 생활과 교회 젊은이들의 따가운 시선마저도.

동생 앞에 놓인 고달픈 삶의 여정을 생각하니 그저 가엾고 불쌍할 따름이었다.

그 무렵 희재는 그동안 자신이 알고 있었던 동생의 모습이 아닌 생소한 동생을 만나게 된다.

학찬은 이야기를 할 때면 최대한 힘을 주어 자극적이고 날카로운 말로 표현을 했다. 그냥 얘기해도 알아들을 텐데 가능한 한 격한 표현으로 기분을 상하게 했다. 그러나 그것은 시작에 불과했다. 학찬의 말 속에는 점점 예리한 꼬챙이가 있어 가슴을 후벼 팠고 서슬퍼런 칼날이 언제든 날아올라 어딘가에 꽂힐 준비가 되어 있었다.

희재는 날카롭게 후벼 파는 동생의 말투가 아프기보다는 그 기막힌 세월을 보내 놓고도 아직도 가슴에 분노가 가득한 아니, 그전에 보지 못했던 날카로운 가시가 돋친 독설은 망연자실할 수밖에 없었다. 동생이 고집은 있었지만 막무가내 타입은 아니었다. 어떠한 경우에도 흔들리지 않고 꺾이지 않는 반듯하고 소신 있는 아이라 생각했었다.

엄밀히 말하면 그는 누나의 집에 손님으로 와 있는 상태이다. 신세좀 져야겠다고 양해를 구한 것도 아니었고 희재의 초대를 받은 것 또한아니다. 누나의 형편이 최고의 나락으로 떨어져 솔직히 '사는 게 사는게 아니야'라고 말할 수밖에 없는, 자신 앞가림하기에도 벅찬 극도로 궁핍하고 절망적인 가운데 어느 날 갑자기 불시에 밀어닥친 손님이었다.

그런데 누나의 집에서 희재를 비롯한 그녀의 아들들도 삼촌의 눈치를 봐야 했다. 학찬은 웃음 잃은 표정으로 늘 인상을 쓰면서 명령과 교육을 했다.

이제 고등학생이 된 큰아들은 주방에서 식사 준비를 하는 엄마에게로 와서는 삼촌 때문에 짜증이 난다며 삼촌은 대체 언제 미국으로 가느냐고 투덜댔다.

"삼촌인들 여기에 있고 싶어서 있겠니? 아직 미국 비자가 안 나와서 어쩔 수 없이 여기에 있어야 하는 삼촌인들 마음이 편하겠어? 왜 그런 삼촌을 이해하지 못하고 그래?"

그럴 때마다 희재는 아들을 향해 역정을 내고는 했지만, 그녀도 때론 힘들고 속상했다.

서로 잘 지내도 그녀가 감당하고 짊어져야 할 문제는 산더미였다.

아들들은 그녀가 특별히 신경 쓰지 않아도 될 만큼 스스로 의젓하게 자신의 일과를 정리해 줌으로써 그녀의 짐을 덜어 주기는 했어도 일단은 무일푼으로 아들 둘을 데리고 나와서 자립해야 하니 생계가 가장 큰 문제였다.

예전의 인맥들에게 홍보를 해야 하는 일이나 새로운 분야를 개척해야 하는 일은 십여 년 전에 처음으로 창업을 하던 때와는 비교도 안 될 만큼 힘이 들었다.

새로운 터에 건물을 세우는 것과 무너진 잔해물을 치우고 해야 하는 경우와 같은 것이었다.

동생과 아들들이 잘 지낸다 해도 혼자서 그 모든 걸 해내야 하는 그녀로서는 지칠 수밖에 없는 나날이었는데 아들로부터 수시로 날아오는 SOS는 아들 편도 동생 편도 들 수 없는 희재를 울고 싶게 만들었다.

아들들은 폭력적인 아빠를 피해 엄마와 함께 독립했는데 아빠보다더한 '이상한 아저씨'로 부터 명령을 받고 수행해야 하는 경우다.

희재의 아들들에게 학찬은 낯설기만 한 인물이다. 아이들이 커 가자, 죄수복을 입은 삼촌을 보이고 싶지 않아서 희재는 접견 때 데려가지 않았었다. 출소하면 만나게 될 것을 대비해서 삼촌은 미국에 있다고 미리 말해 왔던 터라 아들들에게 삼촌은 엄마에게 이야기로만 들은 미국에 있는 삼촌으로 어쩌면 가상의 인물과도 같은 존재였다.

자식을 키워 보니 아이들의 기억은 어린 시절 '누가 무엇을 사 주고용돈을 얼마 주고 함께 어디를 가서 어떤 추억이 있었던가'로 기억된다는 걸 알게 되었다.

학찬이라는 삼촌은 그런 추억이라고는 일절 없이 어느 날 나타난존칭이 '삼촌'인 사람이었다. 그런데 그 삼촌이란 사람이 다정함이라고는 없이 매사 명령과 야단과 신경질만 낸다면 어떻게 아이들의 마음을살 수가 있겠는가. 설사 부모와 급이 같은 삼촌이라 하더라도.

아들들은, 특히나 큰아들은 삼촌에게서 받는 스트레스가 어마어마했다. 작은아들은 아직 초등학생이어서 삼촌의 간섭에서 제외될 수 있었지만, 아빠를 떠나 이제는 좀 평화로운 분위기 속에 엄마와 도란도란 사는가 싶었던 아들에게 새로운 곳에서도 막강한 폭력성을 가진 삼촌은 큰아들의 숨통을 조였었나 보다.

대저택인 관계로 쓰레기봉투를 내어놓는 대문 밖도 주방에서 족히 백 미터 정도 떨어져 있었다.

겨울에 쓰레기봉투 들고 버리러 나가는 누나가 안쓰러울 수도 있을 것이다.

학찬의 마음은 고맙고 갸륵하다. 그게 진심이라면 자신이 하면 된다. 그런데 학찬은 큰아들을 시켰다. 고등학생인 아들은 컴퓨터 앞에 앉아 친구들과 채팅을 하면서 게임에 몰두하고 있었을 것이다. 아들에게서 돌아오는 대답은 당연히 '네, 제가 조금 있다가 버릴게요'였다. 그러면 학찬은 불같이 화를 냈다. '너 내 말이 말 같지 않니? 지금 버리라고 지금' 하면서 날카로운 신경질을 부렸다.

희재는 어안이 벙벙하고 말문이 막혔다.

아들만 둘이지만 희재는 지금까지 단 한 번도 아들들에게 소리를 지르거나 욕을 하거나 명령을 했던 적이 없었다. 때린 적도 없었다. 그렇게 키운 아들들은 늘 엄마와 도란도란했고 살가웠다. '상호존중'이 희재가 아들들을 키우는 방식이었다. 학교 성적을 제외하면 단 한 번도 엄마를 실망시키거나 화나게 한 적도 없었다.

희재의 사업 실패로 삶의 질이 곤두박질쳐서 극빈자의 생활이 되었어도 아들들은 그 불편함을 묵묵히 이겨내며 엄마를 응원했고 셋이서 얼굴 비비며 이겨내고 있는 중이었다.

희재가 남편을 떠나 이 집으로 들어온 이유도 아들들을 정신적인 폭력으로부터 보호할 수 있는 유일한 방법이었기 때문이다.

희재는 처음으로 동생에게 화를 냈다.

"아빠한테 숨 막혀서 도망쳐 온 아이들이다. 내가 괜찮다는데 왜 네가 그래?"

"누나, 저렇게 날마다 게임만 하는 애가 나중에 뭐가 되겠어?"

"요즘 아이들이 게임 안 하는 애가 어딨니? 저건 쟤네들의 문화야. 게임 속에서 만나고 게임으로 얘기하고 소통하는 요즘 아이들의 문화라고."

"누나가 안돼 보여서 그래요. 누나는 이렇게 무너졌으니 애들이라도 잘 커야 누나의 희망이 되지 않겠어요?"

"그렇게 야단치고 화내고 인신공격해서 키운 아들이 잘되면 뭐가 얼마나 잘되겠니? 난 서울대 나오고 하버드대 나온 아들보다 지금의 내 아들들이 더 좋다."

"누나. 미국에서 자영업자와 화이트 칼라의 격이 얼마나 벌어져 있는지 알아요? 누나가 예전의 생활로 돌아가기 위해서는 애들이라도 게임 멈추고 코피 쏟게 공부해도 시원찮다고 생각 안해요?"

"난, 미국에서 안 살고 우리나라에서 살 거야. 네가 본 미국이 어땠는지는 모르겠다만 난 우리 아들들보다 더 반듯하게 자라는 애들 없다고 생각해. 설거지를 안 해 주니 청소를 안 도와주니? 그렇다고 엄마에게 반항을 하든 말대꾸를 하든? 쓰레기도 조금 있다가 버리겠다잖아."

"어른이 얘기를 하면 하던 거 멈추고 바로 튕겨져 나와야지 이따가가 뭐예요? 이게 잘 자라고 있는 거예요?"

"지금 안 나오면 세상이 무너지니? 지네들도 자리를 뜰 수 없는 상황이라는 게 있을 거 아니야?"

"누나, 공부하고 있는데 내가 나오라고 한 것도 아니잖아요."

"공부하고 있는지 게임하고 있는지 네가 어떻게 아니? 공부든 게임이든 못 나올 때는 그럴만한 이유가 있을거라고는 왜 생각을 안 해 보는데?"

"한심해 보여서 그래요. 저렇게 공부해서 뭘 해 먹고 살겠어? 다들 얼마나 치열하게 살고 있는데 루저로 살아갈 미래가 보이는 것 같아서 그래요. 누나가 불쌍해서."

"내가 괜찮다는데 네가 왜 그래? 네가 쟤네들을 알면 얼마나 알아? 내가 애들한테 불만이 없다고."

둘은 달아오른 성질을 죽이느라 창 너머 북한산만 말없이 한동안 바라다봤다. 침묵은 희재가 먼저 깼다.

"에녹아. 난 지금의 너의 모습에 마음이 아프다. 솔직히 실망했어. 예전의 너는 조카들이 좋아하던 삼촌이었고 동네 어르신들도, 하다 못해 동네 강아지들도 너를 다 좋아했었어. 설령 예전에 그렇지 않았다 해도 그 안에서 그만큼 연단을 받았으면 모세처럼 온유한 사람까지는 못 됐어도 레미제라블의 장발장 만큼은 되어 나올 줄 알았다. 세상이 우리 맘대로 되어 주는 게 있더냐? 잘 되는 건 감사하고 안 되는 건 하나님의 뜻을 기다리며 인내하는 게 우리의 사명 아니겠니? 어떻게 네 안에는 쌓여 있는 분노가 그렇게도 많니? 너의 그 여지없는 성격으로 그런 세월을 보내 놓고서도 아직도 해야 할 말이 그렇게 많고 내야 할 화가 그렇게나 많니? 내가 이렇게 된 것에 대해 네가 속상할 때 나는 아무렇지도 않을 것 같니? 아이들은 아무렇지 않을까? 네가 말하지 않아도 나 충분히 아프고 아이들도 충분히 힘들어. 너는 왜 아직까지 환난이 끝나지 않는 건데? 너 또한 하나님과 해결하지 못한 문제가 있는 거 아니니?"

학찬은 커다랗게 숨을 몰아 내쉬더니 방으로 들어가 버렸다.

그러는 사이에 봄이 왔다. 앞산인 북악산에도 벚꽃들이 만발해서 마치 멀리서 보면 북악스카이웨이가 히끗히끗한 얼룩처럼 보였다.

희재와의 불편한 대화 이후로 학찬은 잠시 달라지는 듯 보였다. 하루를 방 안에서만 보냈고 간식이라도 챙겨다 주느라 방엘 들리면 여전한 자세로 성경책을 읽고 있었다. 다행히 테라스가 있어 인왕산을 올려다볼 수 있었고 방이 넓어 그 안에서 간단한 운동도 가능했다. 학찬은 희재가 담근 깻잎장아찌를 매우 좋아했는데 다행히 식사는 비교적 잘했다.

가끔은 주방에 내려와 함께 요리도 하고 미국에서의 생활도 들려주었다.

그런데 학찬과 현 권사님의 사이가 소원해 보였다. 희재는 그 점이 못마땅했다.

이유인즉 장모와 현 권사님 사이가 안 좋다는 것이다. 이건 마치 결혼한 아들이 장모와 친모 사이에서 장모 쪽으로 기울어진 것과 다름없다.

그러나 희재에게 현 권사님은 누구보다 감사하고 존경하는 분이다. 그분은 친아들을 둘이나 두고서도 학찬이 출소 때까지 희재만큼이나 동생을 돌봐주시던 분이다.

처가에서 살아야 하는 학찬이 현 권사님과 장모 사이에서 곤란함을 느꼈을 것에 대한 이해는 갔지만 학찬에게 십사 년간이나 면회를 다니셨고 물심양면으로 보살펴주신 현 권사님을 왜 장모라는 사람이 적대시하는지는 이해가 되지 않았다.

적어도 희재가 느낀 현 권사님은 절대로 두 얼굴을 가진 분은 아니셨다. 그분은 늘 경우가 밝았고 이성적이셨고 까탈스러우신 만큼 확고부동하신 분이셨다. 희재 역시 교회 생활에 어려움이 있을 때는 현 권사님에게 의논을 드렸는데 그럴 때마다 현 권사님은 현답을 주셔서 희재의 마음의 갈등을 잠재워주신 분이셨다.

학찬의 장모와 현 권사님 사이에 무슨 일이 있으신 걸까? 학찬은 현 권사님의 은혜를 알면서도 장모 때문에 그분을 덩달아 멀리해야만 하는 걸까?

그래서 이은교 전도사님께 처음으로 학찬의 장모에 대해 물어 보기로 했다. 이은교 전도사님은 교회를 대표하는 전도사님으로 종종 미국 지교회에 가서 성경 특강을 진행하셨는데 한 번 방문하면 몇 달간을 체류하셨기 때문에 학찬의 장모와도 직접적으로 만났을 터이니 가장 정확하게 얘기해 주실 것이다.

"제시카 어머니는 어떤 분이세요?"

전도사님은 잠시 주저하시더니 올 것이 온 모양이라는 표정을 지으시며 말을 이어갔다.

"왜? 학찬이 뭐라고 그래요?"

"아니 학찬이 문제가 아니라 현 권사님과 두 분 사이가 안 좋은가요? 때문에 학찬이도 현 권사님과도 소원해 진 게 아닌가 싶어서 속상해서요."

"음……. 언니니까 솔직히 말할게요. 한 마디로 트러블메이커에요. 교회 내에서 제시카 엄마와 사이가 좋은 분이 별로 없어요."

전도사님과 희재는 지난 십 사 년간 학찬의 면회를 거의 함께 다녔다. 그만큼 성도와 교역자의 관계를 넘어 속내를 열어 놓고 대화할 수 있는 관계이기도 했다. 희재는 가슴이 답답해졌다. 처음에는 왜 하필 그런 가정으로 결혼을 시키셨을까? 하는 섭섭함이 들었지만 아마도 학찬이 채워야 할 연단의 분량이 아직 남아 있는 거라고 생각을 바꾸었다.

희재가 외출했다 돌아오자 학찬은 겸연쩍은 표정으로 냄비를 버려야 할 것 같다고 했다. 찌개를 데우다가 전화를 받고 와 보니 냄비가 새까맣게 타 버렸다는 것이다. 수세미로 닦아질 것 같지 않은 상태였다. 희재는 사과 하나를 잘라 과육은 나눠 먹고 씨앗 부분을 주방 세재와 함께 넣고 팔팔 끓였다. 뚜껑을 덮어 뒀다가 수세미로 살살 문지르자 새로 산 냄비처럼 반짝이며 빛이 난다. 입을 쩍 벌리고 놀라워하던 학찬이 말했다.

"이런 방법이 있었네. 우리 장모는 냄비 태워서 몇 개나 버렸는지 몰라."

"그렇다고 냄비를 버리면 집 안에 남아나는 냄비가 있겠니?"

사실 학찬은 장모에 대한 불만이 대단했다. 장모에 대해 이야기할 때면 비하는 물론이고 거의 경멸 수준이었다. 제시카의 부모님은 아버지가 미군 군목으로 한국에서 근무하실 때 기지촌에서 일하던 제시카의 엄마를 만나 결혼했다고 한다. 미군과 한국의 직업여성과의 결혼이라는 거다.

"누나, 우리 장모는 가정 교육이라고는 근처에도 가 보지 못한 사람 같아. 할 줄 아는 게 아무것도 없어요. 그뿐 아니라 가끔은 친엄마가 맞나 하는 생각도 들어요. 글쎄 제시카가 항암 치료를 받고 온 날도 아이스크림이 먹고 싶다며 아침부터 심부름을 보낸다니까요."

"어떻게 그럴 수가 있어? 목사님도 계시잖아. 아무리 아이스크림이 먹고 싶어도 그렇지 아픈 딸에게 그게 말이 돼?"

"우리 장모는 상식과는 거리가 멀어요. 자기가 마음에서 그렇게 정하잖아요. 그러면 세상이 무너져도 그렇게 해야 돼요. 미국에서는 상점에 가는 게 한국에서와는 비교가 안돼요. 차로 이십 분 이상을 가야하거든요."

"제시카가 아파서 못 가겠다고 해야지 그럼."

"안 했겠어요? 그럼 난리가 나요. 자기를 사랑하지 않는다는 둥 자식 키워 봐야 아무 소용이 없다는 둥. 어찌나 울고불고하는지 아주, 사람 피를 말린다니까요. 이미 장인도 두손 두발 다 든 거죠."

그러면서 학찬은 아주 지긋지긋하다고 진저리를 쳤다.

제시카는 에녹보다 열세 살이 어린 미국 백인 여성이다. 아버지는 미군 부대의 군목이셨는데 한국에서 근무하다가 제시카의 어머니와 결혼을 하셨단다.

미국인 아버지와 한국인 어머니 사이의 혼혈이다.

제시카는 약대를 졸업하고 미국의 큰 제약회사에서 근무 중이다. 학찬에게 은비라는 여자 친구가 있었듯이 그녀에게도 남자 친구가 있었다 한다.

미국 LA에서 동거를 하고 있던 시기에 원로 목사님께서 남자 친구와 헤어지고 학찬과 결혼하라는 명령을 내리셨단다.

당연히 제시카는 울고불고했는데 당시 26세인 그 어린 아가씨를 불러 놓고 학찬과 결혼하지 않으면 부모 모두 지옥에 보낸다고 협박한 후 너처럼 못생기고 뚱뚱한 여자에게는 학찬도 과분하다고 하시며 부모에게도 얘기하지 말고 혼자 결혼식을 준비하라고 하셨단다.

부모님을 사랑했던 제시카는 부모님의 지옥행이 두려워서 결국 남자 친구와 헤어지고 학찬과 결혼했다.

원로 목사님의 명령은 곧 하나님의 말씀이었기에 학찬도 제시카도 명령에 순종해야만 했던 것이다. 당시 제시카는 난소암 항암 치료 중이었고 결혼 후에도 유방암이 발병해서 항암 치료 후 완치는 했지만 매달 수혈을 받아야 하는 희귀병 상태였는데 수혈 후에는 두 달마다 신장 투석을 받아야만 하는 몸이었다.

그뿐만이 아니라 골수이식 수술도 이미 두 차례나 받았다는 데 아직도 한 차례 더 남은 상태라고.

제시카의 건강은 희재로서는 상상도 할 수 없는 상태였다.

항암 치료 한가지 만으로도 견디기 힘들 텐데 저런 중증의 치료를 받으면서 회사에 다니고 있다는 게 그저 안쓰러울 뿐이었다.

부모님 가까이에서 독립해서 살면서 부모님을 부양하는 건 어떠냐고 희재가 물었다. 신혼부부가 독립해서 둘만의 공간에서 생활하면 아무래도 학찬의 보살핌도 더 살뜰하지 않을까 하는 생각이 들어서였다.

장인은 이미 현직에서 은퇴하셨는데 미국 지교회에서 형식적인 목사로 매달 천 불 정도만 받고 있기 때문에 실질적이 가장은 제시카라고 했다.

집값도 생활비도 모두 제시카에게 의존하는 부모 입장이다보니 둘의 분가는 용인할 수 없는 부분이라고 했다.

아픈 몸을 이끌고 직장 생활을 하는 딸에게 의존하며 사는 엄마가 치료받고 온 딸에게 간호는 못 할지언정 심부름을 시킨다고? 뭔가 상식적이지 않은 가정인 것 같은 그곳에서 처가살이를 해야 하는 학찬이 얼마나 답답할지 희재의 마음도 함께 답답해졌다.

미국이란 곳을 가 본 적이 없어서 그들의 생활이 쉽게 그려지지는 않았지만 사람 사는 곳에 온기가 없다면 가족의 의미가 무슨 소용이 있을까. 결혼 후 고작 일 년밖에 안 지난 시기이기에 아직 제시카와는 깊은 정이 들었다고는 말할 수 없을 것이다.

심지어 이들은 각자의 연인이 있었던 사람들로서 원로 목사님의 명령에 의해 강제로 맺어진 커플이기에 서로 노력하는 시기일 거라 생각하는 게 맞을 것이다.

미국에서 학찬은 당시에 일이 없었다. 신학생도 아니었고 신학교에 진학할 단계를 밟는 것도 아니었고 하루하루를 하릴없이 원로 목사님께서 약속하셨던 신학교에 진학시켜 세계적인 선교사로 키우시겠다는 약속만을 바라보고 견디는 중이었다. 다행히 교회 예배에는 참석한다고 했는데 어깨 펴고 친교의 시간을 가질 입장도 아닌 것이다. 또 학찬은 불법체류자여서 그곳에서 운전도 할 수 없다.

아무리 같은 뿌리의 지교회라지만 어쨌거나 낯선 곳이고 전과자라는 꼬리표는 적나라하게 드러나 있다. 그런데 직장도 없는 상태에서 처가 살이를 한다, 거기다 장모는 도무지 감을 잡을 수 없는 특이한 성격이다. 아내인 제시카가 가장이어서 분가도 어림없다.

희재는 또다시 숨이 막혀왔다. 학찬에게는 언제쯤 평범한 삶이 허락될까.

아직은 펄펄한 젊음이 남아 있는데 대체 날마다 어떻게 보냈더란 말인가. 학찬은 편안히 안일하게 보내는 성격도 아니다. 태생이 부지런해서 날렵하고 예민하기도 한 중년 남성이 된 학찬이 하루하루 말라 죽어가고 있는 듯이 느껴져서 혹하고 숨이 막혀오기도 했다.

장모의 따뜻한 국 한 그릇도 얻어먹기 힘들고 친구도 없는 미국에서 유일하게 마음을 나눈 현 권사님과도 사이가 소원해졌다면 대체 어디에 마음을 내리고 살아갈까?

강체 출국을 당했기에 다시 미국을 들어가기는 힘들다고 했다. 제시카는 가족의 가장이고 미국의 안정된 직장이 있기에 한국에 나와서 살기도 힘들 것이다. 학찬이 못 들어간다면 제시카와는 자연스레 이혼이 될 터이니 이곳에서 살 수 있는 방법을 찾아보면 안 되는 걸까?

불혹에 접어든 동생이지만 희재의 눈에는 여전히 안타깝고 안쓰럽고 가엾은 동생일 뿐이었다.

너를 보았지 I

　뒷산인 북한산과 앞산인 인왕산의 빛깔이 연초록으로 변해가더니 겉옷을 벗어도 될 완연한 봄이 왔을 때 미국으로 들어오라는 원로 목사님의 명령이 학찬에게 내려졌다.

　미국으로 바로 입국은 어렵기 때문에 일단 캐나다로 가서 미국으로 들어오라고 하셨다.

　희재가 생각하기에는 희망이 없는 미국의 삶이었다.

　학찬도 한국에 남겠다는 말씀은 드렸던가 보다.

　원로 목사님은 대노 하시면서 한국에서는 학찬을 죽이려는 사람들이 있으므로 한국 생활은 절대로 안 된다고 하셨다고 했다. 어떻게든 '아버지'만 믿고 미국에 들어오면 책임지고 복을 주고 좋은 일이 생길 것이라면서 캐나다행 비행기 티켓을 보내 주셨다.

　캐나다의 현지 지교회 장로와 목사에게 도움의 지시를 내려놓았다는 것이다. 그런데 캐나다에서 미국으로 들어가는 방법이 기상천외하고도 아연실색한 방법이었다.

　캐나다에서 수영을 해서 바다를 건너 미국 본토로 건너가야 한다는 것이다.

학찬은 특수부대 출신이다. 군대에서 여러 훈련을 받았다지만 오랜 수형 생활을 했던 몸이고 어느덧 나이도 40대다.

수영을 해 본 지도 몇십 년 전이다. 이렇게 위험천만한 방법 외에는 길이 없는데 꼭 가야만 하는 것일까? 희재는 아연실색했지만 학찬은 그분의 명령이므로 가야 한다는 것이다. 어차피 가지 않더라도 그분의 축복이 없다면 이곳에서 살아갈 방법이 없을 것이고 아무리 위험한 방법이어도 그분이 지켜주시면 안전하게 건너갈 수 있다는 확신이 있었다.

자신이 건너가다 무슨 일을 당하면 그건 '아버지'가 아니라는 것이 증명되기 때문에 분명히 안전하게 건너갈 수 있게 지켜주실 것이고 아무려면 지켜주실 뜻이 없는데 그런 방법으로 오라고 하셨겠냐며 확고한 믿음 속에 이미 준비작업에 들어갔다.

한 달 동안 실내 수영장에서 연습을 해야 한다며 집을 나섰다. 수영 지도는 처음 학찬을 전도했던 특전사 선배인 최영범 장로가 해 주기로 했다.

아무리 그렇다 해도 내륙에서 자란 동생이다.

어릴 적 수영은 했지만 그야말로 개울에서 했던 개구리 수영이 전부였고 전문적인 수영은 군에서 배웠다. 아무리 잘 가르치고 잘 배웠다 해도 바닷가에서 태어나 어릴 적부터 바닷물에 몸을 담그고 자란 사람과는 천양지차일 것이다.

그런 동생이 원로 목사님의 명령과 지켜주신다는 언약의 말씀만 믿고 그토록 위험한 길에 오른다는 것이다.

왜 이 나라에서는 지켜주지 못하시는 걸까? 왜 이 나라에서는 뿌리 내리고 살 수 없는 것일까? 만약 건너가다가 무슨 일이라도 생기면 그 야말로 시신도 못 건질 상황이 아닌가? 시신이 건져진들 그걸 또 어떻게 설명할 수 있을까?

이미 마음을 정한 학찬은 낮에는 수영 연습을 하고 희재는 밤마다 무사히 건너갈 수 있게 지켜주실 것을 기도로 빌고 또 빌었다.

그사이 희재의 사업은 두어 번의 방송국 드라마 촬영에 장소를 제공했고 두어 번의 작은 파티가 있었다.

또 하나의 제법 규모가 있는 예약이 들어와 계약서를 작성했다. 이 렇게만 진행된다면 일 년 안에 어느 정도 자리는 잡을 것 같았다.

그런데 희재에게는 단 한 푼의 돈도 없었다. 빈 몸으로 남편에게서 나와서 두 아들들과 동생까지 근 육 개월 동안 그간의 매출로 생활했다. 사실 살아가고 있다는 게 기적과도 같은 삶이었다.

케이터링 업체와 계약을 했고 그 업체에 계약금을 지불해야 한다.

사업이 망해 본 사람들은 한 번쯤 경험했을 일이 희재에게도 일어났다. 그 많던 사람들 누구에게도 전화할 자신이 없었다. 인맥이라고는 교회 분들밖에 없는데 교회 내에서의 돈거래는 원로 목사님께서 공공 연히 금지해 놓은 상태다.

희재는 하는 수 없이 학찬에게 손을 벌릴 수밖에 없었다. 학찬을 안 쓰러워하는 교회 성도들이 얼마의 도움을 줬다는 걸 학찬에게 들어 알고 있었다.

파티는 한 달 후에 열린다. 파티만 치르고 나면 학찬에게 빌린 돈도 갚아 줄 수 있다.

수영 연습에 열심이던 학찬의 떠날 날짜도 일주일 후로 다가왔다.

희재는 학찬에게 자초지종을 설명하고 케이터링 업체에게 지불할 계약금을 빌려준다면 한 달 후 파티가 끝나고 통장에 입금해 주겠노라고 어렵게 말을 꺼냈다.

사실 희재는 죽고 싶을 만큼 부끄러웠다. 재소자의 삶을 살아온 동생에게 무슨 돈이 있겠는가. 더구나 지금은 빈 몸으로 강제 출국당한 동생이 아니던가. 그럼에도 그녀의 주변에는 동생이 유일한 기댈 언덕이었다.

학찬은 표정이 굳어지더니 언제까지 이렇게 살 것이냐고 되물어 왔다.

"길이 지금은 이 길밖에 없잖니. 난들 어떻게 하겠니. 그래도 이렇게라도 길을 열어주신 것도 아버지께서 주신 길 아니겠니? 길 열어주시는 대로 열심히 살아 봐야지."

"필요한 계약금이 얼마인데요?"

"이백사십만 원이야."

"그 파티한다고 누나의 앞길이 달라지지 않아요. 난 그냥 이대로 멈췄으면 좋겠네요."

"네 말도 이해한다만 파티 업체에서 계약금 백만 원 받은 건 이미 지난 한 달간 생활비로 썼어. 파티를 안 하게 되면 이백만 원으로 돌려줘야 해. 어차피 그 돈은 있어야 하니까 파티는 불가피하다. 이 파티 끝내 놓고 네 말 기억해서 다시 기도하면서 길을 찾아볼게."

"돈이 없어요. 카드 밖에."

"차라리 잘 됐다. 어차피 카드 대금은 한 달 후에 나오니까 그럼 카드를 빌려줘. 그럼 파티 끝나는 시점과 맞으니까 꼭 갚을게."

학찬은 한동안 희재를 빤히 바라봤다. 그 눈빛은 아무런 감정이 없는 것 같기도 했고 화가 난 눈빛 같기도 했고 귀찮아 죽겠다는 성가신 눈빛처럼도 느껴졌다.

반 층계를 올라야 있는 자신의 방에서 카드를 가져와 희재에게 카드를 건네면서 학찬은 비장하게 말했다.

"누나, 누나가 이 카드를 받는 순간 누나랑 나는 끝이에요."

"그게 무슨 말이니? 그럼 카드를 안 빌려주면 되지. 내가 지금 선택하고 말고 할 여지가 없어. 그러니 우선 빌려 쓰고 잘해서 갚을게."

희재는 미안함과 창피스러움에 어색한 미소를 지으며 학찬에게서 카드를 받았다.

그때 학찬은 기어코 안 해도 될 말을 하고야 만다.

"제발 사람답게 좀 사세요."

희재를 빤히 바라보던 학찬의 눈이 빨갛게 변하더니 눈물이 그렁그렁해졌다.

무슨 말이지? 자신의 방으로 휭 하니 올라가 버린 학찬의 뒷모습을 어안이 벙벙한 채로 바라보던 희재는 그제서야 조금 전에 자신을 바라보던 알 수 없는 학찬의 눈빛이 경멸의 눈빛이었음을 알게 됐다.

동생의 옥바라지 14년에 출소 후 그녀의 집에서 머문 시간과 사업이 망하고 홍제동 산동네에서의 두어 달과 지금의 육 개월을 통틀어 십

육 년 만에 처음으로 벌린 손이다.

물론 동생이 자신에게 도움을 줄 처지는 아니라는 걸 알지만 자신이 철저히 망해버린 것도 학찬은 알고 있고 누구보다도 홍제동에서의 생활을 통해 그녀의 비참함을 자신의 눈으로 직접 봤고 체험했다.

그래도 자식들 데리고 이렇게 살아 보겠다고 아등바등 몸부림치는 희재에게 꼭 그렇게까지 말을 해야 했을까?

희재는 망치로 뒤통수를 얻어맞은 듯한 충격에 그 자리에 그저 멍하니 서 있었다.

여름, 겨울 방학이면 모두 상경해서 자신의 집에 캠핑을 오듯 한 달 이상씩 합숙을 했던 조카들의 발걸음이 끊어짐은 물론 안부 전화 한 통도 오지 않았다.

그중에 최고는 희재의 언니인 희연이다.

희연은 희재의 또 다른 가족이었다. 지방에 살았던 희연은 기분 전환이 필요할 때면 언제든 희재의 집으로 달려왔다. 희재의 허락이나 양해는 필요치 않았다.

언제고 자신이 오고 싶을 때는 아이들 데리고 희재의 집에 와서 본인이 머물고 싶은 만큼 머물다 가는 곳. 희재의 집은 희연의 세컨하우스나 다름없었다.

그만큼 희재와 희연은 격의 없는 사이였다. 희재가 넉넉했기에 가능했는지도 모른다.

희연의 딸인 보라는 희재가 이모인지 엄마인지 구별이 안 될 만큼 희재의 손에서 자랐다고 해도 과언이 아닐 것이다. 희재의 아들보다 먼저 태어난 보라는 사진에 찍힌 예쁜 옷들은 모두 희재가 사 입힌 옷들이었다. 희재가 임신한 사실을 안 희연과 보라는 축하를 하기보다는 '행복 끝 불행 시작'이라는 농담을 할 만큼 희재의 물적 지원을 받았었다.

보라가 서울로 고등학교를 진학하자 당연한 듯이 희재의 집 이층에 침실을 꾸렸다. 희재의 가족들 역시 그 누구도 보라를 사촌으로 여긴 적이 없었다. 보라 또한 이모네 집이라는 인식이 아예 없었고 집은 늘 보라의 친구들로 붐볐으며 자신의 집보다도 오히려 더 편안하고 당당하게 생활했었다.

희연 역시 '보라는 네 딸이다'라고 생각하라며 희재에게 입버릇처럼 말하고 보라에게는 다음에 머리카락으로 신을 삼아줘도 이모의 은혜를 갚을 수 없을 거라고 말하곤 했었다.

그런데 보라가 대학의 연극 영화과에 진학한 이후부터 그 일들이 일어났다.

차마 '그 일'을 이곳에도 밝힐 수 없는 이유는 보라는 아직 젊고 희재 역시 아직 그녀를 사랑하기 때문이다. 결정할 수 없는 곤란한 문제를 만나면 늘 성도들이 그렇듯이 희재도 이은교 전도사님을 통해 조카 문제를 어떻게 해야 할지 원로 목사님께 여쭤봐 달라고 부탁했다.

며칠 후 희재를 만난 전도사님은 고개를 절레절레 흔들며 아버지께서 당장 내보내라고 하셨다고 했다. 원로 목사님의 말씀은 곧 하나님의 말씀이었기에 답을 주신 이상 실행하지 않으면 불순종이 된다. 희재는 희연에게 보라의 문제를 알리고 엄마의 따뜻한 사랑으로 보라의 마음을 치유해 주는 게 좋을 것 같다며 보라를 데려가면 어떻겠냐고 상의했다.

희연과의 왕래는 그것으로 끝이 났다. 왕래뿐만이 아니라 희연은 전화도 받지 않았다. 날마다 통화하던 보라도 연락이 없었다. 보라를 내보낸 후 희재는 홍제동 산동네로 이사를 했다.

궁핍은 친구도 멀어지게 만든다지만 진심으로 사랑했고 친딸처럼 돌봐 왔던 보라마저 연락이 끊어질 줄은 몰랐지만, 희재는 홀로 세상의 쓸쓸함을 받아들이며 견뎌내고 있던 참이었다. 그런데 학찬마저 그녀의 빈곤에 이렇게 나올 줄은 몰랐다.

세상 모두가 자신을 떠나도 학찬만큼은 곁에서 힘이 돼 줄 줄 알았다. 적어도 학찬은 누나를 위로하고 이해하고 든든한 마음의 기둥이 돼 줄 줄 알았다. 무얼 바라고 학찬을 돌본 건 아니었지만 그래도 혹시라도 희재가 갑자기 죽게 되면 자신을 대신한 마음으로 학찬이 자신의 아이들이라 생각하고 아이들을 대해 주고 품어줄 거라는 기대는 했었다.

그녀가 학찬을 그렇게 대했던 것처럼.

그런데 학찬은 희재가 사업 실패 전 살았던 부암동의 생활을 제외하면 단 한 번도 희재의 아들들에게 따뜻했던 적이 없었다. 늘 사람이 북적이던 삶에서 지금은 고립무원의 환경에 아이들인들 얼마나 힘들겠는가.

어쩌면 어른들보다 아이들의 충격이 더 클 수도 있을 것이다. 그런 아들들에게 학찬은 삼촌으로서 따뜻하지도 다정하지도 않았다.

물론 자신의 처지가 그렇다 해도 그걸 아이들이 이해할 수는 없는 것이다. 늘 신경이 날카로워 짜증이 나 있으니 아이들은 삼촌의 눈치를 봐야 했고, 폭력적인 아빠에게서 탈출해 보니 전혀 달갑지 않은 불청객이 들이닥쳐 아빠보다도 더 귀찮은 존재를 만난 셈이 되고 말았다.

희재에게도 마찬가지였다. 자신의 아들들만으로도 힘에 부친 빈곤에 또 한 사람의 부양객이 생긴 셈이었다. 그래도 희재는 동생이 가여워서 자신의 남은 진액을 다 짜서 동생을 돌봤었다. 그런 동생에게 이백사십만 원을 빌린 잘못이 이리도 큰 잘못이었을까.

희재는 조금 전 가슴에 박혀 버린 학찬의 경멸의 눈동자에 넋이 나가 그 자리에 얼어붙은 것처럼 조금의 미동도 할 수 없었다.

학찬에게 자신은 무엇이었을까?

교도소에 접견을 갈 때면 학찬은 늘 그녀에게 고마워했었다. 유리가림막이 쳐진 짧은 접견 시간이었지만 반갑고 따뜻하고 밝은 얼굴로 그녀를 대했었다. 마치 나도 이렇게 정기적으로 찾아오는 가족이 있다고 주변 사람들에게도, 접견 때 배석하는 교도관들에게도 보란 듯이 당당하고 자부심 넘치게 그녀를 마주하고는 했었다.

그녀는 그것이 자신에 대한 학찬의 진심이라 믿었다.

그녀가 학찬에게 한때 자부심이었던 때가 있었다면 이렇게 세상에서 홀로 남겨진 지금은 학찬이 마음으로나마 그녀의 위안이 되고 따뜻이 보듬어주는 위로가 되어줄 줄 알았다.

그러나 세상 사람들이 동정의 눈빛으로 바라볼 때 학찬은 그중에서도 그녀를 가장 아프게 질책했다.

학찬이 남들에게 자랑할 수 있을 때만 그녀가 누나였을까? 이렇게 능력 잃고 처참해진 누나는 이제 동생에게마저도 짐스럽고 부끄러운 존재인 걸까?

자신은 학찬의 뒷바라지를 위해 쓰임 받는 존재로 선택된 걸까?

그런데도 학찬은 왜 희재의 의사와는 상관없이 그녀에게 날아드는 걸까? 희재 외에는 다른 혈육들과 왕래하지 말라는 원로 목사님의 명령 때문인가?

남의 집에서 더부살이하는 그녀에게 얹혀살면서도 학찬은 당연시했고, 군림하는 듯했고, 극도로 예민해져서 모든 말투는 사무적이고 말 속에 칼날이 숨어 있는 듯했다.

"제발 사람답게 좀 사세요."

수많은 질문을 던져 봤지만, 답은 찾아지지 않은 채 학찬의 말만 망치가 되어 그녀의 머리를 때리고 또 때렸다.

학찬에게 '사람'은 곧 경제력이었나보다.

그래. 저 나쁜 자식도 이제 며칠 후면 여기를 떠난다.

밀입국이니 언제 다시 한국 땅을 밟을지 모른다고 했다. 자신을 만나려면 누나가 미국으로 오셔야 한다고 했지. 나쁜 자식아 내가 너를 보러 갈 날이 오기는 하겠니?

당장 먹고살기도 이렇게 막막한데 어느 세월에 비행기 티켓값 마련해서 너 보러 갈 꿈이라고 꿀 날이 오기나 할까?

네 말대로라면 이렇게 헤어지면 언제 다시 볼지 기약도 없는데 꼭 이렇게까지 마음에 대못을 박고 가야만 하니?

희재는 학찬의 말이 귓가에서 떠나지 않아서 한동안 그렇게 서 있었다.

내가 지금 어떻게 해야 할까? 울어야 할까? 화를 내야 할까? 올라가서 카드를 돌려줘 버릴까? 그럼 당장 한 달 후의 파티는 어떻게 해야하지?

수많은 생각들이 태풍처럼 그녀의 머릿속을 때리며 부딪혀 지나갔다. 학찬의 말을 떠올리면 당장 모든 걸 멈추고 싶었다. 그러나 계약금을 받아서 이미 학찬을 위해 밥상을 차리는 데에도 그 돈은 사용했다. 더군다나 희재는 계약금을 돌려줄 돈이 없었다. 선택의 여지 없이 파티는 해야만 하는 것이다. 학찬이 떠나기 전에 카드는 돌려줘야 하니까 그 안에 케이터링 업체를 불러 카드로 결제를 할 것이다. 학찬이 화를 내는 건 이런 누나가 속상해서일 거야. 누구보다 누나를 사랑했던 동생이라 너무나 속상한데 화내는 방법이 서툴러서일 거야. 이 악물고 반드시 다시 일어서서 학찬에게 고마웠다고 그리고 미안했다고 말할 수 있는 날이 오도록 살아야겠다고 생각을 정리한 후 그녀는 눈물 자국을 닦고 또 닦았다.

6월로 접어든 상쾌한 바람이 그녀의 볼을 어루만져 누구에게도 눈물을 들키지 않게 숨겨주었다.

부디 잘 가거라. 가서 잘 살고 다시는 이 무능한 누나를 불현듯 찾아오지 말아라. 네가 봤다시피 난 사람도 아닌 지경에 이른 사람이다. 부디 하나님의 은혜가 함께 하셔서 언젠가는, 언젠가는 예전처럼 만나자. 미안하고 미안하고 또 미안하구나.

헤엄쳐서 바다를 건너가다

6월 4일 학찬은 떠났다.

공항버스 타는 곳까지 동생을 바래다주고 오는 길.

집에 와서 동생이 사용했던 방문을 열어 본다.

문을 열면 아직 있을 것만 같은 동생의 방. 늘 깔끔했던 동생답게 침대나 옷장이나 방의 모든 것들은 각을 맞춰 정돈되어 있었고 앉아 있던 책상도 말끔히 정리되어 있었다.

순간 그녀의 가슴이 쿵 하고 무너져 내렸다.

갔구나. 정말 떠났구나.

그녀는 동생이 사용했던 침대에 얼굴을 묻고는 엉엉 소리 내어 울었다.

은은하게 묻어나는 동생의 스킨 냄새가 그녀를 더 슬프게 만들었다.

그토록 가슴 아픈 동생인데 이렇게 떠나보낸 것이 슬펐고, 이런 모습밖에 보일 수 없었던 것이 한없는 자책으로 다가왔다.

다시 만날 수 있을까?

'아버지'께서 당연히 지켜주시기야 하겠지만 죽지 않고 바다를 건너 갈 수는 있을까?

이것이 마지막이면 어떻게 하지?

저 가슴 아픈 동생을 어찌 잊고 살아갈 수 있을까?

슬픔과 두려움이 동시에 엄습했다.

동생의 사고 때 이후로는 울어본 적 없는 그녀였지만 이날만큼은 서러움이 밀려와서 온몸의 수분이 단 한 방울도 남아있지 않을 때까지 울고 또 울었다.

캐나다 토론토에 도착한 학찬은 6월 16일에 자신의 짐을 미국으로 모두 부쳤다고 했다.

다음날이 건너가는 날인 것이다.

6월 17일은 그믐이라 가장 어두운 밤에 캐나다에서 미국으로 수영을 해서 건너가야 한다.

혹시라도 들키게 되면 국경 수비대는 바로 총을 발사한다고 했다.

영화보다 더 무서운 일을 그녀의 동생인 학찬이 해내야 하는 것이다.

교회분들은 늘 말했었다. 천하가 다 '아버지'의 것이라고.

그런 '아버지'께서 학찬에게 줄 수 있는 것이 왜 이렇게 위험한 방법 밖에는 없는 것일까? 아니, 이렇게 위험한 방법으로라도 꼭 미국에 가야만 하는 것일까?

사무엘하 23장의 '베들레헴 성문 곁 우물물을 누가 내게 마시게 할까'했던 다윗을 위해 목숨을 걸고 블레셋 사람의 진영을 돌파하고 지나가서 물을 길어 가지고 왔던 다윗의 세 용사가 생각났다. 이렇게까지 충정의 모습을 보여야만 '아버지'께서는 학찬의 앞날을 열어주시는 걸까? 그런데 왜 학찬은 아직도 '아버지'께 그런 순종을 보여야만 하는 것일까?

그녀가 모르는 그 무언가가 학찬과 '아버지' 사이에 남아 있다는 의심이 들었다.

그렇다 해도 '아버지'의 시험 가운데에서 아직도 목숨 건 모험을 해야만 하는 학찬의 운명이 너무나 가슴 아플 뿐이었다.

칠흑같이 어두운 밤. 3시간 넘게 수영을 해서 미국의 디트로이트 쪽으로 들어가면 그곳에 장인이 마중 나와 있을 거라고 했다.

그곳은 캐나다와 미국과의 거리가 가장 짧긴 해도 많은 화물선이 지나는 매우 위험한 바다라고 했지. 한 강의 폭은 대략 1천 2백 미터로 왕복으로 건너는 시간만도 한 시간이 넘는다고 한다. 한 강의 세 배에 달하는 넓이의 바다를 어두운 밤에 건너가는구나.

17일 아침이 되자 희재는 모든 일정을 취소하고 금식을 하면서 동생을 위해 기도했다.

아들들에게 사실을 말할 수 없었기에 이날 하루는 엄마가 특별히 기도해야 할 시간이 필요하므로 불필요한 장난이나 대화를 금하는 양해를 미리 구해 놓은 상태였다.

아침에는 이제 준비하고 있겠다 싶어 기도했고 정오가 지나자 지금 건너고 있겠다 싶어 가슴이 타들어 갔다. 오후가 되자 과연 무사히 건넜을까 하는 조바심에 현기증이 났고 해가 뉘엿뉘엿 기울기 시작하자 숨이 막혀 죽을 듯한 공포가 밀려 왔다.

제발 무사히 건넜다는 전화가 와야하는데⋯⋯.

희재는 초조함에 인터넷 뉴스를 실시간으로 들여다봤다. 다행히도 캐나다 바다에서 사고를 당한 한국인에 대한 뉴스는 아직 없었다.

날이 저물어 어두워지자 드디어 학찬으로부터 연락이 왔다.

무사히 건넜고 장인도 잘 만나서 이동 중이라고 했다. 장인이 기다리는 지점과 학찬이 도착한 지점의 거리가 있어서 만나는 데 시간이 좀 걸려서 연락이 늦었다고 했다.

장인과 만나기까지 두 시간을 젖은 상태로 추위에 떨어야 했고 경비대에 들킬 새라 수풀에 숨어 있느라 또 얼마나 가슴을 조였을까.

그녀는 안도의 한숨과 감사 기도와 기쁨의 눈물이 흘렀고 동생이 했을 고생을 생각하니 또 다시 가슴이 저려 왔다.

그래도 이제 무사히 도착했으니 앞으로는 '아버지'의 약속대로 '아버지'의 품 안에서 안정을 찾아갈 것이다. 부디 학찬의 앞날에 평탄한 삶을 주셔서 이제 다시는 유리하는 일이 없기만을 바랄 뿐이었다.

한 달 후, 제시카는 학찬이 미국에 가면서 들고 간 희재의 캐리어를 마침 서울에 인편이 있어서 돌려주겠다면서 며칠 후에 자신의 절친이 집을 방문해도 되는지 물어왔다.

어차피 돌려받을 생각 없이 들려 보낸거라 괜찮다고 했지만 캐리어가 이미 서울에 도착한 상태라기에 더는 거절할 수가 없었다. 며칠 후 희재의 집을 방문한 제시카의 절친은 젊은 청년이었다.

이름은 박경호. 자신은 서울 본교회의 성도이며 제시카와는 오래전부터 친구 사이라고 했다. 동글동글한 얼굴에 웃는 인상으로 누구에게나 호감을 줄 수 있는 얼굴이었다.

청년은 캐리어와 함께 주머니에서 만 원권 지폐를 둥글게 말아 고무줄로 고정한 돈뭉치를 희재에게 건네며 이 역시 제시카가 전해달라고 부탁한 것이라고 했다. 120만 원인 걸로 봐서 천 불을 한국에 와서 환전한 모양이라고 생각했지만 묻지는 않았다.

학찬이 희재의 사정을 얘기한걸까……. 늘 궁핍에 쪼들린 희재이기에 요긴하게 잘 쓰기는 하겠지만 아직 얼굴도 대면한 적 없는 올케에게까지 신세를 졌다는 사실이 무척 부끄러웠고 지금까지는 당연했던 동생을 돌봄에 대한 사례를 받고 보니 자신이 아닌 다른 보호자가 있다는 사실이 낯설기도 섭섭하기도 했다.

캐리어 안에는 희재와 아들들의 옷과 신발 등 선물이 가득했다. 그동안 학찬을 보살펴준 것에 대한 감사의 인사라고 했다. 동생이 누나 집에 있었는데 무슨 사례가 필요할까만 아들들의 체형과 마음에 꼭 들어 하는 디자인의 옷과 운동화를 보니 얼마나 정성스레 준비했는지 올케의 마음이 느껴져서 고마웠다.

여름과 가을이 별 나아짐 없이 지나고 있을 때, 학찬은 미국 지교회의 어느 장로님이 운영하는 백화점 내의 구둣가게에서 시급 12달러를 받고 일을 시작했다고 알려왔다.

희재는 다시금 의아함을 느껴졌다. 그렇게 목숨 걸고 미국으로 건너오라고 하신 '아버지'는 여전히 학찬을 대기 상태로 두셨다. 약속하신 신학교 진학과 교회 직원으로의 복귀가 길어지자 구두 수선 가게 주인이신 장로님이 자신의 가게에서 기술이라도 익히라며 학찬에게 권유하셨다고 했다. 불법체류자인 학찬은 그런 일자리마저도 당당하게 얻기도 불가능하다. 그렇기 때문에 시급도 최저임금에도 못 미치는 금액을 받을 수밖에 없는 것이다.

손재주가 뛰어나고 꼼꼼하고 감각 있는 학찬은 그 일도 잘해 낼 것이다. 희재도 학찬에게 하릴없이 시간만 보내느니 그렇게라도 무료함을 달래보라고 했다.

그사이, 희재의 사업은 몇 번의 드라마 촬영과 기자 간담회와 또 몇 번의 소규모 파티도 있었다. 그런데 저축은행 불법 대출 사건이 사회 문제가 되면서 제3금융권이 철퇴를 맞자 희재의 파티 사업에도 제동이 걸렸다. 하우스 파티란 원래 소규모의 프라이빗한 모임이기에 어쩌면 그들만의 비밀 모임이었을 것이다.

그 사이에 부동산에서는 건물주 사모님께 접근해서 회유를 한 모양이다. 한 부유한 산유국에서 대사관저로 사용하는 대금으로 8년 사용에 10억 원을 제시하자 건물주의 마음은 뒤도 돌아볼 여유 없이 흔들리고 말았다.

그렇게 희재는 또다시 사업이 중단되고 남편이 있는 홍제동의 달동네 집으로 다시 합류해야 했다.

하는 수 없이 가족들을 받아 주긴 했지만, 남편은 예전보다 훨씬 더 부정적이고 강퍅해져 있었다. 떨어져 있으면 자식들에 대한 그리움이 더해져 달라져 있을지도 모른다는 희재의 생각은 어김없이 빗나간 것이다. 남편은 자신이 아들들, 특히나 큰아들에게 어떻게 대했는지 까마득히 잊은 채 아니 오히려 아버지로서 아들에게 그 정도의 군림은 정당하다는 듯이 행동했다. 지금 같은 시대에도 남편의 사고는 가장으로서 식솔들에 대해 생사여탈권을 쥐고 있는 시대에 머물러 있기에 화목은 요원했다.

화가 나면 대학생인 아들을 여전히 거리에서 구타하는 것쯤은 일상이었다. 이유는 어쩌다 갖게 된 외식 때에 중국음식점에서 탕수육을 시켰는데 그걸 많이 먹었다는 것이다. 체격이 큰 아들이 한창 먹을 나이인 스무 살에 오랜만에 좋아하는 탕수육에 젓가락이 많이 간 모양인데 그렇게 살이 쪘으면서 자신을 돌아보지 못하고 허겁지겁 먹었다는 게 이유였다. 그런 분위기 속에서 살다 보니 아들은 엄마보다 아버지가 먼저 집에 들어오는 날에는 두 평 남짓한 방에서 나오지를 못하고 엄마에게 귀가를 요청하는 날이 이어졌다.

그러다 아들에게 신병 신체검사 통지서가 날아왔다.

원로 목사님은 평소에도 국가가 있어야 신앙생활도 가능하다며 전 성도들에게 이스라엘 백성들의 바벨론 유수에 대해 귀에 못이 박히도록 강조하셨다. 일곱별 교회 청년들은 군 면제가 될만한 질병을 치료하면서까지 현역 입대를 갈망했고 군 복무를 자랑스럽게 여겼다.

대한민국에 살면서 입대는 당연한 의무라고 가르치신 '아버지'의 가르침 때문인지 아들도 담담히 현실을 받아들여 신검을 받았다. 그런데 신검 결과서가 충격이었다. 아들의 간 수치가 384에 이르러 급히 병원 진료를 받아야 했다.

아들을 아기 때부터 진료해 주신 원장님께서는 '원이 어머니, 지금 군 입대나 학교가 중요한 게 아닙니다. 빨리 대학병원에 입원시키세요. 이러다 아드님을 잃을 수도 있습니다' 하시며 진료의뢰서를 쥐어 주셨다.

희재는 아들과 함께 서둘러 강남세브란스 병원으로 달려가서 원장님께서 추천해 주신 간 전문의 선생님께 진료를 받았다. 처음 소견서를 보시던 박사님은 고개를 흔드시더니 '이거 아주 골치 아픈데.' 하시며 몇 가지 정밀 검사를 권하셨다.

피 검사, 소변 검사, 간 초음파의 결과를 기다리는 2주간은 희재 또한 나락으로 떨어지는 두려운 시간이었다. 만약에 불치의 병이라도 발견되어서 저 아이를 잃게 되면 어쩌나 하는 두려움이 엄습해 왔고 머릿속에서는 아들을 땅에 묻는 공포스러운 상상 때문에 잠을 이룰 수가 없었다.

다행히 하나님의 은혜로 아들은 염려하던 암은 아니었지만 지속적인 관리가 필요하게 되었다. 미국에 간 후 한 달에 한 번 정도 전화를 걸어오던 학찬이 안부를 묻기에 아들의 간수치 얘기를 했더니 스트레스를 많이 받아서 그런 모양이라면서 대체 어느 놈이 그렇게 착한 원이에게 그런 스트레스를 겪게 한 거냐며 버럭 화를 냈다. 삼촌과의 통화 내용을 곁에서 듣고 있던 아들에게 삼촌이 통화하고 싶어 한다고 표정으로 말했더니 아들은 손사래를 치면서 거절했다. 동생에게는 적당한 핑계를 대고 전화를 끊고 나서 희재는 아들에게 섭섭해하며 싫은 소리를 했다. 삼촌이 네 간수치가 걱정이 돼서 통화하고 싶어 하는데 왜 통화를 거절했냐고 하자 아들은 콧방귀를 뀌더니 '삼촌이 내 걱정을 해요?'하며 쌀쌀하게 대답했다.

희재에게 학찬은 자식들과 똑같이 소중하고 애틋한 동생이다.

가장 사랑하는 두 사람이 이렇게 사이가 벌어지니 누구를 이해하고 누구 편에 서야 할지 난감하기도 하고 속상하기도 했다.

희재는 아들에게 먼저 야단을 쳤다.

그때는 삼촌이 편안한 상태가 아니어서 매사에 신경이 날카로울 수밖에 없었다. 또 솔직히 얘기하면 게임에 빠져있는 너에게 삼촌으로서 틀린 말을 한 것도 아니었다. 삼촌은 누나인 엄마를 걱정해서 장남인 너에게 좀 과하게 야단친 건데 뭘 그리 아직까지도 서운해 그러냐고 했다. 아무 말 없이 묵묵히 듣고 있던 아들이 평소와 다르게 말대꾸를 한다.

"자기나 잘하고 지내라고 하세요. 다시는 불시에 들이닥치지 말고."

훗날 아들의 얘기에 의하면 삼촌의 폭력을 감당할 수 없던 아들은 엄마에게 말해봐야 엄마는 자신을 이해시킬 테고 또 엄마만 속상해 하실까봐 친구에게 하소연하며 날마다 소주를 두 병씩 마시고 귀가해서 술의 힘으로 잠을 청하곤 했었다고 한다. 그러니 장정의 간이 온전할 리가 없었다.

간 치료제를 복용 중인 아들은 사회복무요원으로 판정받아 지하철 공사에서 복무하게 됐다. 어찌나 성실하고 부지런하고 정직한지 직원들의 사랑을 한 몸에 받으며 그야말로 신나게 군 복무를 하게 된다. 아들은 늘 30분 전에 출근했고 승객들에게도 칭찬을 많이 받았는데 사무실까지 찾아와서 아들을 칭찬하고 가시는 승객들도 많아졌다.

겨울이면 아들은 자원해서 한 시간 일찍 출근하고 한 시간 늦게 퇴근했는데 눈이 내리면 출구의 눈을 쓸어야 하기 때문에 서둘러 출근했고 퇴근 때는 교대하는 팀의 제설작업을 돕느라 한 시간 늦게 퇴근하고는 했다. 가끔 사무실 정리나 무거운 짐을 옮기는 일 등 어려운 일이 있을 때는 우리 팀이나 다른 팀 구분 없이 늘 앞장서서 도왔다.

또, 매일 지하철의 수익금을 본부에 입금하는 일도 아들에게 맡겨졌는데 수년 전 수익금을 들어 튀어버린 공익요원이 있은 후로는 공익들은 현금 근처에도 못 오게 되어 있는 불문율을 깨고 아들의 성실함을 눈여겨보신 역장님이 매일 그 일을 아들에게 맡기신 것이다. 하루 수익금은 6백만 원 정도에 달했는데 처음에는 아들이 그 현금을 캐리어에 끌고 들어가자 모든 직원이 눈이 휘둥그레져서 일제히 일어나 맞이하며 '네가 왜 이걸 가지고 와?' 했다고 한다. 역장님이 지시하신 걸 알게 된 지하철 공사 직원들에게 아들은 성실함의 대명사가 되었고 표창장을 받기도 했다.

직급이 부장이신 역무원께서도 '내가 공익 요원에게 정을 준 것은 네가 처음이자 마지막일 것이다'라고 하시며 아들을 챙겨주셨고 전역 후에도 어느 역사를 지나다가 만나면 무조건 사무실까지 붙잡혀가서 얘기를 나누고 식사까지 사 주시며 아낌없는 사랑을 받고는 했다.

그런 아들이 전역 후에도 이따금씩 삼촌에 대한 분노를 쏟아내며 고통스러워했다. 어쩌다 엄마와 둘이 앉아 식사할 때 이런저런 대화 끝에 삼촌에 대한 이야기로 이어질 때면 아들은 숟가락을 밥에 꽂아 놓은 채로 식사를 중단하며 하염없이 펑펑 울어댔다. 제발 삼촌에 대한 이야기를 꺼내지 말아 달라는 것이었다.

군 복무까지 마쳤기에 이제 아들은 어리지 않다. 그 어리지 않은 청년이 삼촌에 대한 이야기만 나오면 식사를 중단하며 하염없이 펑펑 울어대는 것이다.

희재는 아들을 설득해서 대학병원 정신과를 찾았다. 심리상담이라도 받아서 자신의 동생 때문에 아들이 받은 상처를 치유해 주고 싶었기 때문이다.

아들은 삼촌이라는 존재의 이름을 입에 올리는 것만으로도 치욕스럽다면서 의사 선생님께도 자세한 이야기를 하지 않았다. 아들의 얼굴에는 분노가 서려 일그러져 있었고 삼촌에 대한 기억을 소환해야 한다는 사실에 무척 고통스러워했다. 아들은 얼굴빛이 붉었다 창백했다 반복하더니 급기야는 헛구역을 했고 호흡곤란 사태까지 빚어졌다.

의사 선생님께서는 희재에게 잠시 자리를 좀 비켜 달라고 하더니 40여 분이 지나자 들어와도 좋다는 사인을 내렸다. 아들의 얼굴은 많이 편안해져 있었다. 도대체 학찬은 아들 원이에게 어떤 상처를 줬기에 아들이 이토록이나 고통스러워 하는 걸까?

의사 선생님께서는 아들과 삼촌과는 절대적으로 부딪히지 않고 사는 게 최상의 방법이라고 했다. 언제쯤 삼촌이 다시 입국하냐고 물었을 때 희재는 그제서야 아들 앞에서 동생이 한국에 나올 일은 없다는 사실을 말했다.

가장 반색하는 건 아들이었다. 몇 번이고 정말로 한국에 못 나오는 거냐며 물었다. 그렇다고 했더니 그럼 자신은 더 이상 괴로워하지 않겠다고 했다.

희재는 너무나 속상했다. 그토록 애지중지 모든 걸 다 바쳐 사랑했던 동생이 어쩌다 아들의 가슴에 이리도 큰 생채기를 남긴 것일까?

도대체 왜 그렇게 삼촌이 싫은 거냐고 아들에게 몇 번이나 물었지만, 아들은 그에 대해 이야기하는 것 자체를 거부해서 더 이상 물을 수도 없었다.

아들은 희재에게 한 가지 약속을 요구했다. 자신에게 절대로 삼촌 소식을 전하지 말아 달라는 것이다. 삼촌을 만날 일이 없다면 자신도 노력하겠다고 했다.

그러나, 아들은 두 달에 한 번 채혈을 했고 6개월에 한 번 초음파 검사를 해야 했다.

그러는 사이 작은 아들도 중학생이 되었다. 서너 살 때부터 유독 그림 그리기를 좋아하던 아들이 특수목적고로 진료를 정하자 희재는 남편에게 고등학교가 속해 있는 경기도로 이사하자고 설득했다. 한 학년에 전국에서 스물두 명만 선발해서 전액 국가장학생으로 교육받는 학교이다 보니 경쟁력은 당연히 높았다. 한 가지 방법이라면 서울을 위시한 전국에서 열 한 명을 선발하고 학교가 속해 있는 경기도권에서 열한 명을 선발하기에 경기도로의 이사는 아들을 돕는 하나의 방법이기도 했다. 아직도 어려운 형편이지만 자식을 위하는 마음이야 모든 부모의 마음인지라 남편도 수락을 해줘서 드디어 산동네를 떠나게 되었다.

번화가에 있는 주상복합 아파트에 집을 구했기 때문에 생활 여건이 많이 나아졌고 아들도 스스로 할 수 있는 일이 많아지자 희재도 직업을 갖게 되었다. 희재가 얻은 직장은 미용 학원 부원장으로 학생들에게 기술을 가르치는 일이었다. 희재에게 기술을 배우겠다는 지원자가 많아져서 희재의 수입도 제법 늘어나면서 처음으로 아들들에게 치킨을 사 줄 수 있었다.

아파트로 이사했다고 하자 제시카가 서울에 출장이 있어 오게 됐는데 형님도 직접 뵐 겸 사는 모습도 보고 싶다고 해서 집으로 초대하기로 했다.

4월의 어느 토요일이었던 것 같다.

제시카는 인천공항에 아침에 도착하니까 희재의 집에 와서 아침을 먹기로 했다.

처음 보는 올케이고 까탈스러운 동생의 성격을 맞추느라 고생하고 있는 걸 알기에 희재는 자신이 할 수 있는 최고의 정성으로 올케를 맞이했다. 무리해서 갈비찜도 했고 파김치도 담갔다. 학찬이 좋아하는 맛이라고 알려 줄 겸 된장찌개도 하고 몇 가지 전도 부쳐서 오랜만에 근사한 상을 차렸다.

희재에게 차가 없는 걸 알고 있는 올케는 공항에서 택시를 타고 오겠다며 주소만 알려 달라고 했다. 미안하기도 했지만 어쩔 수 없는 일이어서 희재는 집에서 올케를 맞이하기로 했다.

공항에서 택시를 탔고 지금 출발했다고 전화가 왔다. 집 근처에 오면 전화를 하겠다고도 했다. 희재는 전화를 받고 대략 시간을 계산해 봤다. 토요일이라 차는 막히지 않을 것이다.

거의 왔다는 전화는 없었지만 처음 만나는 올케에 대한 설렘으로 도착할 시간이 다가오자 희재는 지상 주차장 입구에 나가 서 있었다.

주상복합아파트다 보니 지상 주차장 입구는 커다란 기둥이 받치고 있는 건물이었다.

기둥에 기대어 기다린 지 5분여 정도가 지났을까 희재가 서 있는 바로 앞에 흰색 승용차 한 대가 멈추더니 누군가 내렸다. 그냥 서 있으니 바라봐지는 건 자연스러운 현상이었다.

그런데 그 차에서 내린 건 사진으로만 봐 왔던 제시카였다.

희재에게는 분명 택시를 탔다고 했는데 이상하다는 생각이 들어서 무의식적으로 운전석을 봤다. 그 남자였다. 제시카의 절친으로 몇 년 전 희재의 집에 캐리어를 전해 주러 왔던 박경호라는 교회 청년.

제시카를 내려 주고 차가 떠나자 제시카는 그제서야 희재에게 전화를 했다. 올케가 민망해할까봐 희재는 금방 내려온 것처럼 하고 올케를 맞이했다.

제시카는 생각보다 키가 작았고 생각보다 체구가 컸다.

160cm인 희재의 턱에 닿는 키에 미국 드라마에서 흔히 볼 수 있는 전형적인 미국인 체형이었다. 아마도 88사이즈는 입어야 할 것 같았다. 결혼 전 잠시나마 학찬과 교제했던 은비가 스쳐 지나갔다.

은비는 희재보다 키도 컸고 날씬했고 단아하고 예뻤었다.

아나운서 같은 은비가 아직 마음에 있어 제시카에게 마음을 내리지 못하는 것 같아 갑자기 학찬에게 짠한 마음이 들었다.

미국인이기에 인사 또한 자연스레 허그를 했다. 순간 비릿한 냄새가 역겹게 희재의 후각을 자극했다. 제시카는 긴 머리를 틀어 올려 큰 핀으로 고정하고 있었는데 누가 봐도 막 샤워를 마치고 젖은 상태에서 틀어 올린 머리였다.

여자의 육감은 이성보다 먼저 찾아와서 희재의 마음은 쿵하니 내려앉더니 이내 기분이 나빠졌다. 이른 아침에 공항까지 마중 나간 남자친구다. 제시카는 그 사실을 희재에게 말하지 않았다. 그런데 제시카의 머리는 젖어 있고 남녀가 육체관계를 끝낸 후 풍기는 비릿함을 몸에 두르고 시누이 앞에 나타난 이 여자.

이런 상황에 가만있는 것이 더 어색해서 엘리베이터 앞으로 걸어가며 일부러 오버해서 말을 꺼냈다.

"이 시각에 왜 머리가 젖어 있어? 더구나 아직 쌀쌀한데 감기 걸리면 어쩌려고?"

"네. 너무 더워서 비행기에서 내리자마자 샤워를 했어요."

"어디서?"

"비지니스 클래스를 타고 오면 라운지에서 샤워가 가능해요. 형님."

라운지에서의 샤워는 그렇다 치더라도 박경호의 픽업은 왜 숨겼으며 그 비릿한 냄새는 무언지 희재는 내내 찝찝하고 불쾌했다. 과연 둘 사이는 건전한 교회 친구인지도 묻고 싶었다.

희재의 마음에 잠시 지진이 지나가고 있을 때 엘리베이터는 어느덧 둘을 내려놓았다.

집에 들어서서 아들들과 인사를 나눈 제시카에게 희재는 준비해 놓은 아침상을 냈다. 큰아들은 다행히 숙모에게는 적대적인 감정이 없어서 아이들과의 분위기는 비교적 좋았다.

제시카는 희재가 차려 준 식사의 오분의 일도 다 먹지 않고 수저를 놓았다. 이런저런 약을 먹다 보니 소화가 잘 안 돼서 늘 소식을 해야 한다는 것이다.

희재는 밤새 날아온 비행의 여파라 생각하기로 했다. 그래도 갈비찜과 파김치는 지금껏 먹어본 중에 최고라고 감탄을 했다.

식사 시간을 포함해서 한 시간이 지나자 제시카는 그제서야 박경호가 데리러 오기로 했다며 일어섰다. 희재는 자신의 불쾌해하는 표정을 제시카도 충분히 읽었을 거라고 생각했다. 여자는 의외로 눈치가 빠른 동물이다.

희재는 애써 태연한 척하며 제시카를 배웅했다. 머릿속에 박경호와 제시카의 관계가 무엇인지 또 그 둘 사이에 학찬은 도대체 무엇인지 현기증처럼 뱅뱅 도는 생각들에 잡혀 있어서 한 시간 동안 제시카가 무슨 말을 했는지 자신은 또한 무슨 말을 했는지 정확히 기억나지는 않지만 한가지 또렷한 것은 '아버지'의 말씀이었다.

"'아버지'께서 형님은 곧 시부모님이자 시댁 자체라고 하셨어요. 형님은 저에게 유일한 시댁 어른이세요."

희재는 왠지 제시카의 말이 공허하기 그지없었다. 그런 건 말로 전하는 게 아니다. 행동에서 말에서 절로 느껴지게 되는 것이다. 희재의 면전에서 하는 제시카의 고백이 전혀 그렇지 않을지도 모른다는 역설적인 느낌으로 더 먼저 다가왔다.

제시카를 보내 놓고 희재의 마음은 더욱 무거워졌다.

올케와 시누이의 첫 만남이 너무나 아무것도 아닌 게 되어 버려서 허탈하기도 했다.

아무리 미국인이라지만 엄마가 한국인이니 반은 한국의 정서가 있을 터인데 아니, 굳이 그런 걸 따지지 않더라도 기본 예의라는 것도 없는 것 같아서 한숨이 절로 나왔다.

그렇다고 미국인인 올케에게 시누이 노릇을 할 수도 없지 않은가.

이 문화적인 이질감을 앞으로 어떻게 겪어낼지 머리도 복잡해졌다.

제시카.

얼굴도 모르고 맞이한 올케다. 건강 상태가 어떻든 생김새가 어떻든 학찬에게는 갓 피어나던 첫사랑 은비라는 아가씨까지도 마음에 묻고 오직 '아버지'만 믿고 순종해서 한 결혼이었다.

나이든 여인의 눈치에는 알고 싶지 않은 것들도 쉽게 들어오는 경우가 있다. 그것을 우리는 연륜이라 부른다. 제시카와 박경호는 건전한 친구 사이가 아니라는 확신이 들었다.

이제 잠시 후면 학찬에게서 전화가 걸려 와 제시카를 만난 느낌을 물어볼 것이다.

학찬에게 어떻게 말해야 할까?

제시카와 박경호는 언제부터 친구이고 어떤 사이냐고 물어야 할까? 아침에 희재가 보고 느낀 점을 소상히 알려서 이제부터라도 의심을 좀 해 보라고 해야 할까?

그러나 학찬에게 미국에서의 가족은 제시카가 유일하고 의지처도 제시카뿐이다.

이 사실을 알렸을 때 학찬이 겪을 혼란이 먼저 다가왔다. 출장이 잦은 그녀에게 지금부터 학찬은 의처증이라는 중세에 시달리게 될 것이다. 제시카가 미국으로 돌아가서도 날마다 그녀를 의심하며 살아갈 학찬의 고단함을 또 어쩌면 좋을까?

한국에 출장 나올 때마다 함께 따라 나올 입장도 못 되고 그렇다고 직장을 그만두라고 할 수도, 출장을 말릴 수도 없는 입장이 아닌가?

의지할 곳 하나 없는 학찬이 날마다 의심하며 살아야 한다면 그 또한 얼마나 삶이 지옥일까? 제시카가 떠난 후 밥상을 정리하는 희재의 머릿속은 쓰레기통에 버려져서 섞여 있는 음식물 쓰레기만큼이나 지저분하게 얽혀 버렸다.

결국 희재는 학찬에게 아무런 이야기를 하지 않기로 결정했다. 부디 하나님께서 제시카에게 양심의 가책을 주서서 학찬에게 들키지 않고 박경호와의 관계가 정리되기만을 바랄 뿐이었다.

학찬에게는 모르는 게 약인 세월이 지나고 있었고 희재의 가슴 속에는 종양이 하나 박혀 자라는 세월이 흐르고 있던 즈음 학찬은 구둣가게에서 일하던 중 송곳에 우측 눈을 찔려 동공이 검정 젤리처럼 흘러내리는 사고를 당한다. 너무나 큰 사고여서 실명 위기의 순간이 되는데 급하게 병원에서 헬기로 기계를 이송해 와 수술을 했고 다행히도 수술은 성공적으로 마쳐져서 실명은 피할 수 있었다.

학찬은 불법체류자에 서류상으로는 싱글이다. 그러니 보험 혜택을 받을 수 없다. 학찬의 치료비가 1억 원에 육박했지만, 업주인 장로는 모른 척했고 학찬을 미국에 불러들여 직업도 없이 불법체류자로 살게 하신 '아버지'도 역시 모르는 척하셨다.

시급 $12~15에 일하고 있는 학찬은 이제 엄청난 병원비라는 부채를 갚아 나가야 하는 숙제가 앞에 주어진 것이다.

희재의 가슴은 또다시 미어지는 듯했다.

최저 시급을 받고 일하는 동생이 안쓰러웠고 그런 남편을 두고 더 젊고 더 밝은 남자와 이중 생활을 하는 제시카가 미웠다.

내색을 할 수도 없는 상황이라 걸려 오는 전화를 받기는 했지만, 예전처럼 다정하고 따뜻하게 대해 지지가 않았다.

그런데 동공까지 찔리는 사고를 당했어도 병원에 입원해서 편안하게 맘껏 치료를 받을 수도 없는 몸이다. 또 얼마나 놀라고 아팠을까?

도대체 동생의 환난은 언제나 끝이 날까? 그런 상황에서 제시카의 불륜까지 알게 된다면 얼마나 힘들어하고 또 분노할까?

희재는 자신이 해 줄 수 있는 게 아무것도 없는 학찬의 삶을 모르고 살고 싶어지기도 했다.

아…… 아…… 아버지

그즈음, 교회에는 하나의 소문이 성도들 사이에 번져 가고 있었다.

'아버지'께서 암에 걸리셨다는 소문이었다.

일부 권사님들은 '아버지께서 인간들이 겪는 별의 별일을 다 겪으시네'하시며 웃었다.

인간의 고통을 이해하시기 위해서라고 얘기하시는 분도 있었다.

그렇다. '아버지'신데 암에 걸리셨든 그보다 더한 병환을 얻으셨든 그분은 아무렇지 않게 이겨내실 것이다. 아니, 이겨내셔야만 하는 게 아니겠는가? '아버지'신데…….

가을이었던 것 같다. 소문은 종이에 떨어진 잉크가 번져가듯 성도들 사이에 퍼져갔지만 그렇다고 그것에 대해 불안해하거나 진심으로 걱정하는 성도는 아무도 없었다.

이 과정을 통해 또 어떤 역사를 하시고 어떤 기사와 이적을 보이시려나?

의아하기는 했지만 별스럽지 않게 받아들였던 '아버지'의 암 소식은 점점 무거운 분위기로 바뀌어 갔다.

처음 소문이 돌던 여름을 지나 가을로 접어들었던 어느 날, 교회는 전 성도에게 기도의 공고문을 띄웠다.

'아버지'께서 수술을 하시는 날이므로 전 성도 금식하며 기도하자는 긴급 공지였다.

건조한 가을바람 속에 을씨년스러운 기운이 교회에 내려앉았다.

우리가 제대로 믿지 않아서 우리의 짐을 대신 지시기 위한 '아버지'의 환난이라는 분들도 있었고 인류의 죄를 대신하시기 위해 십자가에 못 박혀 돌아가신 예수 그리스도의 사랑에 비교하는 분들도 있었다.

사실 몇 년 전부터 '아버지'는 대상포진에 걸리셔서 무척 아프셨던 적이 있었다. 대상포진이라는 병은 완쾌된 듯하다가도 찬 바람이 불면 다시 통증이 번져와서 칼로 긁어대는 듯한 통증에 무척 고통스럽다면서 강대상에서도 고통을 호소하시곤 했었다.

그 모든 것이 성도인 우리가 '아버지'께서 원하시는 만큼 잘 믿지 못하기 때문에 '아버지'께서 대신 고통 받고 계신다는 권사님들의 회개의 자책이 분분했다.

희재 또한 머릿속이 복잡해졌다. 전능하신 '아버지'께서 암은 왜 걸리셨을까? 결국 우리랑 똑같은 분이셨네. 그런데 어떻게 암을 극복하실까?

많은 물음표들이 머릿속을 날아 다녔지만 그 누구에게도 소리 내어 물어볼 수는 없다. 그래도 공지사항 대로 무사히 수술이 잘 끝나기를 그리고 어서 속히 완쾌하시기를 진심으로 기도하고 또 기도했다.

시간이 흘러 새해가 되었다.

'아버지'의 병환은 나아짐이 없었고 치료를 위해 일본과 중국으로 분주히 다니셨다. 일본의 최첨단 병원에서 치료받으셨던 경험담을 예배 시간에 자주 들려주셨는데 자동화된 시스템이 많이 신기하셨던 모양이었다.

일본에서의 치료가 별 차도가 없으셨던지 이번에는 중국으로 향하셨다. 줄기세포 시술을 받으신다고 했다.

성도들은 이 세상의 최고의 의학 기술도 결국은 '아버지'를 위한 것이기 때문에 치료를 위해서는 어디든 다니시는 것은 당연한 것이고 그렇게 쓰임 받는 것은 영광일 것이라고 이해했다. 그 와중에도 '아버지'께서는 미국 선교를 위해 도미하셨고 미국 교회에서 말씀을 선포하시는 영상이 방영되었다. 그것을 본교회 성도들은 모두 귀 기울이며 집중해서 들었는데도 기력이 많이 쇠하여지셨을 뿐 아니라 발음도 정확하지 않아서 웅얼거림처럼 들렸다.

여름이 되자 어김없이 하계수련회가 열렸고 해외 각지에서 지교회 성도들이 본교회로 모여 들었다. 수련회가 열리는 연수원 무대에 '아버지'께서는 휠체어를 타고 등장하셨다.

무대와 객석은 멀었지만 카메라를 통해 중계되는 화면 속의 '아버지' 모습은 누가 봐도 병색이 짙어 혈색도 많이 칙칙할 뿐만 아니라 발음은 더욱 부정확하고 많이 지쳐 보이셨는데 그럼에도 긴 시간 설교를 하시는 모습은 마치 육신에 남은 모든 에너지와 사랑과 영혼을 긁어모아 마지막 순간까지도 어떤 당부를 남기시는 듯한 처절한 애정이었는지도 모르겠다.

마치 어린 자식들을 두고 떠나야 하는 부모가 남겨질 자식들이 눈에 밟혀 당부하고 또 당부하는 그런 모습이랄까.

성도라고 모두가 신앙이 깊은 건 아니다. 여기저기서 무슨 말씀인지 못 알아듣겠다는 불평불만이 쏟아져 나왔다. 폭염이 최고조에 이르는 8월 초의 날씨에 꺼져가는 희미한 마지막 등불 같은 '아버지'의 모습이 어떤 이에게는 그렇게 보일 수도 있을 것이다.

그것이 마지막이었다.

여름 수련회를 끝으로 '아버지'의 모습을 더 이상 교회 내에서나 강대상에서 뵐 수 없었다.

어떤 이들은 치료를 위해 해외에 나가셨다고도 했고, 어떤 이들은 연수원에서 기도 중이라고도 했다. 또 어떤 이들은 국내의 병원에 입원해서 치료 중이라고도 했는데 어떤 뉴스가 더 정확한지 일반 성도들은 구분할 수가 없었다.

그렇다고 교역자님들이 사실 그대로를 알려 줄 리도 없었고, 교역자라고 모두가 정통한 소식망을 가지고 있는 것도 아니기 때문이다.

11월의 스산함이 어깨를 움츠러들게 할 즈음 남희 전도사로부터 흘러나온 뉴스에 성도들은 술렁거렸다.

어떻게든 어디서든 치료를 받아 대장암이라는 병쯤은 능히 털고 일어나실 거라 믿는 성도들에게 그것은 신앙생활 전체가 흔들리는 충격적인 소식이었다.

'아버지'께서 식물인간으로 시내 모처 병원의 중환자실에 누워 계신다는 것이다. 중환자실에 계신다는 소식도 충격 일진데 식물인간이라니……

남희 전도사는 대학 졸업 후 제약회사를 다녔는데 한때 박카스 두세 박스를 들고 희재의 살롱에 자주 놀러 왔던 교회 동생이었다.

성실했고 열심인 면을 보신 '아버지'께서 신학을 하라는 명령에 다니던 회사를 정리하고 신학을 공부해서 정식으로 전도사에 임명되었다. 신앙심도 깊고 말씀을 깨닫는 능력도 뛰어나서인지 '아버지'께서는 40여 년 전의 원고를 현대 문맥으로 정리해서 출간하는 작업을 남희 전도사와 민준호 목사 두 분에게 전담시키셨다. '아버지'의 최측근 중에서도 책 편집을 위해 수시로 '아버지'께 묻고 보고하느라 아버지를 수시로 뵀던 남희 전도사는 이후 달라지는 모습이 눈에 띌 정도였다. 희재에게도 늘 '언니, 언니'하며 따랐던 남희 전도사는 불과 두어 해 만에 목에 힘이 들어가고 턱이 치켜 올라갔으며 작은 눈을 더 가늘게 뜨며 주로 내려다보는 자세로 성도들을 대했다. 말씀의 비밀을 먼저 깨달아서인지 3부 예배 시 강사로 자주 성도들 앞에 섰는데 성경을 강의할 때도 가늘게 뜬 눈과 치켜 올라간 턱과 유난히 이를 앙 다문 것 같은 오만한 발음은 성도들이 수근댈 만도 했다.

민준호 목사와 함께 특별히 더 핵심적인 인물이라서 그분을 통해 흘러나온 소식은 믿을만한 정보일 것이다.

희재도 '아버지'의 그런 상태에 대해 어느 정도 이해는 하고 싶었다.

저렇게 계시다가 어느 때가 되면 깨어나시는 걸까? 그때가 언제일까? '아버지'께서 깨어나시는 날 우리는 동시에 변화되는 건가?

누구에게도 물을 수 없고 물어서도 안 되는 질문만이 온 머릿속을 채운 채 예배 시간에는 전 성도가 '아버지'의 건강 회복을 기원하는 기도 소리만 높아져 갔다.

그렇게 12월이 되었고 17일 낮 무렵. '아버지'께서 별세하셨다는 공식적인 소식이 들려왔다.

일부 소식에 의하면 며칠 전부터 교회의 핵심 관계자들과 가족들은 '아버지'께 마지막 인사를 드렸다는 얘기도 들렸다.

어느 측근 권사님은 누워 계시는 발을 만져보았을 때 얼음장처럼 차가웠다고도 했고 어느 전도사님은 아버지께서 자신을 알아보고 눈을 깜박였다고도 하셨다.

종합해보면 각자가 느끼고 싶은 대로 '아버지'의 상태를 얘기하고 있었다.

헤어날 수 없는 충격 속에 장례위원회가 결성되고 장지는 교회 내에 모셔야 한다는 측과 연수원이어야 한다는 의견이 팽팽히 대립하다가 결국은 연수원의 양지바른 언덕으로 정해졌다.

진눈깨비가 휘날리고 엄청난 강추위 속에 '아버지'는 변화의 약속을 저버리시고 모든 인간의 모습처럼 한 평 남짓한 땅속에 묻히셨다.

승용차가 없는 희재는 장지까지는 가지 못했다. 다만 교회 운동장에서 긴 검은 리무진 장의차를 향해 진심을 담은 마음으로 깊숙이 허리 숙여 마지막 인사를 드렸다.

그렇다고 마음에서도 '아버지'를 보내 드린 건 아니었다.

희재는 다른 성도들과 마찬가지로 '아버지'와 함께 죽지 않고 살아서

'그 나라'에 가는 목표를 지향하며 믿음 생활을 해 왔었다.

'아버지'께서는 늘 말씀하셨다. 죽어서 다시 살아나는 것은 부활이지만 죽지 않고 살아서 그 나라에 가는 변화의 세계를 위해 '아버지'가 여기에 오셨기에 성도 모두는 다 그렇게 변화되어야 한다고. 에녹과 엘리야처럼 죽지 않고 살아서 변화되기 위해 준비해야 한다고.

그래서 희재를 비롯한 다른 성도들은 어린양이 이끄시는 대로 따라가느라 예배며 연수원의 특별집회며 말씀 선포를 위한 갑작스러운 동원 문자에 만사를 제쳐 놓고 말씀 앞으로 달려 나오곤 했던 것이었다.

그런 '아버지'께서 홀연히 가셨다. 변화되어 살아서 올라가신 게 아니라 모든 인간의 마지막처럼 중환자실에 몇 달 동안 식물인간으로 누워 계시다가 모든 사람들처럼 운명하셨고 모든 사람들처럼 관에 누우신 채로 땅에 묻히신 것이다.

'아버지'께서 돌아가시기 바로 전 해의 12월 17일은 전 세계 일곱별 교회 성도가 모두 축하하고 기뻐했던 커다란 축제가 열렸었다.

그동안 특별하신 성경 해석으로 늘 구설에 시달리셨는데 학찬이 일으킨 사건으로 인해 공식적으로 이단이라는 주홍글씨를 달게 되어 버린 것이었다. 목사님과 성도들은 더욱 세상의 따가운 눈총 속에서 힘든 사역과 성도로서의 자리를 지켜왔었다.

그런 상황에서 '아버지'께서 집필하신 성경 해석 시리즈가 세상에 나왔고 그 책으로 인해 전 세계 기독교계는 술렁이고 환호했고 어느 신학자도 이의를 제기할 수 없을 만큼 완벽하게 해석된 내용 앞에 모두 벌어진 입을 다물지 못했다. 6천 년 동안 굳게 닫혔던 성경이 열린 것이다. 일점일획도 더하거나 빼지 않은 오롯이 성경만의 내용으로 정확하게 바늘도 통과할 수 없는 틈도 없이 짝이 아니면 맞춰질 수 없는 사방의 아귀가 완벽하고도 정확히 맞는 거대한 짝들이 맞춰져서 무대의 막이 열리듯 하나님의 세계가 눈앞에 펼쳐졌다.

신학자를 위한 내용도 아니고 그렇다고 목회자들만을 위한 어렵고 전문적인 내용도 아니었다.

누구든 집중해서 읽고 공부하면 초등학생도 이해하고 깨달을 수 있는 쉽고도 무릎을 탁 칠 수밖에 없는 완전한 성경의 해석이었다.

교계에서는 학찬이 일으킨 사건과는 상관이 없음을 인정해서 이제야 교계의 일원으로 정중히 받아들였다.

교계가 선포한 날이 12월 17일이었고, 교회에서는 이날을 승리의 날로 정하고 대대적인 축제가 펼쳐진 것이다.

'아버지'께서는 돌아가시기 한 해 전 12월과 다음 해 1월에 성경에 나타난 숫자 17에 대한 비밀 한 말씀을 선포하셨었다.

자연수 1~50까지에서 소수는 15개가 있는데 2, 3, 5, 7, 11, 13, 17, 19, 23, 29, 31, 37, 41, 43, 47로, 17은 그중 일곱 번째 소수이다. 소수는 자연수 중에 1과 함께 자기 자신을 제외하고는 어떤 수로도 나누어 떨어지지 않는 수를 말한다.

7은 완전수로서 하나님의 완전함을 나타내는 수이고 10은 만족 수, 충만 수이자 다시 돌아가는 수이다. 이를테면 10에서 11로 새로 시작하는 것을 의미한다.

이 완전 수와 충만 수가 합해진 17은 승리의 수라고 알려 주셨다.

17 = 7 + 10 -> 7 + 10 = 17이다.

성경에는 우리가 몰랐던 17수의 유형들이 다양하게 숨어져 있었다.

몇 가지만 정리해 보면 다음과 같다.

- 먼저 아담의 창조연도는 배수로 분류된다.

  아담의 창조연도 -> BC 4114을 17로 나누면 242 배수가 된다.
- 7과 10으로 이루어진 17수를 살펴보면

  아담의 7대손 에녹과 10대손 노아가 합해서 17수이다(7+10)
- 아브라함의 생애에 나타난 7과 10으로 이루어진 17수들

  10대 노정은 아브라함의 7대 언약을 이루는 배경으로 (7대 언약과 10대 노정)이다.

  10대 허락은 아브라함의 7대 언약을 이룸으로 주시는 약속과 복의 (7대 언약과 10대 허락)

  10대 명령은 아브라함의 7대 언약을 이루기 위한 하나님의 명령으로 (7대 언약과 10대 명령)

  7대 언약과 언약(베리트)이라는 단어가 10번 사용되었다.

  아브라함의 생애(창12-25장) 중에 나타난 '언약'이란 단어를 총 10번 사용하신다.

  창세기 15:18 (1) 창세기 17:2,4,7,9,10,13,14,19,21(9)

  7(7대 언약)-10(언약 단어 10개)

  하나님께서는 아브라함에게 나타나신 횟수가 10회인데 이것은 7대 언약의 체결을 위해 나타나시고 10대 명령을 위해 나타

나셨다.

- 노아 홍수심판부터 소돔과 고모라 불 심판까지의 기간이 17배
  수이다.

  노아 홍수심판은 BC 2458년이고 소돔과 고모라 불 심판이 일
  어난 해는 2067년이다.

  2458 - 2067 = 391 ÷17 = 23

- 소돔과 고모라의 불 심판은 마지막 심판의 예표(눅17:28-30)라
  고 하셨다. 그러므로 노아 홍수심판부터 소돔과 고모라 불 심
  판까지의 기간이 17의 23배수인 것은 심판에 대한 하나님의
  약속이 반드시 성취될 것에 대한 의미라고도 하셨다.

  또, 아브라함이 노아와 58년 동시대 후 가나안 출발까지의 기
  간이 17년이다.

  노아의 죽음은 BC 2108년

  아브라함의 부르심 (75세) BC 2091(2166(아브라함 출생)-75)

  2108 - 2091 = 17

- 아브라함을 가나안으로 부르실 때까지의 기간은 아브라함에
  게 노아의 신앙 전수가 잘 되었는가를 확인하는 기간이고 아
  브라함의 다음 사역의 자격에 합당한가를 점검하는 의미이다.
  그 기간이 17년이라는 것은 아브라함이 노아로부터 성공적인
  신앙 전수를 이루었다는 것을 의미한다고 하셨다. (아브라함은
  노아와 58년 동시대를 살았다)

- 아브라함이 헤브론에 거주하기 시작한 것은 두 번째 명령인

'동서남북을 바라보라'고 말씀하신 때로 아브라함 나이 83세였다. 아브라함이 이삭을 낳았을 때는 100세이다(창21:5)

100 - 83 = 17

■ 아브라함은 86세에 이스마엘을 낳았다.

아브라함 100세에는 이삭이 태어났다. 이때 이스마엘의 나이는 14세다.

이삭이 젖을 뗀 후 이스마엘에게 희롱당할 수 있는 나이는 3세 이상으로 이스마엘이 쫓겨난 때는 17세였다. 14 + 3 =17.

결론: 17수는 7과 10과 17을 통하여 하나님의 구속 경륜을 밝히는 수로 17수는 성도의 최후 승리를 통한 하나님의 구속 경륜의 완성을 숫자적으로 계시하시는 말씀이라고 하셨다.

특히 17수가 아브라함 생애에 10회 이상 나타난 것은, 아브라함을 통한 구속 경륜의 중요성과 완전함을 보여주시고자 하셨다고 한다.

신령한 아브라함의 후손들인 성도들은 아브라함의 신앙을 본받아 각자 맡겨진 사명을 완수하여 17수를 이루어가는 승리적인 삶을 살아야 한다고 말씀을 마무리 하셨다.

이처럼 17이라는 수에 담긴 구속사적 교훈이 지대했다.

그 해 12월 17일에 교단의 이단 시비에서 모든 혐의를 벗고 당당히 교계에서 인정을 받으실 때 이 17수의 비밀을 알려 주셨는데 다음 해 12월 17일에 마치 날짜를 미리 정해 놓으신 것처럼 운명하신 것이다.

이 어찌 우연이라고 쉽게 말할 수 있겠는가?

성도들은 지금 일어난 모든 일이 혼미할 정도였다.

그러나 교역자들 또한 그러했다.

'아버지'께서 돌아가실 줄은 그 누구도, 단 한 번도 생각하지 못했다. 나이가 들어 늙어 가면 그분도 우리처럼 언젠가는 수명이 다해 생명이 떠날 거라고 생각하는 것 자체가 죄악이고 믿음 없는 자의 의심이었기 때문이다.

그렇지만 성도들에게는 그 어떤 설명이 필요했다.

'오실 그이가 당신이 오니까 우리가 다른 이를 기다리오리이까.'

세례 요한의 질문이 지금의 우리 모두의 질문이 되었다.

아직 '아버지'의 무덤이 완성되기도 전에 '아버지'의 죽음의 슬픔과 충격에서 깨어나기도 전에 분명 어떤 설명은 필요했다.

성도들의 의구심 가득한 시선은 전도사님과 목사님들에게로 향했다.

그분들 역시 '아버지'의 죽음에 대해 전혀 준비되지 않은 상태였지만 의심 가득한 성도들을 향해 그 어떤 답변을 내어놓아야만 했다.

모두들 전도사 목사들의 입을 바라보며 무언의 항의적인 설명을 기다렸고 교역자들은 그에 대한 그 어떤 설명을 해야만 했다.

그렇지만 그분들의 답변은 더 큰 혼미를 가져왔다.

어떤 분은 '아버지'께서 육은 떠나셨지만 영은 지금 이곳에 계시다고 했다.

어떤 분은 '아버지'께서는 돌아가시지 않았다고 했다.

어떤 분은 '아버지'께서 부활하셔서 예수님처럼 다른 모습으로 나타나셨다고도 했다. 심지어 그런 '아버지'를 뵀다는 사람도 나왔다.

또 어떤 분은 우리의 믿음을 시험하시기 위해 일부러 돌아가셨다고 주장하기도 했다.

또 다른 분은 영광의 '아버지'로 오셨지만 우리의 신앙 상태가 준비가 되지 않아서 돌아가실 수밖에 없었다고 자책하기도 했다.

'아버지'께서 누워 계신 영원한 안식처인 무덤은 성도들의 성지가 되었다.

드넓은 연수원의 양지바른 곳에 누워 계신 그곳은 파란 잔디가 깔린 잘 조성된 공원처럼 하나의 동산이 되었다.

성도들은 제각각 돗자리를 들고 '아버지'의 아호를 따 이름 붙여진 그 동산에 가서 기도를 드린다. 연수원에서 성경 세미나가 열려 그곳엘 가게 되면 차에서 내리자마자 단숨에 달려가는 곳도 아버지가 누워 계신 그 동산이다.

아버지의 돌아가심을 믿을 수 없는 마음에 또 인정할 수 없는 마음과 자신이 깨닫지 못해서 자신의 죄 때문에 영생해서 변화되셔야 할 '아버지'께서 돌아가셨다는 자책 섞인 기도를 한다.

어떤 이는 그곳에서 주야장천 기도를 하고 있노라면 보다 못한 '아버지'께서 육으로든 영으로든 나타나실 거라 생각하고 아예 동산에 텐트를 치고 심야 기도에 들어갔던 분도 있었다.

그런 그분에게 꿈에 '아버지'께서 나타나시더니 아버지는 어디서든 너희와 함께 있으니 내려가라는 말씀을 하셨다고 한다. 그래서 그분은 다음날 텐트를 철수하고 내려오셨다.

해가 바뀌어 혼미 속에서도 성도들은 이탈자 없이 더욱 말씀에 충실하려고 성경 공부에 매달렸다. 여름 수련회도 예년처럼 똑같은 규모로 치러졌고 해외에서 오시는 성도들도 일정했다.

그러나, 가을로 접어들자 또 한 번 교회에 태풍이 불어 닥쳤다.

당시 담임목사는 김재홍 목사였다. 희재 또한 김재홍 목사가 새내기 목사였을 때부터 학찬에게 함께 접견을 간 적도 있던 터라 잘 아는 분이셨다.

목사님은 조용하고 점잖고 따뜻한 인품의 소유자로 널리 알려져 있었다. 누구보다 원로 목사님이 보시기에도 깊은 신앙심과 충성심에 변함이 없으셨기에 그 많은 성도들을 품을 그릇이 될 거라 인정 받으셨는지 담임목사로 임명하셔서 수년째 담임 목사직이 그대로 유지되고 있었다.

쉽게 말해 김재홍 목사님은 점잖고 따뜻하신 분이고 민준호 목사님은 강렬하고 진보적인 분이셨던 것이다. 김재홍 목사님은 산 같은 분이셨다면 민준호 목사님은 떠오르는 태양이었다. 민준호 목사 주변으로 원로 목사님 주변 가까이에 있던 권사들이 모여들었다. 그들은 '아버지'가 안 계시는 이 재단을 이끌어갈 새로운 인물이 필요하다고 느꼈던 모양이다. 일단 목표가 정해지자 그들은 '아버지' 가까이에 있었다는 점을 들어 자신이 들었다며 하나의 증언을 선포했다. 그건 바로 앞으로 교회 담임목사는 민준호 목사가 해야 한다는 것이다.

원로 목사님께서 공식적으로 선포하신 것도 아닌 '언젠가는 민준호가 담임목사를 해야지'라고 지나가는 말로 말씀하셨다는 이 한마디를 들어 '아버지'가 안 계신 새로운 출발에 새로운 담임목사를 주장한 것이다.

어차피 혼미했던 성도들은 각자의 마음이 가는 대로 담임목사를 점 찍었고 가뜩이나 술렁이던 교회는 정확히 둘로 나뉘었다.

원로 목사님이 민준호 목사를 아끼고 사랑하신 것은 맞다. 그러기 에 늘 중요한 공부는 민준호 목사에게 맡겼고 또 곁에 가까이 두셨고 사랑하신 만큼 전 성도들 앞에서 혹독한 훈련을 시키기도 하셨다. 교 회에는 많은 목사님과 전도사님들이 계셨는데 '아버지'께서 현직에서 퇴임하신 후로는 목사님들 중에서 매해 연초에 담임목사를 임명하셨 는데 단임으로 마친 목사님도 계시고 연임을 하신 목사님도 계셨다. 그중 김재홍 목사는 담임목사로 임명된 후 계속된 연임으로 고정이 되 다시피 한 인물이시다.

원로 목사님께서는 살아생전에 어느 공식적인 자리에서도 담임목사 에 대한 말씀을 하신 적이 없으셨다.

그런데 '아버지' 측근의 한 분이신 어느 권사가 사석에서 들었다는 그 한마디에 아직 임기가 남아 있는 김재홍 목사를 끌어 내리고 '아버 지'가 안 계시는 앞으로의 교회는 민준호 목사가 이끌어가야 한다는 결론을 밀어붙인 것이다.

원로 목사님의 별세는 전 성도 모두가 준비되지 않은 이별이었다. 아마도 교회에는 담임목사에 대한 어떤 정관도 마련되지 않은 상태였 나보다. 급하게 장로들과 교역자들로 된 위원회가 구성되고 새로운 정 관도 마련되었고 담임목사 신임을 묻는 당회가 열렸다.

투표 형식으로 진행된 당회는 민준호 목사를 담임목사로 받아들일 것인가에 대한 찬반 투표로 진행되었는데 장로와 교역자 및 교직원 그리고 각 기관의 장들이 당회원들이다.

2/3의 찬성을 얻으면 인정이 되는 건데 도무지 승부가 나지 않았다고 한다.

12월의 추운 날. 서너 번의 투표에도 한 표가 부족해 결론이 나지 않았고 다시 투표를 진행했는데 그 한 표의 차이로 결론이 나서 민준호 목사는 새로운 담임목사로 선출된다.

해가 짧은 12월의 날이 저물도록 집에도 못 가고 추운 날씨에 붙잡혀 있는 성도들에게 미안해서 김재홍 목사가 결국 자신의 표를 민준호 목사에게 던졌고 그 한 표가 결론을 내준 것이라는 후문이 돌았다. 그러나 성도들 간의 대립은 쉽사리 잦아들지 않았다.

'아버지'께서 세워 놓은 김재홍 목사를 이렇게까지 끌어 내리는 건 쿠데타라고 했고, '아버지' 안 계신 이 재단을 끌고 나갈 적임자는 민준호 목사가 맞다고 서로 주장했다.

교회의 각 식당에는 예배 전에 성도들이 모여서 차도 마시고 식사도 하며 교제하는 장소로도 이용되고 있었는데 모였다 하면 누구누구는 '김 목사 파'로, 누구누구는 '민 목사 파'라고 수군대며 이쪽과 저쪽으로 나뉘어져 서로를 견제하고 대립했다.

세상에서 지친 마음을 위로받고 평안을 맛보기 위해 찾아온 교회가 이보다 더 피곤한 곳일 수가 없다고 교회를 옮기자는 자녀들의 볼멘소리도 높아갔다.

그러나 이 또한 하나님의 허락하에 일어난 일들이라 생각하고 기왕에 결론이 났으니 새로운 담임목사님을 위해 기도하고 합력해서 선을 이루자는 의견으로 마음들을 추스렸다.

담임목사의 임기는 3년이고 3년째 해인 10월에 다음 3년의 재신임을 묻는 투표를 한다. 3연임에 성공하면 성도들의 신임을 받은 걸로 생각하고 종신직이 되는 것이다.

민준호 목사는 앞으로 교회를 위해 노력할 것이고 비록 과정이 은혜롭지는 못했다 해도 담임목사의 자격이 없는 것은 아니었기 때문이다.

민준호 목사는 뛰어난 영민함으로 원로 목사님께서 해석해 놓으신 성경 내용을 성도들에게 알기 쉽게 강의하심으로 이미 성도들 사이에서는 '보석 같은 목사님'이시기도 했다.

시끄러웠던 담임목사 교체의 진통을 겪고 난 그로부터 몇 달 후, 교회가 발칵 뒤집히는 대형 사건이 터진다.

앞에서 얘기했던 늘 박카스를 사 들고 희재의 가게를 드나들다가 전도사가 된 남희 전도사가 심야에 포크레인을 동원해 아버지의 무덤을 파헤친 것이다.

연수원에는 서너 명의 직원이 상주해 있었는데 시간에 맞춰 순찰을 돌았었나 보다. 그날도 새벽 순찰을 돌기 위해 밖으로 나왔는데 아버지의 동산에 불빛이 있어 올라가 봤더니 글쎄 남희 전도사와 성도 몇 명서 포크레인을 동원해 무덤을 파헤치고 있었던 것이다.

직원은 강력히 항의했고 곧 담임목사이신 민준호 목사에게 보고되었다. 몇 분의 목사들과 어두운 길을 달려 연수원에 도착하니 멀리서 동이 터 왔다고 했다.

그곳에는 민준호 담임목사도 잘 아는 장로 몇 명과 남희 전도사가 있었다.

연수원은 낮에는 모든 성도들이 자유롭게 출입하며 기도를 해도 되는 곳인데 밤이 되면 거대한 철문이 잠긴다. 그런데 모두가 잠든 심오한 밤에 최영범 장로가 담을 넘어 들어가 그 거대한 철문을 열었고 그 문을 통해 포크레인이 진입해 묘를 파헤친 것이다.

최영범 장로는 학찬을 전도했던 특전사 상관인 바로 그 장로다.

성도들은 놀라움과 충격에 빠졌고 또다시 술렁이기 시작했다.

원로 목사님께서는 유독 제복을 사랑하셨는데 그중에서도 군복에 대한 애정이 남달랐던 것 같다. 원사였던 최영범 장로는 주일이면 군복을 착용하고 교회에 나타났고 원로 목사님 곁에서 밀착 경호하며 늘 뒤따랐던 분이다. 그랬기에 성도 중에 최영범 장로의 얼굴을 모르는 이가 없을 정도였다.

원로 목사님께 그토록 신임받고 사랑받았던 장로가 어쩌다 묘를 파헤치는 우를 범하는 그룹에 속하게 되었을까?

그건 바로 어떤 대답이든 원로 목사님의 죽음에 대한 해답이 필요했기 때문이다.

앞에서도 말했듯이 남희 전도사는 원로 목사님의 도서 집필을 담당했던 전도사였다. 혼미한 상태에서 어디서든 무슨 답이든 찾고 싶었던 성도들은 나름 원로 목사님 가까이에 계셨거나 그동안 특별히 더 성경 공부를 잘 가르치셨던 교역자들 주변으로 모여들었다. 남희 전도사는 민준호 담임목사와 함께 아직 출간하지 않은 내용의 원고까지 볼 수 있었던 유일한 사람이었다. 남희 전도사가 원로 목사님의 죽음에 대해 어떤 해답을 찾았는지는 정확히 알려진 바는 없다.

남희 전도사는 '아버지'께서 묻히셔야 될 곳은 연수원이 아니라고 주장했던 사람 중 한 사람이었다. 그녀는 '아버지'를 본교회 내에 매장해야 한다고 장례위원들과 격렬하게 다퉜지만 결국 연수원에 안장하게 되었는데 갖은 내용으로 자신에게 몰려드는 성도들을 회유한 전도사는 결국 원로 목사님의 유골을 캐내어 경기도의 어느 화장터에서 화장한 후 유골을 자신이 보관코자 이런 만행을 저지른 것이다.

직원의 순찰에 발각되지 않았다면 날이 밝을 즈음에 하마터면 원로 목사님의 유골이 화장되어 작은 항아리에 담길 뻔한 아찔한 사건이었다.

남희 전도사와 사건에 가담한 장로 및 성도들은 당연히 교회에서 추방되었다.

다시 생각해도 이해할 수 없는 사건이었지만 이처럼 '아버지'의 죽음은 성도들에게 각자의 생각대로 각자의 방법으로 이해할 수밖에 없는 커다란 숙제를 남기고 만 것이다.

그녀, 제시카

슬픔과 충격과 혼란과 깊은 상실감 속에 시간은 흘러갔고 성도들은 망연자실함 속에서도 그동안 받은 말씀과 훈련으로 하루하루를 지탱해 나가고 있었다.

분명한 것은 성도들 모두가 어떤 모습으로든 언젠가는 '아버지'를 다시 뵐 것이란 믿음의 확신은 갖고 있다는 것이다.

희재도 마찬가지였다. 원로 목사님을 바라보고 살아 온 지난 세월이 그녀의 20여 년의 전부였다. 이제 앞으로 살아가면서 바라봐야 할 푯대를 어디를 향해 꽂아야 할지 아직은 모르겠지만 그래도 삶은 계속되기에 기억 속에서, 또 기도 속에서 '아버지'와 함께했던 지난날들을 추억하며 남겨진 자의 삶을 살아가려 날마다 애쓰는 날들이 이어졌다.

그러는 사이 학찬이 일하고 있던 백화점 구둣가게의 주인이신 장로님이 병환으로 별세하셨다.

장로님의 구두 수선가게가 폐업을 하게 되자 그마저도 졸지에 직장을 잃게 된 학찬은 어려운 형편이었지만 장로님 가게의 낡은 기계들을 인수해서 어찌어찌 자그마한 본인의 가게를 차리게 되었다. 물론 학찬은 불법체류자이기 때문에 서류상은 이혼 상태지만 사실혼 관계인 제시카 명의의 가게였다.

그래도 계속해서 일할 수 있다는 희망과 이제는 자신의 감각을 아낌없이 쏟아부을 수 있기에 학찬은 상기되어 있었다.

기술이 어찌나 뛰어난지 폐기처분 해야 할 가방이나 구두나 패션 소품들이 학찬의 손을 거치면 혀를 내두를 정도로 완벽한 새 제품으로 탄생하는 마법과도 같은 실력이었다.

샤넬, 루이비통, 에르메스 등 낡았다고 버리기에는 너무나 고가의 제품들이 처음 구매할 때처럼 완전한 새 제품으로 탈바꿈한 의뢰품을 받아 든 의뢰인들은 기쁨의 눈물을 흘리기도 한다고 했다. 그건 희재가 봐도 그럴만했다.

학찬은 맡겨진 제품과 똑같은 재질의 가죽을 구하고 부품은 본 제품의 것을 사용한다. 낡은 제품을 분해해서 본을 뜬 후에 정교하게 바느질을 하는 것이다.

어찌나 꼼꼼하고 정밀한지 완성 후 두 제품을 비교해서 본다면 마치 요술봉으로 터치한 것 같은 느낌이 든다. 그 지역의 유명한 백화점의 명품 코너에서는 고객의 AS 제품을 학찬에게 의뢰한다고 했다. 학찬의 실력에 감동한 백화점 측에서는 런칭쇼나 패션쇼등 백화점의 행사 때에도 학찬을 귀빈으로 초대할 만큼 학찬은 유명해져 가고 있다고 했다.

학찬은 성실하고 부지런하며 손끝이 매서우리만큼 실력이 뛰어났다. 입에서 입으로 퍼진 소문으로 학찬의 가게는 늘 문전성시를 이루게 된다.

일은 고되지만, 그리고 앞으로 갚아가야 할 병원비나 창업비는 쌓여 있어도 학찬의 인생에서 가장 평안한 시기가 아니었나 싶다. 열심히 땀 흘려 일하고 고객들에게 인정받고 사랑받는 생활. 거기다 신성한 노동에서 얻어지는 금전적인 보상 또한 학찬이 처음으로 느끼는 행복일 것이다. 긴 처가살이에서 비로소 사람 구실을 하게 되었으니 조금은 어깨가 펴지기도 했을 것이다.

희재의 생활은 별 나아짐이 없었지만 그래도 이제는 아들이 성인이 되어 금융기관을 통해 어렵게 대출을 받을 수 있어서 자그마한 그녀의 가게도 생겼다.

혼자서 하는 가게여서 예약제로 운영되는 미용을 겸한 탈모 관리실이었다.

평소에 친분이 두터웠던 민준호 담임목사나 이은교 전도사가 응원차 그녀의 작은 가게에 손님으로 와 주었다. 어느덧 중년에 접어든 교역자들도 사람인지라 급격하게 진행되어가는 탈모는 당연히 신경이 쓰이기 마련이다. 더구나 희재의 가게는 예약제여서 드나드는 사람들과 마주칠 우려가 없어서인지 모두들 편안하게 출입했고 관리받는 시간은 교역자와 성도의 관계를 떠나 흉금을 털어놓는 친교의 시간이기도 했다.

물론 교회에서 친하게 지내는 몇몇 동생들도 단골 고객이었다. 나름 저마다 사정이 있는지라 희재는 그녀들의 형편을 배려해서 그야말로 파격적으로 우대해 줬고 동생들이 올 때는 언제나 맛있는 저녁 식사로 하루를 마무리하는 친목 도모의 시간으로 또 다른 즐거움도 있었다.

어느 봄, 출장이 있어서 오게 됐다면서 제시카가 서울에 왔다.

지난번 박경호와의 문제가 걸리긴 했지만, 학찬과는 별문제 없이 살아가는 중이어서 희재도 더 이상 그 문제를 꺼낼 수가 없었다. 그러나 그동안 둘 사이가 정리됐기를 바라는 마음은 절실했다.

교회에서 만나기로 했는데 그녀는 베이지색 에르메스 린디 가방에 에르메스 장지갑을 들고 있었다. 얼추 잡아도 둘을 합치면 천만 원이 훌쩍 넘을 것이다.

"잡지에서만 봤는데 이 가방을 직접 든 사람을 보는 건 올케가 처음이야."

"이번에 회사에서 성과금이 좀 넉넉히 나와서 큰맘 먹고 장만했어요."

그런 이야기들을 나누며 교회의 운동장을 걸어가고 있는데 맞은편에서 석동호 장로가 걸어 오고 있었다. 희재는 '장로님 오신다'며 반가워 했지만 제시카는 '아. 하필 석동호야' 하면서 마주치는 걸 꺼려했다. '무슨 일 있었어?'하고 묻는 희재의 물음에 대답도 하기 전에 석 장로와의 거리가 가까워져 있었다.

석 장로는 특유의 친화력으로 희재와 제시카에게 안부를 묻고 몇 마디의 농담을 건네더니 가면서 제시카를 향해 한 마디 했다.

"착하게 살아라."

멀어지는 석 장로를 향해 제시카는 투덜댈 뿐 희재의 물음에 별다른 대답은 없었다.

그런데 제시카에게는 의아한 면이 있었다.

교회에서 인싸 같은 인물들 즉, 예를 들면 대기업 회장 사모라던가 '아버지' 아들이라던가 교회 내에서 유명한 인물들과 너무나 친하고 돈독하게 지낸다고 자랑했다.

물론 희재와도 인사 정도는 나누는 분들이다. '그래?'하고 반응하는 희재에게 기왕에 본교회에 왔으니 그분들에게 인사를 드려야겠다고 한다.

또 교회의 일등 신랑감으로 지목되는 청년들은 하나 같이 자신을 좋아했고 결혼하자고 매달렸다고도 했다. 희재는 속으로 의아했다. '아무리 제시카가 능력이 뛰어나기로서니 어떻게 하나 같이 제시카와 결혼하고 싶어 할 수가 있을까? 그런 청혼자들을 뒤로하고 학찬의 아내가 돼 준 것에 대해 무한 감격을 해야 하나?'

넓은 교회 안의 건물을 옮겨 가며 그 인물들과 만나 인사를 나누는 장면을 지켜보던 희재는 참으로 민망했다.

제시카의 말과는 달리 그 누구도 제시카를 반가워하지 않았다. 오히려 바쁜 사람에게 기어코 인사하겠노라며 기다리고 서 있는 제시카에게 마지못해 응하는 모습은 '성가심' 자체였다. 곁에 서 있던 희재는 어색하고 의아하고 민망해서 '친한 거 맞아?' 했더니 아마도 피곤해서 그렇게 대할 뿐 원래는 그렇지 않다는 것이다.

왜 모두가 하나같이 피곤할까? 그리고 왜 모두가 자신을 좋아한다고 생각할까?

어쨌거나 의아함만 남긴 교회를 벗어나 오랜만에 온 올케에게 맛있는 식사도 대접할 겸 나들이 삼아 삼청동으로 향했다. 삼청동의 거리를 걷고 가게들을 구경하기도 하고 여느 시누이와 올케처럼 그녀들도 즐거운 주말을 보내고 있었다.

그동안 살얼음판을 걷는 것처럼 느껴졌던 학찬의 결혼 생활에 별이상이 생기지 않은 것만으로도 희재에게는 안도의 숨이 쉬어지는 것이다. 그냥 이렇게 지나갔으면 좋겠다는 생각을 했고 우려스러운 일이 벌어지지 않은 것만으로도 그저 고마울 따름이었다.

희재는 올케와 삼청각에서 모처럼 과한 식사를 했다. 그동안은 그럴 겨를도 여유도 없었지만 이제는 올케에게 좋은 곳에서 식사 대접도 할 수 있다는 것이 너무 즐겁고 감사했다.

식사를 마치고 삼청각을 배경으로 사진도 찍었다. 결혼사진에도 찍히지 못한 올케와 시누이가 처음으로 함께 찍은 사진이었다. 그냥 헤어지기가 섭섭해서 둘은 차를 마시기 위해 카페에 자리 잡았다. 제시카는 몰랐겠지만 희재에게는 제시카와 관계가 회복하는 시간이기도 했다.

커피를 마시던 중 제시카가 학찬에 대한 이야기를 시작했다. 학찬이 고향을 많이 그리워한다는 것이다. 형님들도 희연 누나도 보라와 라라와 온유도 너무 보고파 한다고 했다. 그래서 연락하고 지내는 중이라고 했다.

'그래. 이역만리 타국에서 그만큼 지냈으니 혈육들이 그리워야 정상이지.'

사실 학찬은 자신의 수형 생활에 접견 한 번 오지 않은 큰 형님과 희연 누나에 대한 서운함을 적잖게 가지고 있었다. 누나에 대한 서운함이 크다 보니 누나네 조카들에게도 관심조차 없었다. 출소해서 한 차례 고향에 다녀온 이후에도 별다른 연락은 하지 않고 살았다. 심지어 희재에게 묻는 일도 없었고 희재가 소식을 전해도 듣고 싶어 하지도 않았었다.

그 이유는 '아버지'의 명령 때문이기도 했다. 무슨 연유에서인지 '아버지'께서는 학찬이 희재를 제외한 다른 혈육들과 왕래하고 사는 것을 철저히 금하시기도 했다.

"그래서 이번에 서울 나왔을 때 보라랑 라라를 만나볼까 해요. 형님과 희연 형님 사이도 그렇고 하니 미리 말씀을 드리는 게 좋을 것 같아서요."

"그래, 올케랑 보라는 나이 차가 별로 안 나니까 젊은 사람들끼리 대화도 잘 통할 거야. 미리 얘기해 줘서 고마워. 그런데 '아버지'께서 왕래를 금하셨는데 그에 대해서 기도는 해 봤어?"

"아휴 이미 죽어버렸는데 무슨 의미가 있겠어요? 에녹 오빠도 그건 신경 안 쓰는 것 같아요."

나이가 들어갈수록 더군다나 타국에서 나이가 들어갈수록 고향과 혈육을 그리는 마음은 인지상정일 것이다. 그런데 '아버지'의 당부를 돌아가셨다는 이유로 고민도 없이 손바닥 뒤집듯 뒤집어버리는 이들의 신앙 상태가 희재는 심히 불편했다.

학찬은 과연 무엇 때문에 명재혁 씨의 생명을 빼앗은 것일까?

그분의 죽음으로 대체 누가 무엇을 얻었단 말인가?

오랜만에 불러 보는 조카들 이름에 희재도 그리움이 뭉클 솟구쳤다. 대학 다닐 때 희재의 집에서 떠나간 보라는 이제 서른 남짓 됐을 것이다.

초등학생 이후로 본 적 없는 라라도 어느새 이십 대가 되어 완연한 숙녀가 되었으리라.

보라는 연극영화과를 졸업했으니 당연히 예뻤고 라라는 언니 못지않은 미모와 담백한 성품으로 언니보다 훨씬 더 매력적인 숙녀로 성장했을 것이다.

쓸쓸한 감정이 엄습해 오는 희재에게 제시카는 신이 나서 이야기를 이어갔다.

"보라는 너무 명랑하고 라라도 아주 예쁘게 자랐더라구요."

그러나 희재의 마음속에는 아직 풀지 못한 희연과의 단단히 지어진 매듭이 먼저 생각났다.

보라를 집에서 내보내고 바로 희연과의 사이가 틀어진 것은 아니다. 보라를 내보낼 때는 살던 집을 처분해야 할 상황이기도 해서 어차피 함께 살 수 없기 때문이기도 했다.

그렇게 기울어져 가고 있는 희재에게 희연은 또다시 경제적인 도움을 청해 왔다. 지난 십수 년간 희연은 수시로 희재에게 금전적인 요구를 해 왔었고 어쨌거나 현금을 만지는 희재는 그때마다 희연의 요청을 거절한 적이 없었다. 물론 큰 금액은 아니었다. 늘 백만 원 이내의 작은 금액들이었다.

주부인 희연이 왜 그렇게 금전적으로 어려웠을까? 희재가 직접 본 것이 아니라 희연에게 들은 이야기들이기 때문에 그것이 모두 사실인지는 모르지만, 교사인 형부는 늘 희연에게 생활비를 빠듯하게 줬다고 한다. 그 금액으로 아이 셋을 키우기는 어려웠을 것이다. 그런 희연에게는 연인이 있었다. 초등학교 동창생으로 이웃 마을에 사는 하준환이라는, 희재도 어릴 적에 한 번쯤 얼굴을 본 선배 오빠였다. 둘 다 성인인데 희재가 말한 듯 무엇하리. 형부에게 막힌 숨을 그렇게라도 풀고 사는가 보다 하고 희재는 응원도 질타도 하지 않았다.

데이트를 하려면 아무래도 돈이 필요할 것이다. 지출되는 돈은 데이트 경비가 아니라 자신을 치장하는데 주로 필요했을 것이다. 여자들이란 내면의 초라함을 들키고 싶어 하지 않는 여자만의 자존심도 있기 때문이다.

희연은 희재가 입다 보내준 명품 옷을 입고, 타고난 미모에 짙은 화장에 진한 향수를 뿌리면 그 누구도 희연의 궁핍을 눈치채지 못한다. 교회에서나 연인 앞에서 그게 희연을 지탱하는 유일한 힘이었다.

그러다 보니 아무래도 외모 치장비가 모자랐나 보다.

한 번은 희연의 교회에 속해 있는 베트남에서 온 불법체류자 신분인 노동자가 국내에서 통장을 만들 수 없어 몇백만 원을 희연에게 맡겼었나 보다. 해외 노동자로서는 유일하게 믿을만한 사람이었을 거다. 그런데 희연은 그 돈에도 손을 댔다. 그 노동자가 자신의 나라로 돌아갈 즈음 희연에게 맡겨 놓은 돈을 돌려 달라고 할 때 희연의 수중에 남아있는 돈이 한 푼도 없었다. 그때 희연은 희재에게 전화해서 울면서 애원을 했지만 희재 또한 어려워진 상황에서 그 돈까지 해결해 줄 수는 없었다. 그래서 희재는 처음으로 희연의 부탁을 들어줄 수 없었다.

급격히 기울고 있는 자신의 사업을 지탱하기에도 경황이 없던 희재에게 또다시 희연의 전화가 걸려 왔다. 이번에는 형부의 지갑에서 몰래 카드를 가져다가 현금서비스를 받아 써 버렸는데 그 결제 날짜가 다가오고 있다는 것이다. 이번에도 희재는 마련해 줄 수가 없었다. 그래서 그때도 희재는 희연의 부탁을 못 들어줬다. 연거푸 두 번의 부탁을 못 들어 준 것이다.

결국 희재의 배는 난파됐고 몇 달이 흘러 겨우 정신이 들었을 때 희재는 희연에게 전화를 했다. 죽을 만큼 힘들었지만 그래도 아직 살아 있기에 하늘에서 주신 삶을 살아갈 의무를 깨달았다. 이때가 아마도 홍제동 산동네로 이사를 마친 직후인 것 같다. 희연은 전화를 받지 않았다. 핸드폰에 부재중 전화 번호가 찍혔을 것인데도 이후 희연에게서 전화는 걸려 오지 않았다. 그 후에도 두어 번 희재는 희연에게 전화를 했고 문자 메시지도 남겼지만 결과는 똑같았다.

그렇게 자매는 연락이 단절됐고 팔 년의 세월이 훌쩍 지나 제시카를 통해 조카들의 이름을 들었으니 뭉클해질 수밖에. 더군다나 희재는 조카들을 친자식이나 다름없이 대해 왔었다.

희연이 일방적으로 전화를 받지 않으면서 연락이 두절 된 데에 희재가 모욕감을 느끼듯이 희연 또한 희재에게 도움받지 못한 것에 대한 섭섭함도 있을 것이다. 그러나 희연의 그런 절교 방식은 희재에게 관계 회복을 단념할 수밖에 없는 마음이 들게 했다.

희재에게는 보라에 대한 섭섭함도 있었다. 희재는 그녀를 단 한 순간도 사랑하지 않은 적이 없었다. 태어날 때부터 친자식처럼 돌봤고 자신의 집에서 학교까지 보낸 조카였다. 더구나 희재에게 큰 실수를 하고 떠나갔으면서 단 한 번 사과도 없었고 연락도 없었다.

이 모든 것을 학찬은 알고 있었다.

"왕래하고 지내는 건 에녹이랑 올케의 맘이지만 내 이야기는 최대한 하지 말아줘. 올케도 나랑 그 집 사이 알잖아? 묻거든 잘 지낸다고만 하고 더 자세히 묻거든 내가 원하지 않으니 더 이상은 얘기 안 하는 게 좋을 것 같다고 해줘."

희재는 보라네 이야기에 들떠 있는 제시카에게 그렇게 당부했다.

희재의 마음을 아는지 모르는지 제시카는 더욱 열을 올려 이야기를 하던 중 '글쎄 라라 키가 이렇게나 컸더라구요.' 제시카는 자신의 손을 머리 위로 쭉 뻗어 올리면서 라라에 대해 이야기를 이어간다.

"통화만 했다더니 만나기도 했었어?" 순간 제시카의 낯빛은 변했고 그걸로 제시카가 거짓말을 하고 있다는 사실이 증명되었다.

희재는 그에 대해 더는 묻지 않았고 제시카도 더는 이야기하지 않았다.

희재가 여건이 됐을 때도 산동네의 그 골방 같은 집에서도 또 남의 집에 얹혀 살 때도 학찬이 도움을 요청하면 언제든 최선을 다해 학찬을 위해 살았었다. 그런데 지금. 희재는 모든 걸 잃고 오로지 남은 혈육은 학찬뿐인 이때에 학찬과 제시카는 희재에게 한 마디 양해도 없이 이미 희연네와 왕래하고 조카들을 만나면서 즐거움에 젖어 있었던 것이다. 더군다나 학찬은 희재에게 희연과 보라에 대한 이야기를 들을 때는 희재보다 더 흥분하며 그들을 탓하고 폄하하며 희재에게 절대 아군인 것처럼 행동했었다.

혈육 간의 일을 누구에게 하소연하랴. 희재는 그때마다 자신을 이해해 주는 학찬이 고마웠고 언젠가는 학찬이 희연과의 관계를 회복할 수 있는 가교역할도 해 줄 것이라고 믿고 있었다. 그런데 언제부터 이들은 왕래를 하고 지냈던 것일까?

혈육이 혈육을 찾아가는 천륜을 '아버지' 외에는 금할 사람이 없기에 희재 또한 그것을 탓할 수는 없다. 그러나 제시카를 통해서가 아니라 학찬이 먼저 희재에게 그 사실을 알렸어야 한다는 생각은 바꾸고 싶지 않다.

지금까지는 학찬을 늘 이해하고 양보하고 살아왔지만, 희재는 이 부분에서만큼은 자신과 타협하고 싶지 않았다. 그녀가 쓸쓸한 건 학찬에게 그녀 자신은 전혀 소중한 존재가 아니었음을 확인하는 순간이기 때문이었다.

며칠 후, 학찬으로부터 전화가 왔다. 희재는 그동안 한마디 말없이 이어가고 있는 희연과의 왕래에 대해 학찬에게 서운하다고 했다. 학찬의 대답은 너무나 담백했다. '아버지' 돌아가시고 자신도 공황 상태에 빠져 있었더니 제시카가 먼저 희연 누나에게 연락을 취했다는 것이다. 그것이 전부였다. 누나에게 먼저 양해 구하지 못한 게 미안하다는 말도, 자신이 노력해서 두 누나 사이의 오해를 풀어보겠다는 말도 없었다. 딱 거기까지였다.

누구보다 희재의 입장을 이해하는 내 편 줄 알았던 학찬이 자신과 등지고 살아가는 희연과 자주 왕래하고 산다는 것은 분명 희재에게는 충격이고 상처였다. 그건 희재의 아들들도 마찬가지였다. 보라의 실수를 기억하는 아들들, 특히나 큰아들 원이는 보라로 인해 멀어지게 된 이모부와 무엇보다도 친형제만큼이나 친했던 온유 형과 소원해진 게 무척 큰 상실감을 안겨 줬었다. 아들에게 보라 누나는 용납할 수 없는 존재였건만 그런 보라네와 왕래하고 사는 삼촌과 숙모에게 적잖은 배신감을 느꼈다고 한다.

이처럼 희재는 희재대로 아들은 아들대로 학찬과 희연네로 인해 상실감과 배신감을 느끼고 있건만 그건 누나의 일일 뿐 자신들과는 상관없다는 듯이 통화할 때마다 학찬은 희연의 소식들을 착실히 전해줬다. 무소식이 희소식이니 희연네는 별 탈 없이 잘 지낼 것이다. 그러나 희재는 아무렇지도 않게 희연의 소식을 듣는다는 게 힘들었다.

자신이 요청한 급전을 마련해주지 않았다는 이유로 전화를 해도 받지 않았고 문자 메시지를 남겼어도 답장도 없이 지금까지 지내 오는 사이다. 보라도 마찬가지였다. 희재는 그들에게 사과쯤은 받고 싶었다.

그날도 희재의 기분 따위는 상관없이 희연과 보라의 소식을 들려주는 학찬에게 숨이 막힐 것 같은 기분에 희재가 말했다.

"이전까지는 너에게 내가 유일했었잖아. 이제는 희연 누나네랑 연락하고 살아. 내가 그쪽 소식 듣는 게 불편하다."

학찬은 희재의 기분을 좀처럼 이해하지 못했다. 한동안 말이 없던 학찬은 '알겠어요'라며 전화를 끊더니 다시는 전화를 걸어 오지 않았다.

그렇게 6개월쯤 흐른 후에 희재는 제시카의 페이스북에 희연을 비롯한 보라가 미국을 방문해서 함께 찍은 사진이 업데이트 되는 걸 보게 된다.

학찬과 제시카에게 희재의 기분 따위는 아무 상관이 없었다는 걸 다시 한번 확인하자 희재는 말없이 제시카와의 페이스북 친구 관계를 끊었다.

한편으로는 어이가 없었지만 한편으로는 홀가분하기도 했다. 드디어 학찬의 보호자에서 놓임 받았다는 사실과 군이 자신이 아니어도 학찬에게는 왕래하며 살아갈 희연과 보라가 있어 줄 것이기 때문이다.

마음을 접자 서운함도 사라졌고 허탈함이야 어차피 느꼈던 기분이라 차치한다 해도 학찬으로부터 희연의 소식을 듣지 않게 되자 희재의 마음에도 평화가 찾아왔다.

일이 있다는 건 살아있는 증거이고 삶의 원동력임이 맞았다. 희재는 모든 마음을 일과 고객에게 집중하며 비로소 미소도 되찾았다.

그래도 혈육인지라 가끔은 학찬이 생각났지만, 학찬도 자신처럼 일에서 행복감을 찾을 것이고 곁에는 제시카가 있고 또 희연과 보라와 라라와 온유가 있어 외롭지는 않을 것이라 생각했다.

희재의 가게에는 여전히 민준호 담임 목사를 비롯해서 학찬에게 함께 접견을 다녔던 교역자님들이 자주 오셨다. 그때의 일들은 추억이 되어 이야기 꽃을 피우기도 했고 희재의 작은 가게는 교역자들이 일반인이 되어 대화를 주고받고 음식을 나누며 세상적인 이야기들을 몇 시간씩 주고받아도 전혀 거리끼거나 불편하지 않은 허심탄회한 공간이 되었다.

무엇보다도 민준호 담임 목사님은 희재의 가게에서 꾸준하게 탈모 관리를 받은 결과가 눈에 띄게 나타나서 기쁨과 자신감이 넘쳤고 심지어 목사님의 동생분까지 고객이 되는 보람도 있었다. 예약제인 희재의 가게에서는 가끔은 민준호 담임목사 형제가 만나는 일도 생겼다.

탈모 치료란 많은 시간과 돈이 들기에 일반인이 받기에는 부담이 컸다. 민 목사님 동생분은 최고의 학교를 마치신 수재로 금융업에 종사하고 계셨는데 간부를 꿈꾸는 분이기에 탈모 관리는 어쩌면 절대로 필요한 사항이었다. 그분의 사모님은 약대를 나온 약사였는데 호르몬제인 탈모약을 남편에게는 절대로 금하는 분이었다.

그런데 탈모는 가장 빠른 결과가 치료 후 6개월이다. 그건 탈모약을 복용해도 필요한 기간이고 머리 이식을 해도 6개월은 절대로 필요한 기간이다. 이분은 수재답게 치료에서도 가히 모범적이었다. 일주일에 두 번씩 받는 치료를 위해 태풍이 불어도, 혹한에도 설날에도 간격을 두지 않고 관리를 받으셨다. 해외 출장 시에는 캐리어를 끌고 오시기도 했는데 2년이 지나자 드디어 만족할 만한 결과를 얻으셨다. 풍성해진 머리숱에 직장에서도 집에서도 달라졌다고 인정받는 외모에 자신이 생기셨고 특히나 직장에서는 직급을 한 단계 아래로 보는 시선에 만족감은 더없이 높아졌다. 목사님의 동생분은 희재에게도 많은 도움을 주셨다.

희재가 어려울 때는 수십 회 분인 수백만 원을 미리 결제해 주시기도 했고 은행 대출도 받게 해 주신 지금도 절대로 잊을 수 없는 최고의 고객이 돼 주셨다.

희재는 학찬과의 단절의 쓸쓸함을 일에 매달리고 손님들과의 교제로 채워 나가고 있었다.

높은 경비로 인해 손님들이 북적일 만큼 늘어나지는 않았지만, 수년간 꾸준히 오시는 손님들은 모두 자신감과 자존심을 찾는 결과를 얻으셔서 고객에게 사랑받는 가게가 되었다.

아주 조금씩 형편은 나아지고 있어서 이제는 아들들에게 맛있는 식사와 피자와 치킨도 가끔씩 사 줄 수 있게 되었지만, 남편과의 관계는 회복할 기미가 보이지 않았다.

희재의 사업이 무너지자 남편은 교회도 발길을 끊었다. 그렇게 시간이 많이 흘러가자 가족들 간의 대화에도 거리감이 생기기 시작했다. 나이가 들수록 남편은 의기소침해져서 희재도 그런 남편이 낯설게 느껴지기도 했다.

그러나 아들들만은 신앙과 엄마의 사랑 속에서 어려움을 이겨내고 반듯한 청년으로 성장해 가는 중이었다.

아들들과 희재 사이에는 언제나 사랑과 믿음과 신뢰의 돈독함이 흘렀고 셋이서 있을 때는 더없이 평화롭고 따스한 가족이었다.

어느 날 남편이 희재에게 말했다. 자신은 이 집에서 떠날 터이니 셋이서 잘 지내라는 것이다.

어쩌면 그건 남편의 투정이었는지도 모른다. 그렇지만 희재는 남편을 붙잡지 않았다. 희재는 그런 방법의 투정이 유치하게 생각되었기 때문이다. 희재는 대답했다. 그게 편할 것 같으면 그렇게 하라고.

남편은 그렇게 집을 나갔다. 계절이 바뀔 때면 가끔씩 들러서 옷가지들을 챙겨 가기 시작하더니 일 년이 지나자 남편의 옷장은 헐렁하니 비어져 갔다.

어느덧 작은 아들인 담이도 고등학교 3학년이 되어 19세의 생일을 맞이했다. 5월생인 아들의 생일이 지나자 남편은 이혼 서류를 가지고 나타나더니 이런 결혼 생활은 의미가 없으니 서류상으로도 정리를 하자고 했다.

미성년자 자녀도 없고 나눌 재산도 없는 희재와 남편은 말없이 법정에 나가 그렇게 조용히 이혼을 했다. 희재도 아들들도 덤덤히 받아들인 이혼이었다. 어느 누구도 가족의 분열에 대해 슬퍼하거나 충격받지 않았다. 마치 이미 그럴 줄 알았다는 듯이 아니, 진작에 이렇게 했었어야 한다는 듯이 아무런 동요 없이 남편과는 고요히 정리가 되었다.

정말로 슬프지 않았던 걸까? 삶에 너무나 지쳐서 슬픈 감각마저 상실한 걸까. 희재가 슬퍼하지 않았으니 주변의 누구도 눈치채지 못했고 큰아들 원이는 자신에게 고통만 주던 아빠가 스스로 떠나가서 앞으로는 괴로울 일이 없을 거라는 기대에 싸우지 않고 승리한 것 같은 성취감까지 느끼는 그야말로 웃픈 현실을 맞이했다.

착하고 여린 작은 아들 담이는 그 와중에도 무사히 대학에 합격했고 집에서 두 시간 반이 걸리는 머나먼 통학이 시작되었지만, 희재는 아들을 위해 자취방을 구해 줄 형편이 못되었다.

새벽 5시 30분에 기상해서 밤 11시가 되어 얼굴이 노랗게 뜬 상태로 돌아오는 아들을 위해 희재는 눈물로 기도하는 일 외에는 할 수 있는 게 없었다.

그렇게 일학년을 마친 아들은 4월이 되자 군에 입대하게 되었다. 아들을 군대에 보낸 후의 엄마의 마음이야 모두 같을 것이다. 아무리 세상이 좋아졌다고 해도 군대는 군대다. 희재도 아들의 빈방을 정리하며 이제 막 택배로 보내온 아들이 입대 시에 입었던 옷을 가슴에 품고 무사한 군 생활을 마칠 수 있도록 보살펴주시라는 기도를 하고 있던 참이었다.

미국의 학찬에게서 전화가 걸려 왔다. 오랜만에 걸려 온 전화다. 전화기 화면에 뜬 학찬의 이름이 반가워서 언제나 마음에서부터 반응했던 그리운 동생의 이름이다. 그러나 이제 희재에게 학찬의 전화는 더 이상 반갑지가 않았다. 2년 만에 걸려 온 전화가 낯설기도 했고 이미 마무리됐다 생각했던 일에 컴플레인이 걸려 처리해야 할 성가신 전화 같은 느낌이 들었다. 계속 울려대는 전화를 들여다보며 마치 이 전화를 받는 순간 그동안의 평안함이 깨어질 것 같아서 받을까 말까를 고민하고 있는데 전화가 끊어졌다.

그냥 잠깐 생각이 났나 보다. 자신이 불현듯 학찬이 한 번씩 궁금해졌듯이 학찬이도 그런가 보다 하고 이러다 또 잊고 살겠지 하고 혼자서 중얼거렸다.

"뭐하러 또 전화를 하니? 그동안 잊고 사니 편안했는데."

희재는 전화기를 침대 위에 던져 놓고 아들의 옷가지를 들고 세탁실로 향했다. 큰아들 원이는 집에 있고 작은아들 담이는 군에 있다. 이를테면 희재가 신경 써서 꼭 전화를 받아야 할 대상들은 가장 확실한 곳에 있기 때문이다.

한 시간쯤 지났을까. 침대 위의 핸드폰을 열어 봤더니 학찬에게서 또 전화가 왔었고 한 통의 카톡이 들어와 있었다.

학찬: 벌써 결혼 9주년입니다. 잘 지내세요? 힘들진 않아요? 우
　　　린 누나가 많이 궁금하고 누나 없이 힘든데……. 다른 형
　　　제들도 많이들 누나 그리워하더라고요.

　희재는 학찬의 카톡을 읽고 헛웃음이 나왔다. 그리워해? 누가? 희연
이가? 보라가?
　그리우면 연락하면 되지. 전화번호를 모르는 것도 아닌데 더군다나
자신이 전화했을 때 받지도 않았던 희연의 가식이 역겨울 뿐이었다.
　희연과 보라 이름을 듣자 희재는 기분이 상해서 답장을 하지 않았다.
　그런데 이틀이 지나자 학찬으로부터 또 카톡이 왔다.

학찬: 한 일주일 너무 아파서 울면서 일 다니다 겨우 정신을 차
　　　리는 중이에요. 아프니까 서럽고 슬프고 너무 힘들어요.
　　　아프지 마시고 잘 지내세요.

　'아파도 네 곁에는 제시카도 있고 희연 누나도 있고 보라와 라라와
온유도 있는데 이제 와서 나를 왜 찾는 거니? 그렇게 잘 지내면 되지.'
　희재는 이번에도 답장을 하지 않았다.

학찬: 잘 지내요? 생각나서 전화해 봤는데 바쁘신가 안 받으시
　　　네요.

"안 바빠. 그냥 안 받은 거야."
전화기에 대고 혼잣말처럼 중얼거리는데 또 하나의 카톡이 들어왔다.

　　학찬: 애들은 잘 있어요?

희재는 갑자기 마음이 불안해졌다. 얘가 왜 자꾸 말을 걸어오지? 무슨 일이 있나? 갑자기 쿵 하니 가슴이 내려앉았다. 왕래는 끊어졌어도 동생은 동생이다. 그래서 하는 수 없이 답장을 했다.

　　희재: 담이가 군대 갔는데 입대 때 입었던 옷이 와서 그거 보고
　　　　　있었어.
　　학찬: 벌써 담이가 군대를 갔어요? 그 어린애가요? 세상 참 빠르
　　　　　네요.
　　희재: 그러게……. 잘 지내지?

희재는 담이의 훈련소 사진을 한 장 보내주었다.

　　학찬: 누가 누군지 모르겠어요. 그런데 누나, 나 한국에 들어가
　　　　　야 할 것 같아요.
　　희재: 왜? 무슨 일 있어?

그러자 학찬이 다시 전화를 걸어왔다. 이번에는 안 받을 수가 없어서 희재는 전화를 받았다.

전화기 너머로 쓸쓸한 학찬의 음성이 들려왔다. 울고 있는 것 같은 젖은 목소리다.

"왜? 무슨 일이야?"

"누나. 제시카가 바람을 피워요. 누나도 알지요? 박경호라는 그 교회 애요."

"알아. 그때 캐리어 가져왔던 애. 넌 어떻게 알았어?"

"카톡을 봤어요. 지금 누나에게 제시카 카톡 캡처해 놓은 것 보낼 테니 한 번 보세요."

학찬이 보내온 스무 통 남짓한 카톡 캡처 사진들 속의 제시카와 박경호가 주고받은 경악을 금치 못할 내용들이 고스란히 담겨 있었다.

그것들은 2018년 3월부터 9월까지의 내용들이었다.

일단 제시카와 박경호의 호칭은 '여보'였다.

카톡 내용은 여느 신혼부부의 꿀 떨어지는 다정한 내용들이다.

충격적인 것은 희재와 제시카가 삼청동에 가서 식사를 하던 훨씬 전부터 이미 희연네에까지 다녀왔음이 카톡에 담겨 있었다. 희연네와 왕래한 지 일 년이 지나서야 희재에게 막 왕래를 시작한 것처럼 이야기한 것이다.

이후 2018년 4월 말에는 제시카가 자기 부모님을 모시고 희연네를 찾았었나 보다. 심지어 제시카는 시댁에 있으면서도 박경호와 카톡을 주고받고 있었다. 카톡 내용으로 봐서는 제시카의 엄마도 박경호의 부모도 둘의 사이를 용인하고 있는 듯했다.

제시카: 자기. 부모님 땜에 우리 조금 힘들 것 같아.

박경호: 부모님이 뭐라 하셨구나.

제시카: 조금…….

박경호: 뭐라셨어?

제시카: 그냥 내가 이렇게 양다리 걸치고 사는 게 싫다고.

박경호: 자기가 얘기했어? 지금 상황?

제시카: 아니.

박경호: 안 했는데 왜?

제시카: 내가 하도 자기 집 얘기를 안 했더니 올라오는 길에 물
어보시더라고. 내가 보통 때 보다 너무 외모에 신경 쓰는
게 걸린다고. 자기가 나 싫어해서 그러는 거냐고.

그러면서 제시카는 '엄마가 어머님 선물 사셨대. 핸드크림, 잣 한 봉
지, 아버님 프로폴리스 약.'하고 이어 보냈다.

희재는 처음에는 카톡을 읽다가 기가 막혔는데 점점 분노가 치밀어
오르기 시작했다. 그때, 처음으로 자신의 집을 방문했을 때 젖은 머리
와 비릿한 냄새가 의혹이 아니라 사실인 것이었고 부디 학찬이 모르게
조용히 끝내주기를 바랐건만 끝내기는커녕 제시카의 엄마까지도 알고
묵인하고 있었다는 것이다.

박경호는 그때 이후 소방관이 되었었나 보다. 제시카의 조카 둘을

119차에 태우고 서울숲에 다녀온 이야기도 나온다. 제시카는 박경호에게 주소를 보내며 상동역 2분 거리의 룸 3개짜리 오피스텔도 현금거래로 알아보라고 하고 있었다.

제시카는 박경호가 속한 소방관들에게 도시락도 싸서 보냈고 소방관들은 박경호 아내의 음식 솜씨를 칭찬하며 다들 너무 고맙다고 했다는 내용도 적혀 있었다. 제시카는 나중에 박경호의 소방서에 인사 갈 계획도 갖고 있었다.

그들의 카톡 내용에는 장 보는 이야기, 음식 이야기, 집 이야기, 또 여행 계획 등 신혼의 분위기가 물씬 풍기는 다정다감한 얘기들뿐이었다.

또 어느 달에는 이번에 서울에 나가면 박경호의 카드값을 정리해 주겠다는 내용도 있었다.

말끝마다 '여보'와 '사랑해'는 빠지지 않는 이 카톡 내용을 어떻게 받아들여야 할까?

그러나, 진짜는 그 다음에 있었다.

2018년 4월 8일. 제시카는 서울역에 있는 유명한 산부인과 병원에 있었다.

4월 10일 카톡 내용은 화요일 아침에 예약한다는 내용이다.

> 박경호: 내 이름으로? 몇 시로?
>
> 제시카: 응 거기 비뇨기과라고 적혀 있는 번호로.
>
> 박경호: 아, 그럼 내가 시험관 하려고 예약한다고 하면 알겠지?
>
> 제시카: 정자 검사.

박경호는 서울역에 위치한 그 병원 비뇨기과에서 정자 검사를 예약했고 제시카와 시험관 시술을 시도한 것이었다.

제시카: 오늘 진료비는 4,500원.
박경호: 와우. 좋아?
제시카: 자기 소방관이라고 자랑했어. 초음파는 보험 안 돼서 9
　　　　만 4천 7백 원.

카톡 내용으로 보아하니 제시카와 박경호는 이미 호적상 부부인가 보다.

박경호 아내의 자격으로 제시카가 의료보험을 적용받아 저렴한 진료비에 둘은 신이 나 있었다.

제시카: 여보. 형수한테 아름이 사이즈 한 번 물어볼래?

제시카의 존재를 박경호 집의 사람들이 모두 알고 있다는 얘기다.
그런데 그해 9월 20일에는 박경호의 누나인 경은과 나눈 카톡도 있다.

제시카: 언니. 잘 지내시죠? 제가 어머님 칠순 때문에 좀 여쭤보
　　　　려고 연락했어요. 제가 뭘 도와드리면 될까요? 상차림도
　　　　여러 개 봐둔 게 있는데 가족들과 상의해서 결정하시면
　　　　제가 구매할게요. 작년에 어머니께 사 드린 식기 세트는

쓰셨는지 모르겠네요. 아니면 한복을 맞춰 드릴까요?

경은: 응 제시카야. 우리가 마음 편히 만나거나 왕래할 수 없는
　　　상황이 참 안타깝고 마음 쓰이고 미안하기도 해. 꼭 필요
　　　하신 거로 고민을 해 보자.

　카톡 내용을 보면 오래전부터 제시카와 박경호는 부부 관계를 유지
해 오고 있었고 학찬을 제외한 제시카의 부모나 박경호 가족들도 이미
제시카의 존재를 인정하고 있었는데, 같은 일곱별 교회에 속해 있는
그들은 교회에서는 유명인인 학찬의 존재나 제시카와 학찬과의 관계도
모를 수가 없다. 교회는 모든 정보를 공유하는 곳이기도 했다.

　희재는 이들이 모두 정신병자들처럼 느껴졌다. 제시카와 박경호는
불륜에 눈이 멀었다 쳐도 어떻게 양가 가족 모두가 용인할 수가 있다
는 말인가.

　더군다나 제시카의 아버지는 일곱별 교회 미국 지교회의 목사였다.

2018년 4월 16일.

제시카와 박경호의 시험관 아기 시술의 결과나 나오는 날이다.

박경호: 여보. 병원이지?

제시카: 네

박경호: 의사 만나고 있어?

제시카: 기다리고 있어요. 주민번호 필요해 여보.

박경호: 8*****-1******

이들의 시험관 시술은 성공하지 못했다.

제시카: 미안해 여보.

박경호: 내가 문제였나 봐.

제시카: 너무 걱정마. 자기 많이 피곤하다고 내가 말씀드렸어.

박경호: 내가 이렇다니 참…….

이들은 대체 무슨 생각으로 시험관 시술까지 받은 걸까?

만약 시술이 성공해서 임신이라도 되었으면 어쩌려던 참이었을까?

세상에서 유일하게 살아 있는 말씀을 접하는 살아 계신 하나님 아버지와 함께하는 일곱별 교회의 성도라고 스스로 자긍심이 넘치는 이들이 어떻게 버젓이 이런 만행을 저지를 수 있단 말인가?

또 하나 이해할 수 없는 내용은 제시카가 조카들인 보라 라라 온유의 이야기를 박경호에게 아무렇지도 않게 전하고 박경호는 마치 자신의 조카들인냥 유쾌하게 반응한다는 것이다.

제시카: 여보. 온유가 손해사정사에 취직을 했대요.

박경호: 정말? 아유 축하할 일이네.

제시카: 여보. 거기에서 내 한국 이름이 필요하다고 해서 '라라'

하고 했어요. 난 '라라'라는 이름이 너무 예뻐요.

혼인 신고 때 한국 이름이 필요했던 걸까?

제시카는 조카 라라의 이름이 예뻐서 자신이 그 이름을 한국 이름으로 사용한다고 했고 병원에서도 '박라라'라고 되어 있었다고 한다.

도저히 정상적이라고는 받아들일 수 없는 사람들.

희재는 이 둘의 관계를 진작에 눈치챘지만, 이역만리에서 불법체류자로 살고 있는 학찬에게 사실을 알릴 수가 없었다. 알린들 학찬이 할 수 있는 일이 없다고 느꼈기 때문이다. 희재의 우려와는 달리 아무 일 없이 잘 지내는 것 같았다. 비록 희재와 관계가 끊어지는 동기가 되기는 했지만, 제시카는 희재와의 단절을 아무렇지 않게 지나쳐 시댁의 다른 사람들과도 스스로 서둘러 왕래를 시작했고 그들을 미국으로 초청하면서까지 돈독해져 가고 있는 모습을 보여줬었다. 학찬과 제시카에 대한 섭섭함에 거리를 두고 살기는 했지만 기가 막힌 젊은 날을 보낸 동생이 부디 무탈하게 행복하기를 바랐던 건 진심이었다.

그런데, 그 사악한 여자가 기어이 동생에게 들키고 만 것이다.

카톡을 읽고 희재는 학찬에게 전화를 했다. 약간의 시간이 지나서인지 학찬도 눈물을 거두고 냉정해져 있었다.

"학찬아. 나 사실 둘의 관계를 알고 있었어."

"언제요?"

"예전에 제시카가 우리 집에 왔던 것 기억하지? 그때 내가 미리 아래에 내려가 있었는데 그 자식 차에서 제시카가 내리더라. 그런데 그 추운 아침에 제시카 머리가 젖어 있었어. 바로 샤워하고 온 것 같더라고."

"누나, 누나가 그때 제게 언질을 주셨으면 제가 주시해서 봤을텐데 그때 좀 알려 주시지 그랬어요."

"알려줬음 어떻게 할건데? 네가 그 형편에 할 수 있는 게 뭐가 있었는데? 제시카 한국 출장 있을 때 아무렇지 않게 잘 다녀오라고 할 수 있었겠어? 괴롭지 않고 기다릴 수 있었겠어?."

학찬은 이제 서둘러 여권을 만들 거라고 했다. 제시카 문제를 제외하고도 트럼프 정부가 들어선 후 불법체류자에 대한 단속이 심해서 경찰차가 가게 근처에 멈추면 창고나 화장실에 숨어 있다가 차가 사라진 후에야 가게로 돌아온다고 했다. 일을 하다가도, 밥을 먹다가도 경찰차를 보면 일단 숨어야 하고 늘 가슴 졸이며 살았지만 늘어가는 고객과 돈 버는 재미에 손이 부르트도록 일을 해도 한편에는 보람과 기쁨이 있어 이 정부가 끝나기만을 기다리며 견뎌 왔노라고 했다.

> 희재: 제시카 부모는 박경호와의 관계를 언제부터 알고 있었는데?
>
> 학찬: 그때, 시골집에 다녀올 때 알았더라고요. 박경호랑 한국에서 혼인신고 하고 양가 부모 모두 알고 있는데 나만 몰랐던 거예요.

자신은 매일 같이 하루 14시간씩 일해서 처가의 생활비 전부를 부담하며 먹여 살리고 있는데 단지 돈 버는 기계임을 알게 되었기에 그곳에 더 있을 이유도 있을 마음도 없다는 것이었다.

한때는 야속했던 동생이었지만 제시카의 행실을 알고 나니 희재 또

한 분노가 치밀어 당장 서울로 돌아오라고 말했다.

아무에게도 알리지 않고 누나와 자신만 알고 있는 사실이라고 했다.

물론 제시카에게도 미국 지교회의 그 누구에게도 알리지 않고 바람처럼 사라져 돌아오겠다고 했다.

학찬의 계획대로 일은 진행되어갔다. 왕복 10시간을 달려 한국대사관에 가서 여권을 신청했고 2주 후엔 여권을 손에 쥘 터이니 그땐 바로 실행하겠다고 했다.

운전을 할 수 없는 학찬은 제시카와 함께 그 먼 거리를 다녀왔는데 제시카가 눈치채지 못하도록 최대한의 립서비스와 화기애애한 분위기로 애정이 넘치게 대했다고 했다.

"누나, 제시카는 얼마나 눈치가 빠른지 아니, 온몸이 오로지 눈치로만 발달한 애 같아요. 사람의 말투, 눈빛 하나만 봐도 금방 알아채기 때문에 제시카를 속인다는 건 그야말로 광선을 통과하리만큼 어려운 일이에요."

그동안은 그토록 제시카를 감싸고 제시카만이 세상에서 으뜸인 것처럼 길들여져 있던 학찬이 처음으로 희재에게 제시카 흉을 보고 있었다. 듣고 보니 사악하기 그지없었고 역겹고 천박하고 정신병자 같은 여자였다.

이때부터 학찬은 아침이나 저녁에 틈만 나면 희재에게 전화를 걸어왔다. 어디까지 일이 진행됐고 앞으로는 어찌어찌할 예정이라는 계획까지도 희재에게 소상히 알렸다.

한 번 비밀을 말하기 시작한 학찬은 봇물 터진 듯 새로운 사실들을 들려주며 한국에 와서 할 일들까지 희재에게 상의하고 보고했다.

송곳같은 그 진실

이제는 25년 전의 일이 돼 버린 그날의 진실을 학찬은 처음으로 희재에게 털어놨다.

그때, 명재혁 씨를 살해하게 된 건 원로 목사님의 사주에 의해서였다는 것이다. 희재는 그 순간 그 자리에 얼어붙고 말았다.

"그 사실을 왜 이제야 말해?" 그렇게 말한 후에 그녀의 몸은 갑자기 추운 겨울 난장에 서 있는 것처럼 덜덜 떨리기 시작했다.

이처럼 무섭고 이처럼 불편한 진실이 또 있단 말인가?

자신에게 절대적이셨던 그분. 지난 25년 동안 오로지 마음속에는 '그분'만이 삶의 이정표였다. 잘 됐을 때는 잘 된 그대로, 사업이 무너져서 빈손이 되었을 때도 '그분'의 말씀에 의지했고 '그분'이 주시는 희망에 의지해서 간신히 간신히 살아 내고 있는 희재였었다.

그런데 그분이 학찬에게 살인을 사주하셨다니……. 그도 그렇지만 그렇다고 그런 명령을 수행한 학찬은 또 무엇이란 말인가?

받들 명령이 따로 있지. 어떻게 사람의 생명을 빼앗는 일을 지시하고 또 그것을 실행한단 말인가. 희재는 이미 이 세상에 안 계신 '아버지'의 사진을 그저 멍하니 바라보고 또 바라보았다.

이십여 년 전 처음 찾아뵈었던 인도네시아 권사님 댁 정원에서 찍었던 사진에는 희재와 원로 목사님이 팔짱을 끼고 부녀처럼 다정하게 웃고 있었다. 이 사진을 희재는 액자에 넣어 자신의 방 화장대 위에 세워 놓았었다. 그 사진은 지난 이십여 년간 희재의 삶을 바라보고 계시는 등불 같았다.

'학찬의 말이 사실인가요? 정말로 제 동생 학찬에게 그 명령을 하셨던가요? 왜요? 아버지시잖아요. 전능하신 아버지께서 명재혁 씨를 왜 스스로 처리하지 못하고 제 동생에게 살해하게 하셔서 그 불쌍한 아이의 청춘을, 아니 인생 전부를 빼앗으셨나요? 명재혁 씨가 교통사고를 당하게 하시든지 심장마비를 일으키게 하시든지 뇌출혈을 일으키게 하시든지 아니면 벼락을 맞게 하시든지 전지전능하신 아버지는 뭐든 하실 수 있었으면서 왜 저 가여운 제 동생에게 그 짓을 시키셨어요? 그래 놓고 어떻게 편히 눈을 감으셨어요? 눈은 감아지시던가요? 당신이 그토록 강조하셨던 그 나라에 가면 반드시 있다던 심판은 어떻게 받으셨어요? 그 심판이 감당은 되시던가요?'

답변 없는 질문을 해 대던 희재의 볼 위에 뜨거운 눈물이 주르륵 흘러내렸다.

이제 와서 누구를 원망하고 누구를 탓하리. 몸 안의 모든 맥이 풀려 버려서 희재는 서 있을 수조차도 없었다. 그렇다고 침대에 걸터 앉는 것도 사치스러웠다. 희재는 혼이 떠나버려 육신만 남은 실성한 여자처럼 초점 없는 눈으로 그대로 바닥에 철퍼덕 주저앉았다.

원로 목사님에 대한 원망이 끝나자 주저앉은 그녀에게 학찬의 모습이 덮쳐왔다. 너무나 실망스럽고 슬프고 무서운 동생이었다.

그녀는 동생이 살인자가 되었을 때, 아직 어리고 미성숙한 순수한 청년이 원로 목사님을 너무나 사랑한 나머지 잘못된 사랑의 방법으로 그분 명재혁 씨에 대한 테러를 감행했다고 생각했다. 그래서 하늘에 계신 하나님께 기도도 할 수 있었다. 저 철없고 어리석고 가여운 영혼에게 깨닫는 은혜를 주셔서 회개하고 거듭나서 새사람 되게 해 주시라고, 학찬이 진실을 말하지 않았을 때는 차라리 동생에 대한 연민이라도 있었다. 자신의 전부를 바쳐 누군가를 사랑했다는 그릇된 사랑이긴 해도 순수함이라도 담겨 있었기에 동생의 고난에 함께 아파하고 위로하고 힘이 되어 주고 싶었던 것이었다. 그런데 그게 자신의 의사가 아니라 원로 목사님의 명령에 의해서였다고 저렇게 담담하게 고백하고 있다.

동생은 무슨 생각으로 그 명령을 받들었을까? 어떻게 그런 명령을 실행했을까? 그 당시 동생의 머릿속에는 무슨 생각이 담겨 있었기에 그 어린 나이에 어떻게 그토록 무서운 일을 저질렀을까?

그리고 그 엄청난 사실을 어떻게 이렇게 오랜 세월 동안 혼자서 가슴에 담고 있었을까?

동생을 무작정 비난하기에는 그의 지나온 삶이 너무나도 고생스러웠다. 그렇다고 무고한 한 분이 고귀한 생명을 잃었다는 사실은 또 너무나 엄청나기에 묵과할 수만은 없다.

희재의 머릿속은 그냥 하얗게 비어버린 듯했다. 어떤 생각도 어떤 답도 찾을 수 없었다.

동생에게도, 지난 세월에도, 지금 이 순간에도 자신은 그냥 아무것도 아닌 그저 동원된 사람이었음을 느끼자 그저 허탈할 따름이었다.

희재와 다시 왕래가 시작된 학찬은 제시카가 없는 시간에는 하루에도 몇 번씩 희재에게 전화를 해서 가슴 속에 쌓였던 비밀들을 털어놨다.

학찬의 이야기를 요약하면 이렇다.

자신이 왜 무엇 때문에 명재혁 씨를 죽이냐는 것이다. 김동재의 부탁으로 그렇게 했던 거고 김동재의 명령으로 맘에도 없는 결혼을 했는데 결국 제시카는 바람을 피고 있고 그 사실을 장모도 알고 있으면서 자신을 바보로 만들었다는 것이다. 기도해보고 행복하게 잘 사는 모습을 미리 보았다면서 '아버지'만 믿고 하라고 해서 한 결혼인데 제시카의 행실을 보면 김동재가 틀렸다는 것이다. 결국 김동재는 재림 주가 아니었다면서 김동재의 자식들은 자신이 있는 그곳에서 초호화 생활을 하며 잘 먹고 잘살고 있는데 자신만 철저히 속았다는 생각이 들 뿐 아니라 자신이 제시카의 모든 것을 알아버린 이상, 이 결혼 생활을 유지할 수가 없고 더 이상 불법체류자로 하루하루 피를 말려가면서 살 수가 없어서 한국으로 돌아가 그동안 자신이 속고 살아 온 지난 25년의 세월을 일 년을 일억 원으로 환산해서 25억 원을 교회와 김동재의 아들들에게 청구하겠다고 했다.

"김동재의 며느리는 딸 학교에 방문하는데 헬기를 불러서 타고 다녀올 만큼 호화생활을 하고 있다구요. 참, 얼마 전에 김동재 아들이 죽은 이유 아세요?"

"교통사고 아니었어?"

"교통사고 맞는데요. 와인 처먹고 친구랑 누가 빨리 달리나 레이싱 펼치다 혼자서 나무에 박고 그 자리에서 죽은 거예요. 김동재의 자식들이 그렇게 살고 있는 거 본교회 성도들이 알기나 해요?"

"어떻게 알아? 당연히 모르지. 그런데 넌 왜 이제야 그런 얘기들을 해? 넌 항상 아버지 아들들에 대해 귀감이 되는 바르고 좋은 이야기만 전해 줬었잖아."

"그거야 누나가 신앙생활에 은혜가 안되니까 그랬지요."

"그건 아니지. 넌 지금까지 단 한 번도 '아버지' 측근들이나 가족들에 대해 나쁘게 말했던 적이 없었어. 애초에 그런 사실들을 알았다면 일곱별 교회에……."

그렇게 말하다가 희재는 말을 멈췄다.

알았으면 일곱별 교회에서 떠나왔을까? 더, 더, 더 일찍 알았다면 일곱별 교회에 마음을 내리지 않고 표면적으로만 성도인 척하며 지내 왔을까?

둘 다 아니다. 희재는 25년 동안 한순간도 일곱별 교회의 성도인 걸 후회해 본 적이 없었다.

학찬의 말에 의하면 지금껏 희재는 침전물이 잔뜩 가라앉아 있는 우물물로 밥 짓고, 씻고, 빨래하고 살아왔다 해도 앞으로도 그 우물을 떠날 마음은 없었다. 우물의 바닥에 그런 것들이 가라앉아 있는 걸 빤히 알면서도 그동안 희재가 그 우물을 마시는 걸 그냥도 아닌, 기뻐하며 방관한 학찬이다. 자신이 계획이 틀어졌다고 해서 이제 와서 우물

아래의 비밀을 알려 주는 동생이 야속할 따름이었다.

그러면서 학찬은 덧붙였다. 그때, 캐나다에서 디트로이트로 수영해서 건너오라고 한 건, 아마도 자신이 대형 화물선의 물살에 휩쓸려 죽어 버리기를 바랐던 것 같다는 것이다. 도저히 믿을 수 없는 끔찍한 추론에 희재는 소름이 돋았다.

이미 진실의 상자를 오픈한 학찬에게 원로 목사님이라거나 '아버지'라는 수식어는 없었다.

다른 건 몰라도 제시카에 대해서는 희재도 같은 생각이었다. 박경호는 제시카가 학찬과 결혼하기 전 동거했던 남자였다고 한다. 원로 목사님은 그 둘을 갈라놓고 학찬과 제시카를 결혼 시키신 것이고 둘의 관계는 그때까지 정리되지 않고 있었던 것이다.

다른 남자, 그것도 학찬도 잘 알고 있는 같은 교회의 남자와 버젓이 시험관 시술까지 한 여자와 어떻게 살 수가 있겠는가? 또다시 갈 곳 없는 신세가 된 학찬이 그저 기구하다는 생각이 들어 어서 들어오라고 했다.

동생의 나이도 벌써 50이 넘었건만 왜 학찬은 아직도 세상의 모든 환난과 저주와 벌을 받고 있는 것일까? 왜 그 애는 그때 그 자멸의 길을 걸어 들어갔을까?

20대의 꿈 많은 청년이 지천명에 이르도록 남들이 하나만 겪어도 감당 못할 엄청난 환난이 끝나지 않는 동생을 향해 희재는 절로 한탄이 쏟아졌다.

어쩌면 좋으냐. 너의 그 기막힌 인생을 어쩌면 좋으냐.

다음날 전화를 걸어 온 학찬은 내일이면 제시카가 일주일간 서울로 출장을 떠난다고 했다. 어김없이 그 자식을 만날거고 돌아오는 날에도 공항에 배웅을 나올 터이니 누가 공항에 잠복해 있다가 그들의 함께 있는 모습을 사진이나 동영상으로 촬영해 줬으면 했다. 증거를 잡아야 한다는 것이다.

그러나 희재는 이미 예약된 고객들이 있어서 가게를 비울 수가 없었고 큰아들 원이는 삼촌을 극도로 싫어했으며 작은아들 담이는 군에 있다. 학찬은 하는 수없이 보라에게 부탁해 보겠다고 했다.

일주일 후, 그날은 학찬에게 새로 만든 여권이 도착했다고 했다. 그러면서 동영상 하나를 보내왔다. 동영상 속에는 공항에서 출국하는 제시카와 배웅하는 박경호가 있었다.

검정 레깅스 반바지와 핑크색 셔츠를 입은 제시카와 남색 셔츠를 입은 박경호가 많은 인파가 오가는 것쯤은 아랑곳없이 공항에서 껴안고 진한 입맞춤을 하고 있다.

보라가 찍어 왔다는 25초간 찍힌 동영상 속의 그들은 너무나 자연스러운 영락없는 부부나 연인이었다.

카톡 내용과 동영상까지 보고 나니 학찬과 제시카는 정리하는 게 맞을 것 같았다. 학찬은 차치하고 제시카와 박경호의 표정 속에 담겨 있는 간절함을 보니 인간적으로는 둘을 갈라놓아서도 안 되겠고 강제로 갈라놓은들 둘의 관계는 쉽사리 정리될 것 같지 않아 보였다. 설령 원로 목사님이 살아나셔서 지금 당장 날벼락을 내려 제시카와 박경호가 헤어진들 둘의 가슴에서까지 지워질 사이는 아닌 것 같았다.

학찬의 곁에서 평생 박경호를 가슴에 품고 그리워하며 살아가는 것도 간음의 죄악이 아니겠는가? 희재는 동생에게 혈육들이 있는 고향으로 돌아오라고 다독이듯 말했다.

제시카와의 결혼을 사기 결혼이라 결론지은 학찬은 분을 삯이지 못하고 원망 가득한 마음에서 원로 목사님에 대한 여자 문제 들을 풀어놨다.

학찬이 살고 있는 그곳에는 원로 목사님과 똑같이 닮은 서른 살 남짓한 창성이라는 청년이 있는데 누가 봐도 한눈에 원로 목사님의 아들이라는 것을 알아볼 정도라고 했다.

그분의 유전자가 우성인 것 같긴 했다. 학찬의 재판 때 증인으로 나왔던 원로 목사님의 첫 번째 부인에게서 태어나 '버림 받았다'던 장녀도 가느다란 눈과 작은 키와 다부진 체격과 얼굴은 희재의 눈에도 한눈에 알아볼 만큼 닮았었다.

남의 사연에 귀 기울일 경황이 아니어서 그 장녀가 증인석에서 무슨 사실을 증언했는지 기억은 없다. 다만 또렷이 기억에 남아 있는 부분은 재판장이 아버지에게 하고 싶은 말이 있거든 이 자리를 빌려 해보라고 하자 "아버지는 무슨 아버지. 개새끼지." 방청석 통로에서 격앙된 목소리로 이렇게 말해 놓고 법정을 나가버렸다. 그곳에 있었던 일곱 별 교회의 성도들도 그녀의 그런 모습을 기억할 것이다.

그뿐만이 아니었다. 희재도 알고 있는 가수 서예나도, 예나가 노래할 때 전자오르간 반주를 담당했던 지민주도 모두 원로 목사님의 아이를 낙태한 경험이 있다는 것이다. 심지어 낙태할 때 현 권사님이 그들을 병원에 데리고 가셨고 약사인 제시카가 그녀들에게 약을 조제해 먹였다는 것이다.

또 희재의 가게에 와서 이 가게는 아버지가 해준 거냐며 묻던 미국에 사는 교회 동생 도원의 어머니도 드디어 원로 목사님과 합방을 했었다면서 두루두루 자랑을 하고 다녔다는 이야기도 했다.

희재는 학찬으로부터 쏟아져 나오는 폭로 쓰나미가 감당할 수 없을 지경이었다. 원로 목사님의 여인들로 지명된 사람들은 모두 자신과 함께 학찬에게 한 번은 접견을 갔던 사람들로 희재와도 인사를 나누고 안부를 물으며 지낼 만큼의 거리에 있는 사람들이었다. 그 여인들 중에는 교회에서 희재와 가장 가깝다고 할 수 있는 이은교 전도사도 포함되어 있었다.

학찬의 입에서 새로운 사실들이 추가될 때마다 엄청난 사실 앞에 희재는 핑글핑글 도는 현기증을 느끼며 정리되지 않는 사실들 앞에서 가슴 속에 쌓여 있던 교회와 원로 목사님에 대한 신뢰들이 늦가을의 낙엽처럼 우수수 떨어져 내리고 있음을 느껴야 했다.

학찬이 구속되고 세상이 온통 떠들썩할 때 희재의 집으로 찾아온 분은 다름 아닌 현 권사님과 양 전도사님이었다. 그분들은 희재에게 원로 목사님은 절대로 그런 일을 시키실 분이 아니고 학찬이 비록 사고는 쳤지만 절대로 학찬을 버리지 않으실 거라고 하면서 나중에 직접 어르신을 뵈면 그땐 그걸 느끼고 어르신을 믿게 될 거라고 하셨다.

재판이 시작되자 법정의 방청석에서 현 권사님과 양 전도사님을 다시 만났고 그분들의 소개로 교회의 여러 분들과 인사를 나누었다.

학찬의 형이 확정된 후 희재가 일곱별 교회로 옮기게 된 이유도 안면이 있는 분들이 많이 있었기 때문이기도 했다. 막상 교회를 다니면서 깨닫게 된 건 법정에서 인사 나누었던 분들은 희재가 생각했던 것보다 훨씬 더 원로 목사님을 지근거리에서 모시고 있는 핵심 중의 핵심 인물들이었다. 그분들이 살뜰히 챙겨 주신 덕분에 희재는 일곱별 교회에 성도로 뿌리 내리는 데에 많은 도움이 되었다. 핵심 인물들은 원로 목사님의 집무실 및 숙소를 거리낌 없이 드나드는 분들이었고 준 핵심 인물은 그 핵심 인물들과 비교적 편안하게 접촉할 수 있는 사람들이었다.

그런데 학찬의 말에 의하면 그 핵심 인물들은 모두 원로 목사님과 동침을 했던 사이이고 또 언제든 동침할 수 있는 사람들이라 했다. '현 권사님도?'라고 희재가 물었을 때 '그야 당연하지'하고 아무렇지 않게 학찬은 대답했다. 현 권사님, 가수 서예나, 반주자 지민주, 이은교 전도사 또 다른 권사님들. 거기다 박미희 목사는 원로 목사님 가족들도 인정하는 공식적인 첩이라고도 했다. 그들이 늘 했던 이야기가 있다. '천하가 모두 아버지의 것'이라고 했다. 그렇다면 자신들도 모두 아버지의 여자라고 여긴 걸까? 그래서 그 권사는 드디어 아버지와 합방을 했다고 자랑하고 다녔던 걸까? 이은교 전도사님이 약지에 끼고 있던 작은 진주가 세 알 박힌 반지는 원로 목사님이 주신 동침의 징표라고 학찬은 강조했다. 이를테면 희재와 가까이서 알고 지낸 그분들이 모두 원로 목사님의 여인들이었던 셈이다. 그들은 모두 사이가 좋았다. 결속력도 좋았고 유대관계도 뛰어났다.

서로가 서로를 아끼고 사랑하는 아름다운 관계들로 느껴졌다. 그렇다면 그들은 서로를 인정하는 공공연한 원로 목사님의 여인들인 것이다.

그렇다면 그분들과 그렇게 가깝게 지냈던 자신은 왜 그들의 존재에 대해 눈치채지 못했을까? 그건 희재가 의심 자체를 하지 않았기 때문이었다. 처음에야 의심 가득한 눈으로 성도를 위장해 발을 들여 놓았지만, 그 어디에서도 원로 목사님과 그분들의 특이한 관계는 느껴지지 않았고 희재는 점점 성경 내용에 빠져들었다.

희재의 신앙 세계에 성경이 열리는 것보다 더 중요하고 의미 있는 것이 무엇이 있겠는가? 성경에 심취해서 교회를 둘러보니 원로 목사님과 성도들은 그야말로 부모 자식 같은 관계였다. 특히나 원로 목사님의 주변에 있는 핵심 인물들은 화목한 가정의 끈끈한 부녀관계 혹은 부자관계처럼 보였다. 그래서 희재는 가끔은 그들의 관계가 부럽기도 했다. 얼마나 신앙이 더 깊어져야 자신도 핵심 인물에 들어갈 수 있을까? 핵심 인물들은 표면적으로는 그 교회의 모든 성도들의 선망의 대상이기도 했다.

그런데 학찬이 들려주는 진실은 불편하기 짝이 없는 내용들이었다. 희재는 지난 25년 동안 씻고 빨래하고 과일 씻고 쌀을 씻어 밥 짓고 생수로도 마셔왔던 우물 바닥에 온갖 더러운 쓰레기가 가라앉아 있었던 걸 모르고 사용했던 것 같은 느낌이 들어 그야말로 절로 구역질이 나올 지경이었다. 그래서 지난 20년간 화장대 위에 놓여 있던 원로 목사님과 팔짱을 끼고 찍었던 사진을 바닥에 엎어 놨다. 영원히 사진을 안 볼 거라고 다짐도 했다.

미국에서의 학찬은 계획대로 일이 진행되고 있었다. 새로 만든 여권이 도착했다고 카톡이 왔고 이제 일주일 후에 인천행 비행기에 탑승하겠다고 했다.

그런데 다음날 학찬은 전화기 너머에서 땅이 꺼져라 한숨을 쉬었다. 제시카의 통장에 돈이 하나도 남아 있지 않다는 것이다. 운전을 할 수 없는 학찬은 공항까지 이동 시에도 택시를 이용해야 하는데 학찬이 비상금으로 모아 놓은 돈은 공항까지 갈 여비에 불과하다고 한다. 제시카에게 다른 핑계로 이백만 원만 달라고 했는데 돈이 없다고 했다는 것이다. 하루 14시간 일해서 지난 2년간 자신이 벌어들인 돈은 족히 2억원 쯤은 되는데 2백만 원도 남아 있지 않다는 사실에 학찬은 좌절했다.

그럴 수밖에 없을 것이다. 제시카와 박경호가 주고받은 카카오톡 메시지 내용만 봐도 제시카는 박경호에게 차를 사줬고, 집을 구해줬으며, 카드값을 갚아주고 함께 호화로운 해외여행을 다녔다. 또 박경호 부모의 칠순 잔치를 치러줬고 박경호네 조카들에게까지 선물을 하고 제시카와 부모님이 살고 있는 미국 집세 또한 학찬의 수입으로 해결했었다고 한다.

제시카의 아버지는 주한 미군 부대 군목이었는데 정년 퇴직 후에는 지교회 보조 목사로 시무하고 계셔서 급여가 용돈 수준에 불과하기 때문에 가게를 차린 후에는 학찬이 처가 식구들의 삶도 책임지고 있었다. 가게를 차리기 전까지는 학찬 또한 처가의 도움을 받았기에 그건 당연하다. 그렇다고 제시카의 급여와 매달 천만 원이 넘은 수입이 다 소진되고 이백만 원도 남아 있지 않다는 건 가당치도 않지 않은가?

내일 당장 비행기 티켓을 사야 한다는데 희재의 경제력은 아직도 그 문제를 당장은 해결해 줄 수가 없는 상태였다. 하는 수 없이 학찬은 조카인 라라의 도움으로 비행기 티켓을 구할 수 있었고 드디어 일주일 후에는 서울로 돌아오게 되었다.

뉴욕 공항에서 강제 추방당한 기억이 있어서인지 학찬은 서울로 돌아올 일에 대해 무척 긴장하고 있었다. 누나가 미국으로 와서 자신을 데리고 함께 서울로 돌아가면 좋겠다고 했지만 미국에 가 본 적이 없는 희재로서는 간다한들 별 도움이 안 될뿐더러 여력도 없었다.

주변의 법조인들에게 물어본 결과 비록 불법체류자여도 자신의 나라로 출국하는 건 아무 문제가 없다는 사실을 희재가 말해 주자 학찬은 안도했다. 남은 숙제는 여시같은 제시카가 눈치채지 못하게 감쪽같이 사라지는 것이라며 성공할 경우 당황할 제시카를 상상하며 학찬은 미리 희열을 느끼기도 했다.

학찬을 맞이할 생각에 희재도 바빠졌다.

무엇보다도 큰아들 원이에게 삼촌의 귀국 소식을 알려야 했다. 학찬이 머물 방은 있었다. 군에 있는 작은 아들 담이의 방이 비어 있기 때문이다. 삼촌의 귀국 소식을 들은 원이는 노발대발 분노했다. 왜 한국에 들어오며 또 왜 우리 집으로 오냐는 것이다. 학찬은 교회 측과 협상을 해야 하는 문제가 있기에 지방인 본가보다는 희재의 집에 있는 것이 마땅했다. 그러나 삼촌 때문에 상처받은 아들 원이의 마음도 희재는 간과할 수가 없었다.

아들을 설득하고 이해시키고 야단도 쳐 봤지만, 아들은 요지부동이었다. 희재에게는 아들과 동생, 누구도 소홀히 할 수 없는 소중한 사람들이다.

이제 내일이면 학찬이 비행기에 탑승하는 날이다. 학찬이 머물렀던 도시는 휴양도시로 사계절이 여름이나 마찬가지였다. 그런 동생을 맞이하기 위해서는 잠옷이라든가 평상복 등 약간의 준비도 필요할 것이다. 일주일 동안 아들의 마음을 돌이켜보려고 노력했던 희재는 급기야는 아들에게 화를 내고 말았다.

"그때는 삼촌이 네가 이해 못 할 잔소리를 해서 어린 마음에 짜증스러웠다 쳐도 지금은 삼촌 상황이 이렇게 됐는데 이제는 성인이 된 네가 삼촌을 이해하는 마음도 가지려 노력해 봐야지 그렇게 막무가내로 거부하면 엄마가 얼마나 힘들겠니? 너도 소중하지만 삼촌도 엄마에게는 하나뿐인 동생이야. 더구나 이렇게 돌아오는 삼촌이 얼마나 슬프고 비참하겠니? 그런데도 넌 십 년 전 일로 지금까지 이러면 어떡해?"

"흥. 그거야 그 인간 일이에요. 더구나 엄마를 배신하고 온유형네랑 잘 지내고 있었잖아요? 그리로 가면 되지 않겠어요?"

"말했잖아. 서울에서 해야 할 일이 많다고. 언제 네 시간씩 왕복 여덟 시간 차를 타고 다니면서 일을 보겠니? 삼촌 일 마칠 때까지만 집에 있게 하자."

"어쨌든 우리 집은 안 돼요. 집에 오면 이제는 제가 가만 안 둘 거예요."

"너 정말 답답하고 너무 한다. 삼촌이 뭘 어땠길래 그래? 그렇게까지 삼촌을 증오하고 경멸하는 이유가 뭐니? 성폭행이라도 당했니?"

"네. 그랬어요."

"뭐라고?"

굳어져서 그다음 질문을 이어가지 못하는 희재에게 아들이 먼저 입을 열었다.

"저에게는 성폭행만큼이나 모욕적이고 치욕적이었어요. 저는 죽을 때까지 그 인간 용서 못 해요. 어머니."

갑자기 아들의 얼굴이 부르르 떨리더니 붉어진 눈에서 눈물이 흘렀다. '성폭행만큼이나'라고 했으니 성폭행은 아니구나. 순간 철렁했던 마음을 잠시 진정시키고 차분한 말투로 아들에게 물었다.

"엄마에게 얘기해 주면 안 되겠니? 나도 너를 이해해야 어떤 방안을 찾지 않겠니?"

또 다시 아들의 얼굴이 고통스럽게 일그러지더니 눈물부터 펑펑 쏟아냈다. 희재는 아들의 등을 토닥이며 말없이 기다렸다. 한참을 울고 난 아들이 무겁게 입을 열었다.

"그때, 엄마가 담이랑 외출하신 날, 제 방에 들어 온 그 인간이 게임 그만하고 공부 좀 하라고 했어요. 저는 친구들과 채팅방에서 만나서 학교 과제에 대해 이야기를 나누던 참이었어요. 설명할 시간이 없어서 조금만 더하면 끝나니까 그렇게 하겠다고 했어요. 그랬더니 그 인간이 갑자기 화를 내면서 '너, 내 말이 말 같지 않냐'고 하더니 옆에 있던 보조 의자를 집어 들어 저에게 던지려 했어요. 저는 벌떡 일어나서 삼촌 대체 왜 이러시냐고 따졌더니 의자를 내려 놓고 나가더군요. 그러더니 잠시 후 마대 걸레를 들고 와서는 '너 나한테 죽도록 맞아 볼래? 너, 내가 얼마나 무서운 사람인지 모르나 본 데 알게 해 줄까? 너 하나쯤 죽이는 건 식은 죽 먹기야'라고 했어요. 저는 그 새끼가 무섭지는 않았어요. 하지만 그때 제가 느낀 치욕스러움은 영원히 영원히 잊지 못할 거예요."

"왜 그때 엄마에게 말하지 않았니?"

"어머니는 그때 그 일 아니어도 혼자서 너무나 힘드신데 얘기하면 뭐하겠어요. 또 삼촌이 힘들어서 그러니 저보고 이해하라고 하셨을 거예요. 그러나 정말로 말씀드리지 않았던 건 제 입에 올리는 것조차도 너무나 치욕스러워서였어요. 지금도 죽고 싶을 만큼 기분이 더러운 게 아마 성폭행을 당한다면 이런 심정일 거예요. 이제 앞으로도 다시는 그때의 일을 떠올리고 싶지 않아요. 그러니 어머니도 다시는 그 자식에 대해 이해하라든가 용서하라든가 하는 말씀은 말아주세요. 저는 그 자식의 사과도 필요없어요. 영원히 안 보고 사는 것, 그 방법만이 제가 원하는 거예요."

그랬구나. 그렇게 큰 상처를 받고서도 너무나 수치스럽고 치욕스러워서 입에 올리는 것조차 힘들어서 말을 못 했던 거로구나. 희재는 아들에게 너무나 미안했다. 누구도 아닌 자신이 거뒀던 자신의 동생으로 인해 아들이 이토록 큰 상처를 받은 것이다.

"약속할게. 다시는 너에게 삼촌이란 이름을 말하지 않을게. 엄마는 혈육이어서 어쩔 수 없이 통화하고 신경 쓰며 살겠지만 적어도 너에게는 절대로 삼촌에 대한 이야기를 하지 않을게. 그런 일이 있었는 줄 몰랐다. 엄마가 대신 사과한다. 엄마가 미안하다."

제3부

태풍을
몰고 오다

예정대로 학찬은 인천행 비행기를 탔다. 침착하고 담담했던 학찬답지 않게 무척 긴장하는 모습이었다. 예약한 시간에 약속한 장소에서 택시를 타서 공항으로 이동했고 회한과 상처와 증오만 남긴 채 다시 빈 몸으로 한국으로 돌아오는 것이다.

오로지 '아버지'의 명령에 의해 '아버지'가 주시는 희망만을 안고 빈 몸으로 떠났던 그곳을 이제는 지천명에 이르러 너덜너덜 찢겨져 만신창이가 되어 비행기 티켓 한 장 끊을 형편도 안 되어 딸 같은 조카에게 도움을 받아 그곳을 탈출하는 것이다.

그 어떤 미련도 없다고 했다. 제시카나 제시카 모친이 당황할 일을 생각하면 희열마저 느껴진다고 했다. 자신의 일이 알려지면 교회에서 얼굴 못 들고 살게 될 거라고도 했다. 다만, 가슴속에 눈물이 흐르는 유일한 이유는 자식처럼 키우던 골든 리트리버 '쿠페'를 두고 오는 것이라 했다. 그랬다. 아이가 없던 학찬에게 또 교회 내에서도 이렇다할 정도로 마음을 나누고 살지 못했던 학찬에게 '쿠페'는 친구이고 자식이자 학찬의 보호자이기도 했다. 아침이면 '쿠페'와 공원을 달렸고 가게에서도 '쿠페'와 함께 있었다. 가끔 학찬의 카카오톡을 보노라면 어김없이 '쿠페'의 여러 사진들이 올라와 있었다. 희재가 보기에도 사랑스러운 강아지였다. 유일하게 마음을 붙이고 살았던 강아지 '쿠페'.

그렇게 학찬은 미국에서도 서늘한 10년을 보냈던 것이다.

당연히 희재의 집으로 가리라 생각하고 있는 학찬에게 희재는 조심스레 그럴 수 없는 사정을 이야기했다. 무척이나 당황하고 실망하던 학찬은

"원이가 나를 그렇게 싫어한다면 어쩔 수 없지요."하며 결국은 희연의 집으로 가기로 했다.

그러나 아직 희연에게도 자신의 귀국 소식을 알리지 않았다고 했다. 희재와 제시카는 이미 연락을 끊은 지 오래됐으니 자신이 사라졌어도 희재에게는 섣불리 전화를 하지 못할 것이고, 희연에게 연락한들 희연은 까맣게 모르는 일이다. 희연의 목소리를 들어도 제시카는 어떠한 힌트도 잡아내지 못 할거라고 했다.

결국 학찬은 보라와 라라의 자취 집으로 갔다가 고향에 있는 희연에게로 갈 것이다. 십 년 만의 귀국이건만 학찬의 삶에는 아직도 온기가 흐르지 못했다. 희재의 집에서 배척당하자 자신이 맘 편히 찾아갈 곳이 없다는 사실에 학찬도 무척이나 비참해했다.

비록 자신의 집으로 맞이하지는 못했지만 희재가 해야 할 일은 산재해 있었다. 학찬의 요구대로 먼저는 교회에 학찬의 귀국 사실을 알리는 것이다.

당시에는 민준호 담임목사가 희재의 가게에 탈모 관리를 받으러 다니기 때문에 담임 목사에게 직접 알려도 될 터였다. 그러나 희재는 이 현실이 가슴 아팠다.

학찬의 귀국 사유가 알려지면 교회는 발칵 뒤집힐 것이다. 학찬은 교회 측에 25억의 돈을 요구할 계획인데 원로 목사님께서 돌아가신 지

금 그 일이 순순히 진행되지는 않을 것이다. 그래서 학찬은 교회를 협박하는 공세로 나갈 것이고 그러다 보면 학찬과 교회 사이에 낀 희재가 불편할 수밖에 없는 건 자명한 사실이다.

학찬의 계획은 주도면밀해서 먼저는 교회에 돈을 요구할 것이고 그것이 먹히지 않을 경우, 지금은 검찰을 떠나 법무법인의 대표가 되어 있는, 자신의 사건을 담당했던 김한규 검사를 찾아가 모든 사실을 털어놓고 변호사로 선임해서 교회를 상대로 싸우겠다고 했다. 교회를 압박하는 또 한 가지의 방법은 기자회견을 하겠다고 엄포를 놓는 것이다. 교회 측에서 아연실색할 카드를 들고 오는 학찬의 의도가 알려지는 순간 사건 때만큼이나 교회가 뒤집힐 것이고 그 광경이 눈에 보이는 것 같아 희재는 괴로웠다.

학찬은 희재에게 자신의 귀국을 흘려 민준호 담임목사의 귀에 들어가게 하라는 주문을 했다.

교회에도 대혼란이 찾아오겠지만, 희재의 삶에도 대변화가 오는 것은 불가피할 것이다.

자신의 삶에서 가장 힘든 시기에 일곱별 교회에 도피하듯 찾아 들어 25년 동안 마음 붙이고 살았던 또 하나의 세상이었다. 원로 목사님이 떠나신 상실감을 이제 막 극복하려던 참에 또다시 학찬으로 인해 자신의 삶에도 격랑이 휘몰아칠 것이기 때문이다. 학찬의 귀국을 알리는 순간 자신의 평화로움이 깨어져야 한다는 사실에 희재는 가슴 아팠고 주저할 수밖에 없었다.

그 크고 웅장한 성전에서 은혜롭게 예배드렸던 시간이 떠올랐다. 구역 식구들과 옹기종기 모여 앉아 즐겁게 대화하며 웃었던 순간도 떠올랐다. 평화롭게 교회 마당을 거닐다 반가운 얼굴들을 만나면 손을 붙잡고 안부를 묻고 정겹게 대화했던 순간이 떠올랐다 사라져 갔다.

일곱별 교회의 성도들은 희재에게 또 하나의 가족이었다.

다시 그 순간이 올 수 있을까? 일이 잘 해결되어서 꼭 그래야 할 텐데.

편안하지 못한 시선으로 만나야 할 담임 목사님과 전도사님들과 그 밖의 친했던 성도들 생각에 마음이 아파서 담임 목사님께 직접 연락하지 못한 이유도 있지만 이런 일은 조직의 단계를 밟는 것이 순서일 것 같기도 했다.

학찬이 무사히 서울에 도착해서 조카들 집에서 묵고 있을 때 아침 일찍 제시카의 전화가 걸려 왔다. 제시카라고 뜬 전화 화면을 바라보던 희재는 열 번쯤 벨이 울리자 낭랑하고도 냉정한 목소리로 전화를 받았다. 굳이 학찬이 급거 귀국한 일이 아니어도 이미 제시카로부터 마음이 닫힌 상태이기에 다정하고 따뜻한 음성으로 그녀를 대하기란 가식이었을 것이다. 그리고 희재는 미련하리만치 그런 가식을 싫어했다.

"형님, 에녹 오빠가 사라졌어요. 형님에게는 무슨 연락이 없었어요?"

진실인지 아닌지 모르겠지만 제시카는 겁에 질린 목소리였다.

"사라져야 할 일이라도 있었어? 나야 에녹이랑 연락 끊고 산지 오래돼서 모르지."

"모르겠어요. 하루 종일 기다리고 찾아 봤는데 없어요."

"다 큰 성인이 가면 어딜 가겠어? 연락 오겠지." 통쾌한 마음으로 제시카와의 통화를 끝내자 학찬으로부터 전화가 왔다.

"제시카한테서 전화 왔었어요?" 희재는 통화 내용을 말해 주었다.

그러자 학찬은 그렇다면 이미 제시카가 자신의 행방을 누나가 알고 있다는 걸 눈치 챘을거라고 했다. 그녀는 상대방의 눈빛 하나, 말투 한 마디에서 이미 감을 잡고도 남는다는 것이다. 그렇다해도 원인이 제시카 자신에게 있으니 굳이 숨길 일은 아닌 것 같았다. 오히려 그녀의 행실이 교회에 알려지는 것에 더 고민해야 되는 게 아닐까?

학찬의 입장에서는 스릴이 좀 일찍 끝나는 아쉬움이야 있겠지만 그건 중요치 않다는 생각이 들었다. 학찬은 자신이 떠나온 지 일주일이 되기 전에 자신의 잠적에 대한 소문은 미국 전역의 지교회에 알려지고 서울 본교회에도 알려질 거라 말했다. 이제는 누나가 교회 측에 자신의 귀국과 앞으로 교회에 대해 행할 계획을 알려 달라고 했다.

제시카의 행실에 대해서는 자신이 때를 봐서 터뜨릴 터이니 누나는 원로 목사님의 사주로 살인을 했건만 무책임하게 아무런 조치 없이 떠나셨기에 김한규 검사를 변호사로 선임하고 명지원을 만나 모든 진실을 알려 기자회견을 한 후에 자신과 김한규 변호사와 명지원 세 사람이 교회 측에 대규모 손해배상을 청구하고자 하는 계획을 갖고 있음을 알리라는 것이다.

교회 입장에서는 참으로 무시무시하고 골치 아플 거라고도 했다.

어쨌든 학찬은 이미 국내에 들어와 있고 최대한 조속하고도 조용히 마무리 되기만을 바랄 뿐이었다.

희재는 자신이 속한 구역의 구역장님에게 먼저 상의를 드렸다. 구역장이신 신 권사님은 늘 희재와 나란히 앉아 예배를 드렸던 교회에서도 짝꿍이라 불릴 만큼 각별한 사이였고 희재의 구역 담당 목사님은 전임 담임 목사였던 김재홍 목사님이셨다.

민준호 목사에게 먼저 보고가 되면 분명히 김재홍 목사를 제외하고 일이 진행될 것이다. 희재는 현재 자신의 담당 목사님에 대한 예의가 아니라는 생각이 들었다.

지혜로우신 신 권사님은 김재홍 목사님에게 먼저 보고드렸고 김재홍 목사님은 목사회 회장에게 비상 회의를 소집하는 형식의 절차를 밟으셔서 체계적으로 전 교역자에게 알려지게 되었다. 예상대로 교회가 발칵 뒤집혔다.

희재의 가게를 알고 있는 민준호 담임 목사님은 단걸음에 가게로 달려왔는데 이런 반응은 이미 학찬의 시뮬레이션 속에 있었던 지라 희재는 학찬의 요구대로 이미 그 시간에는 조기 퇴근해서 집에 있어야 했다. 민준호 목사는 얼마나 애가 탔는지 희재의 문 닫힌 가게 앞에서 한 시간 가량을 기다린 후에 희재에게 카톡을 보낸 모양이다.

> 민준호: 한 시간 전에 가게에 왔는데 안 계시네요. 그동안 학찬
> 이에게 너무도 무관심했던 것 진심으로 죄송합니다. 교
> 회에서 학찬이가 원하는 대로 최대한 잘하고 싶으니,
> 중간에서 어려움이 많으시겠지만 잘 말씀 좀 드려주세
> 요. 저는 정말 학찬이를 돕고 싶습니다. 죄송합니다.

담임 목사님의 이런 반응이라면 일단은 학찬의 작전은 성공한 셈이다. 학찬은 이후로도 희재에게 해야 할 말과 해서는 안 될 말, 전화 또한 두 번쯤 받지 않은 후에 세 번째 전화가 왔을 때 받아서 어떤 식으로 말할 것을 주도면밀하게 주문했고 어차피 동생을 도와야 하는 희재는 그대로 따를 수밖에 없는 입장이었다.

학찬은 14년간의 수형생활 때에 심리학도 공부했다고 했는데 이참에 제대로 써먹고 있다는 생각도 들었다. 한편으로는 교회 측에 미안한 마음도 있었지만 학찬의 말이 사실이라면 이 세상 누구보다 기막힌 삶을 살아 온 동생에게 이제는 마땅한 보상을 해 줘서 앞으로 남은 인생이라도 유리하지 않고 안정되고 평안하게 살았으면 하는 마음 또한 간절했다. 다만 외부에 알려지지 않고 최대한 조용히 그리고 신속히 되었으면 하는 바람도 진심이었다.

교회 측에 김한규 변호사를 선임해서 손해배상을 청구하겠다고 엄포는 놨지만 정작 학찬은 그분을 직접 만나고 싶어하지 않았다. 자신의 담당 검사였고 자신에게 사형을 구형했던 검사였기에 마주하는 게 그리 쉽지는 않을 것이다.

고향에 있던 학찬이 며칠 후에 상경했다.

교회를 상대하기 위해 출입국사실증명서 등 몇 가지 서류들을 준비해야 한다고 했다. 학찬이 희재의 가게 쪽으로 왔다.

영영 안 보고 살리라 생각했던 동생이었지만 핏줄이 뭔지 막상 만나니 너무나 안쓰러웠고, 가엾은 동생을 보는 순간 희재의 코끝이 아파오더니 눈물이 났다.

얼굴은 수척하고 낯빛은 누르께하니 고통의 흔적이 역력했지만 미국에서 얼마나 운동을 열심히 했는지 오십 대인 지금도 이십 대 때와 별반 다르지 않게 민첩하고 날렵해 보였다.

희재는 먼저 학찬에게 갈비탕을 사 먹였다. 그동안 희연누나네에 있으면서 반 공기도 못 먹었는데 누나를 보니 음식이 들어간다고 하더니 한 그릇을 다 비웠다.

둘은 천천히 걸어 희재의 가게로 들어섰다. 예전에 학찬이 봤던 희재의 사업처에 비하면 십 분의 일 수준에도 못 미치는 작고 소박하다 못해 초라한 가게다. 학찬은 가게를 둘러보더니 이런 가게는 시세가 얼마나 하느냐고 했다. 이억 원 정도 할 거라고 대답했다. 학찬은 자신이 교회에서 25억 원을 받으면 제일 먼저 누나에게 이 가게를 사 주겠다고 했다. 그러면서 이제 누나도 이 부근의 제일 좋은 스포츠센터에 나가 운동도 하고 골프도 치고 사람들과 교류하면서 고급 손님들을 유치하라는 이야기도 했다. 희재의 가게 백 미터 근방에 있는 스포츠센터는 회원권만 해도 일억원이다. 꿈같은 이야기에 희재는 미소 지으며 네 일이나 잘 마무리하고 그런 건 나중에 이야기해도 충분하다고 대답했다.

학찬은 한숨을 깊게 내쉬더니 그동안 몇 명의 변호사를 만나 상담을 해 봤는데 자신의 사건 자체를 모르더라고 했다. 잊혀졌다는 건 시간이 그만큼 흘러 세월이 주는 선물이므로 한편으로는 감사하기도 했다. 자신의 사건을 자신의 입으로 자세히 설명해야 해서 힘들고 또 의외로 변호사들은 그 사건에 대해 그다지 관심이 없더라는 이야기였다.

한마디로 학찬은 자신이 생각했던 교회의 반응은 성공적이었지만 그에 비해 사회적 반응은 무척 김이 샌 상태였다.

학찬은 고민 끝에 결국 김한규 변호사를 찾아가기로 했다.

며칠 뒤 다시 서울로 올라 온 학찬은 김한규 변호사의 서초동 사무실을 방문 했다. 출타 중이어서 자신의 연락처를 남기고 왔노라고 했다. 치밀한 계획과 분노로 가득 찬 학찬에게는 실로 김빠지는 일이 되어 버렸다.

민준호 목사는 담임 목사의 사명이 있어서인지 날마다 희재에게 전화를 걸어왔지만, 희재는 학찬의 지시대로 연락처를 알려 드릴 수가 없었다. 또 친하다는 핑계로 이은교 전도사도 수시로 전화를 해서 학찬의 급거 귀국 의도와 계획을 물었지만 그 또한 알려 줄 수가 없었다.

오랜 시간 가까이 지낸 사이인 이은교 전도사를 희재는 그 누구보다 믿었고 의지하는 사이였지만 학찬의 말에 의하면 이런 이슈화 된 소식을 가장 먼저 알고 있다는 자부심이 강한 성격으로, 교회 내에서 친한 사람들에게 은밀히 소문을 퍼트리는 성향의 사람이므로 각별히 더 경계하고 조심하라는 특별 당부가 있던 터였다.

누나에게 물어 교회에서 가장 먼저 알아야 할 터인데 누나가 말해 주지 않으면 궁금해서 미쳐버릴 거라고도 했다. 전도사님 스타일이야 어떻든지 간에 희재는 동생의 이야기가 그런 식으로 교회 내에서 옮겨 다니는 걸 원치 않았다. 그래서 전도사님의 질문에 즉답을 피하고 함께 있지 않아서 잘 모르겠다고 대답할 수밖에 없었다.

그런데 며칠 후, 갑자기 이은교 전도사가 불쑥 찾아왔다. 희재의 가게가 예약제로 운영되고 있어서 선약을 하지 않고 찾아오는 건 결례가 된다는 것은 누구보다 잘 아는 분이셨다. 마주 앉은 희재에게 전도사님은 취조 하듯이 꼬치꼬치 캐물었다. 희재는 불편했다. 전도사님이기에, 더군다나 그 오랜 세월 격의 없이 친했고 의지했던 전도사님이기에 말씀을 안 드릴 수도 없는 입장이었고 터놓고 의논하다 동생 일이 자신으로 인해 그르치게 될까 봐 조심스러웠다. 더군다나 이미 담임 목사님이 알고 계시고 방안을 찾고 계시는데 전도사님을 통해 소문이 돌면 그건 담임 목사님께 도리가 아닌 것 같아서 더욱 주저했다. 그런데 전도사님의 집착은 무서울 정도였다. 몇 번을 소득 없이 돌아가더니 다음날은 아예 입구에서 희재를 기다리고 계셨다. 이쯤되니 희재는 학찬의 말이 떠올랐고 이런 처사는 자신과 학찬을 진심으로 걱정하는 마음이 아니라 자신과 가까이 지냈기에 누구보다 먼저 이 내막을 알아야 한다는 성취욕일 거라는 생각이 들어 실망스러웠다.

말할 수 없는 사정을 지닌 상대방에 대한 배려가 전혀 없는 이기적인 행동이라고 밖에 생각할 수가 없었다. 하긴 전도사도 그냥 사람인 것이다.

학찬과 희재가 얼마나 고통 속에 있는지는 가늠하지 않고 다만 가십거리로만 여기고 있다는 결론에 이르자 희재는 전도사님에게 이렇게 찾아오시지 말라고 말씀드렸다. 그랬더니 자신이 도울 일이 있을 것 같아서 이러는 것이니 얘기해 보라고 다시 한번 희재를 설득하려 했다.

'이미 담임 목사님이 알고 계시는데 결론을 기다리셔야지 전도사님이 나선들 무슨 방법이 있겠느냐. 더 혼선만 빚어지니까 담임 목사님을 믿고 기다려 주시라'고 희재도 단호하게 말했다.

며칠이 흘러 학찬이 다시 희재에게로 왔다. 몇 번의 연락을 취한 끝에 김한규 변호사가 어렵게 시간을 내어 줘서 오늘 만나러 가는 길이라고 했다.

이렇게 번거롭게 네 시간의 대중교통을 이용해서 오가는 일이 반복되고 있지만 아들이 입은 상처를 생각하면 더이상 학찬 위주의 편의를 제공할 수가 없었다.

그날도 희재의 가게 건너편으로 가 국밥을 먹고 걸어 내려오는 길이었다. 이번에는 학찬이 손해배상금을 사용할 구체적인 계획을 들려줬다.

고향에 내려가 열흘을 보내보니 혈육들의 사정이 눈에 들어 왔다고 했다. 먼저는 선산에 묻혀 계신 부모님 산소가 개발로 인해 이장을 해야 하는데 마땅히 모실 곳이 없다는 것이다. 문중 장손에 의해 선산은 이미 매각이 된 후여서 이장은 불가피한데 문서에 서툰 큰오빠는 별다른 보상도 못 받고 동의를 해 준 상태여서 이장 시기가 다가오자 전전긍긍하고 계셨던가 보다. 학찬은 교회로부터 보상을 받으면 고향 근처에 적당한 산을 사서 부모님을 모시겠다고 약속한 모양이다. 고향의 혈육들도 기뻐했겠지만 희재도 진심으로 기뻐했다.

그토록 학찬이를 애지중지 하셨던 부모님의 영원한 집을 막둥이가 마련해 모신다면 아마도 부모님도 좋아하실거라는 생각이 들었다. 희재는 진심으로 학찬을 칭찬해 줬다.

가게 근처에는 신축해서 완공한 건물이 있었다. 1층에는 분양 사무실이 차려져 있었는데 학찬이 그걸 보더니 이런 건 분양 받으면 얼마나 해요? 하고 물었다. 희재는 학찬이 누나 가까이에서 자리 잡고 싶은가보다 하고 시세를 알려 줬다. 주변에 부동산을 하는 친구가 있기도 하고 근처의 신축 건물이라 누군들 관심이 없겠는가?

1층 상가는 열 평 정도로 나누어 분양하고 있었는데, 가게 하나당 분양가는 4억이라고 부동산하는 친구에게 들은 바가 있었다. 학찬에게 그대로 알려 주자 그 상가도 분양받아 누나에게 주겠다는 것이다. 학원 부원장을 지낸 바가 있는 희재에게 가게는 가게대로 운영하고 여기 1층에서는 가르치는 일을 해도 누나에게 잘 맞을 것 같다고 했다.

이처럼 학찬은 수시로 희재에게 꿈같은 희망을 안겨 줬다. 그러나 지극히 현실성이 없는 이야기다. 학찬이 받으려는 손해배상금은 25억 원인데 아무리 자신이 옥바라지와 보호자 노릇을 했기로서니 6억 원을 자신을 위해 사용한다는 게 가당키나 한 일인가? 다만 마음속에서는 지금의 가게를 살 수 있게 자금 유통만 해 줘도 아들들과 살아갈 터전은 될 거라고 꿈에 젖어 보다가 희재는 아무 말 없이 그냥 웃었다. 하루하루가 사는 게 치열한 희재에게는 눈만 한 번 깜빡여도 날아가 버릴 것 같은 너무나 꿈같은 이야기처럼 들렸다.

또 학찬은 지금 기거하고 있는 희연누나의 남편인 매형에게 많은 고마움을 느끼고 있었다. 형부가 보여주는 모든 행동에서 많은 감동을 받은 것 같았다. 형부는 늘 진실했고 누가 뭐래도 세상의 호인 중의 호인이었다. 정작 아내인 희연은 형부에 대한 불만이 다른 사람들의 존경심만큼이나 깊고 두텁다는 게 문제이긴 했지만.

형부는 퇴직금을 보라의 사업 자금으로 쓰느라 몇 년 일찍 퇴직했고 지금은 결혼 전부터 취미로 이어오고 있는 분재와 난초와 수석을 수집하고 가꾸는 일에 매진하며 지내고 계셨다. 보라의 사업자금은 퇴직금으로도 모자라서 집을 담보로 한 일억 원의 은행 대출이 있는데 그것도 갚아주고 싶다고 했다. 모처럼 가족들을 위해 사람 노릇 하고 싶다는 학찬의 마음이 조금은 이해가 되기도 했다.

희재와 학찬은 길가에 놓인 벤치에 나란히 앉았다. 희재의 가게 맞은편은 북한산 등산로여서 주말이면 등산객들이 항오를 지어 행진하는 것처럼 보이기도 했다.

이곳에 가게를 연 지도 육 년이 지났건만 희재가 벤치에 앉아 본 것은 처음이다. 이렇게 25년 만에 남매가 나란히 앉아 북한산을 바라보았다. 푸릇푸릇 연두색 이파리들이 앙증맞은 각종 나무들과, 피었다 지고 있는 진달래 개나리꽃들의 어우러짐 속에 쾌적하고 상쾌한 6월의 오후였다.

이제 학찬의 목소리에는 희망이 묻어나고 있었다.

아직 변호사를 선임한 건 아니지만 학찬의 계획대로 교회 측의 아연실색해 하는 반응에서 이미 승산을 예견하고 있는 듯했다. 오늘 학찬이 서울에 온 건 잠시 후 네 시에 김한규 변호사와의 약속이 잡혀 있기 때문이다.

학찬의 마음속에는 이미 꿈이 피어나고 있었다.

제시카를 마음에서 지웠는지 처음으로 은비에 대한 추억에 잠겼다. 학찬의 기억 속에 은비가 아직 아름다운 모습으로 남아있는 것 같았다. 희재도 학찬에게 제시카를 잊고 이곳에서 좋은 사람 만나 앞으로의 삶은 제발 평범하고 평안하게 살아갔으면 좋겠다고 했다. 그러나 학찬은 자신의 사건이 워낙 유명했기 때문에 한국에서는 살고 싶어 하지 않았다.

자신의 의도대로 일이 진행된다면 가족들 좀 챙기고 자신은 다시 미국에 가서 살고 싶다고 했다. 워낙 넓은 나라이기도 하지만 지난 2년간 구두 수선 가게를 하면서 많은 자신감이 생긴 것 같다. 하긴 1년에 일억 원의 수입이면 앞으로도 충분히 도전해 볼 만하다는 생각도 든다.

십 년이란 미국 생활에서 불편함이 없을 정도의 언어소통도 한몫했을 것이다.

희재는 학찬이 또다시 혈혈단신으로 살아가는 게 마음에 걸렸지만, 동생이 당당하게 살아갈 수만 있다면 잡을 수도 없는 노릇이었다. 불과 열흘 사이에 학찬은 자신의 앞날에 깊고도 많은 생각을 했었던 듯싶다.

일단 자신은 미국으로 바로 들어가는 것은 불가능하다고 했다.

1안은, 캐나다에 가서 집 짓는 일을 하다가 기회 봐서 미국으로 가는 것이다.

2안은, 멕시코에서 살다가 위조 여권으로 국경을 통해 밀입국하는 방법이 있다고도 했다.

3안은, 도미니카 공화국이나 아이티 등의 나라에 이민 가서 살다가 미국으로 들어가는 방법.

4안은, 중국이나 동남아 인의 위조 여권으로 바로 미국으로 가는 방법 등.

짧은 시간에 학찬은 오로지 미국으로 들어갈 수 있는 방법을 찾느라 모든 신경이 그곳에 쏠려 있었다. 그런 동생을 보는 희재의 마음에 또다시 짠한 안타까움이 짙게 내려앉았다.

시간이 되자 둘은 자리에서 일어섰다. 서초동의 김한규 변호사를 만나러 가야 하는데 혹시라도 김 변호사가 명지원을 불러다 놨을까 봐 많이 긴장된다고 하는 동생을 위해 서둘러 가게 문을 닫고 '아무리 그래도 그렇게까지 하겠니?'하고 안심시킨 뒤 희재가 동행해 주기로 했다.

학찬의 손에는 원로 목사님 아들들과 담임 목사인 민준호 목사를 수신인으로 하는 내용증명이 들려 있었다.

희재는 천천히 곱씹듯 읽어 내려갔다. 25년 동안 철저히 숨겨졌던 진실이 비로소 세상에 드러나는 순간이다.

故 김동재(자칭 재림하신 하나님 아버지)의 지속적인 압력과 사주로 고 명재혁 살해. 본인(이학찬)에게는 과잉 충성심에서 단독 결정한 것으로 주장 요구. 7년만 견디면 빼내 주겠다는 약속을 경찰서에 참고인 조사차 들른 일곱별 교회 남자 전도사를 통해 귓속말로 전달받음

    … 중간 생략 …

이러한 일에 대하여 故 김동재의 무책임하고 성의 없을 뿐 아니라 27세의 젊은 나이에 사람을 죽여 14년의 영어의 몸을 만든 것으로도 부족해서 출소 후 본인의 삶까지도 철저히 가족과 대한민국으로부터 고립시켜 불법체류자 신분으로 이국땅에서 체류케 한 것에 대해 저와 저의 가족들은 실망을 금치 못할 뿐 아니라 심한 정신적 스트레스를 받고 있습니다. 또한 여전히 살인 전과자라는 꼬리표와 나이 53세가 되어 아무것도 새로이 출발할 의지조차 없이 고국으로 탈출하듯 돌아와서 어떻게 이방인으로서 살아가야 할지 전혀 알 수가 없는 상태입니다.

아울러 오늘까지 보상금 및 위자료 25억 원을 청구할 것이니 양지하시고 답변 주시기 바랍니다.

정해진 날짜까지 답변이 없거나 원만한 해결에 성의가 성의를 보이지 않을 경우, 김한규 변호사의 중재로 유가족에게 진심으로 사과와 진실을 밝히겠다는 내용으로 마무리되어 있었다.

집중해서 읽고 있는 희재에게 학찬이 말했다.

"누나 이메일로 보내놨으니 이따가 자세히 보세요."

25년 만의 자백

희재는 변호사 사무실 근처의 카페에서 기다리기로 하고 학찬 혼자 들어갔다. 두 시간 정도 지난 후에 모습을 드러낸 학찬은 몹시 허탈한 모습이었다.

"뭐라고 하시던? 사건은 맡아 주시겠대?"

깊은 한숨을 내쉬던 학찬이 지친 말투로 대답했다.

"먼저 이 사건의 진실을 공론화 하래요. 기자는 자기가 부를 테니 저보고 명지원이랑 나랑 셋이서 앉은 자리에서 진실을 밝히라는 거예요. 그렇게만 하면 손해배상을 청구해서 받아내는 일과 그 외의 모든 문제들은 본인이 도와 주겠대요."

"네 생각은 어때?"

"어떻긴요. 김한규 그자가 나를 생각하는 척하면서 결국은 자기 실속 차리겠다는 거죠."

"그분이 차릴 실속이 뭔데?"

"물 먹었잖아요 그때 수사하면서. 결국은 진실을 못 밝혀냈으니 지금이라도 본인 수사가 옳았다는 걸 증명하고 싶은 거겠죠. 내 생각 해 주는 척하면서 본인 명예 회복하려는 속셈이 보이잖아요. 역시 변호사는 믿을 존재가 아니라니까요."

"그럼 이제 어떻게 할 건데?"

"지난번 누나가 추천한 변호사 한 번 만나볼까요? 그 서 변호사라는. 이 건물 근처죠?"

그랬다. 학찬의 사건을 모두 알고 있는 희재의 죽마고우가 소개해 준 변호사 사무실도 가까이에 있었다. 다행히 서 변호사는 당일 상담이 가능했고 잠시 후 희재와 학찬은 서 변호사 사무실에 마주 앉았다. 서 변호사도 학찬의 사건에 대해 모르기는 매한가지였지만 다행히 전화를 끊은 후 찾아 봤다면서 맥락은 파악하고 있어서 상담하기가 수월했다.

상담은 저녁을 먹어가면서까지 늦게까지 이어졌다. 서 변호사는 다섯 시간의 상담 끝에 의견을 내어놨다.

결론적으로 학찬의 의도대로 25억 원을 받아내기란 결코 만만치 않다는 것이다. 어디서 어떻게 받을지도 큰 숙제라고 했다. 설령 교회 측에서 요구를 들어줘서 받아낸들 현금으로 받으면 그 큰 현금 뭉치를 어떻게 운반할 것이며, 한국에서 소득이 증명되지 않은 학찬이 부담해야 할 세금이 거의 절반이라고 했다. 학찬이 미처 생각하지 못했던 문제가 발생한 것이다.

드러나는 문제들 앞에 얼굴은 점점 일그러져 가고 있고 지쳐가는 학찬에게 서 변호사는 기발한 방법이라는 듯 한 가지 방법을 제시했다.

자신이 변호사 직을 걸고 희생하듯 도와줄 수 있는 방법은, 자신에게 모든 걸 일임하라는 것이다. 그렇게 하면 자신이 해외에서 페이퍼 컴퍼니를 만들어 그곳에서 돈을 송금받아 미국이든 한국이든 제3국이든 학찬이 원하는 나라에 안전하게 운반해 주겠다고 했다. 대신 수수료로 5억 원을 달라고 했다. 그러나 학찬은 그렇게 만만한 상대가 아니다.

고민해 보겠다며 변호사 사무실을 나온 학찬은 아무리 공돈이라고 어떻게 5억을 요구할 수가 있느냐며 노발대발하면서 서 변호사를 욕하기 시작했다. 그건 희재가 생각해도 불쾌하리만치 무례한 요구였다. 그 돈이 어떤 돈이던가? 동생의 젊음이 고스란히 바쳐진 보상이건만 서 변호사는 아무런 감정도 없이 하이에나처럼 달려들었다는 생각이 들었다. 서 변호사는 희재도 그날 처음 만난 사이다. 소령으로 예편한 죽마고우가 군법무관으로 있었던 형님을 희재에게 소개해 준 것인데 소령 친구도 고향 후배인 학찬의 사건을 알고 있기에 중간에서 설명이 가능해서 소개를 부탁했던 것이다. 희재의 주변에도 변호사는 몇 분이 있었지만 내 동생이 명재혁 씨를 살해한 사람이라고 얘기할 수는 없지 않은가?

두 변호사로부터 외면당한 학찬은 심야 고속버스를 타고 희연의 집으로 떠났다. 늦은 밤 홀로 귀가하는 희재의 발걸음도 무겁긴 마찬가지였다. 12시가 되어 현관문을 열고 엄마 혼자 들어오는 걸 보는 큰아들 원이는 그제서야 안도의 숨을 내쉬었다. 혹시라도 삼촌과 같이 들이닥칠까봐 그때까지도 불안한 시간을 보내고 있었던 것이다.

다음날, 민준호 목사가 희재의 가게에 왔다. 탈모 관리도 받고 커트도 하기로 예약이 된 날이다. 민 목사는 그동안 학찬에게 신경 써 주지 못한 것에 대해 진심으로 미안해했다. 희재는 학찬의 당부대로 자극하지 말고 기다려 주시라고 말씀드렸다. 자극할 경우 김한규 변호사와 기자회견을 해버릴 수도 있다는 말을 전했다.

교회에서 가장 무서워하는 세 사람은 명지원과 김한규 변호사와 학찬이다.

학찬은 교묘하게 이 원리를 백분 활용하고 있었다. 학찬은 복역 당시에 방송통신대학을 졸업하기도 했는데 전공이 법학이었고 부전공이 심리학이라고 했다. 그때 쌓아 놓은 지식을 충실히 실행해 보고 있는 셈이다.

학찬의 귀국이 교회에 알려진 지 두어 주쯤 지났을 때, 구역장이신 신 권사님이 물으셨다.

"동생이 교회에 다녀갔어요?"

교회에는 이미 흉흉한 소문이 돌고 있다고 했다. 학찬이 교회를 다녀갔다는 소문과 심지어 교회에서 학찬을 봤다는 사람들도 있다고 한다. 당시에 학찬은 4시간 거리에 있는 희연의 집에 머물고 있는 중이었다. 학찬의 출몰은 여러모로 교회에는 부담스러운 존재였었나보다.

이때까지도 민 목사에게 희재는 학찬의 연락처를 알려줄 수가 없었다. 모든 것은 학찬의 지시에 따라야만 했다. 학찬은 교회 측 사람들과는 누구와도 연락을 하지 않았고 오롯이 희재를 통해서만 소문처럼 소식이 알려지도록 했다. 희재의 생각에도 무서우리만치 치밀하다는 생각이 들었다. 영화에서나 봤던 작전과 협박과 협상이 지금 눈앞에서, 그것도 자신이 연루된 상태에서 진행되고 있는 것이다.

그러다 주일이 되었다. 희재가 교회에 못 나간 지도 한 달이 되었다. 지난 25년간 삶처럼 반복되었던 일어나서 화장하고 아이들과 함께 교회에 가서 교회 구내식당에서 김밥이며 떡볶이를 먹고 구역 식구들과 차를 마시고 지난 일주일간의 안부와 교회 소식과 세상 돌아가는 이야기를 나누고 산책하듯 성전에 올라가 예배를 드렸던 그 모든 순간이 그리웠다.

"이제 그 교회 그만 나가시죠."

학찬은 너무나 아무렇지 않게 희재에게 그렇게 말했다. 서늘한 바람이 볼을 스치듯 희재에게 갑자기 쓸쓸함이 엄습했다. 학찬의 음성은 너무나 메말라 있었다. 그 오랜 시간 몸과 마음이 머물렀던 희재에게는 또 하나의 세상과 같은 그곳을 자의가 아닌 동생 일로 인해 교회를 옮길 만큼 희재에게 책임이 있는 것은 아니었다.

미국에 있는 학찬에게 희재가 선동해서 국내로 들어오라고 회유한 것도 아니었다. 비록 학찬의 사고로 인해 제 발로 찾아간 교회였지만 지난 25년 동안 온 마음으로 사랑했던 교회였다. 학찬의 일로 교회에서는 많은 사람들이 희재에게 우르르 몰려들 것이었다. 혹시라도 자신의 입에서 나온 말 한마디가 동생 일에 걸림이 될까 봐 한 달 동안은 잠시 떠나 있었지만, 이제는 아예 발걸음을 끊으라고 요구하면서도 너무나 당당했고 미안함이라고는 없이 당연하다는 듯이 말하는 동생이 희재는 너무나 야속하고 섭섭했다. 자신 때문에 누나가 그동안 섬겨왔던 교회를 옮기게 된 것에 대해 미안하다는 한마디쯤은 해야 하는 거 아닌가.

희재의 가슴 속에 일곱별 교회는 아들들 혼례를 치를 곳이었고 자신이 이 세상과 이별하는 날 임종 예배를 드려 주실 목사님이 계신 곳이었다. 지난 25년 동안의 모든 기억이 그곳에 있었고 앞으로도 그럴 거라고 믿어 의심치 않았던 곳이다. 교회에 다니면서 세상과 분리하라는 말씀에 친구들 또한 오직 교회 안에만 있었다. 가뜩이나 동생 일로 혼란에 빠져있을 교회를 생각하면 면목이 없는데 학찬은 희재의 영혼을 조절하듯 그렇게 담담하고 당당하게 요구했다.

학찬의 요구가 아니어도 어쩌면 교회로 돌아갈 수 없을지도 모른다는 생각에 상실감에 빠져있던 희재에게 차가운 눈물이 볼을 타고 내려왔다. "나쁜 자식!" 희재는 처음으로 동생 학찬이 참 괘씸하다는 생각이 들어 소리 내어 욕을 해 줬다.

희재는 먼저 자신이 사는 동네를 중심으로 교회를 찾아봤다. 각 동네마다 없는 곳이 없을 정도로 흔한 게 교회건만 막상 예배드릴 교회를 찾다 보니 모든 교회가 낯설었다. 교회를 옮긴다는 생각을 한 번도 해 본 적 없었기에 그러는 자신이 매우 처량하게 느껴졌다.

유리하는 자가 이런 경우일까? 고아들의 마음이 이런 걸까? 난민들의 마음도 이럴테지? 날씨는 여름을 향해 가고 있지만 그녀의 마음은 늦가을만큼이나 쓸쓸했다.

너무 작은 교회는 마음이 가지 않았다. 교회를 무시해서는 아니다. 원로 목사님께서는 늘 어디에고 하나님은 계시기에 범사에 믿는자답게 행동하라고 가르치신 분이다. 그렇지만 작은 교회는 새 신자가 흔치 않을 터이니 많은 관심을 받게 되니까 부담스러울 것이다. 또 그녀의 현 상태가 평안하게 새로운 교회에 나갈 만큼 당당하지는 않았다.

집에서 다소 거리는 있지만 그래도 그 지역에서 제법 규모가 있는 교회로 가서 주일 예배를 드리기로 했다. 아들 원이와 함께 들어선 교회.

희재에게도 낯설었지만 태어나서 처음으로 다른 교회로 출석하는 아들의 낯설음은 더 하리라. 예배를 마치고 나오는 희재와 원이는 어쩐지 처절하고 서글펐다. 예배는 전혀 은혜스럽지가 않았다. 먼저는 설교 내용이 알맹이가 없는 쭉정이 같아서 대체 무슨 얘기를 했는지도 모를 정도였다. 헌금찬양 시간에는 광대처럼 차려입은 중년 남자가 나와서는 기타를 치며 갖은 기교와 겉멋을 곁들인 찬양을 했는데 은혜롭기는커녕 마치 그 남자의 장기자랑을 보는 듯했다. 원로 목사님은 성가대원들의 긴 머리마저도 단정하게 묶어야 할 정도로 보수적이셨고 예배는 신령과 진정으로 드려야 한다고 강조하셨고 실천하셨던 분이다. 예배를 드렸지만 마치 남의 장기자랑에 강제 동원된 것 같은 찜찜함이 남아 있었다.

아들 원이도 엄마와 눈이 마주치자 한숨을 푸욱 내쉬었다. 그러더니 화살이 삼촌을 향해 날아갔다.

"우리가 왜 그 인간 때문에 이래야 돼요? 언제까지 우리는 교회에 못 나가는 거예요?"

희재는 아들에게 미안했다. 그래서 아들에게 다음 주에는 혼자라도 본교회에 가서 예배를 드리라고 했다. 아들을 알아보는 성도는 많지 않았다. 혹시라도 삼촌에 대해 묻거든 잘 모른다고 대답하라고 했다.

그렇게 6월 말이 되었다. 교회에 애를 먹일 만큼 먹였다고 생각했는지 학찬은 담임 목사를 만나겠다고 했다. 물론 민 목사가 조용히 기다린 건 아니었다. 수시로 희재에게 전화를 해서 학찬의 상태와 김한규 변호사와의 접촉에 대해 살피듯 묻고는 했었다. 희재는 그럴 때마다 학찬의 지시에 충실히 따랐다.

학찬은 민준호 담임 목사와 석동호 장로와 박미희 목사와 박 목사의 동생인 박미순 권사 이렇게 넷이서 자신이 거주 중인 고향으로 내려오라고 했다.

민준호 담임 목사는 교회 대표로 만나는 거지만 다른 세 사람에 대해서는 개인적인 원한과 감정이 단단히 쌓여 있었다. 이들이 무릎 꿇고 용서를 구하기 전에는 절대로 교회 측과 협상하지 않겠다는 것이 학찬의 조건이었다.

원로 목사님께서 소천하시고 2년 후 민 목사와 석동호 장로가 미국에 갔었나 보다. 그동안 교회에서 일했던 직원 모두에게 소급해서 주는 퇴직금이라며 학찬에게도 미화 만 불을 전달했다. 석 장로는 학찬에게 앞으로의 계획을 듣고 싶어 직접 방문했다면서 불법으로 살더라도 자기 사업이 있어야 하니 필요한 금액을 알려 주면 교회의 장로들과 상의해서 도와주겠다고 했단다. 학찬은 마음이 벅차오를 만큼 감동했었다고 한다. 세상천지에 혈혈단신인데다가 전과자요 불법체류자로 남은 자신에게 원로 목사님마저 아무런 대책을 마련해 주지 않고 떠나

버리신 마당에 이처럼 큰 희망을 줬으니 얼마나 든든하고 감격했을까.

학찬은 너무나 감사해서 자신의 형편으로는 제법 무리해서 석 장로에게 비싼 저녁까지 대접했었다고 한다.

그로부터 몇 달 후, 학찬이 다니던 구두 수선가게가 문을 닫아 실업자가 되자 학찬은 서울에 있는 석 장로에게 전화해서 도움을 요청했단다. 그러나 석 장로는 싸늘한 어조로 '마음으로는 도움을 주고 싶었으나 도울 여력도 없고 이제는 교회에서 너의 이름을 알지도 못하는 상황이니 알아서 살라'고 말하며 돌변했었다고 한다.

학찬은 그 순간 너무나 큰 모멸감을 느꼈고 조롱당하고 희롱당한 것 같은 모욕감에 치가 떨렸었다고 했다.

더 경악할 사실은, 석 장로는 법무부 교화위원으로 활동하면서 학찬을 위해 물심양면 지원한다고 했었다. 특히나 최 모 계장과는 형제처럼 지내며 학찬의 가석방을 위해 헌신하는 것처럼 보였지만, 그건 학찬의 출소를 막기 위한 방해 작업이었다는 것이다. 석 장로에게 포섭된 최 모 계장은 모범수인 학찬이 예비심사 명단에 오르면 심의위원회 단계에서 탈락하도록 일조했고 학찬의 가석방은 그렇게 몇 년이 지연됐다는 것이다.

"나는 버린 카드였어. 석 장로 그 새끼가 내 출소를 번번이 막았던 거야."

진한 회한을 담은 목소리로 학찬이 얘기했다. 참으로 소름 돋게 악한 사람이다.

학찬이 미국에서 결혼식을 올릴 때 원로 목사님은 그래도 학찬이 준비해야 할 혼수로 제법 폼나는 신부의 반지를 사 주시려 했었나 보다. 그런데 교회 재정을 맡고 있는 박미희 목사의 동생인 박미순 권사가 극구 반대하며 돈을 지불하지 않아서 결국은 원로 목사님의 계획을 철회하게 만들었고 학찬의 결혼식에 주례까지 해 주시려 한 원로 목사님께 박미희 목사는 '결혼식 당일에 현장에 있다가 동영상에라도 찍히면 큰일 난다'며 결혼식 하루 전에 기어코 원로 목사님을 한국으로 귀국시켜 버렸다는 것이다.

희재가 들어도 정말 야박하고 모욕적인 일이다.

학찬은 석 장로를 간사한 뱀 같은 사람이라고 비난했다. 어떠한 일을 벌여 놓고 구렁이 담 넘어가듯이 자신은 스르륵 빠져 나간다는 것이다.

하긴 석 장로는 희재에게도 그랬었다. 앞에서도 말했듯이 희재가 사업에 어려움을 겪고 있을 당시 먼저 접근해서 원로 목사님께 편지를 쓰게 하고는 교회 직원들에게 웃음거리가 되게 했고 박미희 목사는 교회에서 희재와 마주쳤을 때는 일부러 시선을 피하며 희재가 인사를 해도 그 인사도 받지 않을 만큼 노골적으로 냉대했었다. 또 학찬이 출소 후 교회 연수원에서 일하고 있을 때는 '이제는 아버지를 그만 놓아 주라'는 말도 스스럼없이 해서는 그 말이 희재의 귀에까지 들리게 한 사람이기도 했다.

6월 28일 금요일.

학찬은 희재에게 위의 일을 해결해야 협상에 임하겠다는 뜻을 민준호 목사에게 전하게 했다. 민준호 목사는 흔쾌히 대답했다. 희재가 물었다. '그 세 분께서 동행하시겠답니까?' 이렇게 불어본 이유는 원로 목사님 생전에 세 사람은 교회의 실세 중의 실세였고 교만과 오만이 전체적으로 뚝뚝 흐르던 사람들이었기 때문이다.

민준호 목사는 학찬을 만나 협상할 길이 열린다는 데에 물불을 가릴 입장이 아니고 교회를 살리는 일이기에 무슨 수를 써서라도 그분들과 함께 정해주는 장소에 나가겠다고 대답했다. 통쾌하기도 했지만 더없이 비굴하게도 느껴졌다. 이렇게 초라하게 비굴해질 걸 지금까지 왜 그렇게 살아왔는지 참으로 덧없음을 느끼게 했다.

6월 29일.

'목사님. 전원이 꺼져 있다는 음성이 나와서 카톡 드립니다. 말씀하신 수요일은 가족들이 모두 출근해 있어서 목요일 7시가 좋겠다는데 목사님 시간은 어떠신가요?'

'제가 목요일은 선교차 러시아를 가야 해서 화요일 그 시간은 가능합니다.'

'네 목사님. 학찬이에게 물어보고 다시 말씀 드리겠습니다.'

'아니면 수요일 설교를 다른 목사님께 맡기면 되니, 수요일 그 시간도 가능합니다.'

설교까지 다른 분께 맡길 정도면 민준호 목사의 다급함이 얼마나 큰지 가늠할 수 있게 한다.

'한 번 더 확인하고 연락드리겠습니다.'

그렇게 해서 화요일 7시로 약속이 정해졌다.

7월 1일 월요일.
'주소 보내 드립니다. 중식당이라고 합니다. 내일 7시에 여기로 가시면 됩니다.'
'네 잘 알겠습니다. 감사합니다.'

7월 2일 화요일이 되었다.

민준호 담임 목사는 세 사람과 함께 학찬을 만나러 가고 있었다. 그 자리에 배석하지 않았지만 민 목사가 아직 학찬의 연락처를 모르고 있어서 희재는 중간 연락을 맡고 있었다. 학찬은 이제는 성인이 된 건장한 조카 둘과 형님과 형수님과 매형과 희연누나가 동석한다고 했다.

무슨 일인지 학찬은 목사님이 약속 장소로 가는 도중인데도 만날 장소를 세 번이나 바꾸었다. 중간에서 희재는 심히 곤란했지만 더함도 뺌도 없이 목사님께 예의를 갖춰 그대로 전했다.

또 한 번 장소를 바꾸자 희재는 학찬에게 대체 왜 이래야 하느냐고 물었다. 동생의 일이 물려 있긴 해도, 상대는 희재가 섬기는 교회의 담임 목사님이기 때문이다.

학찬은 이 광경을 녹화하려는 심산이었다. 그래서 다른 손님에게 방해되지 않는 별채가 있는 장소를 찾아 몰래카메라를 설치하고 동선을 짜느라 몇 번의 장소 이동이 있었다 한다.

학찬의 계획대로 만남은 잘 이루어진 것 같았다. 학찬이 보내온 동영상에 그것이 잘 나타나 있다. 최종적으로 결정한 찻집은 외곽에 위치해 있었는데 넓은 정원이 있고 한적하고 조용하리라는 것이 창 너머로 찍힌 풍경이 말해 주고 있었다.

긴 테이블에 민준호 담임 목사, 박미희 목사, 박미순 권사, 석 장로가 앉아 있다. 맞은 편에는 큰오빠와 올케언니, 희연과 형부 그리고 학찬이 있었다. 두 조카들은 옆 테이블에 있는 듯했다.

학찬의 분노에 섞인 목소리부터 녹화는 시작되었다. 마이크와의 거리 때문인지 소음이 상당했고 말소리는 볼륨을 최대한 높이고 집중해야 들을 수 있었는데 학찬은 차분하면서도 마치 연필로 글씨를 꾹꾹 눌러 쓰듯 한마디 한마디에 잔뜩 힘을 준 목소리로 석 장로와 박 목사와 박 권사의 죄명을 조목조목 나열해 갔다. 학찬은 지금 쥐고 있는 칼자루를 빼들기 위해 최후의 통보를 보내는 듯했다.

민 목사는 묵묵히 듣고 있고 석 장로는 굳은 표정으로 가끔씩 천장을 올려다본다. 박미희 목사 자매는 사또 앞에 끌려온 죄수들처럼 고개를 조아리고 있다. 그러다 그때가 생각났는지 학찬의 목소리가 점점 커지더니 분노가 서린 목소리로 말투가 거칠어졌다.

'첨년이, 첨년 주제에'라는 말이 또렷이 들렸고 '무릎 꿇고 빌어!'라는 호통이 들린다.

그러자 앞에 있던 민 목사가 바닥으로 내려와 대신 무릎을 꿇었다. 영민하신 민 목사는 이 현장이 녹화되고 있다는 걸 알고 있는 것 같았다. 그럴 것이다. 지금 민준호 목사는 일곱별 교회의 담임 목사다. 성도들이 수근대는 일명 쿠데타로 담임 목사직을 차지한 후 맞는 최대 고비인 것이다. 거기다 박미희 목사가 원로 목사님의 애첩인 것도 물론 알고 있을 것이다. 연장자이자 그런 특수한 위치의 여성을 모시고 온 목사로서 달리 그럴 수밖에 없을 것이다.

오빠와 형부가 달려 나와 담임 목사를 일으키더니 자리에 앉게 하셨다. 오빠와 올케언니와 형부는 근본이 선하신 분들이셨다. 그러자 이번에는 분노 섞인 희연의 목소리가 들린다. 희연은 여성으로는 드문 중저음의 허스키한 목소리로 원래부터 목청이 컸다.

희재과 소원하게 지내는 사이 교회 NGO 활동에 너무 열심인 나머지 극렬 진보 운동권이 되어 있었고 그래서인지 말투가 더욱 거침이 없었다. 학찬의 말이 '네 죄를 네가 알렷다'하는 식이었다면 희연의 입에서는 자신의 동생을 학대한 죄인들에게 퍼붓는 경멸과 복수의 폭언을 아주 후련하게 발산해 버렸다.

미친것들이라느니, 정신병자들이라느니 도저히 나이 든 어른에게 할 수 없는 거칠고 모욕적이고 상스러운 욕설로 이 순간을 손꼽아 기다렸다는 듯이 폭격했고 '한때는 운동권에 몸담았다면서요? 이보시오. 그런 이상을 가졌던 분이 어쩌다 이 지경이 되어 버렸소? 왜 그러고 사는 거요?'하며 민 목사를 향한 조롱마저도 자랑스럽게 이어졌다.

희재는 이쯤에서 동영상을 꺼버렸다. 물론 자신도 석 장로나 박미희 목사가 싫었다. 특히나 석 장로는 교회에서 마주칠 때마다 희재에게 늘 따뜻한 말로 안부와 위로를 건네던 사람이다. 얼마나 몸에 밴 이중

성과 가식으로 무장되어 있는지 학찬의 말을 듣고서야 알게 되었다.

석 장로의 이중성은 설사 뱀의 허물과도 같은 것이었다. 그렇게 평생을 거짓과 가식으로 옷 입고 뱀의 눈으로 사람을 살폈던 사람이라는 점에서 동생과 가족들에게 호되게 당하게 돼서 다행이었다. 박미희 목사도 늘 목사답지 않은 오만함과 나이든 사람이라면 어느 정도 갖게 되는 인품과 인자함이라고는 눈을 씻고 찾아봐도 없는 어른이 되지 못하고 그저 추하게 늙어가는 늙은 여자에 불과했기에 동정도 생기지 않았다.

그러나 희재는 이런 상황이 싫었다. 왜 이런 지경이 되도록 원로 목사님과 교회 측에서는 그동안 아무런 조치가 없었던 것일까?

왜 학찬의 이런 분노가 필요했고 학찬으로부터 이러한 모욕적인 공격을 받고서야 모든 정황을 인정하는 것일까? 이렇게 인정할 것이라면 원로 목사님이 사주하셨다는 걸 묵시적으로 알고 있었다는 의미가 된다. 그렇다면 그 어떤 배려나 조치가 있었어야 하지 않았을까?

희재는 동영상 속 모습들이 통쾌하지도 후련하지도 유쾌하지도 않았다. 다만 모든 게 씁쓸하고 실망스러울 따름이었다.

7월 3일.

　　민준호: 다음 주에 학찬이와 제가 단독으로 만날 수 있는 시간을 좀 잡아주십시오. 7월 9일이 좋을 것 같습니다. 제가 학찬이가 있는 곳으로 내려가겠습니다. 시간 나실 때 전화 한번 주십시오.

학찬을 만난 다음 날 민 목사는 저런 내용의 카톡을 보내왔다. 막상 학찬을 만나보니 생각보다 심각한 분노임을 느끼신 것 같았다.

학찬은 학찬대로 민 목사와 세 사람을 불러 후회 없이 폭언을 퍼부은 것에 대해 굉장히 만족해하고 있었다. 자신의 계획대로 교회 측에서 긴장하는 것 같아서 우쭐하기까지 했다. 그래서인지 민 목사의 카톡 내용을 전하자 비로소 자신의 전화번호를 알려 줘도 좋다는 의사를 전해 왔다.

7월 7일.

희재는 민 목사에게 학찬의 전화번호를 카톡에 찍어 드렸다. 학찬이 한국에 들어온 지 한 달 반이 지난 시점이다. 그 한 달 반 동안에 학찬은 교회와 민 목사를 맘껏 쥐고 흔들었던 것이다. 민 목사와 학찬은 사고가 나기 전에는 형과 아우로 아주 돈독하게 지냈었다. 학찬의 수감생활 14년 동안에도 민 목사가 교회 측 대표로 학찬의 면회를 전담했었다. 그건 학찬이 유일하게 인정하는 교회의 브레인이기도 했다는 의미다.

민 목사는 학찬에게 전화를 했고 석 장로와 박 목사 자매에 대한 나름의 응징을 했다고 생각하는 학찬도 마음의 빗장을 풀고 민 목사에게 구체적인 제시를 하기 시작했다.

학찬의 요구는 지난 25년을 일 년에 일억씩 환산해서 총 25억 원을 지급하되 원로 목사님께서 약속하고 지키지 못한 미국에서 정상적인 시민으로 살 수 있도록 길을 마련하라는 것이었다. 법치 국가인 미국을 살인 전과가 있는 학찬은 정상적인 방법으로는 들어갈 수가 없다.

공항에서 체포되어 강제 출국당한 경력이 있기에 더더욱 그렇다고 했다. 때문에 교회 직원이든 해외 지교회 성도든 상관없으니 그들의 신분과 바꾼 학찬의 위장 신분증도 만들어 내라고 요구했다.

학찬은 한국에서 살아갈 계획이 없었기에 미국행까지는 몇 년이 걸릴 것이므로 돈은 순차적으로 받기를 원한다고 했다. 가장 시급한 건 국내에 머물 거주지를 마련하라는 것인데 인천 송도에 30평대의 아파트를 준비해 달라고 했고 세금 문제를 위해 목돈이 합법적으로 마련됐다는 증빙 자료가 필요하므로 교회에서 운영하는 신학교의 교수직으로 이름을 올려 정상적인 급여를 받을 수 있도록 하라는 것이었다. 교수 급여는 물론 25억 원에 포함되는 금액이다.

송도를 택한 것은 공항에서 가깝고 신도시다 보니 일곱별 교회 성도들이 가장 적게 사는 지역이기 때문이란다. 학찬은 그것까지도 주도면밀히 조사했던 것이다. 어차피 교회와의 이별을 생각하는 학찬에게 이미 유명해질 대로 유명해진 자신을 드러내기는 꺼려질 것이다. 또 미국의 주거 환경과 가장 근접한 도시가 송도라고 했다.

희재의 집에서 송도까지는 꽤 먼 거리다. 오랫동안 떨어져 지내 온 동생이 가까이에 살면 가끔씩 밑반찬도 챙겨 주며 들여다보고 살고 싶어 근처 동네를 추천했지만 학찬은 송도만이 남의 시선 의식하지 않고 자유롭게 살 것 같다고 했다.

세월이 변했는지 동생이 변했는지 희재를 대하는 학찬의 말투 속에, 또 생각 속에 더 이상 희재는 없는 것 같았다. 교회 측과 직접 협상할 수 있는 길이 열리자 학찬은 변해갔다. 예전에 비해 말투나 대하는 태도가 무척 사무적이라는 생각이 들었다. 희재는 학찬에게 더 이상 권면하지 않기로 했다.

7월 8일.

민준호 담임 목사로부터 오후에 탈모 관리를 받으러 오시겠다는 연락이 왔다. '어제 학찬이와 오랫동안 대화했습니다. 감사합니다.'라는 내용의 카톡과 모레쯤 학찬과 함께 셋이서 식사를 하고 싶다고도 하셨다.

오후가 되자 약속대로 민 목사가 왔다. 그동안 학찬으로 인해 겪은 고생에 대한 안도의 한숨인지는 모르겠지만 드디어 학찬과의 협상의 길이 열렸다는 데에 대해 희재에게도 고생 많았다고 그리고 감사하다는 말도 아끼지 않았다.

석 장로 일행과 학찬을 만났다는 이야기를 전해 주시면서 석 장로가 학찬에게 그런 야비한 짓을 했는지 전혀 몰랐다면서 석 장로를 비난했다. 그 점에 대해서는 학찬의 마음을 십분 이해한다고도 했다. 그 외에도 석 장로에 대한 몇 가지 비난을 더 하셨지만 여기에 적는 것은 의미가 없다. 누구에게나 불만은 있는 것이고 희재를 믿고 담임 목사의 신분이 아닌 한 인간으로서 하신 이야기이기 때문이다.

희재 또한 학찬이 동영상을 보내줘서 그런 장면을 모두 봤다는 이야기도 하지 않았다. 희재는 아직 일곱별 교회의 성도엿고 민준호 목사는 그 교회의 담임 목사이지 않은가.

민준호 목사는 당장 직원을 보내 송도에 아파트를 알아보라는 지시를 내렸다고 했다. 신학교 교수로 등록하는 것도 문제가 없을 것이고 학찬을 해외로 출국시키는 것도 최선을 다해 알아보시겠다고 했다. 더 구체적인 추진을 위한 분위기 쇄신을 위해 모레는 셋이서 점심 식사를 할 예정이고 그 일정을 위해 다음 날 학찬이 서울로 상경하기로 했다.

점심 식사 시간을 맞추기 위해서는 전날 학찬이 서울에서 묵어야 한다. 이제는 원이와 삼촌의 시간이 다가온 것이다.

희재는 아들에게 자초지종을 이야기하고 하룻밤은 꼭 우리 집에서 삼촌이 자야 한다고 했다. 아들과의 대면을 피하기 위해 민 목사가 점심 뷔페를 예약해 놨다는 호텔에서 숙박을 시킬까도 생각해 봤다. 그러나 동생에게 이런 기회에라도 맛있는 밥 한 끼나 해 먹이고 싶은 마음도 진심이었다. 아들은 다행히 이해해 줬지만 대신 자신은 피시방에 가 있겠다고 한다. 삼촌이 잠자러 들어갈 때 알려 주면 그때 조용히 들어와 자겠다고 했다. 그만큼이나 아들은 많은 양보를 한 것이기에 그렇게 하기로 했다.

희재는 동생을 위해 돼지불고기를 하고 된장찌개를 끓였다. 또 학찬이 일년내내 하루 세끼 식탁에 올리는 직접 담근 깻잎장아찌도 식탁에 올렸다. 관계가 소원해지기 전에는 해마다 희재는 더덕장아찌와 깻잎장아찌를 만들어 교회 인편을 통해 미국으로 보내주고는 했었다.

원이는 집에 없는 거냐고 학찬이 물었다. 쉽게 입이 열리지 않는 희재에게 '나를 그렇게 싫어하면 어쩔 수 없네요.'라며 쓴웃음을 지었다.

학찬은 저녁에 밥을 한 공기하고도 반을 더 먹었다. 희연누나의 음식은 자기랑 정말 안 맞아서 반 공기 이상 먹어본 적이 없었다면서 어느 날 매형에게 '매형은 이 음식이 정말로 맛있어서 드세요?' 했더니 '가정의 평화를 위해 먹는다'고 대답했다면서 어서 집이 마련돼서 나오고 싶다고도 했다. 미국에서 온 후로 처음으로 과식을 하는 것이라며 정말이지 너무나 맛있게 식사를 했다. 그런 모습을 보는 희재의 마음이 좋을 리는 없었다. 아들과의 사이에 문제가 없다면 미국에서 온 직후부터 이렇게 지냈을 것이다. 엄마 돌아가시고 자신이 도시락을 싸 주며 함께 지냈기 때문인지 학찬은 희재가 해 주는 음식을 유독 좋아했다. 누나의 음식을 먹으면 엄마 생각이 난다고도 했었다.

과식을 한 탓에 둘은 동네 산책을 나갔다. 계획대로 마음에 상처 준 사람들을 혼내기도 하고 사과도 받고 교회 측과 협상에 들어가는 문이 열렸다는 것에 대해 홀가분해 하며 누나가 고생 많았고 감사하다고도 했다.

여름에 접어든 날씨는 아직 장마 전이어서 산책하기에 쾌적하고 좋았다. 학찬은 핸드폰으로 미국의 집들을 찾아 보여주며 5억 원이면 정원과 수영장이 딸린 이런 고급 주택을 살 수 있는데 무엇 때문에 이 치열한 한국에서 살겠냐며 반드시 미국에 가서 살겠다고 했다. 학찬이 말하는 지역은 플로리다 쪽이었다. 또 미국의 복지 정책과 미국의 음식들과 미국의 주택들과 미국의 물가에 대해 이야기 했다.

한국을 오래전에 떠난 사람들이 흔히 가지고 있는 불찰은, 빛의 속도로 발전해 가는 한국의 현실에 대해 그들의 짐작이 미처 쫓아오지 못해 자신들의 기억 속에 잠들어 있는 그때의 고국의 틀을 벗어나지 못하고 있는 것처럼 우리가 다 알고 있는 미국에 대해 이야기 하면서 마치 그 엄청난 세계를 누나는 절대로 모르며 한국과는 비교 불가라는 식으로 비하하는 듯한 말투로 이야기를 이어갔다. 학찬의 자긍심은 자신을 추방했던 미국에 가 있어서 불법체류자였던 자신이 누리지 못한 미국의 생활상에 대해 마치 원한이라도 맺혀 있는 것처럼 기어이 가서 정정당당하게 누리고야 말겠다는 비장함까지 보이는 듯 했다.

학찬의 말도 안 되는 생각들을 들으면서도 맘껏 꿈꾸고 날아오르도록 희재는 잠자코 듣고 있었다. 그 모진 세월을 살아 온 동생이 처음으로 꾸는 꿈이고 계획이다. 이제라도 제발 앞으로는 굴곡 없는 평안한 삶이 되기를 진심으로 빌고 또 빌었다.

학찬은 미래에 대해 꿈도 많았다. 꼼꼼하고 부지런하며 재능이 많았던 학찬은 미국에서 장인과 집을 수리했던 이야기도 했다. 미국이란 나라는 어찌나 실용적인지 포터 한 대만 있으면 홀세일 매장에 가서 부품들을 사다가 무너져가는 집도 새집으로 탈바꿈할 수 있기에 주택 리모델링 하는 일도 하고 싶다고 했고 음식점도 세 개 이상을 하면 제도가 너무나 잘 되어 있어서 장사가 잘되지 않아도 지원금으로 충분히 먹고 살 수 있다고도 했다.

한 시간 정도 미국에 대한 자랑을 듣던 희재는 인내심에 한계가 와서 동생의 말을 끊고 진심으로 궁금했던 질문을 던졌다.

"주일 예배는 드리지?"

학찬은 인터넷을 통해 일곱별 교회의 예배를 드리고 있다고 했다.

"지금까지는 '아버지'이신 원로 목사님께 기도를 드렸잖아. 지금은 누구를 향해 기도하니?"

"그냥 해요. 어차피 김동재는 재림 주가 아니었으니까……."

잠시 회한에 잠긴 듯한 학찬이 말을 이어갔다.

"모르겠어요. 김동재가 하늘나라에서 이 기도를 받을지 김동재가 아닌 진짜 하나님이 기도를 받을지는 모르겠지만 그냥 십자가 앞에서 대상 없이 막연하게 기도해요. 누구라도 받겠지요 뭐."

허탈한 학찬의 대답에 희재도 허탈해져서 미국에 계신 현 권사님 안부를 물었다. 현 권사님의 작은 아들 윤이진은 불행하게도 몇 년 전, 가족들과 바닷가를 거닐다가 너울성 파도에 휩쓸려 유명을 달리하고 말았다.

너무나 예의 바르고 따뜻하고 신사였던 동생이었다. 그 동생의 비보에 희재는 일주일을 비통해하며 울었던 기억이 있었다. 장성한 아들을 앞세우신 권사님은 또 얼마나 비탄에 빠져 계실지 걱정도 되고 진심으로 그립고 궁금해서 안부를 물었건만 학찬의 대답은 충격 그 자체였다. 물론 지금은 교회분들 모두에게 감정이 좋지 않다는 것은 이해한다. 그러나 현 권사님은 학찬에게 특별하신 분이셨다.

학찬이 검거되기 전 마지막으로 들렸을 때 저녁을 지어 먹이셨던 분이다. 현 권사님의 두 아들과는 의형제처럼 지냈고 학찬의 수감생활 동안 희재만큼이나 물심양면으로 보살피셨던 분이셨다. 학찬의 출소가 임박했을 무렵 미국 지교회의 장로님이신 남편이 계신 곳으로 떠나셨다가 자유의 몸이 된 학찬과는 그곳에서 다시 만났는데 학찬의 장모인 제시카의 모친과 관계가 원만하지 못해서 학찬과도 소원해져서 안타까웠던 참이었다.

현 권사님과는 원로 목사님 별세 후에 본교회에서 만났는데 둘이서 말없이 한참을 껴안고 울었던 기억이 선명하다. 그 후에 작은아들이 사고를 당했다. 현 권사님으로서는 세상에서 가장 사랑했던 두 사람을 떠나보내신 것이다. 희재는 그런 그분이 정말로 그립고도 염려가 되었다.

"그 양반도 참 안됐지요. 전부를 바쳐 평생을 섬겨 온 그분의 아버지는 가짜인 셈이잖아요. 영생할 줄 알았던 아버지란 사람은 죽어버렸지, 아들은 바닷물에 빠져 버르적버르적거리며 지네 와이프랑 자식들이 빤히 보는 가운데 죽어갔잖아요. 지금은 거의 실성 상태라서 밖에도 못 나와요."

생면부지인 남의 얘기를 해도 가슴 아픈 이야기이니만큼 그보다는 더 안타까움이 묻어 있을 것이다. 아무런 감정도 없이 오히려 원로 목사님께 속아 살다 그런 결과를 맞은 것이 통쾌하다는 듯이 냉랭하게 말하는 학찬에게 희재는 순간 소름이 돋았다. 이 순간은 그냥 지나칠 수가 없었다.

"학찬아. 왜 말을 그렇게 하니? 남도 아닌 한때는 어머니라 불렀던 분이었잖아. 그런 분의 아픔을 그렇게 아무렇지도 않게 얘기해 버리면 어떡해. 너 지금 서진이와는 전화 통화도 하는 사이면서 이진이에 대해서는 어떻게 그렇게 남의 얘기 하듯 하니? 더구나 이진이와도 친했던 사이였잖아,"

"현 권사님은 김동재의 가장 최측근에 있었어요. 그 모든 문제의 중심에는 언제나 현 권사님이 있었다고요. 김동재의 여자 중 한 사람이었고 미국에서 김동재 아이 임신한 여자들 낙태 수술 시킬 때도 언제나 현 권사님이 걔네들을 데리고 가서 뒤처리를 했다고요. 그렇게 살다 그런 일을 당했으니 그 양반도 세상 살아온 게 다 꽝인거지요. 서진이도 지네 엄마가 했던 일을 알아야 할 필요가 있어요."

"네가 직접 봤어?"

"저야 직접 못 봤지만, 제시카가 늘 옆에서 도왔으니 믿을만 하잖아요."

"그렇다고 현 권사님에 대해 네가 그렇게 말하는 건 좀 그렇다. 그리고 넌 남자가 무슨 말이 그렇게도 많니? 내가 편해서 그러는지는 모르겠다만 너 말이 너무 많더라. 어떻게 하고 싶은 말을 다하며 사니? 말을 아끼는 방법을 좀 배워."

남자든 여자든 말 많은 건 질색하는 희재는 참다 참다 이렇게 학찬의 입을 다물게 했다.

집으로 돌아와서 작은아들 담이의 방으로 자러 들어가는 학찬에게 희재는 텀블러에 시원한 물을 담아 방에 넣어주며 아침까지는 밖에 나오지 못하게 했다. 다행히 담이의 방에는 화장실이 딸려 있어서 물 마시러 나오는 일 외에는 방 밖에 나올 일이 없었다.

학찬이 자러 들어가고 한 시간이 지나자 희재는 큰아들 원이에게 삼촌의 취침 소식을 알렸다.

아침 식탁에 마주 앉아 간단하게 조식을 하던 학찬이 모처럼 시원하게 숙면을 했다고 말을 뗐다.

"왜? 희연누나네 집에서는 잠을 잘못 잤어?"

"막 잠이 들면 매형이 거실의 에어컨을 꺼 버려요. 더워서 잠이 깨면 선풍기 바람에 더위를 식혀 보는데 미국에서는 늘상 에어컨을 켜놓고 자던 습관이 있어서 다시 잠들기가 쉽지 않아서 이렇게 편히 자본 게 한국 와서 처음이에요."

"그럼 매형에게 말을 해야지. 날마다 어떻게 그렇게 지내니?"

정작 해야 할 말은 안 하고 안 해도 될 말은 너무 많다는 말을 덧붙이려다가 희재는 말을 꿀꺽 삼켰다. 아침부터 어제의 침묵의 기억을 되살리고 싶지 않았다. 학찬으로서는 어젯밤 희재의 타박이 분명 섭섭했을 것이다.

오전 중에 가게에서 해야 할 일은 없었지만, 희재는 서둘러 학찬을 데리고 출근을 서둘렀다. 혹시라도 자고 있는 원이와 마주치는 일은 없게 하고 싶어서였다. 가게에 도착해서는 학찬에게 사우나라도 다녀오라고 강제로 등을 떠밀었다. 사우나에서 또 어떤 사람과 어떤 수다를 떨든 그건 희재에게는 상관없는 일이었다. 그만큼 학찬의 입은 쉴새 없이 가동 중이었고 수다의 내용은 미국에서 살았던 일과 미국 예찬일 것이 뻔했기 때문이다.

약속 시간이 되자 민준호 목사의 차가 가게 앞에 도착했다. 기사 없이 오늘은 직접 운전을 하고 왔다고 했다. 희재와 학찬을 태우고 예약해 놓은 호텔의 뷔페 식당으로 안내했다.

점심 시간이지만 식당 안은 한가했고 학찬과 담임 목사는 전화로 나눈 이야기들을 다시 한번 구체적으로 내용을 주고받았다. 끼어들 입장이 아니기도 했지만 희재가 적극적으로 관여하는 걸 학찬이 원하지 않는 것 같아서 묵묵히 식사에만 열중하느라 들락거릴 뿐이었다.

두어 시간에 걸쳐 식사를 마치고 민 목사가 다시 희재의 가게로 데려다 주셨다. 차 안에서 주워 들은 대화를 요약하면 먼저는 캐나다로 가서 그곳에서 사업 경력을 쌓은 후에 미국으로 건너가는 방법을 알아보자고 하시면서 민 목사님의 매형이 그곳에 살고 계셔서 그사이에 조사를 대략 하셨다고 했다. 캐나다 이민을 위해서는 초기비용과 그곳에서 생활할 창업비용 및 예비비까지 합치면 35억 원은 족히 있어야 할 것 같다고도 하셨다.

말뿐이 아니라 이처럼 적극적으로 팔 걷고 나서주시는 목사님께 진심으로 감사했다. 이제 학찬이도 자신이 꿈꿔 왔던 미래를 살 수 있을 것 같아 희재도 눈물겹도록 감격스러웠다.

목사님이 떠나시고 희재의 가게에 둘이서 들어섰다. 학찬도 모처럼 어깨가 펴지고 기대에 부풀어 있었다. 학찬은 희재에게 이 가게를 사줄 터이니 부동산과 구체적인 작업을 시작하라고 했다. 이제 막 협상이 시작됐으니 가게 문제는 맨 나중에 해도 늦지 않으니까 우선 네 일이나 신경 써서 잘 진행되도록 하라고 대답했다. 자신에게 현금이 전혀 없으니 우선 몇억 원만 먼저 달라고 호텔에서 누나 음식 가지러 갔을 때 요구했고 민준호 목사도 그렇게 하겠다고 대답했다는 것이다.

학찬은 희재의 가게 구석구석을 살폈다. 먼저 화장실 공사가 시급하다고 했고 조명과 벽 공사와 씽크대를 바꾸고 작은 평수이니만큼 아주 럭셔리하게 꾸며서 고급 손님들 위주로 유치하라고 했다. 가게를 고급스럽게 꾸미면 그에 맞는 손님들이 오게 돼 있다고도 했다.

2억 원 정도면 가능하지 않으냐고 해서 그거면 충분하다고 대답했다.

희재는 속으로 폭포 같은 눈물이 흘렀다. 남편도 떠났고 아들들은 아직 취준생과 군인이라 궁핍함을 벗어날 길이 없는 막막했던 자신에게 그 기막힌 삶을 살아낸 동생이 자신의 청춘과 맞바꾼 돈으로 맨 먼저 자신의 터전을 꾸며 준다고 한 것이다. 그동안 누나로부터 받은 사랑을 이렇게라도 갚을 수 있어 다행이라고 하면서.

사업이 무너지기 전에는 이보다 수십 배 규모가 큰 매장도 가져봤지만, 동생이 자신의 목숨과도 같은 돈으로 영영 오지 않을 것 같았던 희망을 안겨 주니 차라리 숙연해지기도 했다. 마음에서는 '그 돈이 어떤 돈인데 내가 받겠니?'하고 거절하고 싶었지만 동생의 도움으로 이 늪에서 헤어나와 재기하는 것을 보여준다면 학찬에게는 어쩌면 자부심과 보람을 줄 수도 있겠다 싶었다.

희재는 진심으로 고맙다고 했다. 희재의 성격상 호들갑스럽게 표현할 줄도 몰랐고 미안하기도하고 면목이 없는 것도 사실이었다.

진지하고 진심어린 마음으로 '고맙다. 열심히 노력해서 다시 일어나는 걸로 갚을게'하고 대답했다.

이제 한 능선을 넘었다고 생각했는지 학찬은 그 외에도 허심탄회한 마음으로 여러 생각들을 얘기하다 학찬은 전화기를 꺼내 희재에게 보여줬다.

학찬이 제시카의 전화를 받지 않자 장모인 제시카의 모친이 학찬에게 연락을 해 왔다고 한다. '에녹아, 무슨 연유인지나 좀 알자.'

박경호와의 관계를 알면서도 묵인한 장모에 대한 배신감 때문인지 학찬은 제시카와 박경호의 키스하고 있는 사진을 장모에게 보냈다. 장모는 그 사진을 제시카에게 들이대며 추궁을 했었나 보다. 제시카의 대답이라면서 캡처한 사진을 첨부해 보내왔다. 제시카의 대답은 이랬다. '이건 다 조작이야.'

장모와 나눈 카카오톡을 보여주며 쓸쓸히 웃던 학찬은 재혼에 관한 이야기도 했다.

희재도 그 부분에 대해서는 대찬성이었다. 제시카가 인연이 아니었다면 분명 어딘가에는 진심으로 학찬을 사랑해 줄 또 다른 인연이 있을 것이라고 생각했기 때문이다. 또 지금까지는 극빈의 삶이었지만 보상 문제가 마무리되면 꿈을 가질 미래도 기다리고 있을 것이다.

"나 같은 사람과 결혼해 줄 사람이 있을까?"

"은비는 네가 지금보다 더 아무것도 아닌 때도 만나지 않았니? 인연은 어딘가에는 있어."

자리에서 일어서던 학찬은 이제는 더이상 김한규 변호사가 쓸모없어졌으니 누나가 가서 맡겨 놓은 서류를 찾아오라고 했다. 김 변호사를 스스로 찾아가 25년 전의 진실을 털어놨으면서 이제는 쓸모가 없어졌다고 아무렇지도 않게 말하는 동생.

목적을 위한 하나의 카드에 불과했다고 말하는 동생이 희재는 심히 염려스러웠다.

"내가 가면 서류를 줄까?"하고 물었더니 자신이 전화를 해 놓을 테니 누나는 가족 대표로 왔다고 하라고 했다.

'가족들이 회의를 했는데 이미 잊혀져 가고 있는 사건을 다시 수면

위로 끌어올려 다시 상처를 건드릴 필요가 있느냐. 이제는 조카들도 결혼해서 가족을 이루고 살고 있는데 조카들의 배우자는 삼촌의 과거를 모르고 있으므로 그들의 입장도 생각해야 되지 않겠느냐는 결론을 내렸다. 교회에도 손해배상이고 뭐고 다 포기하고 그냥 형제들과 주어진 조건에서 노력하며 살기로 했다.'고 말하라고 하면서 동생은 지방에 있어 다시 오기가 번거로우니 자신에게 서류를 돌려줄 것을 요구하라고 했다.

학찬이 떠난 오후 희재는 나름 바빠졌다. 가게 옆의 부동산에 가서 지금 하고 있는 가게를 인수하고 싶다고 상의했다. 희재의 형편을 잘 아는 부동산 사장은 어떻게 갑자기 형편이 나아졌느냐며 의구심 가득한 얼굴로 물었다. 희재가 임대료를 밀리면 건물주가 부동산 사장에게 전화해서 하소연을 했기 때문에 부동산 사장은 누구보다 희재의 어려움을 잘 알고 있던 터였다.

미국에서 사업을 했던 동생이 지금의 가게를 누나를 위해 사 주겠다고 하는데 조금이라도 저렴하게 살 수 있는 방법이 없겠느냐고 물었다. 부동산 사장은 세상에 그런 동생이 어딨냐며 너무나 부러워했고 그동안 고생 많았는데 너무나 잘된 일이라면서 미리 축하도 해 줬다.

부동산 사장은 앞으로는 몇 달 동안 임대료를 내지 말라고 코치해 줬다. 그렇게 되면 건물주가 또 자신에게 전화해서 하소연할 거고 그때 자신이 나서서 작업을 해 보겠다고 했다. 그토록 가슴 아픈 동생의 돈이기에 백만 원이라도 아끼고픈 희재의 마음이었다.

꿈인지 생시인지 너무 기뻐 종일토록 가슴이 설렌 하루가 지났다.

다음 날 오후에 학찬으로부터 전화가 왔다. 서울에서 내려가 보니 제시카가 와 있더라는 것이다. 제시카는 학찬이 희재의 집에 머물고 있던 날 왔었다고 했다.

희연은 학찬이 담임 목사 만나러 간 것은 알았으니 제시카 소식으로 혹여 방해가 될까 싶어 학찬에게는 알리지 않았던 것이다. 자신의 잘못을 인정하고 미국으로부터 날아와서 시골집까지 찾아와 무릎 꿇고 비는 올케를 어찌할 수가 없었던 것은 당연하다.

학찬이 도착했을 때는 이미 희연과 올케언니는 학찬에게 제시카의 실수를 용서하라는 지원군이 되어 있었다고 한다. 새로운 사람을 만난들 그래도 십 년을 함께 산 사람이 더 낫다고 하면서.

희연은 제시카의 불륜은 알고 있었지만, 박경호와 시험관 아기 시술을 한 것, 혼인신고를 한 것도 부천에 집까지 구해 동거를 한 것까지는 모르고 있었다.

며칠 후 학찬은 희재에게 김한규 변호사와 통화했다면서 조만간 가서 서류를 찾아오라고 했다. 이제 공을 넘겨받은 희재는 비서를 통해 대표님과의 면담을 신청했고 서너 번의 시도 끝에 어렵사리 약속을 받아냈다.

존경스러운 김한규 변호사

무더운 여름이었다. 장마가 끝나고 본격적인 폭염이 시작되는 무더운 날 점심시간이 막 지난 시간에 8층의 법무법인 앞에서 희재는 자신의 심장 뛰는 소리가 귀에 들릴 만큼 긴장하고 있었다. 25년 전 서울 중앙지검에서 처음 그분을 만날 때도 이렇게 심장 뛰는 소리가 귀에 들렸었다. 그때는 두려움에 대한 긴장이었지만, 지금은 난감함에 대한 긴장이라는 다름이 있을 뿐 긴장이 되는 건 매한가지였다.

세상에서 가장 맺고 싶지 않은 첫 번째의 악연은 피의자와 피해자일 것이고 두 번째의 악연은 피의자와 검사일 것이다. 살아서 다시 만날 일은 없을 거라고 여겼던 이 악연을 25년이 지나 다시 만나게 되는 것이다.

사무실은 아담했다. 오른쪽으로는 대표실이 있었고 왼쪽으로는 젊은 직원들 몇 명이 보였고 중앙은 벽이었는데 벽 뒤에 상담실이 있었다.

앳되고 예쁘장한 여비서가 안내한 상담실 안에는 대표의 사회 활동상을 담은 사진들과 감사장과 임명장이 벽에 가득 전시되어 있었다. 의외였다. 피의자 가족으로 만났었기에 그저 무섭고 두려웠던 분이 사진 속에는 각종 문화 예술 분야에서 왕성하게 활동하고 있는 모습들이었다.

공연을 좋아하는 희재도 관람했던 공연들이다. 액자 속에는 유명한 발레리나와 찍은 사진도 있었는데 희재도 그분과 찍은 사진이 있었다. 같은 옷을 입고 있었고 같은 공연을 하던 날이다. 같은 날, 같은 객석에 앉아 공연을 관람했다는 얘기가 된다.

객석에 앉아 있던 수천 명의 사람들.

모르고 살아가도 좋았을 사람이었건만 세상에서 가장 어두운 인연으로 만난 건 이 무슨 악연이었을까?

사람의 인연이란 이처럼 극과 극의 길이 있는데 선택할 수 있는 인연만 맺고 산다면 얼마나 좋을까 하는 생각이 순간 들었다.

앉아서 기다린 지 한 시간이 지나서야 대표는 왔다. 발소리가 문 앞으로 가까워질 때 그녀는 심장이 오그라드는 공포를 또 한 번 느끼고 있다는 건 알았다. 이처럼 그 오랜 세월이 지났어도 동생의 사건은 희재에게 두려움 그 자체였다.

문이 열리고 그때의 그 검사가 들어왔다. 희재는 자리에서 일어서서 목례를 하며 인사했다.

"다시 뵙습니다."

마주 앉은 얼굴에 세월의 흔적이 적나라하게 느껴졌다. 얼굴에는 송글송글 땀이 맺혀 있었다.

법무법인의 문을 노크하기 바로 전에 긴장한 희재가 심호흡을 하느라 복도에서 잠시 주저하고 있을 때 가까이에 있는 화장실에서는 고통스러운 헛구역질하는 소리가 들렸었다. 마치 그 헛구역질했던 사람이 김 변호사라고 느껴질 만큼 지치고 기진맥진한 모습이다.

검사였을 때는 그토록 건장하고 건강하고 당당했건만 법무법인의 대표인 지금은 퀭한 눈과 왜소해진 체격과 듬성듬성해진 머리숱에서 짙은 병색이 묻어 나왔다.

초췌하고 병색 짙은 얼굴은 무척 지쳐 보이기도 했지만 강렬한 눈빛만은 여전했다.

비록 피의자의 누나와 검사로 만났지만, 이분은 그때도 희재에게 모질게 대하지는 않았었다.

오랜만이라고 어떻게 지냈느냐고 물으셨다. 그럭저럭 지내왔노라고 답한 희재는 어디 편찮으시냐고 여쭸다. 누가 봐도 병색이 짙은 얼굴에 대고 여전하시다는 인사는 결례일 것 같아서였다. 마치 모든 걸 초월한 듯 '여기저기. 사방이 고장 난 종합병원'이라고 대답하신 걸 보면 많이 안 좋으신 것 같았다. '그래, 할머니는 됐수?'하고 물으셨는데 희재의 아들을 기억하고 계신 듯했다.

검찰청에서 학찬과의 첫 면회 때 남편은 두 살 박이 아들과 복도 쪽 대기실에 있었는데 희재가 돌아갈 무렵 잠시 복도에 나온 김한규 검사가 아들과 마주쳤었다.

"아직요."

희재도 옅은 미소로 대답했다. 지금도 패션 쪽에서 일하는 거냐고 물으셨고 희재의 남편이 운동선수 출신인 것도 기억하고 계셨다. 참으로 놀라운 기억력이다.

25년 만에 만난 피의자 가족과 담당 검사는 잠시 과거의 기억을 돌아보며 대화를 나누다가 본론으로 들어가야 했다.

"그래, 어쩐 일로 오셨나?"

"저는 가족 대표로 왔습니다."

그렇게 대답하고는 학찬이 지시했던 내용의 이야기를 전달했다. 솔직히 김 변호사의 얼굴을 똑바로 바라볼 수는 없었다. 누군들 이 거짓말을 참말이라고 믿을 수가 있겠는가? 희재처럼 버벅대며 말해도 또는 완벽하게 연기해도 그것이 거짓말이라는 것을 김 변호사는 금방 알 것이다.

학찬은 불과 한 달여 전쯤 김 변호사를 찾아와서는 그날의 진실을 자백하며 지금의 자신의 비통한 처지를 스스로 털어놨다. 교회 측에 25억 원을 받아내어 달라고 비장하게 말했던 학찬의 계획이 김 변호사가 거절했다고 해서 이렇듯 쉽게 철회하고 없던 일로 할 거라는 걸 어느 누가 액면 그대로 이해할 수 있겠는가?

맡겨 놓은 내용증명 및 서류를 찾아오라는 미션이 있어서 왔기에 그에 합당한 거짓말을 해야 했지만, 거짓말 속 진실을 이미 빤히 보고 있는 것 같아서 서툰 배우의 발연기 만큼이나 어설픈 대본 읽기를 끝낸 희재에게서도 진땀이 흘렀다.

'언터처블'

검사 시절 김 변호사의 별명이다.

서류를 내어 주기는커녕 희재에게 처음에는 질책을 하더니 나중에는 설득을 하기 시작하셨다.

가뜩이나 불편하고 주눅 들었던 희재가 듣기에도 너무나 옳은 이야기였다. 사실 희재는 지금도 명재혁 씨의 아들 명지원을 생각하면 가슴이 먹먹해지고는 했다. 많은 이야기를 하셨지만 그중에서도 가슴에 박힌 이야기는 이제는 동생이 진실을 말한 이상 진심으로 피해자와 가족들에게 미안하다면 돌아가서 학찬을 다시 한번 설득하라고 하셨다. 동생이 그나마 14년 후에 사회에 나올 수 있었던 건 명재혁 씨 가족들의 처벌불원서 때문이었는데 학찬의 가족들은 그에 대해 피해자 측에 단돈 만 원도 드리지 않았느냐는 것이다. 교회로부터 돈을 받아내서 그 돈으로 앞으로 어떻게 살아갈지는 모르겠으나 이제라도 가족들이 학찬을 설득해서 피해자 측에 진실을 알려 드리라는 당부였다.

"내가 지금은 변호사가 되어 있지만 나는 지금도 피의자 측 변호는 하지 않아. 검사가 피해자의 눈물을 못 닦아 주면 그 사람들은 너무 억울하거든. 죄지은 사람들이 비싼 변호사 사서 빠져나갈 길이나 찾고……. 나쁜 사람들이지."

희재가 만약 피해자 입장에서 이분을 만났다면 이보다 더 든든할 수가 없을 것이다. 그러나 희재는 피의자의 누나로 이분을 만났다. 그래서 지금도 죄인처럼 고개를 들 수가 없다.

"그래, 지금 동생은 어디 있습니까?"

희재는 너무나 긴장해서 입이 자꾸만 경직되어 갔지만 사실이 들통이라도 날까 봐서 그 후로는 꿀 먹은 벙어리가 되고 말았다.

김 변호사는 끝내 서류를 주지 않았고 거리상 직접 올 수 없다면 전화 통화라도 하고 싶다고 하셨다. 그녀는 동생의 미션을 완수하지 못하고 빈손으로 일어서야 했다.

민준호 목사를 만난 후 학찬의 요구사항은 빠르게 진행되어갔다.

교회 측에서 송도에 34평 아파트를 물색해 놓았으니 생활할 사람이 가서 위치며 상태를 보라고 한 것이다. 며칠 후, 집을 보기 위해 올라온 학찬은 김 변호사와 통화한 내용이라면서 희재에게 음성 파일을 보내주었다. 그걸 들어본 희재는 아연실색할 수밖에 없었다. 그날 밤, 아마도 김한규 변호사는 모욕감에 잠을 이루지 못했을 것이다.

> 비서: 법률사무소입니다.
>
> 학찬: 예. 이학찬입니다. 저희 누나한테 연락 받았는데요 변호사
> 님이 통화 원하신다고 하셨다기에 전화 드렸습니다.
>
> 비서: 잠시만 기다리세요.
>
> 김 변호사: 여보세요.
>
> 학찬: 예. 김한규 변호사님? 저 이학찬입니다.
>
> 김 변호사: 응. 잘 계신가?
>
> 학찬: 저 지금 막 일 끝났어요. 다섯 시에 일 끝나서 바로 전화드
> 려요.
>
> 김 변호사: 고향에서 일한다고? 할 만한가? 일은?
>
> 학찬: 다 그렇지요 뭘. 일이란 게.

음성 초입을 듣던 희재는 너무나 천연덕스러운 학찬의 말투에 어이가 없었다. 통화할 당시 학찬은 송도에 있었다. 교회 측에서 학찬이 살기에 적당한 집을 구해 놓고 당사자인 학찬에게 와서 보고 오케이를

하면 계약하겠다고 해서 송도에 있었던 참이었다.

거짓말이란 게 어느 정도 서툴면 정직해 보였을 것이다. 그러나 희재가 듣는 학찬의 음성과 연기력은 마치 힘들게 일하고 난 사람이 거친 숨을 몰아쉬며 지쳐 보이기까지 할 만큼 완벽했다.

김 변호사: 나하고 같이 얘기하고 난 다음에 자네가 분명 고인과
　　　　　유족에 대한 사과를 하겠다고 하지 않았나?

학찬: 예.

김 변호사: 그리고 분명 그때도 얘기했지만 자네는 피해자가 아
　　　　　니야. 그건 알고 있지?

학찬: 아니까 그 고생을 했고 지금도 이렇게 살고 있지요.

김 변호사: 피해자는 고인과 유족과 나야.

학찬: 아휴. 변호사님까지 넣는 건 좀 그렇고 제 입장에서는 그
　　　 가족에게는 분명히 사과를 드려야 할 부분인 건 맞습니다.

김 변호사: 사죄를 드리고 나에게 다시 오겠다고 했는데 왜 누나
　　　　　를 보냈나?

학찬: 저희가 가족회의를 했어요, 전국에 흩어져 있는 가족과 해
　　　 외에 있는 가족들에게도 전화를 해서 의견을 물었는데 가
　　　 족들의 인권과 사생활이 있는데 네가 진실을 밝혀서 다시
　　　 또 네 이름이 오르내리면 우리는 어찌하라고 그러냐고 합
　　　 니다.

물론 학찬의 사건이 재조명이 된다면 가족으로서 감내해야 할 몫은 분명 엄청나리만큼 두려운 것이었다. 그러나 학찬의 귀국을 알고 있는 가족은 희재와 희연네와 큰오빠네 뿐이다. 어쩔 수 없이 알아야 할 사람들만 알게 했고 다른 가족들은 최대한 모르는 선에서 진행하고 있는 중이었다.

김 변호사: 이학찬과 형제들의 너무나 이기적인 생각이군. 자기
　　　　　 중심적인.
학찬: 변호사님도 변호사님 중심적인 생각일 수도 있잖아요. 유
　　　 가족이 저에게 그렇게 얘기한다면 저는 한마디도 대꾸할
　　　 수가 없습니다.
김 변호사: 그럼 유가족하고 내가 연락해도 되나?
학찬: 유가족에게 변호사님이 연락하시면 안 되지요. 이건 저와
　　　 유가족의 문제인데.
김 변호사: 내가 왜 관계가 없다는 건가? 유가족에게 처벌불원
　　　　　 의사를 해 주라고 했고 사실을 밝히려고 그렇게 노력
　　　　　 했는데 내가 왜 관련이 없다는 거야? 다 잊어버린 건
　　　　　 가? 진실을 밝히려고 노력했던 게 자네를 도우려는
　　　　　 게 아니었던가?
학찬: 제가 밝혀야 진실이 밝혀지는 거지 변호사님이 혼자 그러
　　　 신다고 밝혀질 진실이 아니잖아요. 그건 제가 유가족에게
　　　 할 일이죠.

김 변호사: 할건가?

학찬: 누나가 분명히 얘기하지 않던가요? 한다고.

김 변호사: 언제 할 건가? 유족에게 사죄하고 나한테 찾아오기로
했으면 약속을 지켜야지.

학찬: 아니요. 저에게 가족들과 상의하라고 하셨잖아요. 또 교회
상대로 그렇게 하는 건 창피한 일이라고.

김 변호사: 내가 교회를 상대하는 건 반대한다고 그랬어.

학찬: 창피할 정도로 저에게 그건 돈 뜯어내는 거라고 얘기하셨
고요.

김 변호사: 아니야 아니야. 돈 받는 건 알아서 하겠지만 내가 도
와주는 건 반대했어. 도울 수 없다고 했어. 돈 받아내
는 건. 그건 교회하고 자네의 문제라고 분명히 얘기했
었어.

학찬: 네. 명지원 씨와 유가족 문제도 저와 그분들과 해야 할 문제
이지 않습니까?

김 변호사: 그럼 나는 완전 제삼자라는 얘긴가?

학찬: 지금으로서는 저와 그 사람들 사이에 변호사님은 제삼자
가 맞지요.

김 변호사: 그럼 왜 찾아왔어? 나한테.

학찬: 제가 찾아가서 변호사님께 얘기했던 내용이 전부이고 가
족들에게 물어봐서 어떻게 할건지 가부 여부를 알려 달라
고 하셨는데, 교회에 대해서는 변호사님 말씀대로 그쪽을

접었습니다. 나도 그렇게 변호사님께 욕먹어 가면서까지 하고 싶지는 않았어요. 변호사님 구형대로 나는 14년을 복역했고 이후로도 11년을 이렇게 살다가 다시 출발하는 시점에 있는데 변호사님이 절 도와준다기보다 변호사님을 위한 방식을 택하신거 아닙니까?

김 변호사: 나는, 나를 위한 방식을 택한 게 아무것도 없어.

학찬: 다른 두 변호사님도 김한규 변호사의 방법은 잘못됐으니 가족들의 의사를 따르라고 해요.

김 변호사: 누가 그럽디까?

학찬: 변호사님 근처에 있는 변호사 들이에요.

김 변호사: 좋아. 내가 중시했던 건 고인에 대한 사죄와 더불어 진실 구명이야.

학찬: 네 알고 있어요.

김 변호사: 내가 진실 규명을 요구했었지? 분명히 그건 해야 된다고. 그런데 그것을 그냥 덮으려고. 그리고 나서지 않겠다는 얘기 아닌가?

학찬: 그건 아니라고 지금 제가 말씀드린 거 같은데요?

김 변호사: 그럼 뭔가?

학찬: 다시 다 얘기해 드려야 해요?

김 변호사: 아니야. 내게 와서 얘기했던 자네 모습이 아니야. 전혀 달라. 그때는 상당히 진실되게 얘기했어. 참회하는 모습도 보였고.

학찬: 제가 진실되게 얘기했지만 저를 믿지 않으셨어요. 교회에 돈이나 뜯어낼 놈으로 보셨지.

김 변호사: 나는 그걸 도울 수 없다고 그랬지. 왜 날 이용하려고 그랬어? 처음부터.

학찬: 예전에 저에게 그러셨지요? '도움이 필요하거든 찾아와라. 언제든지 네 얘기를 들어주마'고 해서 찾아갔잖아요.

김 변호사: 그렇지만 교회를 상대로 돈 달라고 하는 문제는 도와줄 수 없어. 내가.

학찬: 예. 그래서 안 한다구요.

김 변호사: 그걸 도와달라고 찾아왔던 게 아닌가?

학찬: 그랬죠. 그런데 안 하신다고 하니까.

김 변호사: 나는 할 수 없지. 그때 수사 주임 검사가 어떻게 교회를 상대로 돈을 받아주나?

학찬: 그니까 안 한다구요.

김 변호사: 자네는 피해자가 아니야 교회에도.

학찬: 네. 마음을 접으니 이제 편안해졌어요.

김 변호사: 좌우지간 지난번과는 뉘앙스가 굉장히 달라졌는데 어떤 사람들의 얘기를 들었는지 모르겠지만, 더군다나 다른 변호사들에게 물어봤다는 얘기를 나한테 하는 건 상당히 섭섭하게 들리는군.

학찬: 변호사님이 저를 도울 수 없다고 하시길래 저로서는.

김 변호사: 그 사람들이 어떤 가치판단을 한다고 그러나? 사건에

대해서 뭘 안다고?

학찬: 예. 설명하는 데 오래 걸렸지요.

김 변호사: 자네가 끝까지 유족이나 망인에게 사죄를 안 하고 진
　　　　　실을 밝히지 않겠다면 나는 유족에게 알릴 수밖에
　　　　　없어. 이건 진실을 위한 거고 정의를 위한 거야. 자네
　　　　　가 한 약속을 지키고 연락을 주시게. 이 여름이 가기
　　　　　전에.

학찬: 제가 사죄는 한다구요. 그 시간과 장소와 모든 건 변호사님
　　　　이 핸들링할 수는 없는 거예요.

김 변호사: 그럼 10년 후, 20년 후에 할 건가? 실망스럽게.

학찬: 그건 변호사님 맘대로 안되니까 실망스러운 거지 저는 한
　　　　다고 그랬어요.

김 변호사: 하고 나서 연락을 주시게.

학찬: 변호사님이 제 의사 없이 하실 수 있는 게 그렇게 많지는
　　　　않아요. 변호사법 위반이라는 게 있다는 사실도 기억하세
　　　　요. 실망은 저 조사하실 때부터 하셨는데 그건 두렵지 않
　　　　습니다. 우리 가족이 저한테 실망하는 것이 두렵지, 남들의
　　　　실망은 두렵지 않아요.

김 변호사: 암튼 방법을 나도 생각해 보겠어. 연락을 바라겠네.
　　　　　조속한 시일 내로.

파일을 다 듣고 난 희재는 한숨이 절로 나왔다. 저 대화 속에 음성

이라는 옷을 입히면 듣기에는 훨씬 더 자극적이고 모욕적인 대화가 된다. 희재가 듣기에는 분명 학찬의 오만함이 목소리에 담겨 있었다. 이제 김한규 당신 아니어도 협상의 길이 열렸다는 성취감과 오만함.

사실 그동안 학찬은 김한규 변호사를 협상 카드로 백분 활용한 건 맞다. 교회에서 가장 껄끄러운 상대는 당연히 명재혁 씨의 아들인 명지원과 김한규 검사였다. 당시 수사 검사인 김한규 변호사는 누구보다 교회 내막과 김동재 목사에 대해 잘 알고 있는 분이다.

그걸 알기에 학찬은 김한규 변호사라는 카드를 이 협상의 가장 전면에 내세웠고 교회 측은 보기 좋게 걸려들었다. 그런데 이제 그 카드를 버린 것이다.

어떠한 위험에 처했을 때 우리는 가까이에 있는 무언가를 들어 자신을 방어했다가 그 물건 덕분에 고비를 넘기면 적어도 생명 없는 플라스틱 물건일지라도 '덕분에 고마웠어'라는 무언의 메시지를 담아 다독이며 안도의 숨을 쉬기도 한다.

자신의 위험을 지켜준 카드를 사용 후에 원래 있던 자리에 슬쩍 놔두어도 파렴치까지는 아닐지라도 양심 없다는 소릴 들어 마땅하다. 그런데 학찬은 그 카드를 짓밟고 구부러뜨린 것이다. 자신의 목적을 달성하는 데 사용된 카드에 대한 최소한의 고마움이나 소중함 따위는 없었다. 버려도 그냥 버리는 것이 아니라 다시는 도움 받을 일 없다는 듯이 아니, 자신이 그분을 절체절명의 카드로 사용한 자체가 수치스러웠다는 듯이 야멸차게 내팽개쳐 버린 것이다.

통화 내용을 들어보면 김 변호사도 학찬이 자신을 이용하려고 했다는 걸 알고 있었다.

그런데 왜 학찬은 지혜롭게 하지 못하고 그토록 모욕감을 느끼도록 자극적인 통화를 했을까? 김 변호사 사무실이 있는 서초동 건물 주변의 변호사들과 상담했다는 내용까지 굳이 밝힌 이유는 또 무엇일까? 이렇게 현명하지 못한 방법으로 마무리를 해놓고는 또 희재에게 가서 맡겨 놓은 서류를 찾아다 달라는 것이다.

그러면서 학찬은 또 희재에게 당근을 건넸다. 교회에서 20억이든 30억이든 받으면 가장 먼저 누나에게 터전을 마련해 줄 것이고 누나도 두 아들들과 소박하게 살아갈 수 있을 거라는 말을 덧붙였다.

희재는 참 씁쓸했다. 학찬의 수형생활 아니, 엄마가 돌아가신 때부터 지금까지 단 한 번도 동생에게 뭘 바라고 뒷바라지를 했던 건 아니었다. 그동안 학찬의 삶에는 어떠한 기대를 할 만한 시절이 단 한 번도 없었던 것이 사실이다. 굳이 조건부 격인 그 말을 하지 않았으면 좋았을 텐데 마치 무슨 대가를 바라고 심부름하는 것 같은 섭섭함을 들게 했다.

어쨌거나 이제 서류를 찾는 일은 희재의 책임이 돼 버렸다. 아무리 현직에서 은퇴하셨다 해도 동생의 사건 담당 주임 검사가 어찌 편한 관계일 수가 있을까? 그 어렵고 불편하고 심호흡을 해야만 대면할 수 있는 분을 이렇게 모욕감이 들게 했으니 무슨 낯으로 뵐 수가 있을까.

학찬이 다녀간 다음 날인 8월 1일, 교회 이름으로 송도 아파트의 계약서가 작성되었다. 84㎡에 전세금은 3억 5천만 원, 계약 기간은 2년이고, 이사 예정일은 8월 19일이다.

자가든 전세든 학찬이 태어나서 처음으로 갖는 자신의 공간이다.

누나로서 진심으로 축하해 주고 싶었다. 이곳에서부터는 제발 발 쭉 뻗고 편안히 잠들 수 있는 나날이 이어지기를 진심으로 기원했다. 당장 생활비도 필요했으므로 교회의 신학교에 교수로 이름이 올라 매달 4백만 원의 급여를 받게 되어 생활비도 해결되었다고 했다.

전세 계약서를 받아 듦으로 일이 조금씩 진행되자 학찬에게 가장 성가신 것은 김 변호사에게 맡겨 놓은 서류였다. 민준호 담임 목사도 일을 진행하기 전에 김한규 변호사로부터 서류를 찾아와야 한다는 조건이었다고 한다.

집이 구해지고 이사 날짜가 정해지자 제시카가 미국에서 들어왔다. 그사이에 학찬과 제시카 사이에 많은 통화가 이루어졌고 화해도 급속도로 이루어졌던 것이다. 그러면서 희재 형님에게도 사과해야 하니까 자신들이 묵고 있는 호텔로 와 달라는 것이다.

그 호텔은 카톡 내용을 봤을 때 박경호와도 이용했던 호텔이다. 버젓이 같은 호텔에 묵는 제시카도, 그것을 알면서도 동의한 학찬도 희재로서는 이해할 수 없었다.

못마땅한 희재는 왜 그렇게 용서를 쉽게 했느냐고 학찬에게 핀잔을 주기도 했지만, 함께 살 사람은 학찬 자신이기 때문에 이미 정해버린 마음을 희재로서는 어쩔 수 없는 일이다.

학찬은 설명했다. 먼저는 희연누나나 형수님도 자신이 고향에 와 있는 걸 몹시 부담스러워한다는 것이다. 지역사회인 고향에서는 모든 일이 관심사고 입방아 감이었다. 25년 전의 동생의 악몽에서 깨어나 겨우 일상을 회복한 가족에게는 부담이 될 수도 있다는 데에는 동의 한다.

희재가 이해할 수 없는 건 제시카가 박경호와 지나가는 일탈이 아 닌 진심으로 사랑한 사이였는데 그들이 그동안의 관계를 심플하게 지 울 수 있느냐는 것이었다. 거기에 대한 학찬의 대답은 또 한번 희재를 경악하게 했다.

"누나, 누나도 카톡 내용 보셨다시피 제시카가 그 자식과 혼인신고 까지 했고 시험관 애까지 시도한 사이인데 그 일에 대해 제가 그리 쉽 게 잊혀지겠어요?"

"그런데 왜 그렇게 쉽게 받아들이냐고? 적어도 제시카가 진심으로 변했는지 박경호랑 깨끗하게 정리됐는지 아직 믿음이 안 가는데."

"저는 미국으로 들어가는 게 가장 중요해요. 누나, 미국에서는 백인 의 힘이 그 어떤 카드보다 공신력이 있어요. 성도들이 교통사고를 내 도 장인이나 제시카가 경찰서에 가면 금방 해결이 돼요. 난 미국에서 백인의 힘을 봤어요. 그래서 아직은 제시카가 필요하지요. 미국에 들 어가기만 하면 내가 저런 애하고 살겠어요? 그때까지는 제시카가 필요 해요."

확고한 학찬의 설명에 희재는 또다시 할 말을 잃고 말았다. 동생이 원래 저런 사람이었던가 아니면 험난한 삶을 살다 보니 저렇게 변해 버 렸을까?

전자든 후자든 모두 슬픈 일이었다.

학찬과 제시카를 만나기 위해 지하철을 타고 가고 있는 희재에게 김한규 변호사 사무실에서 전화가 걸려 왔다. 전철 안에서 전화를 받으며 희재는 최대한 집중해서 통화를 했다. 동생 일에는 늘 이렇게 긴장하게 된다. 혹시라도 자신의 말 한마디나 행동 하나로 동생의 일이 그르치게 되면 안 된다는 노심초사가 늘 압박해 오고 있었기 때문이다.

비서였다. 내일 오후 4시에 서류를 받으러 올 수 있느냐는 전화에 희재는 스케줄에 상관없이 무조건 가능하다고 했다. 손님의 예약 건은 양해를 구하면 될 일이다.

호텔 로비에 들어서니 학찬과 제시카가 내려와 있었다. 치렁치렁한 롱드레스를 입은 제시카는 희재에게 입으로는 인사를 하는데 표정은 심통이 잔뜩 난 사람처럼 보였다. 희재는 그런 제시카의 모습도 처음 봤다. 사과할 테니 사과받으러 와 달라고 해서 온 것인데 마치 자신이 와서는 안 될 자리에 온 것처럼 어이가 없었지만, 누나인 자신이 분명 제시카에게 뼈 있는 말을 하게 될까 봐서인지 중간에서 학찬이 안절부절하고 있어서 맥이 빠졌다.

묵고 있는 방으로 셋이서 올라갔는데 학찬은 여전히 제시카의 곁에 밀착해 앉아서는 희재로 하여금 그 어떤 말도 할 수 없게 만들었다.

사실 희재는 제시카에게 하고픈 말이 있었다.

처음 자신의 집을 방문했을 때부터 박경호와의 사이를 눈치챘다는 것과 자신이 본 카톡 내용으로 그 이상도 알고 있으니 박경호와 완전히 헤어질 자신이 없거든 학찬을 그만 놓아 달라고 말하고 싶었다. 그러나, 학찬은 그런 희재의 의도를 짐작했는지 일방적인 제시카의 단 몇 마디의 말로 사과라는 형식을 치르게 했다.

"죄송해요. 형님."

미안함도 죄책감도 없는 그야말로 입술에 올려진 소리에 불과한 사과였다. 당사자인 학찬이 제시카를 용서하고 받아들인 이상 아무리 시누이라고 해도 희재가 할 일은 이미 사라지고 말았다.

내일 김한규 변호사에게 서류 받기 위해 간다는 말을 남기고 집으로 오는 좌석버스에 앉았을 때 희재는 동생과의 거리가 강 너머의 불빛처럼 아득하게 느껴졌다. 학찬은 제시카와의 화해의 과정에서 자신에게는 한마디 상의도 하지 않았다. 지금까지 학찬은 어려운 고비 때마다 자신을 찾았었고 지금도 교회나 김 변호사 사이에서 궂은일, 곤란한 일들은 희재에게 맡겼었다. 그런데 제시카로 인해 사라지듯 미국을 떠나오면서도 유일하게 상의하고 도움을 요청했던 동생이 정작 그런 제시카를 다시 받아들이면서는 한마디 의논도 없이 진행했고 이제는 화해했으니 희재에게는 또 한마디도 하지 말라고 한다. 아무리 자신의 삶이긴 해도 원로 목사님은 분명 학찬과 제시카에게 부모처럼 희재를 섬기라고 명령하셨다는 말을 자신들이 희재에게 전했었다. 그런데 이미 자신은 동생에게 아무런 존재가 아니라는 사실이 오늘은 여실히 느껴졌다. 동생에게 자신은 뭘까? 아무 때나 자신이 필요하면 느닷없이 찾아와서는 일방적으로 사용하고 본인의 곤란하고 난처한 뒤치다꺼리나 해야 하는 존재처럼 느껴져서 온몸에 힘이 빠지고 의사 속으로 스며들 듯 꺼져가는 것 같았다.

다음날인 8월 6일, 희재는 법률사무소 앞에서 또 한 번 심호흡을 가다듬고 있었다.

동생과 김 변호사의 통화 내용을 들은 후 뵙는 거라 지난번보다 더 긴장되고 걱정이 되었다.

솔직히 말하면 너무나 창피하고 부끄러워 면목이 없었다. 그녀도 자신의 동생이 그렇게나 무례하고 부끄러울 만큼 이중적인 면이 있는지는 몰랐었다.

시간이 다가오자 마치 카운트다운을 하듯이 숨 막히는 순간을 지나 문을 열고 사무실 안으로 들어섰다. 두 번째여서인지 비서는 반갑게 맞이하며 상담실 안으로 안내했다.

김 변호사를 마주한다는 건 지난번보다 더 공포스러웠지만 서류를 찾아다 주는 일까지만 하자고 스스로 다짐을 했다. 또 이 일을 할 사람은 자신 외에는 없는 것도 사실이다.

잠시 후, 발자국 소리가 들리더니 상담실 문이 열렸다. 순간이지만 희재는 마음속으로 눈을 질끈 감았었다. 그만큼 김 변호사를 마주 보는 게 부끄러웠다.

김 변호사는 빈손으로 들어왔다. 순간 희재는 또다시 가슴이 철렁했다. 오늘도 서류를 안 돌려주면 어떡하지 하는 염려가 먼저 찾아왔다.

짐작했던 대로 굳은 표정으로 들어오셨기에 희재는 더욱 경직되어 갔다.

다행히도 마주 앉은 김 변호사는 그 중저음의 목소리로 여기까지 오는 데 시간은 얼마나 걸렸는지 교통편은 뭘 타고 왔는지부터 물어서 희재의 긴장을 풀어 주었다. 하긴 이미 동생과는 결론을 지은 상태였으므로 자신을 통해 바뀔 사실이 없음은 알고 계시기 때문이리라.

어차피 실망이야 하실 만큼 한 상태여서인지 희재를 향해 차분히 마음속에 쌓인 불만을 털어놓기 시작했다.

"첫날 찾아와서 보였던 공손한 태도와 자초지종을 얘기했던 자상한 본인의 모습과 너무 달라. 말을 함부로 하고 이 정도 사람밖에 안 되나? 도와 달라고 왔던 사람이 아니었나?"

희재는 진심으로 사과를 드렸다. 통화 녹음 파일을 들었다고는 말할 수 없었지만 모든 걸 알고 있기에 말도 표정도 부디 진심이 전해지기를 바라는 마음을 담아 깊이 용서를 구했다.

"누군가는 목숨을 잃었고 누군가는 아버지를 잃었어요."

'그렇습니다. 동생이 잘못하고 있는 거 알고 있습니다. 저도 어떻게 해야 할지 모르겠습니다.'

"나를 잘못 알아도 한참 잘 못 알았어. 내가 변호사가 됐다고 해도 돈이나 바라고 아무 사건이나 맡지 않아요. 조직 폭력 마약 사건은 아예 수임을 하지 않아. 내가 굶으면 굶었지 정치인 사건도 안 합니다. 와서 보셨겠지만, 사무장이고 이런 사람도 안 씁니다. 사건을 물어 온다던가 브로커 노릇 한다던가 난 절대로 그런 거 용납 못해요. 이학찬이가 나를 수많은 변호사의 한 사람으로 봤다면 실망이지. 이 사건은 내가 공인으로서 처리했던 것이고 지금도 이 사건이 문제가 된다면 사인이 아니고 공적인 시각으로 봐야 될 거예요. 그게 내 직업 윤리야.

내 개인 철학이고.

20억 받아 달라 50억 받아 달라. 거기서 몇 프로 떼어 가지시라. 그런 식으로 얘기했다고 처음에.

생각해 봐요. 내가 그런 사람으로 보이세요? 우선적으로 고인의 묘라도 찾아가라고 했어요. 진심으로 뉘우친다면 가서 밝히는 거야. 내가 도구로 이용돼서 남에게 끔찍한 범죄를 저질렀다고. 쉽게 생각할 문제가 아네요. 남의 목숨을 빼앗아 놓고 아무 일도 없었다는 듯이 찾아와서는 자기는 그동안 감옥에서 죗값을 치렀으므로 다 끝난 일이다. 이런 생각을 어떻게 하느냐고."

'그래요. 동생은 변호사님을 몰라도 너무 몰랐네요. 이미 동생은 이 게임에서 진 거예요. 구구절절이 너무나 옳은 말씀이라서 더더욱 부끄러울 따름입니다.'

"형제들 조카들 때문에 덮는 거라면 그건 표백되고 이기적이고 하나만 보는 것 같아. 또 돈을 요구한 흔적이 남을까 봐 자료나 돌려달라고 자꾸만 보채고. 나를 뭘로 아는 겁니까? 이까짓 거 돌려주면 그만이지. 나를 왜 찾아왔냐고. 차라리 안 왔으면 좋을 뻔했어."

'변호사님을 찾아온 건 교회 측을 협박하는데 변호사님 만 한 카드가 없었기 때문입니다. 맞아요. 제대로 이용당하셨어요. 그리고 이 서류를 꼭 찾아가야 하는 이유는 담임 목사이신 민준호 목사가 협상 조건으로 변호사님 문제를 해결해야만 한다고 하셨기 때문이랍니다.'

"지난번 통화에서 내가 상당히 불쾌하게 느꼈던 것은, '내가 뭐 변호사님만 만난 줄 압니까? 다른 변호사를 만나서도 상담했다'는 데 나를 왜 다른 변호사들하고 비교하느냐고.

어떻게 그런 말을 아무렇지도 않게 얘기할 수가 있나? 아무리 죄를 지은 사람이라도 기본은 지켜야 하는데 어떻게 그렇게 상스러울 수가 있나 사람이. 생각이 있는 사람이라면 본인이 와서 얘기를 해야지. 누나나 보내서 어려운 말 대신 해달라고 하고."

'네 저도 동생이 무척 실망스럽고 많이 부끄럽습니다. 그 정도로 뻔뻔하고 극도로 이기적인 줄 몰랐습니다. 통화 내용을 다 들었습니다. 그래서 너무나 부끄럽고 죄송합니다.'

"난 굉장히 따져요 사건들을. 나쁜 사람들이 와서 사건을 맡기면 절대 안 맡습니다. 보면 알거든요. 의도적인 사건인지 휘말렸는지. 돈을 아무리 많이 준다고 해도 안 합니다. 내가 이렇게 고지식 하지만 이 서초동에서 변호사 사무실을 하고 있는 것은 난 그 보답이라고 생각해요."

'세월이 이렇게 흘렀건만 그때나 지금이나 여전하시군요. 하나도 안 변하셨어요. 존경스럽습니다. 말씀하신 것처럼 돈 앞에 비굴한 변호사들이 이렇게나 많은데 실망하지 않게 해 주셔서 다행합니다.'

"변호사님이 무슨 피해를 입었습니까? 하고 막말을 하고 그러는데 이 사건을 맡아서 얼마나 살해 위협을 많이 받았는지, 날 이학찬이와 같은 편이 아닌가 하는 의심도 받았다고. 교회에서 거대한 자금이 다른 곳으로 움직이는 걸 내가 쫓다 보니까 TV 뉴스에도 나왔는데 보셨는지 몰라. 우리 집에 테러하겠다는 협박도 받고. 이랬는데 내가 왜 피해자가 아니에요? 그런데 마치 자기를 도와주지 않으면 아무런 관계가 없는 양 얘기하고. 난 정말 실망했어. 그 인간에 대해서."

'그래요. 그건 굳이 말하지 않아도 되는 내용이었어요. 그 애는 말이 너무 많답니다. 할 말 못 할 말 어찌나 나불거리는지 저도 정말 미칠 지경이에요.'

"나는 이 사건 할 때 내가 가장 마음에 걸렸던 게 뭔가 하면 살인사건 이런 걸 많이 해 봤지만 난 꼭 피해자를 봐야 돼요. 해부나 부검 들어가기 전에 꼭 봐야 돼. 죽은 상태 그대로를. 왜냐하면 피해자가 나한테 뭔가 해 줄 이야기가 있느냐고 묻거든. 나는 검사로서 그 사람을 해원시켜야 하거든. 원한을 해출시켜 줘야 돼 내 책임이. 해출시키는 건 인간의 법으로나마 죗값을 받게 하는 거예요. 원상복구는 될 수 없지만 잘못을 뉘우치고 죽은 사람과 가족에게 사과하게 하는 것이 최선이에요. 원령을 남겨 놓으면 본인이 어떠한 형태로든 벌을 받아요. 그런데 이 사건의 경우 내가 그 피해자를 못 봤거든."

"왜요?"

"그때 워낙 이 사건이 크게 보도되고 관할이 북부지청이라 거기 검사들이 나와서 수사본부 차리고 현장검증하고 부검까지 했지. 난 본청에 있었는데 이틀이 지나서 우리 최고 지휘관이 불러서 이 사건이 상당히 어려운 사건인데 본청에서 해야 한다. 그때가 토요일이었는데, 주 5일 근무할 때가 아니어서 출근을 했지. 그날따라 내가 이상하게 점심을 일찍 먹고 들어왔다가 끌려갔지. 나는 죽은 사람과 대화할 시간이 없었어. 아직 해원이 안 된 거야. 종교적으로 인과를 인정해야 하는데……. 난 끝까지 사건을 파다가 쫓겨났거든 시골로."

'저도 마음이 아파요. 지원 씨를 생각하면 지금도 미안하고 가엾고 너무 마음이 아픕니다. 그런데 이제야 동생이 진실을 말했어요. 어떡해야 할까요? 어떻게 해야 명지원 씨에게 이 사실을 알려 줄 수가 있을까요?'

"가서 잘 얘기해 보시되 그래도 안 하겠다 숨어서 농사일이나 공장일이나 하면서 지내겠다 하면 할 수 없지만 한 사람이 죽은 걸 그렇게 간단하게 생각하는 거 아닙니다. 죽을 때까지 그 사람을 메고 가는 거지. 그 친구도 이제 나이가 50인데 어떻게 하겠어요. 마무리를 잘해야지 이제는. 동생이 유족에게 사과를 하거든 꼭 내게 연락주세요. 난 유족을 꼭 만나고 싶어. 유족은 그때 내가 몇 번 만나서 밥도 사 주고 그랬어. 너무 딱하고 안쓰러워서. 내가 다 파헤치지 못했으니까. 나는 그 사람들을 보고 싶어."

'저도 그렇습니다. 제가 죽기 전에 꼭 명지원 씨에게 이 진실을 밝혀 주고 싶어요. 대표님이 그래 주실 수는 없는 건가요? 변호사법 위반이라서요?'

희재가 침통한 마음으로 눈도 똑바로 뜨지 못하고 이야기를 듣고 있는 사이 김 변호사는 문을 열더니 비서에게 신호를 보냈다. 그러자 비서가 서류 봉투를 가지고 왔다.

동생이 맡긴 서류일 거라는 생각이 들었다.

'받은 그대로 드릴 테니까'하면서 희재에게 봉투를 내밀었다.

"이 서류에 집착하는 거 보고 나는 또 실망을 했어. 그게 무슨 의미가 있어? 진짜 회개한 사람이 아니에요. 흔적 지우기나 하려고 하는 걸 보면. 창피해요. 창피한 일이야. 손바닥으로 하늘을 가리겠냐고?"

그러면서 또 무슨 얘긴가를 하셨다. 어렴풋이 기억이 나는 건 가족들도 벌 받을 거라는 얘기도 있었고 동생에 대한 비판도 또 있었다. 그러나 서류 봉투를 받아든 희재는 안도의 한숨과 함께 그만 긴장이 풀려서 그 이후의 이야기는 정확히 기억나지 않는다.

학찬과 교회 측에서 가장 성가셔하는 서류를 드디어 받은 것이다. 이 곤란하고 어렵고 무서운 일을 무사히 잘 수행했다는 것에 대해 희재 스스로는 탈진할 지경이었다.

다시 한번 죄송하고도 감사하다는 인사를 남긴 채 변호사 사무실에서 나왔다. 그러나 발걸음은 가볍지 않았다. 어디 가서 좀 울고 싶은 마음이 앞서 왔다.

동생이 무서웠고 명지원이 한없이 가여워서 한 시간이 넘게 걸리는 집에까지 가기 전에 근처의 어디라도 가서 실컷 울고 싶었다.

아무리 신앙심이 깊다 해도, 아무리 동생이 이용당한 걸로 알고 있을지라도 자신의 아버지를 죽인 범인 누나의 손을 잡고 일으켰던 그 선한 청년에게 희재는 늘 빚진 마음이었다. 자신이었다면 결코 그럴 수 없었을 것이다.

그렇다해도 그 청년을 만날 자신은 더더욱 없었다. 그것은 두려움이었다. 그 청년이 그녀에게 함부로 대하거나 원망의 시선으로 바라본 적은 없지만, 동생이 저지른 일이 너무나도 엄청난 일이란 걸 알기에 그 청년의 슬픔과 정면으로 마주한다는 건 분명 두려운 일이었다.

그런데 이제 알아버렸다. 마음은 당장 가서 알려 주고 싶었다. 그런데 그럴 수 없는 또 다른 두려움이 있다. 그건 자신의 노출이다.

희재는 동생의 일을 겪으면서 대인기피증을 겪었었다. 그래서 찾아간 곳이 동생이 다녔던 일곱별 교회다. 동생이 잘못 된 교회를 만나 동생의 영혼이 잘 못 된 건지 알아내어 늦게라도 동생을 그 집단에서 빼 내리라는 야멸찬 목표도 있었지만, 대인기피증 또한 무관하지는 않았다. 그러다 희재는 사업 실패도 겪었다. 사업이 무너지자 주변의 99%가 자신에게 등을 돌리는 모욕감도 겪었다. 거기에는 희재의 집에서 마치 자기들 집인 것처럼 상주해 기거했던 조카들과 언니도 포함되어 있었다. 파산 후에 예전의 사업장과는 비교도 안 될 만큼 작고 초라한 가게에서 십여 년간 노력한 결과 예전보다 더 좋은 고객들을 만났다. 집과 가게와 교회만이 그녀 삶의 전부였고 지금의 고객들은 떠나간 피붙이들의 공백까지 채워줘서 희재가 자립하고 외롭지 않게 살아갈 수 있는 원동력이 되어 주셨다.

그녀가 가장 두려운 것은 고객의 차원을 넘어 지인으로 발전한 그분들을 잃는 것이다. 희재의 고객들은 서울의 대표적인 부촌에서 대를 이어 살아오신 최상위층 분들이었다. 그분들에게 자신이 살인자의 누나라고 알려지는 게 싫은 건 당연한 일이었다. 그분들 또한 지금까지는 돈독한 신뢰로 10년 이상 이어져 온 관계지만 희재의 동생이 나라를 뒤집어 놓은 강력 살인 사건의 범인이었다는 걸 알고 난 후여도 지금의 관계를 유지할 것이겠는가? 그건 희재 자신이어도 기피하게 될 것인데 자신이 그렇다면 남도 당연히 그럴 것이다. 희재에게 가장 두려운 건 주변에 자신의 가족사가 노출되어 또 한 번 혼자가 되고 싶지는 않았다.

변호사 사무실에서 나와 8월 초 오후의 후덥지근하면서도 강렬한 불볕더위 속을 걷다가 학찬에게 전화를 걸었다. "순순히 서류를 내어 주던가요?"

서류를 찾아왔다는 사실에 학찬은 안도하며 후련해했다.

진심인지 입에 발린 소리인지 모르겠으나 희재에게 고생했다는 말을 했고 서류는 당분간 누나가 보관하고 있으라고도 했다.

"명재혁 씨 산소에 가겠다고 한 거 언제 갈 거니? 내가 함께 가 줄게. 김 변호사하고도 약속했고."

"지금 당장 얘기 해야 돼요?"

학찬은 성가시다는 듯이 목소리가 돌변했다.

"이렇게 서류도 돌려받았는데 너도 한가지는 해야 하지 않겠니?"

"아직 더우니까 이 더위 지나가면 그때 생각해 보죠 뭐. 암튼 수고했어요."

자신으로 인해 망인이 된 분을 뵈러 가는 길이 어찌 아무렇지 않겠는가? 쉽지 않은 일이란 것도 알지만 그래도 그 약속만은 지키게 하고 싶었지만 민준호 목사와의 대화의 길이 열렸고 걸림이 됐던 서류도 찾아온 이상 학찬의 마음이 느긋해지는 듯한 느낌이 들었다.

두 시간 가까이 걸려 지하철을 타고 집으로 왔을 때, 학찬이 봉투속 서류들이 맞게 들어 있는지 확인해 보라고 해서 봉투 속 서류들을 꺼내 보았다.

희재의 이메일로 보내줬던 네 장으로 된 내용증명서가 있었고 출입국증명서와 제시카와의 혼인신고서가 들어 있었다. 서류들을 놓고 사진을 찍어 보내주니 모두 맞다고 했다.

'아마도 김한규 변호사가 복사를 해 놨겠지?'하고 물었는데, 순간 희재는 그럴 분은 아닐 거라고 대답하려는데 '그냥 줬겠어요?'하고 희재의 대답보다 학찬의 말이 먼저 나왔다.

복사를 해 놨는지 아닌지는 물론 희재도 모른다. 다만, 자신의 사건을 담당했던 주임 검사에게 스스로 찾아가서 진실을 모두 고백했으니 증거 서류는 별 의미가 없다는 생각이 들었다.

8월 19일이 되자 예정대로 학찬은 송도의 아파트에 입주했다.

영어의 몸이 되고부터 25년 만에 처음으로 갖는 자신만의 공간이다. 미국에서 작은 가방 하나 메고 왔기에 모든 것을 새로 장만해야 한다. 제시카와는 이미 화해를 했으니 한국에서 갖는 신혼집인 셈이다.

이런저런 이야기를 나누는데 희연누나가 어디서 증정품으로 받았는지 오랜 시간 처박아 둔 이불을 줬는데 가져와서 보니 퀴퀴한 냄새가 나서 덮을 수가 없다고 했다. 희재는 침구로는 꽤 이름 있는 브랜드의 매장에 가서 올리브그린 색의 근사한 이불 세트를 사서 택배로 보내주었다. 제시카가 너무 맘에 들어 해서 학찬의 체면도 선다고 했다.

빈 몸으로 들어온 동생이건만 누구 한 사람 나서서 돌봐 줄 피붙이가 없다. 할 수 있는 누나들은 마음이 없고 하고 싶은 희재는 능력이 안 된다. 또 한 번 동생이 가여워지는 순간이다.

7인의 위원회

교회에서는 학찬의 문제를 해결하기 위한 '7인의 위원회'가 결성되었다. 25억 원이라는 큰돈을 일반 성도들 몰래 빼내는 것이 결코 쉬운 일은 아닐 것이다. 목회자들을 뺀 교회의 핵심 장로들로 결성된 '7인의 위원회'의 위원장은 세관 공무원인 장로가 맡았고 이제는 불혹의 나이에 접어들어 교회의 어엿한 기둥으로 성장한 현 권사님의 아들 윤서진도 포함되어 있었다.

협상의 진도가 더디 진행될 때면 학찬은 수시로 김 변호사 카드를 들이대며 명지원 씨까지 셋이서 기자회견을 하겠노라고 압박을 가하고 있던 참이었다.

희재와 왕래하고 있던 어느 성도의 제보로 '7인의 위원회' 결성 소식을 들었고 그 소식을 학찬에게 전해 주자 학찬은 정확한 정보인지를 묻더니 7인의 신상까지 알려 주자 비로소 안도의 한숨을 내쉬었다.

학찬은 희재에게 전임 담임 목사였던 김재홍 목사를 모시고 송도로 와 달라고 했다. 사건 전부터도 아는 사이였고 워낙 인품이 뛰어나신 분이기에 자신도 가장 신뢰가 가는 분이어서 교회 분위기를 여쭤보고 싶다고 했다. 김 목사님은 가감 없이 소식을 들려 주실 것이고 학찬이 싫든 좋든 직언도 해 주실 분이라면서 적어도 민준호 목사처럼 손바닥 뒤집듯 수시로 말을 바꾸는 분은 아니기에 무슨 말씀이든 믿을 수 있다고 했다.

교회 근처에서 김 목사님을 만나 목사님 차량으로 송도로 이동했다. 목사님도 담임 목사에서 물러나셔서 사실상 아웃사이더셨던지라 핵심 정보는 교회 내의 어느 분께 전해 듣는 상태라고 하셨다. 희재는 김 목사님은 정직한 분이기에 명지원 씨에 대한 얘기를 꺼냈다.

"목사님, 명지원에 대한 배상은 어떻게 해야 할까요? 몰랐을 때야 그렇다해도 알고 나니 마음이 너무 무겁습니다. 목사님도 학찬이 재판 때 제가 증인으로 섰던 거 기억하시지요? 학찬이의 사형 구형을 피하는 유일한 방법은 아버지가 배후일 것이라고 말하는 것이었어요. 그렇지만 알면서도 저는 그렇게 말하지 않았습니다. 교회 분들은 성령께서 저에게 은혜를 입히셨다고들 했지만 그건 아니었어요. 학찬이가 아버지와 상관없이 자기 스스로 저지른 일이라고 했기 때문에 그랬던 겁니다. 그런데 이제 사실을 말했고 아버지의 사주였다는 걸 알게 됐어요. 그래서 많이 괴롭습니다."

목사님은 피식 웃었다. 웃음이 나와서 웃은 건 아닐 것이다. 너무나 직선적이고 곤란한 얘기여서 난감해서 나온 실소일 것이다.

"권사님. 모든 건 하나님의 허락하에서만 일어납니다. 학찬이에 대한 배상에도 이렇듯 교회가 패닉인데 명지원이 나서면 김한규 검사도 나설 것이고 그러면 금액이 몇백억이 될 거예요. 교회 보존이 먼저입니다."

어차피 어떤 대안을 듣자고 한 말은 아니었다. 이렇게라도 말을 해봐야 저릿저릿한 가슴의 통증이 나아질 것 같았다. 희재의 생각은 학찬에게 주는 25억 원 중에서 얼마를 각출하고 교회에서도 도의적인 책임에 따른 성의 표시와 여유로운 원로 목사님 아들들 또한 그만큼씩을 보태서 명지원을 찾아갔으면 하는 마음이 간절했다. 김한규 변호사의 말대로 이미 고인이 되셨기에 기소는 되지 않을 것이고 김동재 목사님 개인으로 선을 그으면 교회도 안전할 것이라는 생각이 들었기 때문에 속내를 말씀드린 것뿐이었다.

김 목사님의 대답을 듣고는 희재도 그만 입을 다물었다. 교회 담임 목사까지 하신 분이기에 양심보다는 교회 걱정이 더 앞서는 것은 당연한지도 모른다.

10월로 접어든 송도의 가로수들이 단풍으로 곱게 물들어 있었고 가을바람이 우수수 낙엽들을 휘몰아 오색의 나뭇잎들이 꽃잎처럼 휘날리는 풍경을 바라보며 명지원에게 마음의 미안함을 전하고 있다 보니 학찬이 정해준 쇼핑센터의 주차장에 도착했다는 네비게이션의 알림음이 들렸다.

3층 식당가에 올라가자 학찬이 먼저 와 기다리고 있었다. 아직 남의 시선이 불편한 학찬은 번잡한 점심시간을 피해 약속 시간을 잡았고 그래서인지 식당은 한산했다. 셋이서 간단한 식사를 마치고 학찬이 불편해하는 것 같아 희재는 일어서서 같은 층의 다른 가게들을 구경하러 다녔다. 30분쯤 지난 후에 돌아와 보니 목사님과 학찬의 대화는 거의 끝나가는 듯했다.

차 막히는 시간을 피하자며 목사님이 일어서자 학찬은 입구가 봉해지지 않은 흰 편지 봉투 하나를 목사님께 건넸다. 목사님께서도 알고 계시면 좋을 것 같아서 정리해 봤다고 했다.

주차장까지 따라온 학찬은 목사님과 희재에게 건너에 보이는 고층 아파트를 가리키며 자신이 살고 있는 집을 알려 줬다. 처음 가 본 송도는 국제도시답게 깨끗했다.

주차장에서 시동을 걸던 목사님은 봉투 속 내용이 궁금했는지 그 자리에서 읽기 시작했다. 평소처럼 별 미동은 없었다. 차가 출발하자 운전석 옆에 목사님이 놓아둔 학찬으로부터 받은 봉투가 눈에 들어왔다. '제가 읽어봐도 될까요?'목사님은 뭘 굳이 보려 하느냐고 하셨지만 희재는 목사님께 양해를 구하고 봉투 속 내용물을 꺼내 읽었다.

거기에는 희재가 학찬에게서 들은 내용들이 좀 더 구체적으로 적혀 있었다. 원로 목사님의 아이를 임신했던 여가수 서예나와 반주자 지민 주및 동침했던 여전도사로 이은교 전도사와 도원이 어머니인 권사의 이름까지 충격적이고도 적나라한 내용들이었다. 이 여인들의 중절 수술을 현 권사님이 데리고 가서 받게 했고 수술 후의 소염진통제는 약사인 제시카가 조제 해서 먹였다는 민망한 내용까지 죄다 자세히 적어 놨다.

학찬은 무슨 이유로 이런 내용을 김재홍 목사에게 알리는 걸까? 아마도 언젠가는 다시 담임 목사로 복귀하셔서 일곱별 교회를 이끄실 거라고 생각한 것 같았다.

서울로 돌아오면서 김재홍 목사님께 들은 소식에 의하면 학찬에 대한 교회의 움직임은 지금부터는 빨라질 것이다. 학찬도 자신의 계획대로 일이 잘 진행되어서 앞으로의 삶만은 제발 평범하게 그리고 평화롭게 살게 되기를 바라는 마음이야 진심이었다. 그러나 희재의 마음속에는 또 하나의 진심이 자꾸만 고개를 내밀었다. 동생의 보상도 중요하다. 청춘을 바쳤고 출소 후에도 상상할 수 없는 고생을 하며 인고의 세월을 보냈으니까. 그러나 희재에게는 잊혀지지 않는 한 청년의 모습이 자꾸만 눈앞을 가로 막았다.

그 청년 명지원. 주르륵 눈물이 볼을 타고 흘렀다.

의료선교회

일곱별 교회를 떠나온 후 희재는 몇 군데의 교회를 순회하다가 어렵게 정한 교회에 출석하고 있었다. 그 교회에는 의료선교회가 있어서 봉사활동이 수십 년에 걸쳐 이어져 온 전통있는 교회였다. 첫 예배 때 희재를 사로잡은 건 주보에 실린 바로 이 봉사활동단원 모집 광고였다.

지금까지 그녀는 자신만의 삶도 건사하기에 벅찬 삶을 살아왔었다. 일곱별 교회를 떠나오면서 이제는 누군가를 위해서 자신도 먼저 받은 사랑을 나누고 싶다는 강력한 무언가가 있었는데 마침 자신이 할 수 있는 미용 분야의 단원을 모집하고 있는 것이다. 예배 후에 의료 선교부에 문의 전화를 했더니 3개월 동안 새 신자 교육을 이수한 후에는 봉사활동이 가능하다고 했다.

주저 없이 새 신자 등록을 했고 매주 예배 후에 한 시간씩 진행되는 공부를 마쳤다. 이제는 정식으로 이 교회의 성도가 된 것이다.

공부를 이수하자 새 신자 국에서는 담당 목사님과 권사님 서너 분이 심방을 오시겠다고 했다. 늘 가게에서 머무는 희재는 등록도 가게 주소로 했기에 심방 예배도 가게에서 드리게 되었다.

25년 만에 일곱별 교회가 아닌 다른 교회 성도들과 마주 앉았다.

젊은 목사님이 예배를 집도 했는데 성경을 읽고 찬송가를 부르고 기도를 드린 후 설교를 시작하셨다. 이제는 이 교회에서 마음을 열고 마음을 나누며 정붙이고 살아야 할 교회고 성도들이다. 묘한 기분과 낯섦과 옛 교회에 대한 그리움과 서운함이 동시에 밀려왔다.

갑작스러운 학찬의 출몰로 교회가 술렁이자 학찬도 당시 구역 담당 목사셨던 김재홍 목사도 잠시 교회를 떠나 있는 게 좋을 것 같다고 했다. 희재가 교회에 출석하면 학찬의 소식을 궁금해하는 성도들이 희재를 에워쌀 것인데 학찬은 자신이 일이 어긋나게 될까 봐서 출석을 말렸을 것이고 김재홍 목사는 희재의 입을 통해 '아버지'의 사주가 혹시라도 성도들에게 알려지게 될까 봐 동생의 문제가 마무리될 때까지는 잠시 출석하지 않는 게 좋을 것 같다고 했을 것이다.

그러나 희재가 느끼는 서운함은 따로 있었다.

십 년에 가까운 세월 동안 희재의 가게를 출입했던 전도사들, 교회 직원인 동생들, 그리고 민준호 담임 목사까지 일시에 출입이 끊어졌다. 희재는 나름 그들에게는 손님의 삼 분의 일 가격에 그야말로 재료비만 받고 봉사하듯 예우를 다했었다. 그렇다고 자신이 학찬의 누나임을 숨기며 교회를 다녔던 것도, 학찬을 회유해서 지금의 일이 벌어지는 데 일조했던 것도 아니었다. 학찬의 출몰로 담임 목사가 전전긍긍했을 때도 유일한 연락 통로는 자신 한 사람 뿐이었고 희재는 성도로서 최선을 다해 중립적인 자세로 교회를 도왔었다.

매주 혹은 이, 삼 주에 한 번씩 십 년을 출입했던 사람들이 마치 약속이나 한 듯이 발길을 끊은 것이다. 그렇다고 그동안 고마웠노라고 혹은 문제가 잘 해결되면 훗날 다시 오겠다는 짧은 인사도 없었다. 담임 목사도 이은교 전도사도 또 다른 전도사들과 교회 직원 동생들도 마찬가지였다.

일곱별 교회는 모두가 철저히 연결되어 있었다. 특히나 일반 성도가 아닌 교회에서 급여를 받는 사람들은 상부의 말 한마디에 무서우리만치 일사불란하게 행동한다. 이렇게 동시에 발걸음을 끊은 거라면 필시 교회 차원의 단속이 있었을 것이다.

희재는 그들에게 서운함을 넘어 모욕감까지 느껴졌다. 희재의 마음속에 회오리 바람이 한차례 지나가고 있을 때 예배를 마치는 주기도문을 외우기 시작한다.

짧은 예배를 통해 희재는 일곱별 교회 성도들과의 이별과 지금 교회의 성도들을 새로 맞이하는 나름의 의식을 치르고 있었다. 예배를 마치고 다과의 시간이다.

목사님은 희재의 교회 등록 카드를 보시더니

"'일곱별 교회'가 우리가 다 알고 있는 그 교회인가요? 이 교회가 무슨 사건에 휘말린 적이 있었지요?"

"네."

목사님이 너무나 쉽게 일곱별 교회에 대한 질문을 하자 당황한 희재는 작은 목소리고 대답했다. 그러자 새 신자 담당 구역장이면서 지난 석 달 동안 희재를 살뜰히 챙겨 주셨던 권사님이 말씀을 이어가셨다.

"명 대표님 사건을 일으켰던 바로 그 교회에요. 그때 지원이가 울면서 우리더러 탄원서에 서명해 달라고 해서 우리들이 다 나서서 서류

만들어 주고 위로해 주고 그랬었지요."

희재는 그 자리에서 얼어 붙고 말았다. 눈을 제대로 뜰 수도 없었고 교회에 대해서나 '그 사건'에 대해서나 한 마디도 말을 할 수가 없었다. 모른 체 하자니 스스로가 가증스럽게 느껴졌고 아는 체 하자니 자신의 입으로 동생의 사건을 설명하기에는 두려움이 너무나 컸다. 더군다나 구역장이신 권사님과 명지원은 누나 동생 하는 무척 돈독한 사이라고 했다. 명재혁 씨는 사고를 당할 당시 이 교회 성도였던 것이다.

이 어찌 하나님이 안 계신다고 할 수 있는가? 희재는 집 근처 교회를 순회하다 못 정하고 가게 근처에서 겨우 찾아낸 교회였다. 교회 등록 시에도 집 주소를 적었다면 이 팀을 만나지는 않았을 것이다. 어차피 낮 시간에 집에 있을 일이 없어서 주 생활권인 사업장 주소의 교구에 속해야 구역 예배나 행사에 참여하기가 용이해서 일곱별 교회에서의 소속도 사업장이 있는 교구로 했다.

그토록 심사숙고해서 정한 교회고 구역인데 희재가 가장 피하고픈 사람인 명지원의 지인을 이렇게 구역장으로 만나버린 것이다. 이렇듯 가까이에서 그날의 고통을 전해 듣다니 또다시 심장이 쿵 하니 내려앉았다. 이건 무슨 계시일까?

학찬과 명지원 사이에서 희재가 감당할 그 어떤 사명이 있는 걸까? 심방을 마치고 교회 분들이 떠났지만, 찻잔들을 치울 생각도 못 한 채 희재는 하염없이 창밖의 북한산만 멍하니 바라보았다.

주일이면 습관적으로 일찍 출석하는 희재지만 새 신자이고 소속이 없다 보니 교회에서도 할 일은 없었다. 이제 막 들어간 의료선교회는 한 달에 한 번 봉사를 하므로 평소에는 교회에 일찍 도착해도 예배 시간을 기다리는 일 외에는 달리 할 일이 없었다. 그럴 때면 희재는 비어 있는 소예배실에 들어가 조용히 묵상 기도를 드렸다.

살아계신 하나님과 마주하는 시간은 늘 두렵고 떨린다.

'나를 이 교회에 인도하신 하나님. 이 교회에서 명재혁 씨의 자취를 제대로 느끼게 하신 하나님. 이제 제가 무엇을 어떻게 해야 할까요? 제가 알아버렸습니다. 그 사건의 진실을요.'

명재혁 씨가 기도드렸을 그 십자가 앞에 앉으니 수많은 감정이 교차되었다. 마치 그분의 원혼이 이곳으로 이끌었나 하는 두려움도 밀려왔다.

또 다른 문제도 있었다. 희재의 직분은 '권사'다. 권사는 곧 교회의 어머니를 뜻한다.

권사인 희재가 교회를 옮긴 이유에 대해 묻지는 않았지만, 목사님도 구역장님도 다른 분들도 의아해하며 궁금해 하셨다. 희재는 고민하지 않을 수 없었다.

오늘은 담임 목사님께 개인 면담을 신청해서 자신이 교회를 옮겨야만 했던 이유와 동생의 일까지 모두 자초지종을 말씀드려야겠다고 대예배실로 향했다.

그런데, 설교 중에 마치 그녀의 마음에 대한 응답처럼 목사님께서 말씀하셨다. 교회에서 성도들 간에 알려져서 오히려 구설이 되거나 신앙생활에 걸림이 될 만한 사연이 있는 분들은 굳이 얘기해서 스스로 혼란의 정점에 서지 말고 십자가 앞에서 조용히 기도를 드림으로 주님 앞에 고백하여 짐을 내려놓으라고 하셨다. 참으로 은혜로운 응답을 받은 것이다.

이후 희재는 마음을 옭아맨 사슬에서 벗어나 비로소 새로운 교회의 성도로 뿌리를 내릴 수 있었다.

스산한 11월도 끝나가고 있었다. 곧 있으면 겨울로 접어들 것이다. 가뜩이나 쉽지 않은 걸음일텐데 한겨울에 명재혁 씨의 산소를 찾는다는 건 더 으스스한 것 같아서 희재는 다시 학찬에게 겨울이 오기 전에 산소를 다녀오자고 얘기했다.

학찬은 산소에는 그냥 가지 않기로 했다고 대답했다. '왜?'하고 묻는 희재에게 너무나 아무렇지도 않게 대답했다. 이제 일도 잘 진행되는 것 같으니까 굳이 그곳엘 갈 일이 없어졌다는 것이다. 그리고 덧붙이기를 제시카가 산소에 가는 걸 반대한다고 했다. 이미 법에서 내린 형을 다 살았으므로 죗값을 다 치렀으니 이제 그만 명재혁 씨에게서 벗어나라고 했다고 한다.

희재는 너무나 아무렇지도 않게 스스로의 약속을 저버리는 학찬에게 실망했다. 모든 진실을 밝히고 형기를 채웠어도 마땅히 고인에게 개별적으로 사죄하는 것이 옳을 것이다. 그러나 학찬은 지금까지 진실을 밝히지 않았었고 이제 와서 자신의 유익을 위해 그 진실을 드러냈다.

25년간 숨겨왔던 진실을 고인과 유족은 배제한 채 자신만을 위해 사용하겠다는 것이다.

희재는 동생이 괘씸했고 명지원이 가여웠다. 그래서 늦가을 김한규 변호사를 찾아갔다.

김 변호사는 이번에는 흔쾌히 면담을 허락했다. 희재는 서초동에 올 일이 있어서 온 김에 뵙노라고 둘러댔다. 김 변호사의 건강 상태는 지난번보다는 나아 보였다.

오늘의 면담은 명지원을 도울 방법이 무엇이 있을까를 상의하러 왔다. 어쨌거나 학찬은 안락한 공간에서 꿈을 키우며 지내고 있다. 희재는 진심으로 명지원에게도 이 사실을 알려 주고 싶었다. 변호사법 위반이 얼마나 무서운지는 모르겠지만 그 사실을 알고도 방치하고 있는 왕년의 김한규 검사도 야속했다. 학찬은 자신이 한 약속을 절대로 지키지 않을 것이다.

김 변호사는 '한국에 온 지 6개월이 지났으니 담임 목사와 만났느냐'고 물었다. 빤히 알고 하는 질문처럼 느껴졌다. 눈앞에서 거짓말을 할 수가 없어서 '만났다'고만 대답했다.

가슴속에서는 송도의 아파트를 알려 줘서 명지원이 직접 찾아가서 학찬과 맞닥뜨리기를 바라는 마음이 진심이었지만 비겁한 건지 아직은 물보다 진한 피가 남아서인지 차마 입을 열지 못하고 안부 인사만 전하고 돌아서 나왔다. 겨울이 오기 전에 고인의 산소엘 다녀오기 바란다는 당부가 희재의 마음을 더욱 무겁게 했다.

모처럼 학찬이 희재의 가게를 찾아왔다.

학찬은 교회가 본격적으로 움직이자 그에 대비해 미국으로 들어갈 방법을 찾느라 바쁘게 움직였다. 학찬의 분주함은 합법적으로 미국으로 들어가는 길을 찾는 것이다.

이민 전문변호사들을 찾아 상담했지만 그들의 대답은 한결 같았다고 한다. 이렇게 복잡한 조건의 사람은 처음이라는 것이다. 살인이라는 중범죄자요 불법체류자로 추방당한 경력이 있기 때문이다. 제시카는 미국에서 현지 변호사를 물색했고 학찬은 학찬대로 한국에서 전문 변호사를 찾느라 분주했다. 그럼에도 1%의 가능성만 있다면 직접 면담하느라 송도에서 나왔고 모처럼 희재의 가게에도 들렀다.

그 무렵 희재는 가게를 비우라는 임대인의 압박에 시달리고 있었다. 학찬이 가게를 사 주겠다고 해서 동생의 부담을 덜어 주고자 부동산과 연대해서 임대료를 지급하지 않고 지낸 지 벌써 3개월이 넘었다. 임대료가 밀리면 임대인이 부동산에 연락을 해 올 것이고, 신경 쓰시느니 이참에 가게를 처분해 버리시라고 유도하겠다고 했었다. 고의로 임대료를 밀리기도 했지만 언제나 빠듯했던 희재의 형편에 무더기로 이탈한 교회 손님들도 한 몫을 했다. 또 학찬의 일을 보느라 가게를 비워야 할 때도 자주 있었다. 고의가 아니었어도 임대료는 어쨌거나 연체가 불가피했을 것이다.

거기에다 희재를 도와주려고 작전을 세워줬던 부동산에서도 어떻게 할 건지 답을 달라는 채근도 빗발쳤다. 희재는 동생을 만나 김에 어렵게 자초지종을 설명했다.

희재가 원한 대답은 언제 사 줄 수 있는지보다 지금은 사정이 이러하니 보류하라든가 어쩌면 못 사 줄 수도 있으니 철회하라는 그런 대답이 듣고 싶었다. 그래야 자신도 돈을 구해 밀린 임대료를 지불할지 임대인에게 양해를 구하든지 하는 문제를 해결하는 방법을 찾을 것이기 때문이었다.

희재의 얘기를 듣던 학찬은 희재의 얼굴을 빤히 한참을 바라다봤다. 마치 '정말로 가게를 사달라는거야?'하고 묻는 듯했다. 학찬은 너무나 아무렇지도 않게

"내가 지금 돈이 없잖아요."

다만 그 한마디 뿐이었다.

희재는 학찬의 표정에서 심한 모욕감을 느꼈다. 잠시나마 기대에 부풀었던 자신이 너무나 부끄럽고 어리석었음을 느꼈다. 동생이 떠나고 희재는 입술을 아프도록 깨물었다. 절대로 절대로 학찬에게 도움을 받아서는 안 된다는 다짐을 하고 또 했다.

12월이 되면 사람들의 마음은 괜시리 분주해진다. 희재도 그랬다. 희재에게 가장 큰 문제는 밀린 임대료 중 일부라도 지불해야 사용 연장을 해 준다는 임대인의 압박을 해결하는 것이 가장 큰 숙제였다. 연말이라 돈 구하기도 너무나 힘들었지만, 어렵사리 지인을 통해 일부를 융통해서 고비를 넘기느라 그야말로 발에 불이 나도록 분주했던 하루였다.

안도의 한숨을 쉬며 집으로 가는 버스에 올랐을 때 오랜만에 김재홍 목사로부터 전화가 왔다. 학찬이 들어왔을 때 교회에 알려 일이 이만큼이라도 진행되게 해 주신 고마우신 분이셨다. 버스 안이어서 희재는 간단하게 그간의 진행 정도를 말씀드렸다. 김 목사님은 담임 목사에서 해임되신 후 민준호 목사 위주로 돌아가는 교회 사정상 이런 중요한 일에서는 철저히 배제되어 계셨다.

학찬의 일의 진행 정도가 궁금하시기도 할 것이고 교회에 출석하지

않아 마주칠 일도 없기에 안부차 전화를 하신 것이고 희재 또한 구역 담당 목사시기에 그 정도는 보고드리는 게 마땅하다고 생각했다.

집에 도착하자 학찬으로부터 전화가 걸려 왔다. 날씨가 쌀쌀하니 옷 따뜻하게 입어라, 식사도 거르지 말고 맛있게 드시라는 통상적인 안부 전화였다. 희재도 좀 전에 김재홍 목사와 통화한 내용을 말했다.

"김 목사님이 많이 궁금해 하시던데 연말도 다가오니 전화라도 한 번 드리라"고 얘기했다.

어디까지 얘기했냐고 학찬이 물었다. 버스 안이어서 짧게 대략만 말 씀드렸다고 했다. 그러자 학찬은 신경질적인 목소리로 누나가 왜 그런 이야기를 하느냐고 핀잔을 줬다. 김재홍 목사가 처음부터 자신을 위해 얼마나 애쓰셨는지는 본인도 잘 알고 있는 터였다. 그러면서 학찬은 희재를 타이르듯 말에 힘을 주어 연설을 시작했다.

"누나, 나는 누나가 앞으로는 내 일에 대해 그 누구에게도 내 허락 없이는 말을 안 했으면 좋겠어요."

"아니, 김재홍 목사님이 너를 위해 처음부터 그토록 애써 주신 분이 고 내 담당 목사님인데 그 정도는 말씀드려도 되지 않아? 너도 다급할 때는 김 목사님께 상의하고 정보도 얻고 그랬잖아."

"어쨌거나 이제는 내 이야기를 누나 맘대로 하지 말았으면 좋겠다고 요. 내가 알아서 하고 있으니까요."

가뜩이나 임대료 해결하느라 지칠 대로 지쳐서 집에 온 희재는 학찬의 사탕발림에 놀아난 기분을 누르고 있던 참인데 이제는 더 이상 자신의 일에 관여 말라는 말에 기분이 팍 상했다.

"왜? 이제 나를 다 사용했니?"

"누나, 내가 누나를 사용했다고 생각하세요?"

"네 말이 지금 그렇잖아. 너, 나한테 민준호 목사에게 이렇게 말해라. 김재홍 목사에겐 저렇게 말해라. 김한규 변호사에게는 여기까지만 말해라. 이렇게 사용했잖아. 그런데 내가 내 담당 목사님께 그만큼도 보고 못 하니?"

"네. 누나를 잘 사용했습니다. 그러니 교회에서 손해배상 받으면 누나 사용한 만큼 수고비 잘 챙겨 드릴게요."

학찬은 기어이 희재에게 안 해도 될 말을 하고 말았다. 샤워실에서 추위에 지친 몸과 마음을 녹이고 있다가 학찬의 말이 오물을 뒤집어쓴 듯 악취를 풍기며 남아 있어서 타올에 비누를 묻혀 온몸을 구석구석 아프도록 문질러댔다.

"나쁜 자식, 나쁜 자식, 나쁜 자식."

긴 샤워 시간만큼이나 생각할수록 나쁜 자식임이 틀림없었다.

며칠 후 학찬은 아무렇지도 않게 전화를 했다. 제시카도 들어와 있으니 송도에 와서 하룻밤 주무시고 가라고 했다. 지난번 일이 떠올라서 다시는 보고 싶지 않았으나 모처럼 갖게 된 자신의 집에 정식으로 초대했는데 거절하면 더 멀어질 것만 같아서 알겠다고 했다. 미국에 있을 때 거리를 두고 살다가 이 년 만에 겨우 화해한 사이라서 또 멀어지면 후회할 것 같아서였다.

교회와의 일이 해결되면 떠날 동생이기도 했다.

36층에 있는 학찬의 집은 희재가 태어나서 가장 높게 올라와 본 높이였다. 집은 소박하면서도 깔끔하게 세팅되어 있었다. 학찬의 평소 성격답게 저렴하면서도 실용적인 가구들로 채워 놓았고 수년 내에 한국을 떠날 계획이어서인지 최소한의 소품에서 검소함도 엿보였다.

제시카는 음식 솜씨가 뛰어났다. 주방에는 각종 시즈닝들로 채워져서 마치 마트의 수입 코너를 보는 듯했다. 블랙타이거 새우에 코코넛 가루를 입혀 튀겨낸 고급스러운 요리부터 차돌박이 된장찌개까지 정성 가득한 저녁상을 희재를 위해 준비했다.

자신의 집에 온 첫 번째 손님이라면서 안내한 호텔 방처럼 깔끔하게 꾸며 놓은 게스트룸의 침대에 누우니 송도의 밤거리가 한눈에 들어 왔다. 아파트 숲이란 말이 어울릴 듯한 높다란 건물들 사이로 화려한 불빛 속에 간간이 눈발이 날리고 있는 거리를 자동차들이 긴 꼬리를 달고 지나갔다.

희재의 가슴속에는 제시카에 대한 의심이 아직 남아 있긴 했지만, 앞으로는 주방에서 둘이서 도란도란 요리하던 모습으로 살아주기만을 바라고 바랄 뿐이었다.

눈금자 위의 소년

성탄절이 가까워지자 학찬은 자신의 집에서 희연누나네도 초대해서 함께 보내자는 제안을 했다. 환갑을 맞이하는 형부의 생일 파티를 겸한 모임이라고 했다. 보라의 일로 희연과 등지고 산 지 어느덧 10년이 흘렀다. 희재가 사업에서 실패하고 인고의 세월을 지내고 있는지도 10년이 흘렀다는 얘기다. 움찔하긴 했다. 그러나, 서운했었다는 건 그리웠다는 말이기도 하기에 흔쾌히 그러마고 했다. 형제간의 화해를 위해 노력해 준 동생이 고맙기도 했다.

작은아들 담이는 아직 군대에 있고 큰아들 원이는 삼촌에 대한 앙심이 남아 있어서 결국 희재 혼자서 송도의 집에 도착했다. 가게에서 일을 마치고 지하철을 바꿔 타고 가다 보니 2시간이 훌쩍 넘는 먼 거리였다.

큰올케 언니와 형부와 희연과 온유와 라라가 도착해 있었다. 십 년 만의 해후였다.

올케언니의 주름진 얼굴과 체육 교사로 건장하고 멋졌던 형부는 탈모가 진행되어 예전의 모습은 오간 데 없이 세월의 무상함을 느끼게 했다. 온유는 너무나 멋진 청년으로 성장해 있었고 초등학생이었던 라라는 걸그룹과 견주어도 전혀 뒤지지 않을 정도로 아름다운 숙녀가 되어 있었다. 서로가 끌어안고 하염없는 눈물을 흘렸다.

"우리가 왜 이렇게 살아야 한단 말이냐? 내 나이가 환갑이다. 환갑!"

이렇게 말씀하시며 누구보다도 형부는 대성통곡을 하셨다.

진한 회한 속에 눈물은 흐르고 이 지나 버린 세월이 아쉬웠고 아이들이 자라는 모습을 훌쩍 뛰어넘어 버린 지난날의 자신이 한없이 어리석게 느껴졌다.

원로 목사님은 늘 말씀하셨었다. 하나님께서 함께 하시는 일은 '지금, 곧'이라고.

십 년의 세월을 훌쩍 뛰어넘어 금세 손잡고 껴안고 얼굴을 부비는 우리는 혈육이었다.

제시카는 형부의 환갑 생일상을 정성스레 차려 냈다. 현수막까지 준비한 특별한 이벤트가 끝나자 학찬이 준비한 크리스마스 선물 증정 시간도 있어 모처럼 혈육들이 먹고 마시고 웃고 떠드는 정겨운 시간이 흘렀다.

파티가 끝나자 식탁에 둘러 앉아 자연스레 이 집의 주인인 학찬의 어린 시절을 회상하는 일로 이야기가 시작되었다. 간식이 귀했던 그 시절, 몸이 약한 학찬을 위해 엄마는 막둥이만을 위한 간식을 준비하셨는데 쌀과자라든가 홍시를 창고 안에 보관하시며 언제나 창고의 문을 자물쇠로 채워 놓았다. 모두 어린이인 건 마찬가지이건만 간식은 막둥이한테만 제공된 것이다. 막둥이가 간식을 먹는 시간이 되면 누나들은 그 주변에 모여 행여라도 간식을 남겨줄까 목젓이 떨어져라 먹는 모습만 바라봤다. 까탈스럽고 입이 짧았던 학찬은 고맙게도 가끔은 간식을 남겨 누나들에게 기쁨을 안겨 줬지만 남김없이 간식을 먹어버리는 날에는 그야말로 군침만 삼기다 돌아서야 했다.

"그 시절 우리는 사람도 아니었어. 얘!"

희연의 볼 멘 소리에 '하, 내가 또 죄인이 되는구만.' 하면서 폭소가 터지는 그야말로 웃음과 눈물이 뒤섞인 형제간들의 유년 시절의 회상이었다. '너는 왜 그렇게 몸이 약해가지고선 우리로 하여금 강제로 너를 위해 희생하게 만들었니?' 하고 희재가 묻자 '그래, 너는 자다가 가위도 많이 눌렀었어.' 하고 희연이 거들었다.

그랬다. 몸이 약한 학찬은 초저녁이 되면 벌써 잠들어 있었다.

희재의 기억에도 학찬은 대여섯 살 무렵부터 자다가 벌떡 일어나서는 헛것을 본 것처럼 따라가지 않으려 버팅기기도 했고 방바닥을 긁기도 했으며 겁에 질려 무서워하며 비명을 지르며 떨기도 했고 또 어떤 날은 일어나서 갑자기 방문을 열고 나가려고도 했다. 그럴 때면 누구랄 것도 없이 학찬의 잠을 깨우기 위해 큰소리로 학찬을 부르며 잡고 흔들어댔다. 정신이 든 학찬은 온몸에 땀을 흘리며 힘없이 축 늘어져서 다시 잠들기도 했는데 가끔은 좀처럼 악몽에서 깨어나지 못해 뺨을 몇 대씩 맞아야 정신이 들기도 했다. 부모님 말에 의하면 기력이 너무 허약해서 헛것을 본다고 하셨다. 실제로 어린 학찬은 지금으로 치면 체중미달일 정도로 가냘프고 허약했다. 학찬이 다섯 살이면 희재는 아홉 살이니 뭘 알았을까. 부모님 말대로 기가 약하기 때문으로 알고 자랐다.

학찬의 사고로 인해 결렬되어 있던 가족 구성원이 장성한 후 처음으로 함께 둘러앉아 이야기 꽃을 피우다 보니 그 이야기가 나온 것이다.

"막둥아, 그때 무슨 꿈 꿨는지 기억나니?"희연은 학찬이 지천명에 들어섰어도 시종 막둥이라는 호칭을 자신만의 애정 표현으로 지속적으로 사용했고 학찬 또한 조카들 앞에서도 그 호칭에 대해 불편해하거나 쑥스러워하지 않고 즐기는 것 같았다. 희연의 물음에 처음으로 학찬이 꿈 이야기를 들려줬다.

"아래는 온통 가시로 가득 찬 검은 구덩이가 있었고 위에는 눈금으로 된 다리가 있었어요. 이 잣대 형상의 다리가 놓여 있었는데 제가 그 구덩이를 향해서 둥둥 떠서 밀려갔어요. 어렴풋이 기억이 나는 건 18㎝ 정도가 남은 거예요. 거기에 안 빠지려고 버티고 주저앉고 하다가 꿈을 깨고는 했지요."

순간 모두에게 소름이 오싹하고 지나갔다. 눈이 커지고 절로 입이 벌어진 상태에서 희연이 목소리를 낮춰 속삭이듯 다시 물었다.

"그 꿈을 언제부터 꿨어?"

"글쎄요. 초등학교 들어가기 전부터인 것 같은데 초등학교 다닐 때 제일 많이 꿨고 청년이 되어서도 두어 번 꾼 것 같아요."

"세상에나, 그 자의 눈금은 뭘 뜻했을까?"놀란 표정의 희연이 다시 물었다.

"아마도 세월을 뜻했겠지요. 그 가시 구덩이는 성경에 나오는 지옥 그대로였어요. 그 지옥을 향해서 그러니까 잣대의 눈금 위로 점점 걸어갔어요. 항상 똑같이."

온몸에 돋는 소름을 양팔로 쓰다듬으며 이야기에 귀를 기울이고 있던 희재가 물었다.

"그런 꿈을 꿔 놓고선 왜 그런 일을 저질렀어?"희재를 바라보던 학찬이 어이없다는 듯이 아무렇지도 않게 대답했다.

"지옥에 가기 싫어서요. 김동재가 재림 주라고 하니까 시키는 대로 하면 지옥은 안 가겠구나. 하는 생각이 들어서 그런 거지."

"그런 선몽을 꿔 놓고 그런 일을 저지르면 어떻게 해. 더 조심했어야지. 죽어서는 커녕 살아서 지옥을 겪었네."희재가 한탄스럽게 얘기했다.

"누나, 재림 주가 시키는 일인데 당연히 지옥 갈 일과 바꾸는 줄 알았지."

"아휴, 아무리 그래도 그렇지. 시킨다고 할 일이 따로 있지. 어떻게 그런 일을 순종하나?"

그 일로 인해 지옥이 한결 가까워지고 말았다는 말이 목에 걸렸지만, 희재는 억지로 그 말을 꿀꺽 삼켰다.

이어서 희연이 흥분한 목소리로 원로 목사님을 향해 욕을 해 대기 시작했다.

"그 노망 난 영감이 말이 되는 소리냐? 재림 주는 무슨 재림 주야? 내가 볼 때 너희 교회 사람들은 다 정신병자들이야."

제시카가 옆에서 끼어들었다.

"그러니까요. 진즉에 알았으면 이 고생을 했겠어요?"

"이제라도 제발 정신 차려. 아휴 요즘 세상에 무슨 재림 주야 재림 주가."

희연은 희재와 안 보고 지내는 사이에 극우 운동권이 되어 있었다. 반정부 운동이라면 어디에고 앞장섰고 마치 이 세상에서 유일하게 가치 있고 의식 있는 일을 자신만이 하고 있다는 자부심으로 넘쳐났다. 희재가 기억하는 희연은 늘 소심하고 겁이 많았고 의기소침했다.

십여 년 안 보고 지내는 사이 저렇게도 변했나 싶을 만큼 격정적이고 저돌적이고 자신감이 넘쳤으며 무엇보다 말투가 무척 거칠어져 있었다. 그런 변해 버린 희연을 민준호 목사가 무릎 꿇고 사과하던 동영상에서 박미희 목사 일행에게 욕하고 야유하던 모습에서 먼저 봤지만, 남들이 아닌 형제간들 사이에서도 거침없이 막말을 퍼붓는 걸 보면 이미 그런 모습에 젖어 있는 것 같았다. 학찬과 제시카가 원로 목사님 공격에 가담하자 자신감을 얻은 희연은 원로 목사님과 민준호 목사와 박미희 미순 자매와 석동호 장로까지 자신이 본 교회 사람들을 앞장세워 싸잡아서 의기양양하게 교회 전체를 공격하느라 전사처럼 변해갔다.

희재는 불편했다. 비록 학찬의 일로 세상에서 도망치듯 찾아간 교회였지만 지난 25년간 그곳에서 성경을 공부했고 기도를 배웠고 두 아들이 세례를 받았고 자신이 권사에 임직 되었으며 모든 삶이 그 안에서 영글어간 자신의 삶 자체였었다. 학찬과 제시카도 원로 목사님의 명령으로 결혼해서 지금 이 자리에 함께 있으면서 그 둘이 오히려 앞장서서 교회와 고인이 된 목사님을 공격하고 있는 것이다.

모르겠다. 어느 순간 어떤 계기로 학찬이 아버지에 대해 돌변했는지는. 그들의 대화를 듣자니 희재는 허탈함이 느껴졌다. 명령을 받아 실현한 사람은 정작 본인인데 지금 누가 누구를 원망한단 말인가?

지난 세월 원로 목사님이 살아 계셨을 때 희재는 모든 일을 그분께 의논드렸고, 그분의 명령에 따라 살아가기 위해 노력했었다. 지난 25년은 그분을 빼면 아무것도 아닌 세월이 된다. 희재에게도 그분은 재림하신 주셨고, 영육을 책임지신 아버지셨고, 기쁨을 함께 나누는 절대자셨고 아픔과 슬픔의 치유자요 위로자셨다. 물론 희재가 그분에게 직접적으로 뭘 받은 것은 없다. 그러나 희재의 삶 중앙에는 늘 그분의 말씀이 함께 계셨었다. 그런 그분이 지금은 웃음거리요 농락의 대상이 되어 저들의 입술에서 요동치듯 오르내리고 있다.

희재는 아직은 그럴 준비가 되어 있지 않았다. 교회와 원로 목사님을 싫어할 이유도, 함께 공격해야 할 이유도 없었다. 이제 자신이 진실을 밝혔으니 그 교회를 그만 나가라는 학찬의 요구에 누나로서 동생의 일을 돕는 차원에서 발길을 끊은 것이고 구역 담당 목사이신 김재홍 목사님 또한 원로 목사님의 사생활이 혹여 누설될까 봐서 희재에게 잠시 교회를 떠나 있으라고 부탁하셨던 것이다. 비록 지금은 떠나왔어도 아직 마음이 그곳에 머물러 있는 희재에게 희연과 학찬과 제시카의 원로 목사님에 대한 비난과 조롱은 무척이나 불편했다. 밤새워 비난하고 조롱한들 자신들의 허물이 깨끗해질 리 없는 것 아니겠는가?

저녁 11시가 넘어가자 희재는 일어섰다. 모두들 희재가 자고 가는 줄 알고 있었고 희재 또한 함께 밤새워 회포를 풀 거라 생각하고 고객 예약은 오후 늦게 받아 놓고 왔지만 괜시리 서글픈 생각이 들어 아침에 손님이 있다고 둘러대고 늦은 시각 일어선 것이다.

송도에서 희재의 집까지는 두 시간이 넘는 먼 거리다. 더구나 중간에 버스도 바꿔 타야 해서 밤 외출이 없었던 희재에게는 늦은 밤의 이동이 무섭기는 했다. 그래도 그곳에서 더 많은 험담을 듣기보다는 무서운 밤길을 택하는 것이 마음은 편할 것 같았다. 아버지께서는 늘 말씀하셨다. 남의 험담이 시작되는 자리에 함께 있는 것만으로도 귀로, 입으로 죄짓는 일이니 서둘러 그 자리를 떠나라던 가르침이셨다. 그녀의 착한 아들이 오늘도 변함없이 마중을 나와 줄 것이다.

이틀을 더 머문 후 희연네 일행은 송도를 떠났다. 핏줄이라는 게 중간의 담을 허문 후로는 소홀했던 지난 시간이 야속하리만치 자매는 수시로 카톡을 주고받기도 하고 무려 5시간 동안 통화를 하며 쌓인 이야기를 나누느라 여념이 없었다. 그렇게 며칠에 이어진 폭풍 통화로 회포를 풀고 나자 자매의 수다가 뒤를 이었다.

지난 10년을 압축해서 돌아보자니 얼마나 많은 이야기가 쏟아졌을까?

단연 대화의 중심에는 학찬이 있었고 이제야 비로소 학찬의 고난이 끝난다는 데에 대해 누나들로서는 안도할 수 있는 시간이 된 거다.

희연과 희재가 학찬에 대해 공통된 생각은 '자기애'가 무척 강하다는 것이다.

"희재야. 그동안 나는 학찬이 어떻게 살아왔는지를 몰랐었잖니? 이번에 듣고 보니까 그보다 더 눈물겹고 기막힌 삶이 또 있을까 싶더라. 14년 동안 감옥살이야 말하면 뭐하겠니? 그런데 출소 후에도 그렇고, 미국에서 불법체류자로 살면서 받은 모멸감도 그렇고, 캐나다에서 수영을 해서 바다를 건너가서도 막막한 삶이었잖아. 제시카의 불륜도 있었고. 그쯤되면 막막함에 한 번쯤 자살도 생각해 봤을 법한데 학찬이는 한 번도 그런 맘은 먹지 않았었나봐. 개는 생각보다 자기 삶에 집착이 강하더라."

그렇다. 그 험난한 세월을 견뎌 준 동생이 고맙기도 하지만 그만큼이나 강한 생명력과 자기애는 누나들의 생각에도 고개를 갸웃할만큼 수수께끼와도 같았다.

수다의 소재도 고갈되어가자 희연은 희재에게 학찬의 손해배상 금액과 진행 정도를 물었다. 자신은 그에 대해 아무것도 모른다고 했는데 정말로 학찬이 희연에게는 아무런 설명을 안 했는지 모르겠지만 학찬과 희재의 얘기를 모아 사실 여부를 가늠하려는 의도도 있었다는 것을 희재는 나중에야 알았다.

희연은 학찬과 교회의 협상에 대한 이야기를 나눌 때면 언제나 대화 말미에는 똑같은 말을 했다.

"학찬이는 이 세상 누구보다도 희재 너에 대한 마음과 의미를 다른 그 누구하고도 비교하면 안 되지. 머리카락으로 신을 삼아 준들 너에 대한 은혜를 갚을 수 있겠니? 우리는 정말로 아무 것도 바라는 게 없어. 그러나 너는 다르지. 정말이지 학찬이는 너를 위해서는 아낌이 없어야 해. 지금 너의 가게만 네 명의로 해 주면 얼마나 좋겠니? 정말이지 학찬이는 너의 은혜를 잊으면 사람이 아니야. 그렇지 않니?"

머리카락으로 미투리를 삼아 갚아야 하는 은혜를 희연은 보라에게도 숱하게 강조했었다. 그런데 그런 보라는 지금도 희재와 전화 왕래도 없이 지낸다. 그럴 때마다 희재는 희연의 말이 공허하게 느껴졌다.

계속되는 희연의 과다한 관심에 희재가 말했다.

"그런 이야기를 왜 나한테 해? 그것이 너의 진심이라면 나에게 하지 말고 학찬이에게 직접 해."

그랬다. 희재는 지금까지 단 한 순간도 학찬에게 뭘 바라고 동생을 돌본 건 아니었다. 제 앞가림도 못하는 동생에게 주고픈 건 많지만 그럴 수 없어 늘 가슴 아파했던 희재였다. 그런데 희연은 희재가 미처 생각해 보지도 않았던 기대들을 나열하며 꼭 학찬으로부터 그 정도는 받아야 한다는 것을 자꾸만 강조하고 있었다.

"나누고 안 나누고는 학찬이 자신이 알아서 할 거야. 또 교회 측과 언제 마무리될지, 마무리가 되기는 할지 모르는 일이니까 그런 이야기는 이제 내게 하지 마."

민망했는지 희연은 이런저런 이유를 늘어놓았다.

희재는 희연에게 꼭 하고팠던 이야기를 꺼냈다.

"나는 명지원이가 자꾸 마음에 밟힌다. 이제 학찬이가 사실을 말했잖아. 목사님이 시켜서 그랬다고. 우린 그쪽에 단돈 만 원도 안 줬어. 몰랐을 때야 어쩔 수 없었다 쳐도 알고 나서도 모른 체 한다는 게 너무 마음이 찔려."

"그럼 어떻게 하자는 거니? 이제와서 또 세상 뒤집을 일 있니? 아휴 생각만으로도 끔찍하다."

진저리 치는 희연에게 희재도 더는 할 말이 없어졌다. 그러자 희연이 말머리를 돌리듯 학찬에 대한 비난을 쏟아 낸다.

"애, 학찬이 걔는 무슨 화를 그렇게 잘 내니? 내가 무슨 말을 물어볼 수가 없어. 우리 집인데 내가 걔 눈치를 본다니까. 말도 마라. 내가 지난번에 얼마를 언제쯤 받기로 했냐고 물었다가 어떤 일이 있었는지 아니? '준다고요. 해결되면 다 나눠줄 테니까 기다리라고요'하면서 어찌나 화를 내는지 다시는 안 물어보기로 했어."

"걔도 많이 예민해져 있겠지. 지금까지 참고 살아온 세월이 얼마야? 어쨌거나 지금 진행된 건 송도 집하고 직장 말고는 없으니까 속히 해결되게 기도나 해 줘."

"알았다. 그런데 말이 미국이지 가는 게 그렇게 쉽게 되겠니? 어서 꿈에서 깨서 여기에서 살 생각을 해야 할텐데 뜬구름 잡고 사는 거 좀 한심하긴 하다."

교회는 그 많은 성도들의 눈을 피해 그런 거금을 빼낸다는 게 쉽지 않아서인지 회의의 연속이었고 학찬은 혹시라도 잘못 될까봐 노심초사하다 보니 많이 예민해져 있는 듯했다.

일이 엎어질 경우 학찬은 언제든지 명지원을 만나 방송국 인터뷰를 하겠다고 교회에 으름장을 놓고 있기는 해도 결코 그렇게는 못 할 것이란 걸 희재는 안다. 무엇보다도 명지원마저 자신의 목적을 위해 히든카드로 사용되고 있다는 사실이 고통스러웠다.

얼마 전 둘이서 어느 파출소 앞을 지날 때 학찬이 말했었다.

"누나, 나는 아직도 경찰서 앞을 지날 때는 움찔해져요."

얼마나 그때의 트라우마가 크면 경찰 복장만 봐도 두렵다고 했다.

그런 학찬이 대중 앞에서 진실을 밝힌다는 건 쉽지 않을 것이다. 무엇보다도 김한규 변호사를 대했던 태도가 그것을 말해 주고 있다. 이미 학찬은 김한규 변호사도 명지원도 누나인 희재에 대한 카드도 멀리 던져버린 후였다. 다만, 자신의 계획이 생각만큼 원활하게 진행되지 않은 것 같아서 초집중을 하다 보니 신경이 예민해질 대로 예민해져 있었다.

너를 보았지 II

봄이 되자 암 투병 중이신 오빠를 큰 병원에서 진료를 받게 해 드리겠다면서 학찬은 세브란스 병원에 예약을 했다. 희연과 형부가 동행해서 함께 올라왔는데 희재는 손님과 예약이 되어 있어서 잠시 늦게 갔더니 오빠는 이미 진료를 마치고 기다리고 계셨다.

오빠와 형부와 학찬이 앞서가고 희연과 희재는 진료 결과에 대한 이야기를 나누다 보니 자연 한걸음 뒤쳐졌다. 거리가 벌어지자 희연이 말했다.

"애, 내가 창피해 죽는 줄 알았어. 의사가 설명을 하는데 쟤가 끼어들더니 또 그 잘난 미국 이야기를 하는 거야. 그러면서 또 영어로 이야기를 하는데 내가 부끄러워서 땅 밑으로 꺼져버리고 싶었어. 저 의사는 정식으로 공부를 했을테니까 표준어 아니겠니? 그런데 학찬이는 우리나라를 80년대로 생각하나 봐. 말끝마다 미국에서는, 미국은요 하면서 미국을 들먹인다. 그것도 영어로. 내가 안 부끄러웠겠니?"

"그럼 학찬이에게 직접 얘기를 해 줘. 둘이 흉본 거 같아서 나는 말을 못 해 주지."

"너도 쟤 성질 알면서 그런 말 하니? 난 못해."

"그래도 누나인 우리들이 가르쳐야지 어떻게 좋은 말만 해 주니?"

그런데 갑자기 학찬이 뒤를 돌아보더니 '누나'하고 불렀다. 어떤 누나를 불렀는지 알지 못했지만 희연을 불렀다는 걸 금세 알게 되었다. 그러자 희연은 언제 학찬의 흉을 봤냐는 듯 만면에 미소를 띠우고 눈은 반달처럼 변하더니 '그래그래 막둥아. 왜?'하고 돌변했다. 학찬과 희연 사이에서 희재는 멍하니 둘을 바라보았다. 그 둘은 그랬다. 학찬은 희재 앞에서는 희연에 대해 사정없이 비판했다.

"누나, 희연누나 주변 사람들을 보세요. 하나같이 식당 주방에서 보조 일이나 하는 루저들이에요. 희연누나는 그저 그 사람들 앞에서 잘난 체 하면서 자존감을 찾고 있어요. 운동권이라고 하지만 희연누나가 속해 있는 교회 사람들이 신앙인들인 줄 아세요? 다 간첩들이에요. 간첩들이 숨어서 활동하기에 교회보다 더 좋은 데가 어딨어요? 누나는 그 사람들 총알받이밖에 안 되는데 무슨 의식있는 사람인 양 취해서 살림이고 뭐고 내던져 놓고 저러고 다니니 한심하죠."

희연이 섬기는 교회가 학찬의 말처럼 수상한 집단인지 아닌지는 모르겠다. 한 가지 분명한 사실은 희재 자신이 섬겨 온 교회와 조금 다르긴 했다.

그 교회는 봄이면 주일 날 소풍을 나가서 예배를 드리기도 하고 가을에는 성도들이 자전거를 타고 하이킹을 하면서 마음으로 예배를 드린다고 해서 '주일 예배'를 놓고 희재와 부딪힌 적도 있었다. 일곱별 교회에서는 상상도 할 수 없는 일이었다.

희연은 통화할 때마다 학찬에 대한 불만과 흉거리를 늘어놓았고 학찬도 희연에 대한 이야기가 나올 때마다 늘 비하하는 내용의 얘기를 하므로 둘 사이에 갈등의 골이 깊다는 느낌을 갖게 했었다. 그런데 눈앞에서 지금까지 자신이 염려했던 관계가 아니라는 걸 확인하자 다행스러워야 할 현실에 배신감이 먼저 느껴졌다.

저토록 돈독한데 왜 자신 앞에서는 서로에 대해 폄하만을 했을까? 그제서야 희재는 알아차렸다. 그렇다. 저 모습이 저들의 참모습일 것이다. 저 둘은 아마도 둘이 있을 때는 자신에 대해서도 폄하나 비하를 스스럼 없이 해 댔을 것이다. 곧이곧대로 믿고 있었던 자신이 어쩌면 어리석은지도 몰랐다.

여름이 되자 희연은 오랜만에 형제들끼리 바닷가로 휴가를 떠나자고 제안했다. 꿈같은 이야기다. 학찬의 사고로 형제들과 어울릴 여유가 없었고 그 이후는 희재와 희연의 소원한 관계로 또 그럴 시간이 없었다. 이제 학찬의 문제도 잘 해결되어 가고 있으니 모처럼 아이들까지 함께 신나는 파티를 하자는 것이었다.

가지 많은 나무 바람 잘 날 없다고 우리 가족들은 이런 모임이 전혀 없이 지내왔었다.

고향에 있는 형제들은 문제가 없었다. 그러나 학찬과 원이의 문제는 지나가야 할 풍랑주의보처럼 남아 있었다.

큰아들 원이와 조카 온유는 어린 시절을 희재의 집에서 함께 보냈으므로 친형제만큼이나 각별했고 서로를 그리워하는 사촌이었다. 그런데 허심탄회하게 바닷가로 달려가기에는 학찬과 원이의 화해가 먼저 필요했다. 당연히 원이는 삼촌이 있는 곳에는 가지 않겠다고 했고 학찬이 원이에게 입힌 상처에 대해 희연은 펑펑 울면서 공감하고 위로하고 학찬을 비난했었다. 세상에서 가장 정직하고 순수한 원이에게 학찬은 어떻게 그런 행동을 할 수 있느냐며 충분한 위로가 되고도 남을 만큼 학찬의 폭력성에 대해 한탄도 했었다. 그러니 둘의 이런 껄끄러운 관계를 백분 이해하고도 남을 줄 알았기에 바닷가에서 어색하게 만나느니 그 전에 학찬이 전화해서 '그땐 삼촌이 너무 힘든 때여서 본의 아니게 너에게 상처를 줬다면 미안하다'라는 포문을 열어 화해를 하고 만났으면 한다고 했고 희연 또한 원이가 오지 않으면 자신도 아무런 의미가 없을 거라면서 반드시 그러자고 했다. 학찬은 들뜬 마음에 미리 내려와 있다고 한다.

어느 정도 노력은 했는지 학찬이 전화 할거라고 하자 희재 또한 아들의 마음의 응어리를 풀어 줄 수 있을 같아서 기쁜 마음으로 학찬의 전화를 기다렸다.

식사를 마치고 초저녁에 학찬의 전화를 받았다. 그때까지는 희재도 고마웠다. 아무리 자신이 과했어도 아랫사람인 조카에게 사과한다는 것이 물 흐르듯 쉬운 일은 아닐 것이다.

희재는 먼저 전화해 준 학찬에게 고마움을 표했다. 그런데 학찬의 음성은 아주 못마땅한 목소리였다. 희연과 형부의 설득에 마지못해 전화기를 든 모양이다.

"내가 언제 원이에게 그렇게 했다고 해요? 마대자루를 든 건 훨씬 전인 초등학교 때 아니었대요? 그 후로도 만난 적이 있는데 그걸 아직까지 고깝게 생각하고 있대요? 나는 원이가 초등학생 때 '삼촌 집으로

가라고 해서 혼내 주느라 그랬던 건 생각나는데 고등학생 때는 기억이 없어요. 원이 바꿔줘 보세요."

"초등학생 때도 그랬니? 원이 말로는 네가 수영해서 건너가기까지 살았던 집에서 자기가 고등학생 때 그랬었다고 하던데 기억 안 나?"

"내가 그때 그럴 리가 있겠어요? 어린 담이도 함께 있었을 텐데."

여름이었고 방마다 문들은 모두 열려 있었다. 희재는 학찬의 전화 내용을 놓칠세라 볼륨을 최고로 높여서 통화하고 있었는데 삼촌과 통화하는 걸 눈치챈 원이가 언제부터인가 희재의 가까이에 서 있었다. 어쩌면 삼촌의 사과 전화라서 자신도 받을 마음의 준비를 하고 대기 중이었는지도 모른다. 삼촌이 언제 자신을 학대했는지 기억조차 못 하고 있다는 걸 알자 아들의 분노는 폭발했다. 상처를 받은 자신은 정신과 치료와 간 치료로 지금까지도 고통 속에 살고 있는데 상처를 준 상대방은 까맣게 그 사실을 잊고 지내고 있는 것이다.

"그날 담이는 친구 생일 파티에 가서 베개 모임까지 하고 오는 날이라 집에 없었구요 엄마는 담이 친구집에 데려다주느라 함께 집을 비운 날이라구요."

아들이 한 말을 학찬도 충분히 들었다.

"아니, 난 다 잊어버렸는데 뭘 그런 걸 지금까지 기억하고 있으면서 그렇게 피곤하게 산대요?"

자신이 잊었으니 상대도 잊어야 한다는 원리를 어떻게 이해해야 할까?

"넌 심리학 공부도 했다는 애가 그렇게까지 밖에 말을 못하니? 어릴 적 트라우마가 얼마나 사람을 피폐하게 하는지 그걸 몰라? 도대체 심리학 공부는 뭐에 대해서 한 거니?"

그렇다. 우물에 돌을 던지는 사람은 무심결에 혹은 습관적으로 그럴지라도 그 돌에 맞은 개구리는 평생을 그 아픔에 고통 받고 있는 것이다. 무릎 꿇고 사과하라는 것도 아니었고 아들과 함께 바닷가로 출발할 수 있는 통로만 내어 달라고 한 것인데 그마저도 이렇게 끝이 났다.

더군다나 희연을 통해서도 학찬에게도 아들의 고통스러운 기억에 대해 충분히 설명했었다.

삼촌이 보고 싶어 가는 바닷가가 아니다. 삼촌 때문에 보고픈 사촌들을 마음 편히 볼 수 없기에 그 전 작업만 해 달라고 한 부탁이었다.

화해가 불발된 걸 눈치챈 희연으로부터 바로 전화가 걸려 왔다. 다른 방에 가서 전화를 하는 건지 손으로 전화기를 가리며 말을 하는 것처럼 낮게 속삭였다. 그러면서 하는 말이 너는 학찬이 무섭지도 않아서 저렇게 자극을 하냐는 것이다.

"내가 무슨 자극을 했는데? 난 다만 응어리진 아들의 마음 좀 풀어 달라고 했을 뿐이야. 그리고 내가 왜 걔를 무서워해야 하는데?"

"얘, 일단 전화 끊자."

전화를 끊은 희연은 차마 말로 못 한 내용을 카톡으로 보내왔다. 카톡으로 보냈다는 건 아직 그 내용이 남아 있다는 의미다.

희연: 넌 학찬이가 무섭지도 않니?

희재: 왜 무서워야 하는데?

희연: 제발 그 애를 자극하지 마라. 난 학찬이가 화가 나면 또 무
슨 일 저지를까 봐 심장이 오르라들어서 견딜 수가 없다.

희재: 왜? 날 어떻게 한 대?

희연: 그건 아니지만 넌 어떻게 그렇게 겁도 없니? 한 번 저지른
애가 두 번은 못 하겠냐?

이렇게 슬픈 주홍글씨가 또 있을까? 학찬을 피하고 싶고 두려워하
는 사람은 일반인들만이 아니었다. 바로 친누나인 희연까지도 동생을
그렇게 머릿속 깊이 각인하고 있었던 것이다. 친족이 이러는데 남들이
야 오죽할까? 남들을 탓하고 원망할 일이 아니란 걸 희연이 여실히 증
명해 주었다.

사실 희연의 기우는 지나칠 정도였는데, 학찬의 계획대로 미국을 성
공적으로 들어간 후에 어느 날 제시카를 살해해 버리지나 않을까 하
는 공포가 희연이 가지는 가장 큰 두려움이었다. 학찬이 사고를 당해
잘 못 되는 건 괜찮으나 또다시 살인을 저지름으로 사회적으로 논란의
중심에 서는 것이 가장 두려울 정도면 그동안 학찬의 가족으로 산 혈
육들의 트라우마는 쉬이 넘어갈 수 없는 부분인 것도 사실이다.

학찬이 희연의 집에 머물 때, 날마다 집에 있을 동생이 안쓰러워서
희재는 날씨 좋은 날은 산책이라도 하며 지내라고 권했었다. 또 멀지
않은 오빠네에 가서 일도 도우며 지낸다면 오빠에게도 힘이 되고 힘든
기억을 잊는 데도 도움이 될 거라고 했다. 그러나 학찬은 날이 어두워

질 때까지 기다린다고 했다. 형님도 형수님도 동네 사람들 눈에 자신이 노출되는 것을 꺼리는 것 같다고 했고 희연누나 역시 주변 사람들에게 자신을 소개하는 일을 주저한다는 것이다. 희재는 너의 자격지심 때문일 거라고 위로했으나 희연의 얘기를 듣고 보니 무의식 중에 그런 기류가 흘렀는지도 모르겠다. 또한 사람들은 의외로 육감이 발달되어 있어서 알고 싶지 않지만 저절로 느껴지기도 한 법이다.

화해는커녕 상처를 들춰서 고춧가루를 뿌리는 일로 끝나버리자 아들 원이는 더욱 분노했고 희재도 동생에게 서운함이 깊어지는 것은 사실이었다. 아들과 마주 앉아 긴 얘기를 나눠서 겨우 아들의 마음을 진정시켜서 방에 들여보내고 나자 학찬에게서 카톡이 왔다.

> 학찬: 내가 누나 가족에게 상처와 아픔만 주는 사람이었다니 너무 충격이고 미안합니다. 앞으로라도 상처를 안 주고 싶어요. 누나 가정의 행복을 위해서라도 아주 멀리서 조용히 살랍니다. 원이에게도 미안합니다. 저 때문에 더 이상 상처받지 마시고 아파하지도 마시고 저를 오늘부로 기억에서 지워버리세요. 미안하네요 정말. 잘 지내시고 좀 더 늙어서 철들면 연락할게요.

가족들과의 모임을 위해 아들의 응어리를 좀 풀어달랬더니 아예 늙어서 연락을 하겠다고 한다. 정말이지 허탈하고도 어이가 없었다.

이대로 학찬과의 관계가 멀어진다고 해도 희재는 별로 슬프지 않을 것 같았다. 사실 그동안 지치기도 했다. 이제 동생 곁에는 자신이 아니더라도 오빠도 왕래하며 지내고 있고 희연네와도 돈독하다. 무엇보다도 제시카와 다시 살게 됐으니 굳이 자신이 없어도 이제는 안심할 것 같았다. 희재는 허탈한 마음에 혼자서 되뇌었다.

"그래, 부디 잘 살아라. 무사히 미국에도 가고."

그런데 자신의 의지와는 상관없이 눈물이 주르륵 흘러내렸다. 동생을 위해 울어주는 마지막 눈물이 되기를 바라며 늦은 밤 거실의 불을 껐다.

자신들을 빼고 가족들이 바닷가를 갔는지 안 갔는지 희재는 묻지 않았다. 그에 대해 희연도 말해 주지 않았고 그렇게 가을로 접어들었다.

학찬과의 사이가 소원해진 걸 알기에 희연은 더 이상 교회의 배상 문제는 묻지 않았다. 묻는다 해도 희재로서도 대답해 줄 답은 없었다. 희연은 희재의 눈치를 살피며 학찬을 두둔하는 얘기를 대화 속에 끼워 넣었다. 희재는 학찬에 대한 이야기가 나와도 관심이 없었고 솔직히 짜증이 났다. 어느 날, 미국에 잘 도착했다는 소식을 듣는 것 외에 듣고 싶은 소식이 없노라고 냉정하게 말했다. 그러자 희연이 은근슬쩍 희재의 단점을 들추었다.

"네가 예전에 학찬이에게서 돈 빌려 쓴 적 있었니?"

"응. 학찬이가 그래?"

"아니 제시카한테 들었어. 교회 사람들한테도 말했나 봐. 네가 그렇게 살아서 많이 창피했었다고."

순간 희재의 머릿속에 하나의 의문이 풀렸다. 제시카와 박경호의 불륜을 눈치챈 이후, 희재는 아무렇지도 않게 제시카를 대하기가 무척 불편했다. 또 그때는 제시카가 희재에게 숨기고 희연네와 왕래를 시작했던 시기이기도 했다. 제시카는 전화를 끊을 때면 늘 '형님, 사랑해요'를 습관처럼 남발했는데 예전 같으면 '나도' 하고 전화를 끊었을 텐데 이후로는 거기에 할 대답이 마땅히 생각나지 않았다. 아니, 솔직히 말하면 역겨웠다. 마치 길거리에서 나눠주는 판촉물을 받아다가 심혈을 기울여 특별히 장만한 선물인양 내미는 느낌이 들었다. 그래서 그때 희재는 제시카에게 말했었다. 자신과 희연네가 화해하기 전까지는 당분간 연락하지 말고 다만 희연네와 잘 지내라고. 제시카도 희재의 마음을 이해했는지 그 후론 연락이 없었다.

그리고 얼마 후 제시카가 서울에 왔다는 소식을 교회 집사님에게 들었다. 노량진 수산시장에서 횟집을 운영하던 집사님이었는데 교회에서 마주쳤을 때, 며칠 전에 아버지 측근 권사님 몇 분과 함께 제시카와 저녁을 먹었노라고. 소원한 관계를 말할 필요가 없어서 그러셨냐고만 했다. 그 집사님은 히죽히죽 웃으며 '그런데 왜 그랬어' 하신다. '뭘요?' 하고 물으니 다시 웃으며 '아니야, 그냥 해 본 소리야' 하더니 잰걸음으로 가 버렸다. 그날 이후 교회에서 마주친 핵심 권사들도 희재를 바라보는 눈빛이 달라져 있었다. 마주치면 그토록 반기던 분들이 한심한 눈으로 희재를 보더니, 희재의 인사에도 '그래' 하고는 인사를 받는 둥 마는둥 해서 못내 의아했었다.

희재는 학찬에게 전화를 했다. 학찬은 늙어서 철들면 연락하겠다고 했지만, 희재는 그때까지 기다릴 마음이 없었다.

"너, 내가 너한테 카드 빌려 쓴 걸 제시카한테 말했니?"

다짜고짜 따지듯 묻는 희재의 말에 학찬은 잠시 주춤하더니 '예' 하고 대답했다.

"야이 자식아, 너도 사내새끼냐? 어떻게 네 마누라한테 할 말이 따로 있고 하지 말아야 할 말이 있지. 내가 너한테 240만 원 빌려 쓴 거 그걸 말해서 제시카가 교회에 소문내고 다니게 하니? 어느 날부터인가 아버지 측근 권사들이 날 아주 기분 나쁜 눈으로 보길래 왜 그러나 했어. 지금 생각해 보니 제시카가 그 이야기를 한 거였네. 그래 속이 시원하냐? 네 누나 험담을 네 입으로 제시카한테 했어? 에라이 이 찌질한 자식아. 넌 남자도 아니야 이 못난 새끼야."

학찬은 희재의 분노에도 침착하게 대답했다.

"그때는 누나를 더 이상 안 보려고 했던 때니까, '나는 이렇게 누나까지 다 정리하고 왔다 나는 이제 너뿐이다'하는 의미로 제시카에게도 얘기를 한 거죠."

캐나다에서 수영해서 건너가던 그때에 이미 자신과 담을 쌓고 떠났다는 사실에 희재는 또다시 소름이 돋았다.

"그때 이미 나랑 인연을 끊고 갔었어? 그럼 나를 더 이상 찾지 말았어야지 무엇 하러 나한테 왔니? 그렇게 비장하게 나와의 인연을 끊었다면 이번에도 나를 찾아오면 안 되는 거 아니니?"

"그러게요. 안 보고 살려고 했는데 일이 또 이렇게 되어 버렸잖아요. 누나가 아니면 누가 이 일을 하겠어요?"

"아, 너는 너한테 쓸모가 있을 때는 네 진심도 속이고 아무렇지도 않게 접근해 오는 거니? 너는 그게 되니?"

학찬은 웃었다. 그 웃음 속에는 새삼스레 뭘 그리 복잡하게 따지냐는 뉘앙스가 숨어 있는 듯 허심탄회하게 웃었다.

"이제 나는 더 이상 쓸모가 없어진 거야? 그래서 너 요즘 나를 막대하는 거니?"

"얘기했잖아요. 누나가 수고한 거 다 계산해서 수고비 드린다니까요."

미안함도 희재의 험한 말에 화도 내지 않은 너무나 차분한 목소리 속에는 느물거림까지 느껴졌다.

그렇게 통화가 끝났다.

희재와 학찬은 어린 시절에도 단 한 번도 다투거나 싸운 적이 없었다. 늘 서로를 아끼고 양보하고 존중하며 지내왔는데 태어나서 처음으로 학찬에게 심하게 퍼부어 대고 말았다.

가뜩이나 요즘 들어 지금까지 알지 못했던 지극히 이기적인 학찬의 모습에 적잖이 실망을 하던 차여서 차라리 앞으로 볼 일이 없었으면 좋겠다는 생각도 들었었다. 그런데 자신이 가장 힘들었을 때 처음으로 손 벌렸던 치부까지 제시카에게 나불거렸다는 생각에 정말로 분노가 치솟았다. 오직 단 한 번, 처음으로 내밀었던 손이었건만 학찬은 그 사실을 올케에게 말했고 올케는 또 교회 메스컴들에게 전해서 그들이 경멸의 눈빛으로 희재를 바라보게 한 것이다. 11월의 늦가을 오후, 을씨년스런 날씨만큼이나 희재의 마음도 무너져내렸다.

그리고, 희재를 사용하기 위해 가장 처량하고 불쌍한 모습으로 안

거 와서는 협상이 본격적으로 진행되자 본심을 적나라하게 내보이는 것이다. 너무나 침착하고 너무나 아무렇지도 않게.

희재는 학찬의 모습에 소름이 돋았다. 지금까지 본 적 없는 동생의 모습이다.

아파트 단지에 들어서며 학찬과 통화를 끝냈건만 희재는 집으로 바로 들어가지 못하고 아파트 단지를 돌고 또 돌았다. 이 순간은 집안의 따스함에 몸을 던지면 하염없이 설움이 쏟아질 것만 같아서 차가운 냉수 같은 가을 바람이 차라리 위로가 되는 것 같았다.

순간 희재는 며칠 전에 읽었던 글이 떠올랐다.

- 양심의 가책이 없기 때문에 공감적인 대화를 해도 깊이감이 없다.
- 매우 계산적이기 때문에 스스로를 치장하고 멋있게 포장하는 걸 좋아한다.
- 감정이 있는 듯하지만 결여 되어 있으며 타인이 느끼는 고통에 대하여 배려가 없다.
- 치밀할 정도로 계획적이기 때문에 인간 관계가 굉장히 원만하나 대개는 겉으로만 친분을 유지한다.
- 합리화를 자주 하며 자신의 행동을 정당화시키기 위해서라면 감정을 호소한다.
- 자신의 목적, 이익을 위해 행동하며 인생을 하나의 게임이자 이겨야 되는 룰로 생각한다.
- 다른 사람들을 경쟁자로 인식하는 경향이 있다.

- 주변 사람을 조종하면서 내가 원하는 걸 꼭 가지려 한다.
- 거짓말이 들통나면 반성하거나 후회하는 척하면서 동정심에
  대한 감정을 동요하며 스스로의 순진함을 어필한다.

세상에나.

처음으로 보게 된 학찬의 모습.

이미 학찬에게는 사람의 가슴에서 피어나는 감정 따위가 없었다. 생각해 보니 자신과 머리카락 한 올 만큼의 인연도 없는 명재혁 씨의 생명을 빼앗았다. 그러고도 어떤 미안함이나 죄책감 대신 원로 목사님에 대한 기사화를 이유로 내세우며 정당화했다. 물론 그마저도 '사주'였기에 거기에 이용당한 자신은 그다지 잘못이 없다는 생각이 깊이 박혀 있는 듯했다.

누군가에 대해 이야기 할 때는 '생각해 봐. 이랬다고. 이런 경우 내가 어땠겠어요? 이랬다니까.' 하는 화법으로 듣는 사람으로 하여금 저절로 자신의 편에 서도록 강요했고 현 권사님도 김한규 변호사도 희재 자신마저도 사용 용도의 필요성이 없을 때는 가차 없이 내팽개쳤다. 목표를 위해서는 목숨 건 행동도 개의치 않았고 기다릴 때는 원로 목사님이 별세하실 때까지 무섭도록 인내했다. 심지어 제시카도 미국에 들어가 무사히 안착하는 순간까지는 철저한 애처가가 되어 잘 사용하겠노라고 이미 희재에게 고백했었다. 학찬에게 주변의 모든 사람들은 그저 수단에 불과하다.

또 하나, 희재를 늘상 불편하게 했던 건 학찬이 다녔던 미국 지교회

담당 목사님에 대한 폄하였다. 학찬의 말만 들어서는 그보다 더 한심하고 함량 미달의 목사가 아닐 수 없었다. 희재는 그럴 때마다 '그렇게 문제가 많은 분을 아버지께서는 왜 그냥 방치하실까?'하고 물으면 '회개할 기회를 주시는 거겠죠'라고 대답했다.

그러나, 다른 교역자님들께 들은 얘기는 전혀 상반된 내용이었다.

25년 동안 담당하시면서 아무런 문제가 없이 평안했었다고 한다. 그 교회의 보조 목사가 바로 제시카의 부친이다.

무엇 때문일까? 학찬은 대체 저토록 얼음보다 차가운 심장으로 그 무엇을 향해 달리고 있는 것일까?

나무에서 떨어져 바람이 부는 대로 이리저리 굴러다니는 낙엽과 섞여 다섯 개의 글자가 어지럽게 함께 나뒹굴고 있었다. 소. 시. 오. 패. 스.

학찬아. 사랑하는 내 동생아.

나는 처음으로 너의 모습을 본다. 50년이 지나 비로소 이제야 너를 봐 버렸다.

한 번도 상상해보지 못했던 네 모습. 멀리, 아주 멀리에 있고 그런 사람은 머리에 도깨비 뿔 하나쯤은 달고 있을거라 생각했는데……

학찬아. 너를 봤다. 너를 봐 버렸다. 그렇게 철저히 감추고 사느라 얼마나 힘들었니? 매 순간이 얼마나 피곤했겠니?

그래서 너는 다 이루었니? 나에게까지 너를 보여준 건 이제 너를 보여줘도 될 만큼 다 성취한 거니? 이것이었니? 네가 그토록 인내하며 찾아 헤맨 것이 지금 이것이었니?

희재는 밤이 깊어 온몸에 한기가 느껴질 때까지 아파트 단지를 돌고 또 돌았다.

　다음날 제시카에게서 전화가 왔다. '왜?' 하고 차갑게 묻는 희재에게 '죄송해요. 형님' 하는 제시카의 목소리는 더욱 역겹게 들렸다. 제시카가 제일 쉽게 잘하는 말은 '사랑해요'와 '죄송해요'였다. 아무런 마음도 의미도 없이 그저 옷에 묻은 먼지를 털어내듯 그녀에게는 그런 습관에 불과한 말들이었다.

　진심인지 형식적인 위로인지 희연은 수시로 전화를 해서 희재의 기분을 맞추기 위해 애썼다. 제시카의 소문 유포에 대해서는 극도로 흥분하면서 희재의 마음을 뻥 하니 뚫어 줄 욕도 대신 퍼부어 주었다.

　'진짜 쳐 죽일 연놈들인데 제시카 년이 제일 나쁜 년이지. 피가 더러운 것이 낳아서 저런 년이 나왔다고 내가 오빠 계신데서 막 욕해 줬어. 또 페루의 예진이에게 용돈도 안 보냈으면서 보냈다고 해서 오해를 불렀던 것도 꼭 따져서 그런 이중 죄 짓지 말라고 할 거야. 아휴, 어디서 저런 천박하고 정신병자 리플리 증후군 중증 환자를 학찬이랑 짝을 지어 준거야. 그 노망난 영감을 그냥 아휴 정말. 어디서 골라온들 그 년보다는 낫겠다.'

　운동권답게 걸쭉한 욕을 한 사발 얻어져 카톡을 보냈지만 희재는 안다. 희연은 결코 제시카 앞에서 정색도 못 할 사람이고 반달눈으로 온갖 미사여구를 동원해서 상대방을 허공 높이 날아 오르게 할 것이다.

　겨울 문턱에서 작은아들 담이가 무사히 만기 전역을 했다. 몸도 정신도 성숙해지고 더욱 건강하고 씩씩해져서 집으로 돌아온 감사의 군

복무였다,

　사촌들의 왕래가 시작되자 전역한 아들을 축하도 해 줄 겸 온유와
보라가 집으로 찾아왔다. 대학교 3학년 때에 집에서 내보낸 후 원숙한
숙녀가 되어 만나는 해후도 가슴 아팠다. 늘씬한 외모와 아직도 예쁘
고 명랑한 보라는 마치 엊그제 만났던 사이처럼 모두와 스스럼이 없었
다. 역시 혈육은 남과는 다른 진한 핏줄의 인연을 다시 느끼게 한다.

　희재와 거리를 두고 지내는 사이 이 발랄하고 아름다운 숙녀는 제
시카와는 왕래를 하고 지냈었는데 당시에 제시카가 희재에게 말했다.
아마도 보라는 강남의 텐프로가 된 것 같다고.

　좋지 않은 일로 내보내기는 했지만, 딸처럼 키운 조카가 그런 곳으
로 흘러 들어갔다니 이모인 희재의 마음이 좋을 리가 없었다. 속이 상
한 희재는 그저 '아까운 아이'라고만 하며 안타까워 했었다. 그런데 정
작 만나고 보니 제시카의 말에 의구심이 생겼다. 타고난 미모야 그대로
여도 너무나 소탈하고 소박했다. 생각난김에 희재도 보라에게 물었다.

　"보라야. 너 몇 년 전 북유럽의 5성급 호텔에 묵은 적 있어?"

　"응. 이모."

　"여행 갔었어?"

　"내가 무슨 돈이 있어서 여행 가서 5성급 호텔에 묵어? 나 그때 쇼
핑몰 모델 할 때 화보 찍으러 갔는데 호텔이 너무 예뻐서 촬영을 호텔
에서 했어. 이모가 어떻게 알아? 제시카가 그래?"

　박경호와 제시카가 공항에서 껴안고 키스하는 동영상을 촬영해 온
사람은 보라였다. 희재가 일 때문에 공항에 나갈 수가 없다고 하자 학

찬은 보라에게 부탁했고 보라가 가서 그 둘의 적나라한 장면을 찍어 온 후로 보라는 제시카를 정상인으로 취급하지 않았다.

이처럼 일 때문에 출장 간 보라를 제시카는 단지 특급 호텔을 배경으로 사진을 올렸다는 것만으로 마치 보라가 어떤 남성과 여행에 동행한 양 보라에 대한 허위사실을 아무렇지도 않게 말하고 다녔다. 결혼도 안 한 숙녀를 다른 분야도 아닌 업소녀로 매도해 버린 것이다. 또 하나는 제시카가 아는 호주 남성이 있었다. 직업도 좋고 집도 엄청 부자인데 희연이 사정사정해서 보라와 소개팅을 해 달라고 했다는 것이었다. 보라에게 확인했더니 그와는 정반대였다. 제시카에게 결혼하자고 매달렸던 남자인데 본인은 결혼을 했으니 보라에게 사귀어 보라고 했다는 것이다.

"아무리 조건이 좋은 남자여도 그렇지 본인에게 결혼하자고 매달렸던 사람을 왜 우리 딸에게 소개해 줘?"

희연은 거절하며 어이없어 했다고 한다.

또, 보라의 말에 의하면 '이모, 난 나보다 키 작은 남자는 용서할 수 있어. 그런데 내가 남자의 조건에서 절대로 용서할 수 없는 남자가 있는데 대머리야. 난 대통령 아들이어도 대머리는 절대로 싫어. 근데 그 남자가 대머리더라고. 그래서 내가 소개팅 자체를 거절했어. 만나보지도 않았지.' 제시카는 대체로 이렇게 말하는 부류의 사람이었다. 늘 자기 방식대로 생각하고 그것을 사실화해 버렸다. 이런 거짓말을 할 때도 너무나 진지하고 심각한 표정으로 고개를 절레절레 흔들어가면서 깊은 한숨과 함께 하기 때문에 그것이 거짓말이라고는 누구도 생각지 못한다는 것이다.

"이모야, 이모네 교회 식당에서 제시카 엄마가 이모에게 삿대질을 하면서 '너, 한 번만 우리 제시카랑 학찬이 앞에 나타나면 절대로 용서하지 않겠다'고 소리 지르며 혼냈던 적 있어? 주일이라 많은 사람들이 다 보는 데서 아주 개망신을 줘 버렸다던데?"

어쩌면 좋을까? 이쯤 되면 희연의 말처럼 제시카는 리플리 중증 중후군이요 정신병자가 맞는 것 같다. 아무리 학찬이 살인자라 해도 어쩌자고 저런 정신병자를 학찬의 아내로 맺어 주셨을까? 다른 사람이면 몰라도 재림 주시며 '아버지'셨던 그분은 제시카의 정신상태를 아셨을 터인데 왜 하필 그런 애를 우리 집안에 들이셨을까?

제시카의 엄마가 본교회에 몇 번을 다녀갔는지는 모르겠다. 분명한 사실은 희재는 제시카 엄마의 얼굴을 모른다. 단 한 번도 교회에서 마주친 적도 없었고 그러기에 인사를 나눈 적도 없었다. 얼굴도 모르는 학찬의 장모가 희재를 교회 사람들 앞에서 개망신을 줬다고 한다.

학찬에게 240만 원의 카드를 빌려 쓴 대가는 이렇게 혹독했다. 저 말이 제시카가 지어낸 말인지 제시카 엄마가 지어낸 말인지 모르겠지만 제시카 엄마의 얼굴 자체를 모른다는 게 얼마나 다행이고 감사할 일인지 모른다는 생각과 함께 그동안 학찬과 제시카에게 얼마나 자신이 유린당하고 있었는지 새삼 깨달은 희재는 이대로 영원히 학찬과 제시카를 보고 싶지 않다는 생각이 들어서 너무 허탈해졌다.

끊어졌던 가족들과 만나 그동안의 이야기를 나누는데 미담은커녕 제시카의 만행만 절절히 밝혀졌다. 박경호와 혼인신고도 하고 시험관 시술까지 하면서도 그 기간에도 제시카는 학찬에게도 최선을 다했었다고 하면서 학찬도 제시카의 정신병에 대해서는 인정했다.

학찬의 얘기에 의하면, 한국에서 제시카는 학찬의 한복을 준비해왔는데 그 한복은 박경호와 함께 다니면서 구매했다고 한다. 물론 똑같은 한복을 박경호에게도 입혔다. 똑같은 한복 두 벌을 사서 한 벌은 박경호에게 한 벌은 학찬에게 입힌 것이다. 미국에서 학찬과 함께 쇼핑을 할 때는 학찬의 영양제를 사고 선물할 곳이 있다면서 같은 영양제를 사서 한국에 와서는 박경호에게 먹인다는 것이다.

학찬은 제시카의 정신 감정 체크는 필수 불가결하다고 했다.

희재는 제시카의 만행이 하나 더 드러날 때마다 원로 목사님에 대한 의구심도 커져 갔다.

그분의 실체는 무엇이었을까?

아버지라 하기에는 학찬에게 살인을 사주하신 것과 정상인이 아닌 제시카와 학찬을 결혼시킨 사실이 너무 잔인하고, 부정하기에는 성경적인 가르침은 단연 최고셨다.

희재는 진심으로 학찬과 제시카에게 오만 정이 떨어지고 말았다. 이제 남은 것은 자신이 감당할 사명이다.

무엇일까? 학찬이 사고를 일으키고 수형생활을 할 때부터 출소해서 지금까지의 모든 과정을 희재는 늘 곁에서 함께 겪으며 지내왔다.

학찬과 교회, 처음부터 지금까지 양쪽을 지켜본 사람은 희재 자신이 유일했다.

학찬의 형이 확정되자 스스로 걸어 들어갔던 일곱별 교회. 갑자기 머릿속에 환한 빛이 비춰더니 그동안 그녀가 양손에 쥐고 있던 두 개의 물음표가 마침표로 변했다. 그렇다. 오직 자신만이 할 수 있고 해야만 하는 일. 희재는 가슴에 두 손을 모으고 눈을 질끈 감았다.

그 나무의 열매들

일곱별 교회의 담임 목사 재신임을 묻는 투표는 10월 말에 있다.

담임 목사 임명은 늘 김동재 목사의 지명으로 이루어졌지만, 김동재 목사의 소천으로 일곱별 교회는 급하게 정관과 교회 운영 규정을 만들었다. 이 법안이 급하게 만들어진 이유는 일곱별 교회 성도 누구도 김동재 목사가 별세하리란 걸 감히 상상하지 못했기 때문이다. 그렇다면 교회를 설립하고 한국에서 열 손가락 안에 드는 대형 교회로 성장시킨 장본인이신 김동재 목사는 나이 들고 중병을 얻었을 때도 이에 대한 대비를 세워 놓지 않은 채 죽음을 맞이했을까? 혹시 스스로도 자신은 재림 주라서 죽지 않고 살아서 변화 받으리라고 믿은 건 아닐까?

어쨌거나 김동재 목사가 결국 고인이 되자 일곱별 교회는 대파란의 혼돈을 맞이했고 급하게 정관이 만들어졌는데, 10월에 당회에서는 담임 목사 선출을 위한 선거를 하고 당회에서 선출된 목사는 1월 1일부터 3년간 담임 목사 임무가 시작된다. 3년째인 그해 10월에는 그동안의 담임 목사에 대한 평가와 재신임을 묻는 투표를 해서 재신임을 통과하면 연임을 하는데 3회 연속 통과할 경우는 종신직이 된다.

민준호 목사가 두 번의 재신임을 통과해 6년 동안 담임 목사직을 수행했으니 이번에도 통과하면 종신 담임 목사로 재직할 수 있다. 그러나, 민준호 목사는 이번에는 재신임에 통과하지 못했다. 교회에 다시 또 대혼란의 바람이 다시 불기 시작했다.

희재의 가게에 출입할 때에 민 목사는 재신임이나 종신직에는 관심이 없는 듯이 얘기했었다.

종신 담임 목사가 되면 전심으로 충성하여 일곱별 교회 재단을 섬기며 작고하신 '아버지'의 유지를 받들어 목회 활동에 헌신하겠다고 했고 만약에 통과하지 못하면 이 재단을 떠나 멀리 아프리카에 가서 홀로 개척을 하겠노라고 입버릇처럼 말하고는 했었다.

과연 민준호 목사는 자신과의 약속을 지킬 것인가? 그러나, 그 약속은 지켜지지 않았다.

나무에 달려 있는 잎사귀보다 거리에 뒹구는 낙엽이 훨씬 많은 11월의 끝자락에 학찬으로부터 전화가 걸려 왔다. 희재는 학찬의 이름이 전화기 화면에 뜨자 갑자기 짜증이 밀려왔다.

잊고 살아서 평안했는데 왜 또 전화일까? 첫 번째 전화는 안 받았는데 얼마 후에 다시 전화벨이 울렸다. 그래, 뭔가 할 말이 있나 보다 싶어 받았더니 수일 내로 가게로 오겠다고 한다.

교회에서 25억 원을 다 받았다면서 누나에게도 조금은 힘이 되어 드리겠다고 했다. 내역을 주저리 주저리 얘기하기 시작하자 희재는 녹음 버튼을 눌렀다. 동생 학찬이 아닌 명재혁 씨와 피의자 사이의 증인이 되어야 할지도 모른다는 사명감이 들었다.

당장은 아니더라도 언젠가는…….

백만 불은 인도네시아 대저택의 그 권사가 달러로 통장을 만들어 줬다고 했다. 어차피 지금 당장 그 돈이 다 필요한 것도 아니고 세금 문제도 있어서 그 돈은 미국에 들어가면 찾겠다고 했다. 언젠가는 한국에 와서 살 수도 있고 교회 이름으로 계약한 지금 집의 계약 만료도 다가와서 집을 비워줘야 하므로 근처에 34평 아파트를 8억 6천에 전세를 끼고 샀는데 내년 8월에 이사를 하기로 했다고 한다. 5억 원은 현금으로 수령 했고, 나머지는 신학교 교수 급여로 받은 금액과 초반에 정착 자금으로 받은 것을 합산해서 25억 원을 맞췄다고 했다.

손님 예약 스케줄이 있는 날짜를 피하다 보니 며칠 후로 만나는 날을 정했다. 전화를 끊고 나니 희재의 마음은 또 심란해졌다. 말없이 이대로 미국으로 출국해서 영원히 안 보고 살 게 된들 자신도 어쩔 도리가 없을 것이다. 그런데 정산을 마쳤다고 먼저 전화해서 내막을 알리고 누나의 몫을 드리기 위해 찾아오겠다는 동생을 괜히 미워했나 싶기도 했다.

11월 26일 학찬은 제시카와 함께 왔다. 그동안 마음에 쌓인 이야기도 하고 싶었는데 제시카가 함께 와서 희재는 마주치는 순간 기분이 나빠졌다.

"우리 누나 왜 이렇게 늙어 버리셨대요?"

학찬은 희재를 끌어안더니 울었다. 희재도 눈물이 났다. 원래 이렇게 지내야 할 동생이 그동안 같은 하늘 아래에 있으면서도 소원했기 때문에 나오는 서운함의 눈물이었다.

잠시나마 학찬과 희재는 본래의 다정한 남매로 돌아갔다. 학찬은 앞으로 자신이 살아갈 계획에 대해 기대에 부푼 목소리로 이야기했다. 바이든 정권이 되긴 했지만, 자신의 이력으로는 그리 쉽지는 않을 것 같아서 우선 한국에서 사업을 시작해 볼까 한다고 했다.

어느 정도 현금을 갖고 있기 때문에 먼저는 경매로 집을 낙찰받은 사업을 고민 중이라고 했다. 일반 주택 담보 대출보다 경매로 낙찰을 받았을 때에 은행 융자가 더 많이 나오기 때문에 해 볼만 하다고도 했다. 또 하나는 국내에 들어와 있는 해외 노동자들을 관리하는 조합 같은 것을 세울까 한다고도 했다. 기술력이 뛰어난 사람들을 확보해서 안전한 곳에서 일할 수 있게 해 주면 임금 떼일 일이 없어서 근로자는 좋을 것이고, 어느 정도 신분이 보장되니 고용인도 좋을 것이라고 했다.

학찬이 영어가 가능하니 언어소통에는 문제가 없을 터라 좋은 생각이라고 했다. 학찬과 얘기를 나눌 때 의자에 앉아 있는 제시카를 보니 온통 명품으로 감싸고 있었다.

쌀쌀한 11월 말의 날씨에 어울리게 아이보리 색의 얇은 캐시미어 셔츠에 누벼진 옅은 베이지색 버버리 조끼 원피스를 입었고 금속 장식이 요란한 발렌티노 락스터드 구두에 구찌 미니 핸드백을 들고 있었다. 무엇보다도 그녀의 통통한 손에는 다이아몬드 일곱 개가 촘촘히 박힌 반지가 영롱이 빛나고 있었는데 알의 크기는 어림잡아 캐럿 바로 아래 단계인 7부 정도는 되어 보였고 반지에 비해 통통한 손가락은 마치 비엔나소시지를 보는 듯이 탐욕스러워 보였다.

참 안 어울린다고 희재가 속으로 생각하는 사이 학찬은 작은 백팩에서 검은 비닐에 싼 뭉치를 꺼내 책상 위에 올려놓았다. 1억 원이라고 했다.

"누나가 그동안 저에게 해 주셨던 거나 이번에 하신 수고로 보나 서너 덩어리는 드려야 맞는 건데 이리저리 나누다 보니 이것밖에 안 되네요. 그래도 작은 도움은 될 거예요."

1억 원. 생각보다 돈뭉치의 크기가 작다는 생각밖에 아무런 느낌이 없었다. 희재가 별 반응이 없자 학찬이 덧붙여 말을 이어갔다.

"사실, 형님네도 그만하시고 희연누나네는 더욱 신경 안 써도 될 만큼 사시니까 누나가 가장 신경은 쓰이는데 이걸로 애들하고 지내는 데 도움이 됐으면 좋겠어요. 전화로 얘기했다시피 백만 불은 어차피 여기서 찾을 돈이 아니라 잊어버리고 살아야 하고 집 하나 사고 여기저기 나누다 보니 누나 몫이 이렇게 밖에 안되네요."

박카스 상자만 한 검은 덩어리를 보는 희재의 마음은 아무 생각이 들지 않았다.

"다른 형제들도 다 받았으니 누나도 받으세요. 현금으로 5억 원 받은 것 중에서 형님네 1억 원 드리고 희연누나는 3천만 원을 그 집식구들 몰래 따로 드렸어요. 매형은 평생소원이 지프 체로키 갖는 거라는데 6천만 원 정도 해요. 우리 매형 소원 좀 이루어드리고 싶어서 또 온 유랑 라라 천만 원씩 하니까 매형 차값이 오버 돼서 형님더러 천만 원 보태시라고 했고 누나도 천만 원 보탰다고 하면서 제가 대신 낼 테니까 그리 알고 계세요."

검은 비닐 봉지 한 덩어리를 남기고 학찬과 제시카는 서둘러 떠났다. 떠날 때 학찬과 나누던 굿바이 허그에서 희재는 왠지 모르게 이것이 마지막일 것 같은 아련함이 느껴졌다. 그것이 학찬이 전해 준 것인지 희재 스스로가 그렇게 느낀 것인지는 알 수 없지만, 글로는 표현할 수 없는 어떤 육감적인 '마지막'의 느낌이 느껴진 건 사실이다. 그것은 필시 손가락 사이로 빠져나가는 모래 알갱이와도 같은 느낌이었다.

배웅을 마친 희재는 가게로 돌아와 학찬이 남기고 간 검은 덩어리를 그냥 바라보았다.

저 돈은 내 동생 학찬의 청춘이 고스란히 담긴 돈이다.

저 돈은 지난 세월 자신이 학찬과 함께 눈물 흘리며 징역살이의 노정을 함께 걸어온 돈이다.

그리고 저 돈은 어느 한 어르신의 생명이 검붉은 피와 함께 이 세상을 떠나면서 남겨진 그분의 목숨값이다.

희재는 검은 비닐봉지를 열어 볼 엄두가 나지 않았다. 그 안에는 마치 봐서는 안 될 그 무언가가 들어 있는 것 같은 기분도 들었다. 우리 삶 속에 없어서는 안 될 수단이지만 돈이란 게 참 차갑다는 느낌도 들었다. 이렇게 현금을 뭉치로 본 적이 없기도 하지만 1억 원의 현금을 보고도 아무런 설렘이 없었다.

그런데 돈을 바라보는 그녀의 눈에 눈물이 흘러내렸다. 동생 일을 겪을 때 외에 희재는 엔간해서는 눈물을 흘리는 성격이 아니다. 좋게는 이성적이고 나쁘게 말하면 몰인정하다는 말도 듣는 성격이다.

그런 그녀가 생전 처음 보는 큰 현금 뭉치 앞에서 눈물을 흘리고 있었다.

솔직히 표현하면 기분이 참으로 더러웠다.

1억 원. 가진 자에게나 못 가진 자에게나 1억 원은 큰돈이다. 지금의 희재에게는 많은 것을 해결할 수 있는 더욱 큰 돈이다. 하루 6시간 걸려서 통학하는 아들에게 자취방을 구해 줄 수도 있고, 대출금도 갚을 수 있고, 가게 인테리어도 바꿀 수 있고, 그토록 가고 싶었던 이집트 여행도 갈 수 있는 금액이다.

그런데 이 큰돈을 앞에 두고 왜 눈물이 나고 기분이 더러워지는 것일까?

이 돈에서 희재는 모욕감이 느껴졌다. 이 돈에서 수치심과 분노가 느껴졌다. 마음 같아서는 이 돈을 그대로 쓰레기통에 처넣어 버리고도 싶었다.

왜일까? 왜 이토록 토가 나올 만큼 역겹고 더럽고 수치스러울까?

그렇다. 이 돈에는 학찬의 마음이 빠져있었다. 교회측과 마무리가 됐다는 이야기는 누구를 통해서든 희재에게 전해질 것이다. 마치 그것을 의식한 듯 어쩔 수 없이 놓고 간 돈이라는 생각이 들자 희재의 마음이 이토록 모멸감을 느끼는 것이다.

엄마 돌아가시고 희재는 모든 걸 포기하고 학찬과 아버지를 위해 밥을 짓고 도시락을 쌌고 청소를 하고 학찬의 운동화와 교복을 세탁하고 다림질을 했다. 학찬이 군대에 입대했을 때도 매주 면회를 가며 동생이 외롭지 않도록 곁에 있어 줬었다.

그러다가 명재혁 씨에 대한 사고를 내고 14년간 교도소에 복역할 당시에는 단 한 번도 거르지 않고 매달 접견을 갔고 영치품을 챙기며 옥바라지를 했다. 오빠는 동네 부끄럽다고 동생이라 여기지 않는다면서 접견 한 번 간 적이 없었고 희연 또한 사는 게 빠듯해서 경비 발생을 이유로 모든 걸 희재에게 미루고 접견 간 적은 서너 번에 불과했다. 학찬이 출소 후에도 또 미국에서 불법체류자로 쫓겨와서 불시에 들이닥쳤을 때도 자신의 앞가림도 막막했지만, 최선을 다해 학찬을 맞이했고 편의를 제공했었다.

이번에 제시카의 불륜과 김동재 목사에 대한 회의감으로 불현듯 들어와서 교회와 협상을 할 때도, 김한규 변호사와 민준호 목사 사이에서도 유일하게 가교역할을 하며 협상이 진행되도록 홀로 도왔었다.

그랬다. 그때는 누나로서 동생을 위해 진심을 다했다 생각했는데 자식을 나아 길러보니 동생에 대한 마음이나 자식에 대한 마음이나 똑같았다는 걸 자부할 만큼 자식에 대한 어머니의 마음으로 동생을 대했었다.

단 한 번도 가식이나 소홀한 마음으로 대한 적이 없었고 한순간도 무얼 바랬던 적 없었다.

여유로울 때나 궁핍할 때나 동생을 위해 할 수 있는 일이 있다는 것에 감사하며 그저 동생이 잘되고 행복하기만을 바라는 마음이었다.

그랬던 자신을 동생은 오빠나 희연과 똑같이 대했다.

지난 30여 년간 온 마음을 담아 만든 주머니가 쓰레기통에 처박히는 심정이었다. 돈을 더 달라는 것은 아니다. 1억도 희재에게는 충분히 큰돈이다. 다만 의무감으로 감정없이 던져 놓고 간 돈뭉치 앞에 희재는 너무나도 충격이고 모욕이고 서러움이었다.

당장 지갑에는 5만 원이 없었지만, 희재는 돈을 그대로 둔 채 퇴근

했다. 가게에 도둑이라도 들어서 몽땅 잃어버린다 해도 아쉬울 마음이 없었다. 그렇게 일주일이 지났다.

1억은 그대로 검정 봉투에 싸여 재활용 쓰레기 더미 옆에 놓여 있었다.

희재는 버스나 전철을 타면 습관적으로 무언가를 읽는다. 이동 거리가 길 때는 온갖 매체의 기사를 샅샅이 읽는 즐거움이 있다. 성경도 그렇게 해서 일 년에 일독은 하게 된다.

그날도 버스를 타고 재료 구매를 위해 이동 중이었다.

신문 기사들을 넘나들다 최근 세계적으로 이슈가 되고 있는 영화에 대한 기사에 시선이 머물렀다. 영화는 못 봤지만 이런 기사는 고객들과의 대화를 위해서도 읽어 둘 필요는 있었다.

그런데, 희재가 다행히 버스 좌석에 앉았기에 망정이지 하마터면 바닥에 주저앉을 뻔한 기사가 있었다.

그것은 명재혁 씨와 그 청년 명지원과 학찬에 대한 기사였다. 심지어 기사 아래에는 검거될 당시의 고개 숙인 학찬의 사진과 실명이 실려 있었다. 그녀는 다리가 후들거리고 버스 안의 사람들에게 다 들릴 만큼 심장이 쿵쾅거리며 뛰기 시작했다.

내 동생, 그 가엾고 불쌍하고 가슴 아픈 동생의 모습이 가장 잔인한 모습으로 실명까지 거론되며 27년이 지난 지금에도 버젓이 기사화되어 그때의 기억을 소환하고 있었다.

왜일까? 하필이면 이 시점에 이토록 적나라하게 그날의 기억을 소환하는 이유가? 세월이 이렇게 흘렀건만 학찬은 왜 잊혀질 자유도 없이 다시금 생생하게 소환되는 걸까?

그 청년 명지원도 이제는 중년의 모습이다. 이마와 입가에 깊게 파인 주름이 그의 삶이 순탄치 않았다고 말해 주는 것 같았다.

기사는 영화의 배경인 종교 문제에 대한 명지원의 의견을 듣는 것이었는데 영화 속 주인공이 명재혁 씨를 모델로 제작되었다는 사실에 또한 번 심장이 멎는 것 같았다. 그래서 학찬의 사진까지 실린 인터뷰 내용이 실린 것이다. 고인의 사진과 사회의 한 부분을 담당하는 명함을 가진 세 아들의 사진이 실렸고 맨 아래에 피의자 학찬의 사진이 실려 있어서 피해자와 피의자의 명확한 선이 그어져 있었다. 희재는 이 설정에서 마치 선과 악으로 나뉜 듯한 기분이 들었다. 이 불편하고도 공포스러운 기사는 3부로 연재되어 있어 숨 막히는 두려움 속에 이틀이나 더 기사화됐다.

사건 당시에는 학찬이 받을 형량에만 관심이 집중되어 있기도 했고, 또 너무나 두렵기도 해서 사건의 순간을 자세히 들여다볼 수가 없었다. 명지원은 부친이 돌아가신 지 27년이 지났다는 말로 인터뷰를 시작해서 그날의 정황을 세세히 들려주었다.

– 돌아가신 당시의 정황은요?

그해 2월 한 종교 단체의 증인을 만나고 집으로 돌아오는 길이었습니다. 아버님을 집 앞에 먼저 내려드리고 제가 주차상태를 확인한 후, 1~2분쯤 후에 들어갔는데 그 사이에 칼과 쇠파이프로 일을 당하셨습니다.

– 범인은 어찌됐나요?

1심에서 사형 선고를 받아 저희가 탄원을 넣어 2심에서 무기징역, 또 저희가 탄원을 올려 15년으로 감형됐습니다. 이미 형기를 마치고 출소했을 겁니다.

– 개인 범죄가 아니라 배후가 있다고 생각하시는 거군요.

네, 교도소에 찾아가 언젠간 반드시 양심선언을 해 주기를 바란다고 이야기했습니다. 범인이 양심의 소리를 듣고 언젠가 배후를 밝힐 것으로 생각합니다.

그렇게 마무리된 기사를 읽으며 다시 한번 희재는 가슴이 먹먹해졌다. 그랬구나. 지원 씨가 학찬의 교도소에도 접견을 갔었구나. 가서 언젠가는 양심선언을 해줄 것을 부탁도 했었구나.

희재가 보기에 학찬은 앞으로도 진실을 밝힐 일은 절대로 없을 것이다. 혹시라도 양심의 소리를 들었다면 지금이 기회였었다. 그러나, 학찬에게서 그런 기미는 전혀 비치지도 않았다.

인생에서 가장 힘든 순간에 그 청년 명지원은 희재의 손을 잡아 일으켜 주었고, 오히려 희재를 위로했고, 그야말로 동생에게 조건 없는 용서를 베풀었다.

그러면서도 부친의 길을 묵묵히 걸으며 영원히 오지 않을 학찬의 양심의 순간을 기다리고 있는 것이다.

3일에 걸쳐 연재된 기사를 읽으며 희재는 너무도 고통스러웠다. 그리고 다시 한번 자신의 동생인 학찬이 정말로 나쁜 놈이라는 걸 가슴 깊이 깨달았다.

학찬의 재판이 진행될 때 희재는 유일하게 가족을 대표해서 증인으로 법정에 섰었다. 당시 김한규 검사는 동생을 살릴 수 있는 유일한 방법은 '김동재 목사의 사주가 아니었다면 내 동생이 살인을 할 이유가 없다'는 누나의 증언이라고 했었다.

희재의 생각도 검사와 같았다. 희재뿐 아니라 다른 가족들도, 학찬의 고향 친구들 모두 다 검사와 생각이 같았다. 그토록 성실하고 정직한 동생이 그 교회만 가지 않았더라면, 그리고 김동재 목사를 최근접 거리에서 모시지 않았더라면 이 사건에 연류될 일이 없었을 것이다.

그러나 증인석에 선 희재는 그렇게 대답하지 않았다. 아무리 심증이 굳더라도 동생 입으로 그렇다는 대답을 듣지 못했기 때문이었다. 사형을 언도 받을지언정 본인이 아니라고 극구 부인하는데 심증으로 그렇게 대답할 수는 없었던 것이다. 그러나, 지금은 다르다.

자신의 입으로, 또 문서로 학찬은 분명히 얘기했다. 김동재 목사가 지속적으로 압력과 사주를 행사했고 7년만 견디면 빼내 주겠다는 약속을 했었고 자신의 과잉 충성심에서 자발적으로 저지른 일이라고 서로 입을 맞춰 놓은 것까지 고백했다.

세월이 이만큼 지났다고 유가족의 상처가 치유될 수 있을까?

진실은 덮어둔 채 자신의 억울한 옥살이만을 강조하며 교회를 향해 그 세월에 대한 보상을 받아 누구보다 행복한 학찬과 제시카와 분에 넘치게 받았다며 흥분을 감추지 못한 희연의 모습 위로 명재혁 씨의 세 아들의 모습이 겹쳐졌다. 마음의 빚이 바위만 한 무게로 희재를 무겁게 눌러 왔다.

아직 쓰레기봉투 옆에 놓여 있는 돈뭉치와 돌변해버린 학찬의 모습을 그저 멍하니 떠올리는 희재에게 어디선가 김동재 목사님의 음성이 섬광처럼 들려왔다.

"하나님께서 주신 우리 몸의 모든 기관들은 나를 위해 일합니다.

눈은 나를 위해 보고, 귀도 나를 위해 듣지요.

코도 나를 위해 냄새를 맡고 입은 나를 위해 음식을 먹습니다.

손도 발도 모든 사지가 나를 위해 일하는 것입니다.

하나님께서 우리 몸에 주신 오장육부를 비롯한 신체의 모든 것들이 내 편이라 해도

오직 한가지, 내 몸 안에 있지만 내 편이 아닌 것이 있습니다.

그것은 바로 양심입니다.

이 양심만큼은 내 속에 있지만 내 편이 아닌 하나님 편이에요.

그래서 우리가 옳지 못 한 일, 하나님께서 기뻐하지 않으실 일을 하게 되면은

그 양심이 하나님께 보고하는 것입니다.

사람이 그걸 어떻게 아냐고요? 양심이 쿡쿡 찌르는 거예요. 또 부끄럽지요.

여러분들 양심에 찔려서 아파본 적 있으시지요?

그때 모르는 척 지나가면 안 됩니다.

그건 바로 살아계신 하나님의 은혜라는 걸 잊지 마시기 바랍니다."

희재는 괴롭고 고통스러웠다.

마치 동생의 비밀 서랍을 봐 버린 기분이다. 늘 깔끔하고 정리 정돈된 동생의 책상 서랍 깊숙한 곳에 있는 의문의 상자에 온갖 만행을 기록한 비밀 일기장을 봐 버린 느낌이랄까?

희재는 동생의 진짜 모습을 봐 버린 것이다.

어느덧 주체할 수 없는 눈물이 볼을 타고 폭포수처럼 흘렀다.

내 동생 이학찬. 너를 보았다. 50년이 흐른 이제야 비로소.

너를 보았지 이제야. 깊은 서랍 속 50년 동안 숨겨 왔던 온갖 비밀을 간직한 네 모습을.

너의 진짜 모습을 봐 버렸다.

명지원 씨의 아버지를 빼앗은 죄와 그의 조건 없는 용서의 빚을 짓밟고도 마치 무심하게 남 얘기하듯 빠르게 말하고 있는 너를.

30년 만의 Atonement

누가 누구를 안다고 할 수가 있는가? 우리는 흔히 가까이에 있었던 사람이 어떤 비리나 강력 사건에 연루될 때면 '내가 아는 그 사람은 절대로 그럴 사람이 아니다'라고 말한다.

그 사람이 가족이거나 아들이거나 절친한 관계로 서로에 대해 깊숙이 아는 사람일 경우에는 더욱 강력히 말한다. 절대로 절대로 그럴 리가 없다고. 오해일 거라고. 모함일 거라고.

그건 다만 자신이 그렇게 믿고 싶을 뿐, 정작 그 사람에 대해 얼마나 몰랐던가를 인정해야만 할 시간인 것이다.

슬프고도 아픈 이름 내 동생 학찬이.

실망스러웠고 분노했고 지금은 싫어진 동생이지만 그렇다고 동생 학찬이 앞으로 힘들게 살아가길 바라는 건 결코 아니다. 돌아보면 그 애만큼 가엾고 불쌍하고 기막힌 삶을 살아오기도 힘들 것이다. 그러나, 학찬은 많은 빚을 진 당사자다.

먼저는 명재혁 씨와 그 가족에게 엄청난 빚을 졌고 희재를 비롯한 혈육들에게도 학찬은 씻을 수 없는 빚을 진 사람이다. 아무리 세월이 흘러 사건의 기억이 희미해진다 해도, 살인자의 누나라는 굴레는 벗어

버릴 수가 없는 것이다. 학찬의 사건을 아는 주변인들은 말한다. 동생은 동생일 뿐인데 뭘 그 문제로 힘들어하느냐고.

그런데 아니다. 희재는 지금까지 충분히 힘들었고 앞으로도 동생의 이름이 거론될 때마다 영원히 숨고 싶을 것이다.

살인자의 누나. 그건 변할 수 없는 사실이기 때문이다.

사회에서 만나 돈독한 관계를 쌓아가고 있는 누군가의 동생이 혹은 그 가족 중 한 사람이 살인을 저지른 전과자라든가 더욱이 강력 사건의 피의자임이 밝혀진다면 당장에 그 사람을 바라보는 눈빛이 달라질 것이다. 그것을 우리는 편견이라 부른다. 그 편견 속에서 가족이라는 이름으로 싸잡아 같은 DNA를 지닌 사람으로 취급되고 마는 것이다. 누구라고 할 것도 없다. 희재 스스로도 아마 그럴 것이다. 생각하고, 생각하고 또 생각해봐도 사실을 몰랐을 때와 똑같은 시선으로 그 사람을 대할 자신이 없다. 그래서 희재는 더 고통스러운 것이다.

영원할 그 시선 '살인자의 누나.'

비록 자신의 청춘이 바쳐지긴 했어도 누군가의 생명으로 이루어진 배상금이다. 그래서 동생이 교회로부터 손해배상금을 받아 가난은 벗고 안정적인 삶에 들어섰어도 겸손하고 따뜻하고 온유한 사람으로 살기를 바라는 마음이었다.

또 하나는 명지원에 대한 빚이다.

그 청년 명지원. 희재가 처음 검찰청에서 마주친 그 청년에 대한 인상이 너무나 강렬히 남아 있었다. 아버지를 동생의 손에 빼앗기고 불과 얼마 지나지 않아서 피해자와 피의자 가족으로 만난 그 자리에서 그는 희재의 손을 잡아 일으키며 오히려 희재를 위로했었다.

그 엄청난 사랑의 용서와 품격을 무엇으로 갚을 수 있으리오.

희재는 그 청년을 직접 본 사람이다. 그리고 직접 그 엄청난 용서를 받은 사람이다.

살아오면서 희재의 가슴속에는 늘 그 청년에 대한 미안함이 떠나지 않았다. 부디 그 슬픔 딛고 잘 살아주기만을 기원하면서 살아왔었다.

그런데 지금은 아니다. 이제는 동생의 입을 통해 그 진실을 들었다. 몰랐을 때와 알고 난 후가 같을 수는 없다. 모든 사람에게는 부당할 때에 작동되는 양심이라는 것이 있기 때문이다.

교회 사람들도 희재 자신도 학찬의 명재혁 씨 살해는 김동재 목사에 대한 빗나간 사랑 때문이라고 알고 있었다. 그랬기 때문에 많은 성도들은 학찬을 이해했고, 영웅시했고, 그의 갇힌 젊음을 안타까워하며 그의 노고를 위해 기도해줬다.

오랜 시간 그 어려운 형편에서 희재가 동생을 위해 모든 정성을 쏟았던 것도 비록 빗나간 존경이라 해도 목숨 바쳐 누군가를 사랑한 동생의 순수한 마음을 높이 샀기 때문이었다.

그러나 지금 희재는 동생의 모습을 보고 말았다.

그 옛날, 마당의 세숫대야에 담가 놓은 채 미처 세탁하지 못해 꽁꽁 언 얼음에 박제되어 있던 운동화 같은 동생을.

학찬은 김동재 목사를 위해, 김동재 목사를 사랑해서 명재혁 씨를 살해한 것이 결코 아니다.

검거된 후 경찰청에서 처음 만났을 때 희재를 붙잡고 울며 학찬이 했던 말속에 진실이 담겨 있었다.

"누나, 내 인생은 왜 이럴까."

그 말속의 진실을 알게 되기까지 이렇게 오랜 시간이 걸렸다. 걸렸지만 결국 자신의 입으로 진실을 쏟아 냈다. 주머니 속 깊은 곳에 잘 숨겨둔 송곳이 드러나 자신의 신체를 찌르듯 그 날카로운 진실이 드러난 것이다.

가난한 시골집의 한 청년이 거대한 집단의 왕국을 보았다. 그 왕 앞에서는 세상의 고관대작도 이름난 재벌도 텔레비전에서나 봤던 유명한 배우나 가수들도 모두 고개를 숙인다.

말 한마디에 사람들의 삶에 지대한 영향을 미치고 높고 낮음을 손바닥 뒤집듯 바꿔버리는 엄청난 힘의 영향력을 가진 분을 밀접해서 모시던 중 그 엄청난 분께서 자신을 특별히 사랑하고 신뢰하고 가까이 하시며 마음속 비밀까지 털어놓으신 것이다.

학찬의 눈에 교회와 김동재 목사는 자신의 미래를 여는 하나의 열쇠로 비쳐졌나보다.

그렇다. 학찬은 교회에서 하나님을 만난 것이 아니라, 김동재 목사의 막강한 힘을 봐 버린 것이다. 그리하여 학찬은 어려서부터 지속적으로 꿔 왔던 그 악몽 속의 눈금자 위를 스스로 걸어 가고 말았다. 그리고는 그 목사를 위해 자신의 모든 것을 걸었다.

참으로 무서운 인내심이다. 그 무서운 인내심으로 14년의 수형생활을 모범수로 마쳤고, 내키지도 않는 결혼을 했고, 목숨을 걸고 헤엄쳐서 바다를 건너는 순종을 했던 것이다.

그랬던 그분이, 재림 주셨던 그분이 아무런 대책을 세워 놓지 않고 죽지 않는다는 약속을 저버리고 고인이 돼 버렸다. 그래서 모든 판을 걷어버리고 어쩔 수 없이 결국 자신의 입으로 그 진실을 밝힌 것이다.

재림 주셨던 '아버지'는 어쩌면 학찬이 스스로 진실을 밝히고 회개할 기회를 주신 건 아닐까? 그랬기에 당신이 사주하신 '이 사건'에 대해 보상도 없이, 마무리도 없이 학찬에게 숙제를 남기고 떠나신 건 아닐까?

많이 늦었지만, 진실은 마땅히 그 청년에게도 전해져야 한다. 이 모든 사실이 세상에 알려지고 교회가 한 번 더 뒤집힌다 해도 일곱별 교회는 절대로 무너질 교회가 아니다. 그 교회 성도들은 결코 그곳을 떠나지 않을 것이다.

그곳에는 말씀이 계셨기 때문이다.

희재가 떠나온 후로도 일곱별 교회에는 많은 일 들이 있었다.

학찬에게 25억 원이라는 큰돈을 소리 소문없이 지급했고, 민준호 목사는 담임 목사 재신임에서 탈락했지만 승복하지 않고 버티고 있다.

떠도는 소문에 의하면 다윗 왕이 솔로몬 왕에게 성전 건축을 위해 못 하나까지도 준비해 놓았듯이 김동재 목사는 교회 발전 기금으로 수백억 원을 통장에 남기셨다고 한다. 그런데 민준호 담임 목사가 그 돈과 연관되어 그 문제로 고발당해 압수 수색을 당했고, 출국금지까지 되어서 해외 선교 활동에도 제동이 걸린 상태다.

원로 목사님은 살아생전에 늘 강조하신 말씀이 있다.

"열매를 보아 나무를 안다."

일곱별 교회와 성도들이 어떤 결론을 맺고 언제쯤 질서를 찾아갈지 모르겠지만, 그럼에도 희재는 아직 그 교회를 비난할 생각이 없다.

세상 사람들이 일곱별 교회를 향해 무어라 비난하든 그곳에 있었던 지난 25년은 가장 평안했던 시간이었다. 그때는 미처 몰랐지만, 돌아보면 그때가, 그곳이 에덴동산이었다는 걸 문득문득 느끼곤 한다.

자극적이고, 흡입력 있고, 정신이 번쩍 들게 했던 원로 목사님의 설교가 그리운 것은 사실이다.

일곱별 교회, 그곳이 사랑이 넘치는 곳이었다고는 말할 수 없다. 일곱별 교회의 성도들은 늘 엄격했고 냉정했다. 다른 교회 성도들과는 비교도 할 수 없을 만큼 성경의 깊은 말씀을 알고 있다는 자부심이 넘쳐서 스스로 자긍심이 대단하다. 그건 희재도 인정한다.

지금 희재가 다니고 있는 교회는 역사와 정통성 면에서는 단연 최고라고 해도 예배는 일곱별 교회에 비해 늘 아쉬움이 남는다.

지금은 세상에서 가장 낮은 곳으로 내려 온 희재는 교회 등록 후 5년이 지났지만, 아직 담당 구역장과 교구 목사의 얼굴을 본 적이 없다. 워낙 보수적인 교회라서 자율적인 분위기인가 하고 이해도 해 보았다. 그러나 그 또한 아니었다. 우연히 희재의 가게에 손님으로 오신 부부도 비슷한 시기에 같은 교회에 새 신자로 등록해서 신앙생활을 하고 계셨다. 교구도 같은 지역이다.

반가운 마음에 얘기를 나누다가 희재는 충격적인 현실을 봤다. 손님 부부는 두 분 다 유명한 대학의 교수였는데 이분들은 너무나 열렬한 환영을 받고 성도들과의 교제도 돈독했다.

적어도 일곱별 교회는 이처럼 사람을 차별하지는 않았었다.

그렇지만 희재가 신앙생활에 흔들리거나 외롭다는 건 아니다. 지금의 교회에서도 말씀 받고, 기도 응답도 받고, 무엇보다도 늘 겸손해지는 은혜를 받고 있다.

특히 의료선교회의 봉사활동은 더 높고 깊은 믿음의 세계로 인도한다.

그토록 겸손하고 그토록 진실한 그야말로 예수님의 심장과 사랑을 가진 분들의 이름 없이 빛도 없이 나누고 실천하는 헌신을 통해 그분들의 사랑과 겸손을 보고 배운다. 참 성도의 모습이란 이런 분들이구나 하는 감동 속에 이제 막 내린 뿌리가 더 깊고 튼튼하게 자리 잡아서 이 팀의 굳건한 일원으로 쭉쭉 뻗어나가기 위해 노력할 것이다.

'하나님의 눈앞에서 은혜를 찾았더라'라는 노아의 고백이 이제는 희재의 고백이 되어 아침이면 늘 이 말씀이 하루의 시작에 동행해 준다.

아들 담이는 출근하기 전에 '오늘도 바쁜 하루 되게 해 주십시오'라는 기도를 드린다고 했다.

일곱별 교회의 김동재 목사님께서 키워 주신 신앙이 새로 옮겨온 교회에서 비로소 뿌리를 내린 것이다.

동생에게 살인을 명했던 목회자에 대해 이렇게 말한다면 희재에 대한 비난도 마땅할 것이다.

그러나 그것이 희재의 진심이다.

가롯 유다에게 구원의 손길을 내밀기보다 그것을 용납하신 예수님의 경우도 우리는 이해할 수 없듯이 학찬에게 살인을 사주한 김동재 목사의 진심도 알 수 없지만 어쨌거나 일곱별 교회의 모든 성도들이 인정하듯 학찬의 충성으로 인해 성경을 해석하신 김동재 목사의 위대한 저서가 세상에 나오게 된 것도 사실이다.

그렇다면 김동재 목사의 사생활은 어떻게 이해해야 할까?

그건 별로 깊이 생각하고 싶지 않은 분야다. 세상에서도 남녀 사이는 누구의 잣대로도 잴 수 없듯이 그런 스캔들도 김동재 목사의 여인들인 당사자가 밝힌 건 아무것도 없다.

그것을 아는 사람은 몇 명일지 모르겠지만 그것을 말한 사람은 제시카뿐이다. 제시카는 학찬도 희연도 희재도 중증 리플리 증후군이라고 간주해 버린 사람이다. 제시카의 상상 속에서 제작된 삼류이야기일지도 모른다는 것이다. 그들 중 누구도 제시카보다 못한 외모를 가진 사람은 없다.

설령 스캔들이 사실일지라도 당사자들이 김동재 목사의 여인임을 자랑스럽게 여긴다면 굳이 비난할 필요가 없다는 생각이다.

명지원 씨가 인터뷰에서 한 말이 생각난다.

"어떤 분이 문제시되던 교회를 떠나오면서 '제가 그분들에게 받은 사랑은 평생 잊을 수가 없다'라고 고백해서 무언가로 한 대 맞는 기분이었다"고 했다. 교회의 정통성만을 내세울 것이 아니라 기성 교회에서 고갈된 말씀과 사랑이 회복되는 것이 무엇보다 시급한 과제가 아닌가 싶다. 일곱별 교회에서 예배드릴 때 희재는 실로 충만했었다.

내 동생 학찬이.

이 일이 다시 들춰진다고 섭섭해하거나 분노하지 않기를.

다시 볼 수 없다 해도 언제 어디서나 행복하고 평안하기를 바라고 바라고 또 바란다.

부디 명재혁 씨 가족에게 진실을 알리고 용서를 받아서 눈금자 위에서 내려오기를 바랄 뿐이다. 교회와 김동재 목사의 가족들 또한 이제는 알아버린 진실 앞에서 책임을 다하기를 바란다. 희재 역시 김동재 목사의 가족들에게 사과는 받고 싶어졌다.

어쩌다 교회에서 마주쳤을 때 그들은 희재를 경멸하는 눈빛으로 봤고, 희재는 그들에게 빚진 자 같이 송구한 마음으로 지난 25년을 지내 왔었기 때문이다.

천국에 입성할 때 모든 사람은 하나님의 심판을 피할 수 없다고 김동재 목사는 누차 강조했었다. 진실을 알아버린 이상, 몰랐을 때로 돌아갈 수는 없는 것이다. 그 어떤 사과와 사죄와 보상 앞에서도 명재혁 씨가 살아 돌아올 수는 없다.

한 영혼이 천하보다 귀하다는 하나님의 말씀을 믿는다면 말이다.